**Jeaniene Frost** vit en Floride. Elle n'est pas une vampire, même si elle admet qu'elle a la peau pâle, une prédilection pour les vêtements noirs et qu'elle aime faire la grasse matinée dès qu'elle en a l'occasion. Elle adore aussi visiter les vieux cimetières.

Du même auteur, chez Milady :

Chasseuse de la nuit :
1. *Au bord de la tombe*
2. *Un pied dans la tombe*
3. *Froid comme une tombe*
4. *Creuser sa tombe*

Le Monde de la chasseuse de la nuit :
1. *La Première Goutte de sang*
2. *L'Étreinte des ténèbres*

www.milady.fr

# Jeaniene Frost

# *Froid comme une tombe*

Chasseuse de la nuit – 3

Traduit de l'anglais (États-Unis) par Frédéric Grut

Milady

Milady est un label des éditions Bragelonne

Titre original : *At Grave's End*


Suivi d'un extrait de : *Destined for an Early Grave*


Illustration de couverture :
© Larry Rostant *via* Artist Partners Ltd.

ISBN : 978-2-8112-0395-5

1re édition : novembre 2010
2e tirage : mars 2012

Bragelonne – Milady
60-62, rue d'Hauteville – 75010 Paris

E-mail : info@milady.fr
Site Internet : www.milady.fr

*À mon mari,*
*toi qui acceptes sans juger,*
*qui aimes sans condition,*
*qui ris plutôt que de te fâcher,*
*et qui penses aux autres avant de penser à toi.*
*C'est moi qui ai de la chance.*

# Remerciements

Je tiens à remercier Dieu. Personne ne sait écouter mes peurs, mes plaintes ou mes innombrables idées avec une telle patience… en tout cas, pas sans me faire payer des honoraires de psy !

Ensuite, mes remerciements les plus sincères à mon éditrice, Erika Tsang, pour avoir aidé mes histoires à ne pas dérailler, et pour ses incessantes démonstrations de soutien et d'enthousiasme.

On dit qu'il faut tout un village pour élever un enfant. Le dicton s'applique également à un livre, car j'ai beaucoup de personnes à remercier : Thomas Egner, pour une nouvelle couverture somptueuse ; Buzzy Porter, pour son aide dans la gestation des mots de ce livre ; Carrie Feron, Liate Stehlik, Esi Sogah, Karen Davy, et tout le reste de l'équipe très dévouée d'Avon Books/HarperCollins, pour tout ce que je sais que vous avez fait pour moi, et probablement pour beaucoup de choses dont je ne me doute même pas.

Merci à Melissa Marr, Ilona Andrews et Tage Shokker, pour vos inestimables commentaires qui m'ont permis d'améliorer cette histoire. Je remercie également Tage Shokker, Erin Horn et Marcy Funderburk pour tout le travail que vous avez réalisé sur mon site Web. Mesdames, vous êtes sensationnelles !

Aux fans de la *Chasseuse de la nuit*, votre soutien et votre enthousiasme pour la série ont été incroyables. Merci à tous et à toutes ! Rien de tout cela ne serait arrivé sans vous.

Merci à mon mari, à mes parents et à ma famille. Grâce à vous, je garde assez de santé mentale pour écrire, et assez de folie pour trouver de nouvelles histoires. (Je plaisante ! Peut-être.) Encore merci à Melissa Marr, car les routes sinueuses sont plus faciles à négocier avec des amis.

# Chapitre premier

L'homme sourit et je laissai mon regard s'attarder sur son visage. Ses yeux étaient d'un bleu pâle charmant, comme ceux d'un husky sibérien, mais la personne assise à côté de moi n'était pas un animal. Cela dit, il ne s'agissait pas non plus d'un humain.

— Il faut que j'y aille, Nick, dis-je. Merci pour les verres.

Il me caressa le bras.

— Prends-en un autre. Laisse-moi profiter encore un peu de ton joli visage.

J'étouffai un petit rire. Dans le genre flatteur… Mais si mon visage lui plaisait à ce point, il n'aurait pas gardé les yeux rivés sur mon décolleté.

— D'accord. Barman…

— Laissez-moi deviner. (La grosse voix venait de l'autre côté du bar. Un visage inconnu me sourit.) Un gin tonic. Pas vrai, Faucheuse ?

*Merde.*

Nick se figea. Puis il fit ce que je craignais qu'il fasse : il s'enfuit en courant.

— Code Rouge ! hurlai-je, avant de bondir à sa poursuite.

Des hommes vêtus de noir et lourdement armés se précipitèrent à l'intérieur du bar en poussant les clients sur leur passage.

Nick projetait des gens sur moi tandis que je le poursuivais. J'étais percutée par des corps qui battaient l'air en hurlant, ce qui me compliquait singulièrement la tâche alors que je tentais de les rattraper au vol tout en essayant de lancer un couteau en argent dans le cœur de Nick. L'une de mes lames se planta dans sa poitrine, mais trop loin du cœur. Je ne pouvais pas laisser ces malheureux s'écraser par terre comme de vulgaires sacs-poubelle. C'était peut-être là l'idée que Nick se faisait des gens, mais ce n'était pas la mienne.

Mes hommes se déployèrent pour bloquer toutes les sorties et pour essayer d'assurer la sécurité des clients encore présents.

Nick atteignit l'extrémité du bar et jeta un regard désespéré autour de lui. Mais il ne vit que moi, en train d'avancer avec mes couteaux en argent, et mes hommes, leurs pistolets Desert Eagle pointés sur lui.

— Tu es cerné, lui dis-je, même s'il pouvait s'en rendre compte par lui-même. Un conseil, ne me mets pas en colère, tu me trouveras beaucoup moins jolie si ça arrive. Relâche les filles.

Il en tenait deux, serrant leurs cous vulnérables dans ses mains. La terreur que je lus dans leurs regards fit monter la colère en moi. Seuls des lâches se cachaient derrière des otages. Ou des meurtriers, comme Nick.

— Laisse-moi partir et elles vivront, Faucheuse, siffla Nick d'un ton qui n'avait plus rien de romantique. J'aurais dû m'en douter. Ta peau est trop parfaite pour une humaine, même si ton cœur bat et que tes yeux ne sont pas gris.

— Des lentilles de couleur. On n'arrête pas le progrès.

Les yeux bleu glacier de Nick se mirent à briller du vert caractéristique des vampires et ses canines apparurent.

— C'était un accident ! hurla-t-il. Je ne voulais pas la tuer, je lui ai juste pris trop de sang.

Un accident ? Comme si j'allais gober ça.

—Le ralentissement de son rythme cardiaque aurait dû t'alerter, répondis-je. Ne me ressers pas ces foutaises d'accident, je vis avec un vampire, et il n'a jamais commis ce genre de gaffe.

Le teint de Nick se fit encore plus terreux, si c'était possible.

—Et si tu es là…

—Tout juste, mon pote.

L'accent était anglais, et le ton, mortel. D'invisibles vagues de puissance déferlèrent sur mon dos tandis que mes hommes s'écartaient pour laisser passer Bones, le vampire en qui j'avais le plus confiance, et que j'aimais.

Contrairement à ce que j'avais espéré, Nick ne détourna pas le regard. Il garda les yeux rivés sur moi, et tout à coup il arracha l'une des lames plantées dans son corps pour l'enfoncer dans la poitrine de l'une des filles.

Il la poussa vers moi et je la rattrapai instinctivement, le souffle coupé.

—Aide-la! hurlai-je à Bones qui s'était précipité sur Nick.

Vu la gravité de sa blessure, elle n'avait que quelques secondes à vivre si Bones ne venait pas immédiatement à son secours.

J'eus le temps d'entendre Bones marmonner un juron avant de se retourner et d'abandonner la poursuite pour se mettre à genoux à côté de la fille. Je bondis aux trousses de Nick en jurant à mon tour. Il y eut quelques coups de feu, mais peu nombreux. Entre les derniers clients qui tentaient encore d'atteindre les portes et Nick qui se servait de son dernier otage comme d'un bouclier, mon équipe ne pouvait pas ouvrir le feu. Nick le savait, et moi aussi.

Le vampire bondit par-dessus la foule, au plus grand mépris de la pesanteur, et projeta la fille sur l'un de mes hommes en s'en servant comme d'une arme. Pris au dépourvu, le soldat tomba en arrière, ce qui permit à Nick de se baisser et de lui subtiliser son Desert Eagle.

Je lançai trois couteaux supplémentaires, mais la bousculade affecta ma précision. Nick poussa un hurlement lorsqu'ils lui transpercèrent le dos sans toucher son cœur. Puis il se retourna et ouvrit le feu sur moi.

Je songeai aussitôt que si je me baissais, les balles toucheraient les personnes qui se trouvaient derrière moi. Ces dernières n'étaient pas à demi-vampires, comme moi ; elles mourraient probablement sur-le-champ. Je me préparai donc à l'impact… puis en une fraction de seconde je me sentis pivoter, et ma tête fut écrasée contre la poitrine de Bones tandis que trois courtes vibrations le secouaient. Les balles qui m'étaient destinées.

Bones me relâcha, se retourna vivement et traversa la pièce en un éclair pour se jeter sur Nick, qui essayait de s'emparer d'un nouvel otage. Il n'y parvint pas. Bones le percuta avec une telle force que les deux hommes s'écrasèrent contre le mur. Je courus en sautant par-dessus les gens, et j'arrivai juste à temps pour voir Bones imprimer une torsion à son couteau planté dans la poitrine de Nick.

Je me détendis. Une lame en argent dans le cœur signifiait la fin de la partie pour Nick, comme pour tous les vampires.

Bones tordit une dernière fois la lame par acquit de conscience puis retira le couteau en tournant les yeux vers moi avec empressement.

— Tu saignes, dit-il, le visage déformé par l'inquiétude.

Je touchai ma joue, elle était écorchée. Sans doute avais-je été percutée par une chaussure, une ceinture ou je ne sais quoi quand Nick avait semé des obstacles humains sur ma route.

— On t'a tiré dessus, et tout ce qui t'inquiète, c'est *mon* égratignure ?

Bones s'approcha de moi et me toucha le visage.

— Je guéris instantanément, ma belle. Pas toi.

Même si je savais qu'il disait vrai, je ne pus m'empêcher de passer la main sur son dos pour m'assurer que sa peau était bien lisse, et non plus déchirée par les balles.

— À propos, il y a des blessés par dizaines qu'il faut que tu soignes. Tu t'occuperas de mon écorchure plus tard.

Bones, sans prêter la moindre attention à mes paroles, planta une canine dans son pouce avant de le plaquer contre la coupure de ma joue, puis sur ma bouche.

— Pour moi, tu passes toujours en premier, Chaton.

Personne à part lui ne m'appelait ainsi. Pour ma mère, j'étais Catherine. Mon équipe m'appelait « Cat ». Et pour le monde des morts-vivants, j'étais la « Faucheuse rousse ».

Je léchai son sang car je savais qu'il était inutile de discuter. Et d'ailleurs, je ne pouvais m'empêcher de ressentir la même chose pour Bones.

— Très bien, dis-je après que la sensation de brûlure eut disparu. Finissons-en.

La fille que Nick avait lancée sur l'un de mes hommes était allongée par terre à quelques mètres de nous. Bones lui jeta un coup d'œil, vit qu'elle n'était pas blessée et poursuivit son chemin.

— C'est un… il n'est pas…, commença-t-elle à balbutier en voyant ses canines et la lueur verte dans ses yeux.

Je lui tapotai l'épaule.

— Ne vous en faites pas. Vous ne vous souviendrez plus de rien dans dix minutes.

— M… mais qu'est-ce… ?

Sans prêter attention à ses bégaiements, je vérifiai si les autres clients du bar allaient bien. À part Nick, il semblait n'y avoir aucun mort, Dieu merci. Bones avait soigné la seconde fille dont le vampire s'était servi comme otage. Il ne restait plus sur sa poitrine qu'une tache de sang, et ses vêtements étaient déchirés là où Nick avait planté mon couteau. Nous avions eu de la chance.

— Quels sont les dégâts ? demandai-je à Cooper, agenouillé à côté de l'un des clients qui avaient servi de projectiles.

— Rien de trop grave, commandant. Des fractures multiples, des écorchures, des contusions… La routine.

Je regardai Bones passer d'un blessé à l'autre et forcer les plus mal en point à avaler quelques gouttes de son sang. Rien ne valait le sang de vampire pour se remettre à neuf.

— Un autre Code Rouge, *querida*, observa Juan, un autre de mes capitaines.

Il désigna le vampire braillard que Dave, l'autre capitaine de l'équipe, maintenait en place. Dave était désormais une goule, ce qui signifiait qu'il était de taille à maîtriser le vampire qui se débattait. Aucun des humains de mon unité n'en aurait été capable.

J'acquiesçai.

— Malheureusement.

Juan soupira.

— Ça fait trois fois de suite. Tu es difficile à camoufler, même en changeant la couleur de tes yeux et la teinte de tes cheveux.

Il ne m'apprenait rien. Je croisai le regard de Bones, qui me signifiait on ne peut plus clairement qu'il était du même avis que Juan.

Les choses s'étaient en effet compliquées ces derniers mois. Trop de morts-vivants étaient désormais au courant qu'une humaine à demi-vampire les pourchassait, et ils savaient à quoi s'attendre.

Je jetai un regard furieux au vampire prisonnier.

— Merci d'avoir bousillé ma couverture.

— Je voulais juste t'offrir un verre, bredouilla le vampire. Je n'étais même pas sûr que c'était toi, mais ta peau… elle semblait trop parfaite pour une humaine, même si tu respirais. Et tu es rousse, pas blonde. Je m'en suis aperçu quand tu as levé le bras et que j'ai vu l'ombre sur tes aisselles.

Incrédule, je levai le bras et j'inspectai l'endroit où je m'étais épilée. J'aurais vraiment tout entendu.

Dave étudia lui aussi mon aisselle.

— Il a raison. D'un autre côté, qui aurait pu penser que les gens regarderaient tes dessous-de-bras ?

Qui, en effet ? Par frustration, je passai la main dans mes cheveux teints en blond. Je n'avais plus aucune couleur à ma disposition. J'avais également essayé le noir et le brun pour tenter de mystifier mes cibles, sans parler de mes lentilles colorées, mais, ces derniers temps, rien n'avait fonctionné.

— Juan, tiens-moi ça, dis-je en lui tendant mes couteaux.

Je clignai plusieurs fois des yeux et parvins à retirer mes lentilles marron. Ah, enfin ! Elles m'avaient gênée toute la soirée.

— Laisse-moi les voir, demanda tout à coup le vampire. J'en ai entendu parler, mais tu peux me les montrer ?

Dave durcit son étreinte.

— Ce n'est pas un monstre de foire.

— Tu en es sûr ? soupirai-je avant de laisser mes yeux s'embraser.

Ils brillèrent d'une nouvelle lueur, tels deux phares émeraude, exactement comme ceux de n'importe quel vampire. C'était une preuve indiscutable de mon hérédité mixte.

— Bon, mets-toi à table. Dis-moi pourquoi je devrais te laisser en vie.

— Je m'appelle Ernie. J'appartiens à la lignée de Two-Chains. Two-Chains est un ami de Bones, donc tu ne peux pas me tuer.

— Avec des amis comme toi, je n'ai pas besoin d'ennemis, dit Bones d'un ton acerbe.

Il se glissa à mes côtés après avoir terminé de soigner les humains blessés et modifié leurs souvenirs grâce au pouvoir hypnotique des vampires.

— Tu lui as carrément collé une cible dans le dos en hurlant son nom, poursuivit Bones. Rien que pour ça, je devrais t'arracher les bijoux de famille et te les faire bouffer.

Pour certaines personnes, cela n'aurait été qu'une image. Pas pour Bones. Il ne bluffait jamais. De toute évidence, Ernie connaissait sa réputation. Il croisa les jambes.

— S'il te plaît, ne fais pas ça. (Il ne négociait plus, il suppliait.) Je ne voulais pas lui faire de mal, je le jure devant Caïn.

— Admettons, dit froidement Bones. Mais l'invocation du créateur de tous les vampires ne suffira pas à te sauver si tu mens. Chaton, j'aimerais l'enfermer et le ramener au QG histoire de vérifier s'il appartient bien à la lignée de Two-Chains.

Bones demandait mon aval, car en ce qui concernait le travail, c'était moi le chef. Mais pour tout ce qui touchait strictement aux vampires, son expérience dépassait la mienne de plus de deux siècles.

— D'accord. Je sens qu'il va adorer la capsule.

Bones émit un rire aux accents lugubres. Il avait personnellement expérimenté le confort plus que sommaire de notre mode de transport pour vampires.

— S'il a menti, ce sera le cadet de ses soucis.

Cooper s'approcha de nous.

— Commandant, la capsule est prête.

— Enfermez-le dedans. Bouclons le périmètre le plus vite possible.

Tate Bradley, mon bras droit, entra dans le club. Il balaya la pièce de son regard indigo pour me localiser.

— Cat, c'est la troisième fois qu'on te reconnaît.

*Comme si je ne le savais pas.*

— Il va falloir qu'on trouve un meilleur déguisement. Rapidement, avant la mission de la semaine prochaine.

Tate ne se laissa pas dissuader par mon ton.

— À force de prendre tous ces risques, tu vas finir par te faire tuer. Un de ces jours, quelqu'un va te reconnaître et sortira son flingue au lieu de t'offrir un verre. Ça devient trop dangereux, même d'après tes critères.

— Épargne-moi tes sermons, Tate. C'est moi le chef, alors ce n'est pas la peine de jouer au papa ours avec moi.

— Tu sais bien que ce que je ressens pour toi n'a rien de *paternel.*

En un éclair, Bones saisit Tate à la gorge et le souleva jusqu'à ce que ses pieds quittent le sol. La remarque de Tate m'avait tellement énervée qu'il me fallut quelques secondes avant de dire à Bones de le lâcher.

Si je n'avais pas connu Tate depuis des années, je l'aurais étranglé moi-même pour cette manie qu'il avait de toujours provoquer Bones à mon sujet.

Plutôt que de donner des coups de pied ou de résister, Tate parvint à grimacer un sourire.

— Tu vas faire quoi, le Gardien de la Crypte ? articula-t-il avec difficulté. Me tuer ?

— Lâche-le, Bones, on a des problèmes plus graves à régler pour le moment, poursuivis-je. Nous devons finir notre mission, vérifier la lignée d'Ernie, remettre notre rapport à Don et rentrer chez nous. Allez, le temps presse.

— Un de ces jours, tu vas pousser le bouchon trop loin, grogna Bones en laissant tomber Tate.

J'adressai un regard menaçant à Tate. C'était ce que je craignais, moi aussi. Tate était mon ami et je tenais à lui, mais ce qu'il ressentait pour moi était d'une nature très différente. Et pour ne rien arranger, Tate semblait depuis quelque temps déterminé à exprimer ses sentiments, surtout en présence de Bones.

Ce qui équivalait à agiter un chiffon rouge devant un taureau. Les vampires n'étaient pas réputés pour leur sens du partage. Jusqu'ici, j'avais réussi à éviter qu'une vraie bagarre éclate entre eux, mais je savais que si Tate poussait vraiment Bones à bout, il ne vivrait pas assez longtemps pour regretter son erreur.

— Le sénateur Thompson sera ravi d'apprendre que l'assassin de sa fille a été puni pour son crime, nous dit plus tard Don Williams, mon oncle et patron, lorsque nous nous réunîmes tous dans son bureau. Cat, j'ai appris qu'on vous avait encore reconnue. C'est la troisième fois.

— J'ai une idée, suggérai-je. Vous pourriez prendre Juan et Tate, et le crier tous les trois à la cantonade. Nom de Dieu, je sais bien que c'est la troisième fois, Don !

Mon écart de langage ne le fit pas sourciller. Les vingt-deux premières années de ma vie s'étaient déroulées sans Don, mais il avait été au cœur des cinq dernières. Je ne connaissais d'ailleurs notre lien de parenté que depuis quelques mois. Don m'avait caché nos liens familiaux, car il n'avait pas voulu que je sache que le vampire qui avait – paraît-il – violé ma mère était son frère.

— Il va falloir qu'on trouve une autre femme pour servir d'appât, déclara Don. Vous pouvez rester à la tête de l'équipe, Cat, mais les risques sont trop grands pour que je vous laisse vous agiter au bout de l'hameçon. Je suis sûr que Bones sera d'accord avec moi.

Ces paroles me firent éclater de rire. Bones appréciait de me voir risquer ma vie au quotidien autant que j'appréciais mon père.

— Bien sûr qu'il est d'accord. Merde, Bones danserait sur votre tombe si je démissionnais !

Ce dernier haussa un sourcil, imperturbable, mais ne me contredit pas.

— Je crois plutôt que tu demanderais à ton copain vampire de faire sortir Don de son cercueil, s'il mourait, Cat, dit Dave avec un sourire désabusé.

Je lui rendis son sourire. Dave parlait en connaissance de cause. Il était mort en mission, et Bones l'avait ressuscité. Je savais alors que le pouvoir de guérison du sang de vampire était immense, mais j'ignorais encore que si une personne victime d'une blessure mortelle en avalait avant de mourir, elle pouvait ensuite revenir à la vie en tant que goule.

Don toussa.

— Quoi qu'il en soit, tout le monde s'accorde à dire que le rôle d'appât est devenu trop dangereux pour vous. Pensez aux témoins, Cat. À chaque Code Rouge, les risques d'accident fatal seront plus nombreux.

Il avait raison. La dernière mission en était la preuve. Les vampires et les goules étaient capables de tout s'ils se sentaient coincés. Si l'on ajoutait à cela ma réputation de ne pas faire de prisonniers, qu'avaient-ils à perdre en emmenant autant d'humains que possible avec eux dans la tombe ?

— Merde, dis-je, résignée. (Je n'avais pas d'autre choix que de reconnaître ma défaite.) Mais grâce à vos règles sexistes, Don, il n'y a pas de femmes dans l'équipe, et on a une nouvelle mission la semaine prochaine. Ça ne nous laisse pas assez de temps pour recruter une femme soldat qualifiée, la mettre au courant, pour son plus grand plaisir, de l'existence des vampires et des goules, l'entraîner à se défendre, et la pomponner pour l'envoyer au casse-pipe.

Un long silence suivit ma déclaration. Don se mit à tirer sur ses sourcils, Juan sifflota, et Dave fit craquer sa nuque.

— Et Belinda ? suggéra Tate.

Je le regardai bouche bée.

— Mais on la détient pour meurtre.

Tate grogna.

— Ouais, mais elle a très bien rempli son rôle dans l'entraînement des hommes. Pour la récompenser de sa bonne conduite, on lui a promis de la libérer dans dix ans. La laisser participer aux missions, ce sera peut-être le moyen de vérifier qu'elle a tourné la page, comme elle l'affirme.

Bones haussa légèrement les épaules.

— C'est risqué, mais comme Belinda est une vampire, elle est suffisamment forte pour s'en tirer. En plus, elle est assez attirante pour jouer le rôle d'appât, et elle n'aurait besoin d'aucun entraînement.

Je n'aimais pas Belinda, et pas seulement parce qu'elle avait essayé de me tuer. Elle était également au centre d'une histoire avec Bones, lors d'une fête d'anniversaire impliquant aussi une autre vampire du nom d'Annette et deux autres filles, tout ce beau monde ne s'étant pas réuni pour faire la causette.

— Don ? demandai-je.

— Nous essaierons Belinda la semaine prochaine, finit-il par répondre. Si elle n'est pas à la hauteur, nous lui trouverons une remplaçante digne de ce nom.

Nous allions utiliser un vampire comme appât pour piéger et tuer d'autres vampires. C'était presque aussi dingue que ce que nous avions fait jusqu'ici, c'est-à-dire m'utiliser moi, qui suis demi-vampire, dans le même but.

—Il nous reste une chose à régler, dit Don. Lorsque Bones nous a rejoints il y a trois mois, je lui avais imposé des conditions. Jusqu'ici, je ne lui ai pas encore demandé de nous faire bénéficier de l'aide la plus significative qu'il peut nous apporter… mais le moment est venu.

Je me raidis, parce que je savais ce que cela signifiait. À ma gauche, Bones haussa un sourcil d'un air las.

—Je n'ai pas l'intention de revenir sur notre accord, alors dites-moi quelle est la personne que vous voulez que je transforme en vampire.

—Moi.

La réponse venait de Tate. Je rivai mon regard sur lui.

—Mais tu détestes les vampires ! m'écriai-je. Pourquoi est-ce que tu voudrais en devenir un ?

—Je le déteste *lui*, répondit Tate aussitôt. Mais c'est toi qui as dit un jour que c'est la personne qui fait le caractère du vampire, et pas l'inverse. Autrement dit, j'aurais aussi détesté Bones si je l'avais connu humain.

*Génial*, pensai-je, toujours sous le choc de la révélation de Tate. *Je suis ravie de voir qu'il garde l'esprit ouvert à propos des morts-vivants. Ouais, c'est vraiment super.*

Bones observa Don.

—Je vais avoir besoin de temps pour le préparer en vue de la transition, et on va mettre les choses au point tout de suite. (Il reporta son attention sur Tate.) Ce n'est pas pour autant qu'elle t'aimera.

Je détournai les yeux. Bones avait traduit mes inquiétudes à haute voix. Mon Dieu, j'espérais de tout cœur n'être pour rien dans la décision de Tate. *Pitié, faites qu'il n'ait pas choisi une transformation aussi radicale à cause de moi.*

—Je t'aime en tant qu'ami, Tate. (Ma voix était douce. Cela ne me plaisait pas du tout de devoir le dire devant tout ce monde, mais tous connaissaient les sentiments de Tate. Ces derniers temps, il n'avait pas vraiment cherché à les cacher.) Tu es même l'un de mes meilleurs amis. Mais jamais tu ne pourras être autre chose pour moi.

Don se racla la gorge.

— À moins que vous ou Bones ayez des inquiétudes légitimes, sachez que les sentiments personnels de Tate n'ont rien à voir là-dedans.

— Ce qui m'inquiète, c'est sa motivation, répondit Bones sur-le-champ. Imaginons que la déception le submerge quand il verra qu'il ne peut pas me l'arracher, et je peux t'assurer que tu n'y arriveras pas, mon pote. La question est toujours la même : est-ce qu'il choisit de faire ça pour lui, ou pour elle ? S'il le fait pour la mauvaise raison, il aura toute l'éternité devant lui pour le regretter.

Tate parla enfin.

— Mes raisons ne regardent que moi, et je continuerai à faire preuve du même sérieux dans mon travail.

Bones lui adressa un petit sourire.

— Dans cent ans, ce boulot et ton patron auront disparu depuis longtemps, mais tu seras toujours ma création. Tu me devras allégeance, à moins que je te laisse fonder ta propre lignée, ou que tu me défies pour gagner ta liberté. T'es sûr de vouloir t'engager là-dedans ?

— Je m'en sortirai, se contenta de répondre Tate.

Bones haussa les épaules.

— Dans ce cas, c'est réglé. Si tout se passe bien, vous aurez bientôt votre vampire, Don. Comme je vous l'avais promis.

L'expression de Don était à la fois lugubre et satisfaite.

— Pourvu que nous ne le regrettions pas.

Il m'enlevait les mots de la bouche.

# Chapitre 2

Quand je me réveillai, j'étais seule dans notre lit. Les yeux encore lourds de sommeil, je jetai un coup d'œil alentour ; Bones n'était pas dans la chambre. Poussée par la curiosité, je descendis et le trouvai sur le canapé du salon.

Bones regardait par la fenêtre, les yeux rivés sur la chaîne montagneuse au loin. Les vampires pouvaient rester des heures assis sans bouger, aussi immobiles qu'une statue. Bones avait d'ailleurs la beauté d'une œuvre d'art. Sous la lumière de la lune, ses cheveux, d'ordinaire brun foncé, prenaient une teinte plus claire. Il avait abandonné le blond pour sa couleur naturelle dans l'espoir de moins attirer l'attention en mission. Les rayons argentés mettaient également en valeur les reliefs de sa peau cristalline et soulignaient sa carrure élancée et musclée. Ses sourcils foncés s'accordaient presque à la couleur de ses yeux, lorsque ces derniers ne brillaient pas de cette lueur verte propre aux vampires. Le jeu d'ombres accentua encore la perfection de ses pommettes quand il tourna la tête et me vit, debout à côté de lui.

— Salut. (En sentant la tension dont il emplissait l'air, je serrai la robe de chambre que j'avais enfilée.) Quelque chose ne va pas ?

— Rien du tout, ma belle. En fait, je suis un peu nerveux.

Cette déclaration me rendit perplexe. Je m'assis à côté de lui.

— Tu n'es jamais nerveux.

Bones sourit.

— J'ai quelque chose pour toi. Mais je ne sais pas si tu en voudras.

— Pourquoi est-ce que je n'en voudrais pas ?

Bones se laissa glisser au bas du canapé pour s'agenouiller devant moi. Je ne comprenais toujours pas. Ce ne fut qu'en voyant la petite boîte de velours noir dans son autre main que je saisis où il voulait en venir.

— Catherine. (Dans l'hypothèse où je n'aurais pas encore deviné de quoi il s'agissait, le fait de l'entendre m'appeler pour la première et unique fois par mon véritable prénom aurait suffi à me mettre la puce à l'oreille.) Catherine Kathleen Crawfield, voulez-vous m'épouser ?

Ce n'est qu'à ce moment-là que je me rendis compte à quel point j'avais désiré entendre Bones prononcer ces mots. D'accord, nous étions mariés selon la loi des vampires, mais voir Bones s'entailler la main, la poser sur la mienne et déclarer que j'étais sa femme était assez loin de mes rêves de petite fille et de mariage en blanc. Sans compter que Bones l'avait fait pour éviter un affrontement général dont j'étais la cause entre les membres de sa lignée et ceux de celle de Ian, son ancien Maître.

Mais quand je vis Bones devant moi, tous mes rêves d'enfant se réalisèrent. D'accord, Bones n'avait pas vraiment le profil d'un prince charmant : c'était un ancien gigolo devenu vampire et tueur à gages, mais aucune héroïne de conte de fées n'aurait pu ressentir ce que je ressentais à ce moment précis, l'homme que j'aimais à la folie se tenant agenouillé devant moi et me demandant de devenir sa femme. J'étais si émue que j'en avais la gorge serrée. Je n'en revenais pas d'être aussi chanceuse !

Bones émit un son à la fois amusé et exaspéré.

— C'est le moment que tu choisis pour rester muette comme une carpe ? Si cela ne te fait rien, je te saurais gré de me donner une réponse. Cette attente me tue.

— Oui.

Les larmes me montèrent aux yeux alors que je commençais à rire, submergée par la joie qui explosait en moi.

Je sentis un objet dur et froid glisser le long de mon doigt. J'arrivais à peine à le voir, car ma vision était troublée par les larmes, mais j'aperçus un éclair rouge.

— J'ai fait tailler cet anneau il y a près de cinq ans, dit Bones. Je sais que tu penses que j'ai été forcé de me lier à toi, mais ce n'est pas vrai. J'ai toujours eu l'intention de t'épouser, Chaton.

Pour la millième fois sinon plus, je regrettai d'avoir quitté Bones comme je l'avais fait quelques années auparavant. J'avais voulu le protéger. En fait, je n'avais réussi qu'à nous faire souffrir tous les deux sans raison.

— Comment se fait-il que l'idée de me demander en mariage t'ait rendu nerveux, Bones ? Je donnerais ma vie pour toi. Pourquoi est-ce que je refuserais de te donner ma main ?

Il m'embrassa, longuement et profondément, et ne me répondit que lorsque j'éloignai mes lèvres des siennes pour reprendre mon souffle.

— En tout cas, moi, c'est bien ce que j'ai l'intention de faire, chuchota-t-il.

Un peu plus tard, j'étais allongée contre lui, ses bras autour de moi, attendant l'aube qui était proche.

— Tu veux qu'on s'évade, ou tu préfères un mariage en grande pompe ? demandai-je d'une voix endormie.

Bones sourit.

— Tu connais les vampires, mon chou. On aime sortir le grand jeu. Et puis je sais que notre union façon vampire ne t'a pas fait l'effet d'un véritable mariage, alors je veux t'offrir une cérémonie digne de ce nom.

Je poussai un grognement amusé.

— Waouh, un mariage princier ! Je sens qu'on va s'amuser pour commander le menu au traiteur. Entrées au choix : bœuf ou fruits de mer pour les humains, viande crue et membres humains pour les goules… et un tonneau de sang tout chaud au bar pour les vampires. Bon Dieu, je vois d'ici la tête de ma mère.

Le sourire de Bones se fit diabolique et il se redressa d'un bond. Intriguée, je le regardai traverser la pièce et composer un numéro sur son portable.

— Justina ?

En entendant le nom de ma mère, je me précipitai sur lui. Bones s'enfuit en courant et continua à parler en se retenant de rire.

— Oui, Bones à l'appareil… Allons, ce n'est pas très gentil de m'appeler comme ça… Hmm, je pourrais vous retourner le compliment…

— Donne-moi ce téléphone ! ordonnai-je.

Il ne me prêta aucune attention et continua à s'éloigner pour être hors de ma portée. Depuis sa mésaventure avec mon père, ma mère vouait aux vampires une haine pathologique. Elle avait même essayé – par deux fois – de faire tuer Bones, ce qui expliquait pourquoi il prenait un tel plaisir à lui rendre la monnaie de sa pièce.

— En fait, Justina, je ne vous appelle pas pour le plaisir de discuter de mes travers d'assassin mort-vivant… et de gigolo dégénéré, puisque vous y tenez. D'ailleurs à ce propos, est-ce que je vous ai déjà dit que ma mère aussi était une prostituée ? Non ? En fait, je descends d'une longue lignée de prostituées, quand on y pense…

Je manquai de m'étouffer en entendant Bones dévoiler ce pan de son passé à ma mère, qui devait être au bord de l'apoplexie à l'autre bout du fil.

— J'appelais pour vous apprendre la bonne nouvelle. J'ai demandé sa main à votre fille et elle a accepté. Félicitations, vous m'aurez bientôt officiellement pour gendre. Bon, vous voulez que je vous appelle maman tout de suite, ou vous préférez que j'attende le jour du mariage ?

Je plongeai vers lui dans une tentative désespérée et réussis enfin à le faire tomber en faisant sauter le téléphone de sa main. Bones riait à perdre haleine et dut s'arrêter pour reprendre sa respiration.

— Maman ? Tu es là ? Maman ?

— Laisse-lui une minute, Chaton. Je crois qu'elle s'est évanouie.

Certains jours, l'idée que je ne serais jamais mère m'emplissait de nostalgie. Bien sûr, mon père avait réussi à mettre ma mère enceinte, mais uniquement parce qu'il venait tout juste d'être transformé ; en temps normal, les vampires sont incapables de se reproduire. Je ne prendrais jamais le risque de transmettre mes anomalies génétiques à un enfant par insémination artificielle, et l'instabilité de mon mode de vie me dissuaderait toujours d'en adopter un.

Néanmoins, à cet instant précis, j'étais heureuse de ne pas être mère. J'avais connu des moments effrayants en traquant les vampires et les goules, mais la vision de ces hordes d'enfants hurlants carburant au glucose et sautant d'un jeu vidéo à un autre, sans me laisser la moindre échappatoire, était proprement terrifiante.

Bones se trouvait à l'extérieur du centre récréatif Geronimo Stilton, le petit veinard, pour éviter que sa puissance le trahisse. Les autres vampires sentaient sa présence, donc il surveillait habituellement les lieux jusqu'à ce que la fête commence et que notre cible sache qu'elle était poursuivie. Je n'avais pas l'aura typique des morts-vivants, dont les manifestations allaient de l'électricité statique à l'électrocution pure et simple, selon la force du vampire. Non, mon cœur battait et je respirais, ce qui me donnait un air faussement inoffensif... aux yeux de ceux qui ne savaient pas à quoi s'attendre, en tout cas.

Pour paraître encore plus banale, je portais des vêtements très sobres qui dissimulaient presque entièrement ma peau. Après tout, je ne jouais pas le rôle de l'appât, je n'avais donc pas à porter ma tenue habituelle de garce. C'était Belinda qui arborait un petit haut décolleté et un jean taille basse qui révélait une portion non négligeable de son ventre. Elle s'était fait boucler les cheveux et s'était maquillée, ce qui était exceptionnel, car en tant que prisonnière de Don elle n'avait que rarement l'occasion de sortir.

À la voir avec ses cheveux blonds, sa moue boudeuse et ses courbes affolantes, personne ne pouvait deviner qu'elle était une vampire, d'autant plus que nous étions en plein jour. Même ceux qui étaient susceptibles de croire à l'existence des morts-vivants pensaient toujours que les vampires ne pouvaient sortir que la nuit, mais c'était faux, tout comme la croyance selon laquelle ils dormaient dans des cercueils, étaient allergiques aux symboles religieux ou pouvaient être tués à l'aide d'un simple pieu en bois.

Le petit garçon à côté de moi me tira par le bras.

— J'ai faim, déclara-t-il.

J'étais déconcertée.

— Mais tu viens de manger.

Il leva les yeux au ciel.

— M'dame, c'était il y a une heure.

— Appelle-moi maman, Ethan, lui rappelai-je en affichant un grand sourire tandis que je sortais de l'argent de ma poche.

C'était la mission la plus étrange à laquelle j'avais jamais participé. Où Don avait-il bien pu dénicher un petit garçon de dix ans pour jouer les figurants ? Je n'en avais pas la moindre idée. Mais il s'était arrangé pour qu'Ethan vienne avec nous, en disant que si nous passions plusieurs heures sans enfant dans un parc d'attractions, notre cible finirait par nous soupçonner d'être au mieux des pédophiles, au pire des chasseurs de vampires.

Ethan m'arracha les billets des mains sans me laisser le temps de faire le tri.

— Merci ! dit-il avant de filer vers le marchand de pizzas.

Bon, au moins, ça avait l'air authentique. J'avais vu des enfants faire la même chose avec leurs parents toute la journée, et la veille également. La vache, entre la nourriture et les parties de jeux vidéo, j'avais dépensé plus d'argent en deux jours que lors d'une mission d'une semaine passée à enchaîner les gin tonics. Au moins, c'était le gouvernement qui payait, pas moi.

Le centre de loisirs était un bâtiment de plain-pied, ce qui me facilitait les choses pour garder un œil sur Belinda sans avoir à la serrer de trop près. Elle se trouvait à gauche de la porte d'entrée, et faisait une partie de *skee-ball*. Elle exécuta un nouveau tir parfait au centre des cercles. Les lampes de la machine s'éteignirent et de nouveaux tickets sortirent de la fente latérale de l'appareil. Belinda en avait une pile à ses pieds, et elle était entourée d'une foule d'admirateurs, adultes comme enfants.

Malheureusement, aucun autre vampire ne se trouvait là, en dépit de la disparition, trois semaines plus tôt et en ce même endroit, d'une famille entière. Mais aucune des personnes présentes aujourd'hui n'en savait rien. C'était uniquement parce qu'une caméra de sécurité avait filmé une paire d'yeux verts et brillants dans le parking que Don en était venu à soupçonner que des vampires étaient impliqués dans la disparition de la famille.

Les tueurs morts-vivants étaient très sédentaires pour ce qui touchait à leurs terrains de chasse. Ce comportement me semblait totalement dénué de sens. Sans cette habitude qu'avaient les vampires et les goules de revenir sur les lieux de leurs méfaits, la branche spéciale de la Sécurité nationale dirigée par mon oncle aurait été au chômage depuis longtemps. Certains morts-vivants n'avaient pas la présence d'esprit d'imiter l'éclair et de ne jamais frapper deux fois au même endroit.

Mon portable se mit à vibrer. Je le détachai de ma ceinture, lui jetai un coup d'œil… et souris. Le numéro qui clignotait était le 911, ce qui signifiait qu'un vampire venait d'être repéré dans le parking. Je gardai un œil sur Ethan tout en me dirigeant vers Belinda. Elle me lança un regard irrité lorsque je posai la main sur son bras.

— C'est parti, murmurai-je.

— Ne me touche pas, répondit-elle sans se départir de son charmant sourire.

Je serrai son bras au lieu de retirer ma main.

— Si tu tentes quoi que ce soit, je te tue. À condition bien sûr que Bones ne me devance pas.

Les yeux de Belinda lancèrent des éclairs verts le temps d'une seconde, puis elle haussa les épaules.

— Encore dix ans et je n'aurai plus à te supporter.

Je la lâchai.

— Exact. Alors ne fiche pas en l'air un accord que nous n'aurions jamais dû te proposer.

— Tu n'es pas censée t'éloigner de moi, *Faucheuse*? siffla-t-elle. (Elle avait parlé si bas que je l'avais à peine entendue.) Tu ne voudrais tout de même pas effrayer le poisson, si?

Je jetai à Belinda un long regard froid avant de lui tourner le dos et de m'éloigner. Ma menace était on ne peut plus sérieuse. Si Belinda tentait quelque chose au cours de la mission et mettait en danger la vie d'un seul des nombreux enfants présents, je la tuerais. Mais comme dit le proverbe, nous lui fournissions tout le nécessaire pour qu'elle creuse sa propre tombe. Nous n'avions plus qu'à attendre de voir si elle s'enterrerait elle-même.

Je me dirigeais vers Ethan lorsque mon portable vibra de nouveau. Je le regardai et fronçai les sourcils. Un autre 911. Cela voulait dire qu'il y avait deux vampires. Voilà qui compliquait tout.

J'arrivai auprès d'Ethan et le gardai à l'œil tout en surveillant la porte. Bientôt, je vis deux hommes entrer ; leur peau et leurs mouvements résolus indiquaient clairement qu'il s'agissait de nos deux vampires.

De nouveau, je balayai d'un regard irrité l'intérieur du centre de jeux. Avec tous les enfants présents, c'était le pire endroit possible pour affronter des morts-vivants. Si j'avais joué le rôle de l'appât, j'aurais tenté d'entraîner les vampires sur le parking afin de minimiser les risques pour le public. Mais Belinda n'aurait certainement pas ce genre de délicatesse. Je n'avais pas le choix, j'allais devoir essayer de l'aider.

Je saisis la main d'Ethan.

— C'est l'heure, lui dis-je.

Ses yeux bleu-vert s'agrandirent.

— Les méchants sont là ? murmura-t-il.

Je doutais que Don ait expliqué à Ethan – ou à ses parents, qui devaient être fous à lier pour laisser leur fils participer à ce genre de missions – la nature exacte des « méchants » que nous pourchassions. Et je n'avais aucune intention de me lancer dans des explications.

— Tu ne me quittes pas des yeux, tu te rappelles ? lui dis-je d'une voix douce mais ferme. Tout va bien se passer.

Il hocha la tête, prenant manifestement son courage à deux mains.

— D'accord.

*Quel bon petit.*

Mon portable vibra de nouveau, et une nouvelle série de chiffres clignota sur l'écran : « 911 - 911 ».

— Oh, m… zut, me rattrapai-je de justesse.

Ethan me regarda en clignant des yeux.

— Qu'est-ce qui se passe ?

Je serrai sa main plus fort.

— Rien.

C'était un mensonge, bien sûr. Je levai les yeux à temps pour voir un troisième vampire passer la porte. Puis un quatrième. J'aperçus Belinda qui interrompait sa partie pour les regarder, avant de sourire. De toutes ses dents.

L'après-midi s'annonçait mouvementé.

# Chapitre 3

Les vampires ne tardèrent pas à remarquer Belinda. Peut-être l'avaient-ils même sentie avant de la voir, car en moins d'une minute ils se dirigèrent vers elle. Je serrai fermement la main d'Ethan dans la mienne tandis que Belinda leur disait bonjour. Je tendis l'oreille pour m'assurer qu'elle ne disait pas un mot de plus. Comme « piège » ou « Faucheuse ». Jusqu'ici, tout allait bien. Belinda leur faisait du charme… avant d'entrer directement dans le vif du sujet en leur demandant s'ils étaient venus pour s'offrir un en-cas.

— Pourquoi on est là, à ton avis ? rétorqua l'un d'entre eux avec un petit sourire. C'est pas pour jouer au flipper !

Les autres éclatèrent de rire. Ma mâchoire se crispa. *Enfoirés.*

— T'es venue avec quelqu'un ? demanda un autre vampire en la regardant de la tête aux pieds d'un air lubrique.

— Une bonne femme que j'ai rencontrée et son fils, répondit Belinda d'un air dédaigneux. Vous pouvez la manger, mais je me réserve le gamin.

— Montre-les-nous, dit le vampire aux cheveux noirs.

Je détournai le regard juste au moment où Belinda levait la main, plaquant un sourire hypocrite sur mes lèvres en regardant Ethan. *Ne t'en fais pas. Il ne va rien t'arriver.*

— La blonde avec le pull noir à col roulé et le jean, qui tient le petit garçon par la main. C'est eux.

— Jolie, dit le brun d'une voix traînante. (Puis il ajouta avec précipitation :) Mais pas autant que toi, bien sûr.

— Merci. (Le ton de Belinda indiquait qu'il était loin de s'être suffisamment rattrapé, mais qu'elle voulait bien passer sur sa maladresse.) Bon, vous opérez comment d'habitude ? Vous vous emparez du gamin et vous vous enfuyez ?

— Tu vois ce type, là-bas ? (Le grand vampire décharné désigna un homme arborant un badge d'employé.) Je vais lui faire les yeux verts et lui voler sa tenue.

— Quel est l'intérêt de voler les *vêtements* de quelqu'un ? demanda Belinda d'un ton incrédule.

L'air de rien, je reportai mon regard sur eux. C'était exactement la question que je venais de me poser.

— Pas ses vêtements, son costume de souris Geronimo Stilton, répondit le vampire avec un sourire. C'est facile de persuader les enfants de te suivre dehors sans éveiller les soupçons quand tu portes ce genre de déguisement. Même si les parents s'en aperçoivent, l'un d'entre nous les hypnotise du regard et ils rentrent chez eux sans se douter de quoi que ce soit. Au bout d'une journée environ, ils se rendent compte que leurs gamins ont disparu, et ils ne se rappellent pas où ils les ont perdus.

— On les prend un par un et on les stocke dans le coffre, ajouta un autre. À cette époque de l'année, il ne fait pas encore trop chaud, alors ils restent en vie et ne pourrissent pas, et il nous suffit d'allumer nos phares verts pour qu'ils se tiennent tranquilles une fois enfermés.

Je serrai la main d'Ethan si fort qu'il poussa un glapissement. Je relâchai mon étreinte en faisant tout mon possible pour empêcher la colère de faire luire mes yeux. Plus tôt je tuerais ces types, mieux ce serait.

Belinda sourit.

— Un vampire dans un costume de souris Geronimo Stilton, hein ? Il faut que je voie ça.

Le vampire lui rendit son sourire.

— Ne bouge pas, mon cœur. Tu vas adorer le spectacle.

Comme s'ils répondaient à un signal, les automates de la salle de jeux se mirent à bouger. Les enfants poussèrent des cris de joie. Je regardai l'un des vampires suivre l'employé qu'ils avaient désigné derrière la scène. J'allais leur emboîter le pas lorsque des paroles m'arrêtèrent net dans mon élan.

— … faim, je vais me chercher quelqu'un à manger, dit le vampire aux cheveux brun-roux en s'éloignant de Belinda et des autres d'un pas nonchalant.

Je lâchai la main d'Ethan. Belinda l'avait revendiqué ; de tous les gamins présents, c'était lui qui était le moins en danger. Je m'agenouillai pour le regarder droit dans les yeux.

— Tu vois ce jeu ? demandai-je en lui désignant la machine la plus proche de nous. Tu vas y jouer et rester là jusqu'à ce que moi ou l'une des autres personnes que tu as rencontrées tout à l'heure vienne te chercher. Promets-le-moi.

Ethan hocha la tête.

— Promis.

— C'est bien, murmurai-je.

Ethan se dirigea vers la machine et posa tous ses jetons à côté. Une fureur froide s'empara de moi alors que je regardais l'autre vampire traquer sa proie.

— À toutes les unités, tenez-vous prêtes, murmurai-je dans mon portable.

La situation pouvait très mal tourner à tout moment.

Je suivis discrètement le vampire des yeux alors qu'il se promenait dans la salle, repérant de son regard perçant les enfants qui étaient surveillés et ceux qui ne l'étaient pas. Un jeune garçon était en train de rassembler les jetons qu'il venait d'acheter. Le vampire le regarda, puis se glissa derrière l'enfant alors que ce dernier était en train de choisir à quelle machine il allait jouer. Le vampire attendit qu'il se rapproche d'un coin de la salle, puis il posa la main sur l'épaule du garçon.

Celui-ci leva les yeux… et il n'en fallut pas plus. Le vampire lui jeta un bref regard vert et lui murmura quelque chose, mais trop bas pour que je saisisse ses paroles. Personne ne remarqua rien. Le garçon le suivit sans attendre dans la salle voisine et disparut derrière un mur.

Je leur emboîtai le pas, notant au passage que le vampire avait choisi la zone la plus calme, où tous les jeux cassés étaient entreposés. Il était agenouillé devant le petit garçon. Je pouvais voir la lueur verte de son regard se réfléchir sur la peau de l'enfant qui se tenait debout devant lui, sans même essayer de s'enfuir ou de crier.

*Il va le mordre maintenant, juste ici, et il pourra cacher rapidement le corps derrière l'une de ces machines hors service. Le gosse sera mort avant que ses parents sachent qu'il est en danger…*

Le vampire aux cheveux brun-roux se pencha, persuadé que ni les parents, ni Dieu ou je ne sais qui d'autre encore n'interviendraient. Je sortis un couteau en argent de ma manche et m'avançai furtivement. *J'ai une surprise pour toi, enfoiré!*

— Qu'est-ce que… ?

Je me retournai vivement en sentant une puissance inhumaine dans mon dos. Le vampire en costume de souris Geronimo Stilton qui avait parlé se tenait derrière moi, sa grosse tête de rongeur inclinée sur le côté, comme s'il était intrigué. L'autre vampire lâcha le petit garçon, les yeux rivés sur mon couteau.

— De l'argent, marmonna-t-il.

Le bal allait commencer.

— Déployez-vous ! hurlai-je en sachant que Bones m'entendrait, puis je lançai mon couteau.

Il s'enfonça jusqu'à la garde dans la poitrine du vampire. Quasiment dans le même mouvement, je bondis sur lui et le déséquilibrai tout en imprimant quelques torsions brutales à la lame. Au même moment, un objet lourd atterrit sur moi. Lourd et moelleux. C'était le vampire dans le costume de souris Geronimo Stilton.

Je fis une roulade et ramenai mes jambes vers moi avant de les propulser sur le vampire pour le projeter en arrière. Il heurta un jeu vidéo si violemment que la machine traversa la fenêtre, brisant les vitres au passage. J'entendis Tate crier « Sécurité nationale, que personne ne bouge ! » alors que je sortais d'autres couteaux pour les lancer au millimètre près dans la poitrine du vampire déguisé. Il recula en titubant mais ne s'écroula pas. Ce satané costume devait être trop épais.

Je sortis d'autres couteaux de sous mes vêtements et l'attaquai au corps à corps. Il se défendit autant qu'il le pouvait... engoncé dans son encombrant costume de souris. Pris dans notre lutte, nous roulâmes sur le sol. J'essayais d'enfoncer mon couteau à travers son costume pour le transpercer, et lui faisait tout son possible pour m'abreuver de coups, malgré le déguisement qui entravait ses mouvements.

— Ne touche pas à Geronimo ! entendis-je couiner un enfant.

Plusieurs autres se mirent à hurler. Jésus, Marie, Joseph, si avec tout cela ces gamins n'étaient pas marqués à vie... Une femme, qui devait avoir l'air d'une folle, était en train d'essayer de poignarder leur mascotte adorée. Ils en feraient des cauchemars pendant des années, à moins que Bones efface leurs souvenirs.

Mais ce n'était pas le moment de m'appesantir sur le sujet. Tout en continuant à abreuver mon adversaire de coups de couteau, j'entendis une bagarre se déclencher. Les autres vampires. Je parvins enfin à donner un angle suffisant à ma lame pour immobiliser mon vampire, puis je lui imprimai une dernière torsion.

Je me levai sous le regard horrifié des enfants et des parents, mais je n'avais pas le temps de leur expliquer que Geronimo n'était pas vraiment Geronimo, mais son jumeau infernal. Le vampire blond traversa la salle dans ma direction en rugissant et en bousculant violemment toutes les personnes, grandes ou petites, qui se trouvaient sur son passage. Je cherchai de la main un autre couteau – et découvris à l'occasion qu'il ne m'en restait plus beaucoup – et j'avançai moi aussi vers lui. Je ne pouvais pas lancer mes armes : si le vampire se baissait, mes couteaux risquaient de se planter dans la chair des innocents qui se tenaient derrière lui. Non, j'allais devoir le vaincre au corps à corps. Une lueur verte jaillit dans mes yeux. *Allez, blondinet, montre-moi de quoi tu es capable.*

En voyant la lueur dans mes yeux, il hésita, mais un instant seulement. Pas très loin de moi, je pouvais voir Belinda, à la lutte avec le vampire aux cheveux noirs. Nous ne lui avions donné aucune arme, pour des raisons évidentes, mais j'étais soulagée de la voir se battre avec nous, et pas contre nous.

Derrière le vampire blond, le dernier sbire apparut. Il grogna et s'élança lui aussi vers moi. Puis son regard fut attiré par la porte.

— Oh merde, l'entendis-je dire juste avant de le voir tourner le dos et s'enfuir dans les coulisses.

Je n'avais pas besoin de me retourner pour savoir ce qui l'avait effrayé : je pouvais sentir Bones qui entrait dans le bâtiment. Mais l'autre vampire me frappa au même moment, m'empêchant de profiter du spectacle offert par son collègue qui fuyait la queue entre les jambes.

— Occupe-toi de lui, moi je me charge du blondinet, criai-je à Bones tout en évitant les deux canines qui plongeaient en direction de ma gorge.

— Je vais l'avoir, cette petite frappe, grogna Bones avant de disparaître derrière les grands robots poilus qui continuaient à chanter sur la scène et à se lancer des blagues.

— Que tout le monde se dirige vers la sortie ! ordonnai-je tout en échangeant des coups vicieux.

*Vite, avant que des parents ou des gamins soient pris en otages.*

Un coup d'œil rapide me permit de voir Belinda saisir sans ménagement le vampire aux cheveux noirs et l'entraîner dehors presque en le portant. Il me semblait qu'elle lui parlait, mais, avec tout ce boucan, je n'avais pas la moindre idée de ce qu'elle lui disait.

Une gifle violente rappela le vampire blond à mon attention. *Juste un peu plus loin,* psalmodiai-je dans ma tête. *Je n'ai pas envie de te tuer toi aussi devant des dizaines d'enfants. Ils en ont assez vu comme ça.*

Lorsqu'il se trouva en face de la fenêtre qui avait été brisée par le jeu vidéo, je fonçai sur lui en me baissant pour éviter ses crocs. Nous passâmes à travers la fenêtre pour atterrir sur le parking et continuâmes à nous rouer de coups sur l'asphalte. Il ne me restait plus que deux ou trois couteaux, car je n'avais pas prévu d'en gâcher autant dans le cuir épais de Geronimo. Il fallait que je choisisse le bon moment avec soin.

— Maman, dis-leur d'arrêter ! pleurnichait un enfant.

Je jurai intérieurement. C'était le pire environnement possible pour une opération anti-vampires. D'après ce que je pouvais entendre, mes hommes avaient beaucoup de mal à empêcher les parents et les enfants en proie à la panique de s'enfuir sur le parking, ce qui ne ferait que compliquer encore le problème. Dave aboya des ordres pour que les hommes enferment le vampire avec lequel Belinda s'était battue dans une capsule. C'était judicieux. Il ne présenterait ainsi plus aucun danger, et nous pourrions l'emmener et lui planter un pieu dans le cœur à notre guise.

Alors que je plongeais pour éviter qu'un coup de poing circulaire me brise la mâchoire, j'aperçus Belinda, libérée de son adversaire, qui attrapait brusquement Zachary, une nouvelle recrue, pour lui planter ses canines dans le cou.

— Tate, arrête-la ! hurlai-je, impuissante.

Belinda redressa brusquement la tête. Zachary bascula en arrière, les mains serrées autour de son cou, du sang dégoulinant entre ses doigts.

Puis Belinda s'enfuit.

J'entendis des coups de feu, des jurons, et un début de cavalcade m'indiquant que plusieurs de mes hommes se lançaient à sa poursuite.

— Un ennemi s'est échappé, sécurisez le périmètre ! cria Cooper.

Je jetai un regard froid et furieux au vampire devant moi.

— Je n'ai pas de temps à perdre, grognai-je avant de me ruer sur lui.

Nous tombâmes tous les deux. Il m'abreuva de coups de poing, mais je ne me défendis pas. J'encaissai la raclée tout en éloignant sa bouche d'une main et en enfonçant mon couteau dans son cœur de l'autre. Trois cisaillements de la lame plus tard, il était mort, définitivement.

Je rampai pour me débarrasser de son cadavre qui pesait sur moi. Mes côtes me faisaient énormément souffrir, mais je n'eus pas le temps de poser mes mains à l'endroit où j'avais mal pour tenter d'atténuer la douleur. Entendant les bruits d'une bagarre sur ma gauche, je tournai la tête juste à temps pour voir le vampire aux cheveux noirs, qui était sur le point de se faire enfermer dans la capsule, envoyer au tapis les deux soldats les plus proches de lui. La plupart de mes hommes qui ne surveillaient pas les sorties s'étaient lancés à la poursuite de Belinda, à l'exception de ceux qui s'étaient portés au secours de Zachary. Le vampire avait profité de leur inattention.

Dave bondit sur lui, mais le vampire se baissa, glissa sur le ventre tel un pingouin macabre, puis se releva et partit en courant à toute allure.

Je m'élançai à mon tour, à l'affût des battements de cœur de Tate et de Cooper qui étaient partis à la poursuite de Belinda. Mais ils étaient humains, ils n'avaient pas la moindre chance de la rattraper.

Je pris ma décision en une fraction de seconde et choisis de pourchasser Belinda. C'était elle qui représentait la plus grosse menace. Elle connaissait les noms de mes hommes. Elle savait parfaitement comment fonctionnait l'organisation de Don, et le temps qu'elle avait passé enfermée dans le quartier de haute sécurité du QG lui permettrait d'en donner une description très détaillée à quiconque serait assez fou pour envisager d'y pénétrer. Je ne pouvais en aucun cas lui donner l'occasion de divulguer ces informations.

Je courais aussi vite que possible et je ne tardai pas à rattraper Tate et Juan. Je ne pouvais pas voir Belinda, mais les crissements de pneus et les exclamations que j'entendais au loin m'indiquaient qu'elle venait de traverser une intersection très fréquentée.

— Prends la voiture, lançai-je à Tate d'une voix essoufflée en le dépassant à toute vitesse. Suis ma trace !

Mon biper était équipé d'un transmetteur, et ils me suivraient plus facilement en voiture. Qui plus est, ils géreraient les interventions de la police, si le besoin s'en faisait sentir. J'entendis de nouveaux crissements de pneus et je me dirigeai dans leur direction. Je débouchai sur un croisement et j'aperçus furtivement Belinda avant qu'elle s'enfonce dans une rue transversale. *Pas question de te laisser filer*, pensai-je.

Je redoublai d'efforts malgré mes côtes qui semblaient sur le point d'éclater à chaque foulée. Je priais pour que Belinda ne pénètre pas dans une maison pour essayer de prendre un otage, mais peut-être en connaissait-elle assez sur mon équipe et moi pour savoir que cela ne jouerait pas en sa faveur. Non, elle courait toujours comme une dératée, et je la maudissais tout en suivant son rythme.

Belinda sauta par-dessus une clôture sans même ralentir ses foulées. Heureusement qu'elle n'était pas un Maître vampire capable de voler, sinon, je n'aurais rien pu faire. Je franchis la clôture presque aussi rapidement qu'elle, mais je m'éraflai la jambe contre une pointe métallique dentelée. La coupure ne se referma pas instantanément, comme cela aurait été le cas pour elle. Certains jours, j'enviais les pouvoirs de guérison des morts-vivants. Mais pas au point de vouloir devenir une des leurs pour en disposer moi-même.

Une fois mon retard suffisamment comblé pour tenter ma chance, je lançai mes couteaux. Il ne m'en restait que deux, je ne devais donc pas les gâcher. Les lames se plantèrent au bon endroit dans le dos de Belinda, ce qui la fit vaciller, mais elle ne tomba pas. Bon Dieu, j'avais manqué son cœur ! Ma précision, lorsque je courais à toute allure sur un terrain accidenté, les yeux rivés sur une cible en mouvement, était loin d'être aussi bonne que lorsque je me tenais à courte distance de mon adversaire, à l'arrêt. *Note : travailler le lancer de couteaux en situation de poursuite.*

Mes lames la forcèrent toutefois à ralentir la cadence. Les secousses devaient les rapprocher dangereusement de son cœur, et Belinda ne pouvait pas se permettre de s'arrêter pour saisir correctement les manches et retirer les lames. Elle tenta de faire tomber les couteaux en passant une main dans son dos tout en maintenant son allure insensée, mais ses grands gestes ne parvinrent qu'à enfoncer l'une des lames encore plus profondément au lieu de la faire ressortir. Belinda chancela de nouveau, et je me forçai à accélérer. *Tu y es presque… Mets les gaz, Cat, tu ne peux pas la laisser s'échapper!*

Je rassemblai mes forces et bondis. Je réussis à m'agripper aux chevilles de Belinda et à la faire tomber. Elle se retourna en un éclair, abattant ses canines sur tous les morceaux de chair qui se présentaient à elle. Je n'y prêtai pas attention et me jetai sur elle, en reportant tout mon poids sur son torse.

Belinda s'immobilisa aussitôt. Ses grands yeux bleu vif croisèrent les miens le temps d'une seconde, puis elle abaissa ses paupières tout en poussant un cri très bref. Les lames, toujours plantées dans son dos, venaient de s'enfoncer dans son cœur.

Je ne voulais pas prendre le moindre risque. Je retournai Belinda et tournai violemment les deux lames; son corps se relâcha complètement sous moi. *Tu aurais dû accepter les dix ans qu'on te proposait*, pensai-je sans la moindre émotion. *Au lieu de ça, voilà où on en est arrivées.*

Un hurlement me ramena à la réalité. Belinda et moi nous trouvions au bord d'une pelouse, à ce qu'il semblait. La propriétaire de la maison, une femme âgée, n'était visiblement pas ravie de voir deux femmes se battre à mort dans son jardin.

Je m'assis et soupirai.

—Allez-y, appelez la police. Vous vous sentirez mieux.

Cela dit, la police ne poserait jamais les mains sur moi. Non, pas avec les références de Don. De plus, Tate et mes hommes n'allaient pas tarder à arriver, tout comme Bones, j'étais prête à le parier. Il n'avait pas besoin de mon transmetteur pour me retrouver; son odorat lui suffisait.

La dame marmonna quelque chose qui ressemblait à « assassin » et rentra dans la maison en claquant la porte. Quelques secondes plus tard, je l'entendis appeler la police.

Je restai sur l'herbe à côté de Belinda, en saluant poliment d'un signe de tête les quelques voisins qui approchaient pour m'observer bouche bée avant de se réfugier chez eux pour téléphoner à leur tour aux autorités. Je n'étais pas là depuis plus de trois minutes lorsque Bones apparut au loin. Il ralentit sa course en m'apercevant et franchit en marchant les derniers mètres qui le séparaient de l'endroit où j'étais assise.

— Ça va, ma belle ?

J'acquiesçai.

— Quelques égratignures, mais rien de grave. Et le vampire que tu poursuivais ?

Il s'agenouilla à côté de moi.

— Il doit être en train de faire ses salutations à Belinda en enfer, j'imagine.

Bien. Un vampire s'était peut-être échappé, mais trois y étaient restés, et le plus dangereux d'entre eux commençait à se flétrir sous le soleil de cette fin d'après-midi.

— Et Zachary ?

Bones fit « non » de la tête. J'inspirai profondément. J'aurais voulu pouvoir de nouveau poignarder Belinda et qu'elle le sente bien passer.

Des crissements de pneus retentirent, indiquant l'arrivée de mes hommes. Quelques instants plus tard, une voiture s'arrêta devant nous en dérapant, et Juan et Tate en sortirent aussitôt.

Je me levai en époussetant l'herbe et la terre collées à mes vêtements.

— Comme vous pouvez le voir, les gars, Belinda a été virée.

# Chapitre 4

L'autre vampire s'était échappé. Dave s'en voulait de ne pas l'avoir personnellement enfermé dans la capsule, mais il avait été complètement désarçonné en voyant Belinda attaquer Zachary, ce qui était d'ailleurs le but de la manœuvre. Zachary était mort d'une hémorragie avant que Bones en ait fini avec le dernier vampire ; il n'avait donc pas pu venir à son secours à temps. Zachary nous avait laissé un testament – c'était la règle pour tous les membres du groupe – dans lequel il disait ne pas vouloir être ressuscité en tant que mort-vivant s'il était tué en mission. Le visage grave, nous honorâmes tous son souhait et nous l'enterrâmes.

J'appris qu'Ethan était orphelin, ce qui expliquait pourquoi ses parents ne s'étaient pas fermement opposés à ce qu'il joue le rôle de mon fils. Je fis promettre à Don de ne plus jamais l'utiliser, ni lui ni aucun autre enfant, pour participer à une mission aussi dangereuse, et de lui trouver de bons parents adoptifs. Si Don était capable de diriger une branche secrète du gouvernement destinée à chasser les morts-vivants, trouver une famille d'adoption à un orphelin ne devrait pas lui poser de problème.

Le grand jour arriva enfin pour Tate. Tout le monde était présent au QG. Seule une personne manquait à l'appel, son vol ayant été retardé à cause d'un problème technique. Annette, le premier vampire jamais créé par Bones, venait l'aider à transformer Tate.

C'est moi qui avais eu l'idée de la faire venir. Bones n'avait quasiment plus adressé la parole à Annette depuis que cette dernière avait tenté de me faire fuir à coups de détails sordides sur le passé de mon amant, mais je savais que leur brouille lui pesait. Je lui avais donc suggéré qu'Annette le relaie dans la cellule où Tate serait enfermé après sa transformation. Il faudrait à ce dernier peut-être une semaine avant d'arriver à maîtriser sa faim et à résister au besoin de se jeter sur la première veine qui passerait à sa portée. Aucun humain ne pourrait donc l'aider au cours de ces premiers jours. Dave s'était déjà porté volontaire, mais une troisième personne permettrait à Bones de faire des pauses de temps en temps. Et ce serait l'occasion pour Annette de se raccommoder avec lui. J'étais décidément une médiatrice hors pair.

Mais pour le moment, j'étais nerveuse. Dans une demi-heure, Bones allait tuer Tate, puis le ramener à la vie. Entre la morsure et la résurrection, il pouvait s'écouler une heure, ou plusieurs. Nous avions programmé l'événement pour 20 heures, juste après le coucher du soleil, au moment où Bones était au maximum de sa puissance. Transformer une personne était un acte épuisant pour un vampire, du moins d'après ce que j'avais entendu dire. C'était la première fois que j'en serais témoin.

Fidèle à lui-même, Don allait filmer la scène. Il avait même fait poser des électrodes sur la tête et la poitrine de Tate pour déterminer le moment précis de sa mort et surveiller son activité cérébrale. Bones secoua la tête en voyant cette installation high-tech, et demanda d'un ton acerbe si la séance serait également diffusée sur Internet. Don s'en fichait. Il comptait glaner toutes les informations disponibles pour pouvoir les étudier, sans le moindre remords.

Tate se trouvait dans une pièce sécurisée, dont la porte avait été renforcée par plusieurs verrous en titane. Une table d'opération on ne peut plus macabre y avait même été installée, assortie d'entraves elles aussi en titane. Bones avait dit à Don que toutes ces précautions étaient superflues, mais Don avait peur que Tate s'échappe et sème le chaos sur son passage. Tate était maintenant attaché à la table, vêtu d'un simple caleçon pour faciliter la pose des électrodes. Je me glissai dans la pièce pour le voir une dernière fois en tant qu'humain.

Un grand nombre de poches de sang étaient entreposées au frais en prévision des premiers repas de Tate. Mon regard croisa ses yeux indigo lorsque je m'arrêtai à côté de la table inclinée, que je manœuvrai pour le redresser.

— Bon Dieu, Tate, dis-je d'une voix mal assurée. Tu es vraiment sûr de vouloir faire ça ?

Il tenta de sourire, mais ce n'était qu'un pâle reflet de son sourire habituel.

— N'aie pas l'air si effrayée, Cat. On croirait que c'est toi qui vas mourir, et pas moi.

Je posai la main sur sa joue. Sa peau était aussi chaude que la mienne. C'était la dernière fois qu'il en serait ainsi. Tate soupira et inclina un peu plus la tête.

— Drôle d'histoire, hein ? murmura-t-il. Je me souviens du temps où je ne croyais pas aux vampires. Et aujourd'hui, je m'apprête à rejoindre leurs rangs, avec l'aide d'un enfoiré que je méprise. Ironique, non ?

— Tu n'es pas obligé de le faire, Tate. Tu peux changer d'avis et on annulera tout.

Il prit une nouvelle inspiration profonde.

— Une fois vampire, je serai plus fort, plus rapide, et plus dur à tuer. L'équipe en a besoin… et toi aussi.

— J'espère vraiment que tu ne fais pas ça pour moi, Tate, dis-je d'une voix tremblante de colère. Si c'est le cas, alors tu peux tout de suite descendre de cette table.

— Je vais le faire, répéta-t-il sur un ton aussi emporté que le mien. Tu n'arriveras pas à me convaincre de renoncer, Cat.

Bones m'épargna une réponse en approchant derrière moi.

— C'est l'heure, Chaton.

Je montai dans la petite salle d'observation, un étage au-dessus, où arrivaient les images. Mon oncle était déjà assis et regardait l'écran. Juan, Cooper et Dave entrèrent à leur tour. Comme hypnotisée, je regardai Bones s'approcher de Tate avec la lenteur gracieuse d'un grand prédateur. La respiration et les battements de cœur de Tate se mirent à accélérer.

Bones le dévisagea sans la moindre émotion.

— Tu n'obtiendras pas ce que tu désires, mon pote, mais tu devras vivre avec ta décision pendant le restant de tes jours. Alors, pour la dernière fois, c'est bien ce que tu veux ?

Tate prit une longue inspiration.

— Ça fait des mois que tu rêves de me tuer. C'est l'occasion idéale. Fais-le et c'est tout.

La seconde qui suivit, Bones enfonçait ses canines dans le cou de Tate. Les machines enregistrèrent l'accélération exponentielle de son pouls, puis son corps se raidit, Tate ayant le souffle coupé. Dave me saisit la main et je serrai la sienne en retour en regardant Bones vider mon ami de son sang. Sa pomme d'Adam montait et descendait à mesure qu'il avalait de profondes gorgées du précieux liquide rouge. Les signaux de l'électrocardiogramme ralentirent, s'espacèrent, puis la machine n'émit plus que de brefs bips intermittents. Bones releva alors la tête.

Il lécha les quelques gouttes de sang qui perlaient encore autour de sa bouche avant de sortir un couteau et d'entailler son propre cou. Bones appuya ensuite la tête pendante de Tate contre la plaie en maintenant la pointe de la lame dans son cou pour éviter que la blessure se referme.

La bouche de Tate se mit à bouger ; elle commença par laper faiblement le sang, puis elle l'aspira avec plus de vigueur. L'écran de l'électrocardiogramme se mit à émettre des bruits inquiétants. Bones lâcha le couteau tandis que Tate, les yeux clos, plantait ses dents dans son cou pour le déchiqueter. Bones tenait la tête de Tate, sans même tressaillir alors que ce dernier lui mordait avidement le cou. Les minutes s'écoulèrent et Tate continuait à avaler du sang, ses battements de cœur s'espaçant de plus en plus entre chaque bip jusqu'à ce qu'enfin… le silence se fasse.

Bones arracha la bouche de Tate de sa gorge et recula en titubant. L'électroencéphalogramme se déchaîna tandis que l'électrocardiogramme ne montrait plus qu'une ligne plate. Un violent tremblement parcourut le corps de Tate, secouant les entraves qui le maintenaient attaché à la table. Puis il retomba, immobile. Mort, mais plus vigoureux que jamais.

Les heures passèrent avec une lenteur inexorable. Bones était assis à même le sol de la cellule. Il donnait l'impression de se reposer, mais je savais qu'il ne dormait pas. De temps en temps, son regard se tournait vers le corps immobile de Tate. Je me demandais s'il sentait des changements dans les ondes d'énergie qui émanaient de Tate. En tout cas, l'électroencéphalogramme y parvenait sans problème. Il n'avait pas arrêté de sonner depuis la transformation. Bones avait déjà dû caresser l'idée de le mettre en pièces plusieurs fois, avec tous les bips et les couinements qu'il émettait.

Bones s'était offert deux poches de sang après le… décès de Tate ? ou bien son évanouissement ? Existait-il seulement un terme pour définir son état actuel ? Pourtant, il détestait le plasma conditionné. Un jour, je lui avais demandé pourquoi il ne se nourrissait pas de ce type de sang plutôt que de mordre des gens, il m'avait alors répondu que pour lui c'était comme du lait pourri. Mais avec ce qu'il avait donné à Tate, il avait besoin de reconstituer ses réserves et ne pouvait pas se permettre de faire le difficile.

Juan bâilla. Il était plus de minuit et, jusque-là, nous n'avions rien fait d'autre que regarder le corps inerte de Tate, allongé sur une table. Pourtant, personne ne semblait avoir envie de détourner les yeux de l'écran.

— Allez dormir, je vous appellerai quand il se passera quelque chose, suggérai-je.

J'avais l'habitude des horaires tardifs. Mon statut d'hybride avait ses avantages.

Don me gratifia d'un regard fatigué mais ferme.

— Je pense parler au nom de tout le monde en disant que c'est hors de question. Je reste.

Il y eut des grognements d'acquiescement. Je haussai les épaules, vaincue, et reportai mon attention sur l'écran.

Soudain, sans le moindre signe avant-coureur, Bones se leva. Puis tout à coup, le corps relâché de Tate se mit à bouger frénétiquement. Ses yeux étaient grands ouverts, chacun de ses muscles maintenus par les entraves était tendu, et un hurlement jaillit des haut-parleurs, si inhumain et sauvage qu'il faillit me faire tomber de ma chaise.

— Mon Dieu, grommela Don, qui s'était complètement relevé.

Le cri de Tate s'intensifia au point de devenir insoutenable. Alors qu'il secouait frénétiquement la tête en tentant de se détacher, continuant à hurler comme une créature tout droit sortie de l'enfer, j'aperçus très nettement des canines à l'intérieur de sa bouche.

Bones avait dit que les nouveaux vampires, au moment de leur réveil, étaient tenaillés par une soif brûlante et irraisonnée. C'était exactement ce qui était en train d'arriver à Tate. Balayant du regard la petite pièce où il était enfermé, il ne semblait pas conscient de l'endroit où il se trouvait, ni même de *qui* il était. Il ne restait plus rien de l'ancien Tate que je connaissais.

Bones ne partageait en rien ma panique devant l'état de mon ami. Il se dirigea vers le réfrigérateur, en sortit quelques poches de sang puis s'approcha de Tate.

Je ne saisis pas ce qu'il lui dit, car les cris de Tate couvraient sa voix, mais je vis les lèvres de Bones bouger alors qu'il laissait tomber l'une des poches directement dans la bouche grande ouverte de Tate. *Miam miam?* pensai-je, paralysée. *Ou bien cul sec?*

Cela n'avait aucune importance. Tate ne but pas en utilisant l'ouverture prévue à cet effet; il déchira la poche et son visage se couvrit de rouge. Avec ses mâchoires claquantes, il ressemblait plus à un requin blanc qu'à un être humain. Bones, imperturbable, ôta ce qui restait du plastique du visage de Tate, en évitant habilement de se faire arracher les doigts à coups de dent, puis lâcha une autre poche dans la bouche de Tate. Celle-ci connut le même sort radical que la précédente.

Je détournai les yeux, gênée. C'était ridicule, car je savais à quoi m'attendre – j'en avais suffisamment entendu parler –mais, en être témoin, ce n'était pas la même chose. À ma droite, je vis que Juan s'était lui aussi détourné de l'écran. Il se massait la tempe avec les doigts.

— C'est toujours lui.

Tate s'était soudain arrêté de hurler pour lécher le sang, et la voix de Dave semblait très douce dans le silence. Il nous désigna l'écran d'un signe de tête.

— Je sais que c'est dur à croire en voyant cela, mais Tate est toujours là. Ce n'est que temporaire. Il sera bientôt de nouveau lui-même.

Bon Dieu, j'espérais de tout cœur qu'il disait vrai. Je savais que je n'avais aucune raison de ne pas y croire, sauf que, pour l'instant, Tate semblait plus effrayant que le plus déchaîné des vampires qu'il m'avait été donné de rencontrer. Contrairement à ce que j'avais cru, je n'étais pas prête à voir mon ami dans cet état.

Il fallut cinq poches de sang avant que la lueur démente s'éteigne dans le regard de Tate. Bien entendu, la plus grande partie des deux premières s'était déversée sur son visage et ses épaules, et pas dans sa bouche, car il s'était jeté dessus avec trop de fureur. Finalement, couvert de sang, il regarda Bones et sembla le reconnaître.

— Ça fait mal, dit-il enfin, recouvrant sa voix.

Son ton, terne et cru, me fit monter les larmes aux yeux. Il y avait un tel désespoir dans cette courte phrase.

Bones hocha la tête.

— Ça ne durera pas, mon pote. Fais-moi confiance.

Tate baissa les yeux pour se regarder et lécha tout le sang à sa portée. Puis il s'arrêta… et regarda droit dans la caméra.

— Cat.

Je me penchai en avant et appuyai sur le bouton de l'écran pour que Bones et lui puissent m'entendre.

— Je suis là, Tate. On est tous là.

Tate ferma les yeux.

— J'veux pas que tu me voies comme ça, marmonna-t-il.

Honteuse de ma réaction initiale, je lui répondis d'une voix grinçante.

— Ce n'est pas grave, Tate. Tu es…

— Je ne veux pas que tu me voies comme ça ! répéta-t-il d'une voix hargneuse en s'arc-boutant de nouveau pour briser ses entraves.

— Chaton. (Bones leva les yeux vers l'écran.) Ça le perturbe. Il doit apprendre à maîtriser son désir de sang et ta présence ne fera que le gêner. Autant faire ce qu'il demande.

Ma culpabilité s'intensifia. Était-ce une coïncidence, ou Tate avait-il deviné, d'une manière ou d'une autre, le dégoût que j'avais éprouvé en le regardant ? J'étais vraiment un mauvais chef, et une amie déplorable.

— Je m'en vais, dis-je en parvenant à garder une voix égale. On… on se verra quand tu iras mieux, Tate.

Puis je sortis de la pièce sans me retourner tandis que Tate recommençait à hurler.

J'étais assise à mon bureau, les yeux dans le vide, lorsque mon portable sonna. J'y jetai un rapide coup d'œil et, en voyant s'afficher le numéro de ma mère, j'hésitai. Je n'étais pas d'humeur à lui parler. Mais comme il était rare qu'elle soit debout à une heure pareille, je répondis.

— Salut, maman.

— Catherine, dit-elle avant de s'interrompre. (J'attendis en pianotant sur le bureau.) J'ai décidé de venir à ton mariage.

En entendant ces mots, je manquai de tomber de ma chaise. Je regardai de nouveau mon téléphone pour m'assurer que je ne m'étais pas trompée et que c'était bien elle qui m'appelait.

— Tu as bu ? parvins-je à dire lorsque je recouvrai enfin la parole.

Elle soupira.

— Je préférerais que tu n'épouses pas ce vampire, mais j'en ai assez qu'il se dresse entre nous.

*Des extraterrestres l'ont enlevée et remplacée par un clone,* pensai-je spontanément. *C'est la seule explication.*

— Donc… tu viens à mon mariage ? ne pus-je m'empêcher de répéter.

— C'est ce que j'ai dit, non ? répondit-elle, son agacement coutumier faisant de nouveau surface.

— Hmm. Super.

Je n'avais aucune idée de ce que je devais dire. J'étais estomaquée.

— J'imagine que tu n'as pas besoin de mon aide pour tout organiser ? demanda ma mère d'un ton à la fois provocateur et hésitant.

Encore une phrase de ce genre, et ma mâchoire allait toucher le sol.

— J'aimerais beaucoup que tu m'aides, réussis-je à articuler.

— Bien. Tu peux te libérer pour venir manger chez moi ce soir ?

J'étais sur le point de répondre « Désolée, c'est impossible », mais je n'en fis rien. Tate ne voulait pas que je sois témoin de sa lutte pour maîtriser sa soif de sang. Bones partait cet après-midi pour aller chercher Annette à l'aéroport. Je pouvais passer chez ma mère pendant qu'il s'occupait d'Annette et le rejoindre ici plus tard.

— Si on se retrouvait plutôt pour un déjeuner tardif ? Vers 16 heures ?

— Très bien, Catherine. (Elle s'interrompit de nouveau, comme si elle voulait ajouter quelque chose. Je m'attendais presque à l'entendre crier « Poisson d'avril ! », mais comme nous étions en novembre, ça n'aurait pas collé.) On se voit à 16 heures.

Lorsque Bones entra dans mon bureau à l'aube, Dave ayant pris le relais auprès de Tate pour les douze heures à venir, j'étais toujours abasourdie. Entre Tate qui était devenu un vampire et ma mère qui acceptait l'idée que j'en épouse un, c'était décidément une journée mémorable.

Bones proposa de me déposer en se rendant à l'aéroport et de me reprendre sur le chemin du QG, mais je refusai. Je ne voulais pas me retrouver sans voiture si l'humeur de ma mère tournait à l'orage – ce qui était toujours possible – ni risquer de gâcher notre première vraie conversation mère-fille en lui imposant la vision de Bones accompagné d'un autre vampire. Je ne pensais pas ma mère capable d'encaisser plus d'une paire de canines à la fois, et Annette me tapait de toute façon sur le système, même dans le meilleur des cas.

De plus, je ne me voyais vraiment pas expliquer à ma mère qui était Annette. *Maman, je te présente Annette. Dans les années 1700, quand Bones était gigolo, elle le payait pour qu'il couche avec elle, mais après plus de deux siècles de parties de jambes en l'air, ils ne sont plus que de bons amis.*

Pas question de présenter Annette à ma mère… à moins d'avoir subi une lobotomie avant.

— Je n'arrive toujours pas à croire qu'elle veut me parler du mariage, dis-je à Bones en montant dans ma voiture.

Il me regarda, l'air sérieux.

— Elle ne mettra jamais un terme à votre relation. Même si tu épousais Satan en personne, tu n'arriverais pas à te débarrasser d'elle. Elle t'aime, Chaton, même si elle a vraiment du mal à le montrer la plupart du temps. (Il me lança ensuite un sourire diabolique.) Tu veux que je t'appelle dans une heure sur ton portable pour que tu puisses prétexter une urgence si elle sort les dents ?

— Et si jamais il y a *vraiment* une urgence avec Tate ? demandai-je. Je ferais peut-être mieux de rester.

— Ton copain va bien. Plus rien ne peut lui faire de mal, à part un pieu en argent dans le cœur. Va voir ta mère. Appelle-moi si tu veux que je vienne la mordre.

Je n'avais vraiment rien à faire au QG. Tate resterait enfermé pendant encore plusieurs jours, et nous n'avions bien évidemment planifié aucune mission urgente. C'était le moment ou jamais de vérifier si ma mère était vraiment prête à enterrer la hache de guerre.

— Garde ton portable à portée de main, dis-je à Bones en plaisantant avant de démarrer.

Ma mère habitait à trente minutes du QG, toujours à Richmond, mais dans une zone plus rurale. L'étrange quartier dans lequel elle vivait me rappelait l'endroit où j'avais grandi dans l'Ohio ; Don l'avait choisi pour pouvoir intervenir rapidement si les choses tournaient mal. Je me garai devant chez elle, notant au passage que ses volets avaient bien besoin d'une nouvelle couche de peinture. Étaient-ils déjà à ce point décrépits lors de ma dernière visite ? Mon Dieu, depuis quand n'étais-je pas venue la voir ?

Mais je me figeai dès que je posai le pied hors de la voiture. Je sentis une vibration le long de ma colonne vertébrale, et le choc n'avait rien à voir avec ma soudaine prise de conscience : je n'avais pas rendu visite à ma mère depuis que Bones était réapparu dans ma vie, des mois plus tôt.

À en croire l'énergie qui irradiait de la maison, ma mère n'était pas seule, mais la personne qui s'y trouvait avec elle n'avait pas un cœur en état de marche. Je fis glisser ma main vers mon sac, dans lequel je conservais toujours quelques lames en argent, lorsqu'un rire froid stoppa mon geste.

— À ta place je ne ferais pas ça, petite fille, dit derrière moi une voix que j'abhorrais.

La porte d'entrée s'ouvrit. Ma mère apparut en compagnie d'un vampire aux cheveux noirs qui me rappelait vaguement quelqu'un ; il tenait presque amoureusement son cou entre ses mains.

En revanche, je n'avais pas besoin de me retourner pour savoir que le vampire qui se trouvait derrière moi était mon père.

# Chapitre 5

Max, mon père, se trouvait à une trentaine de mètres de moi, au milieu d'un bouquet d'arbres. Ses cheveux roux volaient au vent et ses yeux gris étaient rivés sur les miens. Mais ce qui attira véritablement mon attention était le bazooka posé sur son épaule. Il tenait également un pistolet dans son autre main. La différence de gabarit des deux armes manqua de me faire éclater d'un rire hystérique.

— J'avais l'intention de faire exploser ta voiture avant que tu te gares dans l'allée, dit Max d'une voix cordiale en montrant le bazooka d'un signe de tête, mais j'ai vu que tu étais seule. Comment un père pourrait-il refuser l'occasion de passer un peu de temps avec sa petite fille ?

*« Si tu échoues la première fois, persévère. »* Tels étaient les mots que Max m'avait crachés au visage quelques mois plus tôt, lorsque Bones l'avait démasqué après qu'il eut engagé deux tueurs à gages pour m'envoyer dans un monde meilleur. Jamais je n'aurais pensé qu'il oserait de nouveau tenter de me tuer de manière aussi effrontée depuis que Bones m'avait épousée selon la loi des vampires, mais j'avais visiblement eu tort.

— Où est ton maître, Max ? demandai-je d'une voix calme. Ian est en retard ? Il est toujours furax que je lui aie échappé la dernière fois ?

— Ian ? rit Max. Qu'il aille se faire foutre, je n'ai pas besoin de lui. J'ai de nouveaux protecteurs, petite fille, et ils désirent ta mort tout autant que moi.

J'hésitai de nouveau à prendre mes couteaux. Un sourire glacial s'étirait sur les lèvres de Max, qui ressemblait suffisamment au mien pour que personne ne puisse douter que j'étais sa fille.

— Tu crois que tu peux atteindre tes armes avant que je te tue ? Tu y arriveras peut-être. Mais pas avant que ce lance-roquettes fasse exploser ta mère. Ce serait dommage, non ?

Je serrai les mâchoires. Max et l'autre vampire étaient à l'exact opposé l'un de l'autre. Même si j'étais assez rapide pour en abattre un, le second aurait le temps de tuer ma mère.

— Et si on entrait ? Je crois que ça fait longtemps qu'on n'a pas eu une petite conversation en famille, dit Max en désignant la maison de son pistolet.

Je n'avais aucun moyen d'agir avec les deux vampires aussi éloignés l'un de l'autre. Je commençai à me diriger vers la maison, mais son rire m'arrêta.

— Lâche d'abord ton sac, petite fille, et pousse-le du pied dans ma direction. Lentement.

Une dizaine de scénarios d'attaque me traversèrent l'esprit, mais la présence de ma mère les rendait tous impraticables. *Si seulement Max était seul. Si seulement j'avais caché des armes sur moi avant de venir. Si seulement j'avais une autre de ces fichues montres dotées d'un signal d'alarme intégré pour que Bones puisse savoir que ma mère et moi sommes dans une merde noire.*

Je laissai tomber mon sac à main et l'envoyai d'un coup de pied dans la direction de Max. Il poussa un grognement et s'approcha en gardant ses deux armes soigneusement braquées sur leurs objectifs.

— Je vais t'apprendre un peu le respect, dit-il en appuyant sur la détente.

La balle me toucha au niveau du bas-ventre et je me pliai en deux sous l'effet du choc. La douleur mit quelques secondes à se manifester, mais, une fois présente, elle se révéla implacable.

Derrière moi, j'entendis l'autre vampire pouffer de rire. Sa voix était à peine plus forte que l'avait été la détonation. Le pistolet de Max était équipé d'un silencieux.

— Entre, m'ordonna-t-il en faisant un nouveau geste avec son arme. Ou je te colle la prochaine dans la jambe.

Couvrant de mes mains la blessure qui commençait à saigner abondamment, je titubai jusqu'à l'intérieur. Dès que Max eut refermé la porte derrière nous, il tira de nouveau et me toucha à la cuisse.

Je hurlai sous l'impact de la balle, perdis l'équilibre et m'étalai sur le sol.

— La tentation était trop forte, dit Max avec un rictus, puis il pointa le pistolet en direction de ma mère. Fais encore un bruit et la prochaine balle est pour elle.

Max aurait été ravi de tirer sur ma mère. J'avais remarqué que son regard était terne et vitreux. Max l'avait hypnotisée pour qu'elle se tienne tranquille. Lorsque je pensai à la terreur qu'elle avait dû éprouver lorsqu'elle avait ouvert la porte et s'était retrouvée nez à nez avec mon père, ma colère se fit presque aussi intense que la douleur que je ressentais.

Mais cela ne dura pas. J'étais assaillie par des vagues de douleur et de nausée, en proie à des étourdissements. Max n'avait touché ni artère ni organe vital, mais dans mon état je n'étais pas capable de lutter contre lui et l'autre vampire, et de secourir ma mère en même temps. Et je ne devais d'ailleurs qu'à ma condition d'hybride d'être encore consciente.

*Bones*. Je l'avais souvent taquiné à propos de son côté paranoïaque dès qu'il était question de ma sécurité, mais c'était maintenant moi le dindon de la farce. D'accord, en constatant mon absence au QG, il s'inquiéterait.

Probablement assez pour venir directement ici, mais, à en juger par l'expression de Max, il arriverait trop tard.

— Tu aurais dû me tuer lorsque tu en avais l'occasion, dit Max en baissant les yeux sur moi. Je parie que tu regrettes de ne pas l'avoir fait ce soir-là, chez Ian, et d'avoir épousé Bones à la place.

Même si c'en était fini pour moi – et j'étais très loin de m'avouer vaincue –, je n'étais pas du tout de cet avis.

— Je t'ai déjà dit à quel point je te déteste, Max ? parvins-je à articuler, la mâchoire serrée.

Je pouvais peut-être gagner du temps. Le mettre assez en colère pour qu'il veuille faire durer mon agonie.

L'autre vampire rit.

— Décidément, elle a du cran, fit-il en me regardant tout en caressant les cheveux de ma mère. Quel gâchis.

Je me souvins alors où j'avais déjà vu le vampire aux cheveux noirs. C'était lui qui s'était enfui du Geronimo Stilton l'autre jour !

— Toi, dis-je.

Il sourit.

— Moi aussi, je suis content de te revoir.

Max posa le bazooka, mais j'aurais préféré qu'il le fasse quelques minutes plus tôt.

— Calibos, dit-il, si ma fille bouge, tue sa mère.

Après avoir donné cet ordre sinistre, Max disparut dans la cuisine. Je comprimais toujours la blessure de mon ventre, car elle saignait plus que celle de ma jambe. *Sois maudit, Max*, pensai-je malgré la douleur. *Je te tuerai, même si je dois y laisser la vie.*

Et vu la situation, c'était probablement ce qui allait arriver.

Ma mère regardait toujours devant elle, dans le vide. À part cela, à mon grand soulagement, elle semblait indemne.

Calibos, comme Max l'avait appelé, laissa sa main descendre le long de son chemisier et empoigna l'un de ses seins. Je poussai un grognement sourd qui le fit sourire.

— Quel caractère, ronronna-t-il en faisant descendre sa main plus bas.

Max sortit de la cuisine et jeta un regard courroucé à Calibos.

— Pas elle, dit-il d'un ton sec. Si on a le temps, tu pourras avoir Cat, mais Justina est à moi.

*Dieu tout-puissant.* Ma détermination redoubla. Je ne pouvais pas laisser Max en vie, même si cela devait causer ma mort et celle de ma mère. Je la connaissais. Elle préférerait mourir plutôt que d'être violée par un vampire, surtout si ce vampire était Max.

— Je pense que l'heure est venue de la réveiller, tu ne crois pas ? demanda mon père, toujours sur le même ton enjoué.

Il tendit son arme à Calibos en lui ordonnant de me tirer dessus si je bougeais, puis se dirigea vers ma mère. Max s'entailla le pouce à l'aide de l'un des quatre couteaux qu'il avait rapportés de la cuisine et le porta à la bouche de ma mère.

— On se réveille, Justina, dit-il en étalant le sang sur ses lèvres.

Ma mère le lécha, cligna une fois des yeux… puis hurla.

Max plaqua une main sur sa bouche. Je tentai de dominer la douleur pour trouver un plan. *Allez, Cat, réfléchis ! Il y a forcément une solution.*

— Salut, ma belle, dit Max en avançant son visage tout près de celui de ma mère. Je vais ôter ma main, mais à chaque cri que tu pousseras, j'amputerai notre fille de quelque chose. Compris ?

Ma mère tourna les yeux vers moi et les écarquilla, puis elle hocha la tête. Max ôta sa main.

— C'est mieux. Bon, pour nous assurer que notre petit minou ne gâchera pas la fête…

Max se dirigea vers moi, les couteaux toujours à la main. Je me raidis, submergée par une envie impérieuse de m'emparer de ses lames. Mais Calibos nous menaçait toujours de son arme et nous étions à la portée de ses crocs. J'étais déterminée à tenter ma chance, mais ce n'était pas le moment.

Max sourit et s'agenouilla pour me saisir le poignet.

— Tu vas mourir, dit-il tout bas de sorte que moi seule puisse l'entendre, mais je laisserai la vie sauve à ta mère pour qu'elle se rappelle cette minute jusqu'à sa mort. Mais si tu me résistes, petite fille, je la violerai et je la tuerai sous tes yeux avant de t'achever. On va voir à quel point tu tiens à elle.

Jamais je n'avais ressenti une telle haine pour quelqu'un. Il était possible que mon père nous tue toutes les deux de toute façon, mais j'avais trois possibilités devant moi : attendre de trouver un plan génial qui me permettrait de nous sauver toutes les deux, prier pour que Max prenne son temps pour me torturer et que Bones arrive avant qu'il soit trop tard… ou tenter de lui prendre ses couteaux et risquer de voir Max mettre à exécution sa menace de s'en prendre à ma mère. Je savais qu'il en était capable. Aucune action ne semblait trop basse pour lui.

— Relâche-la quand ce sera terminé, dis-je d'une voix à peine audible en réduisant mes options aux plans A et B.

Max sourit.

— Très bon choix. (Il me caressa le poignet.) Pourquoi es-tu venue seule ? Où est Bones ?

Un mensonge paraissait toujours plus authentique lorsqu'il était teinté de vérité.

— Il est au QG. Il a transformé l'un de mes hommes en vampire cette nuit, et il reste à ses côtés jusqu'à ce qu'il ait dominé sa soif de sang.

Le sourire de Max s'élargit.

— Tate.

Je ne pus dissimuler ma surprise. Mon père éclata de rire.

— Comment est-ce que je le sais ? Belinda a fourni les informations à Calibos. Après avoir trouvé où se cachait ta mère, je n'avais plus qu'à la forcer à t'inviter chez elle. Je dois un énorme merci à Belinda.

Nom de Dieu, j'avais sous-estimé cette bimbo aux yeux bleus. À présent je savais ce qu'elle avait murmuré à Calibos en le faisant sortir du Geronimo Stilton. Quelle était l'information que seuls mes hommes et Belinda connaissaient ? Le jour et l'heure de la transformation de Tate. Belinda avait dû se dire qu'après ma mort, personne ne saurait comment Max avait fait, ni qu'elle y était pour quoi que ce soit. Mais elle n'avait pas prévu de mourir elle-même.

Une nouvelle série d'étourdissements me submergea. Je devais souffrir d'une hémorragie interne, car le sang qui s'écoulait de mes blessures ne suffisait pas à expliquer mon état de faiblesse.

— Tu peux oublier les remerciements, Max. Belinda est morte.

Il haussa les épaules.

— Quel dommage. Une si chic fille.

— Max.

Nous nous retournâmes tous les deux. Ma mère n'avait pas bougé. Des larmes coulaient lentement sur ses joues. C'était la première fois que je la voyais pleurer.

— C'est moi que tu veux, dit-elle d'une voix grinçante. J'ai élevé Catherine et je lui ai appris à haïr tous les vampires qu'elle rencontrerait. Laisse-la partir. Cette affaire ne concerne que toi et moi.

Ce furent ces mots, et pas les deux balles que j'avais reçues, qui me firent monter les larmes aux yeux. J'avais si longtemps cru qu'elle ne m'aimait pas, et voilà que ma mère proposait un marché au vampire qu'elle craignait par-dessus tout, offrant de se sacrifier pour me sauver !

Max jeta un regard vert dans sa direction.

— Ça oui, Justina, on a encore des choses à régler tous les deux. Est-ce que tu imagines à quel point ça a pu être pénible d'être le père de l'hybride ? Il m'est arrivé d'être tabassé par des inconnus pour cette seule raison ! Mais je n'obtiendrai aucune protection si je ne tue que toi, alors que si je l'élimine elle, cela me vaudra de nouveaux amis. Ils voulaient se débarrasser aussi de Bones, mais je me contenterai de ce que j'ai.

Je m'apprêtais à lui demander qui étaient ces nouveaux amis lorsque Max s'empara de l'un des couteaux et le planta violemment dans mon poignet avant de me clouer au plancher. J'eus le souffle coupé, mais ce fut ma mère qui hurla.

— Arrête !

Max sourit de toutes ses dents en gardant les autres couteaux hors de ma portée.

— Merci, Justina. Grâce à toi, j'ai le droit de faire un peu de chirurgie.

Calibos poussa un soupir d'ennui que j'entendis malgré ma propre respiration laborieuse.

— C'est barbant. Je ne vais rien faire d'amusant de la journée ?

Max prit un autre couteau et jeta un regard plein de sous-entendus à ma mère avant d'en appuyer la pointe sur ma peau.

— Vas-y, résiste. Donne-moi une raison de te forcer à regarder ta mère souffrir avant qu'elle meure, murmura-t-il.

Je serrai les dents et ne réagis pas lorsqu'il enfonça lentement sa lame dans mon autre poignet. La douleur était encore plus forte que la première fois. Ma mère laissa échapper un gémissement, comme si elle souffrait elle-même.

— Pitié. (Sa voix était à peine audible ; elle tendit la main vers Max.) Pitié, arrête. C'est ma faute, laisse-la tranquille !

— Dans combien de temps ton play-boy de vampire s'attend-il à te voir de retour ?

Il faudrait vingt minutes à Bones pour faire le trajet entre le QG et l'aéroport, peut-être moins vu son style de conduite. Puis encore une quinzaine de minutes pour charger la quantité astronomique de bagages d'Annette et pour revenir. Bones m'appellerait-il une fois de retour au QG ? Mon portable était réglé en mode vibreur, et je ne pourrais donc pas l'entendre, car il était dehors, dans mon sac à main. Bon Dieu, j'espérais qu'il n'attendrait pas des heures avant de se demander pourquoi je n'étais toujours pas revenue !

— Trois heures, dis-je en essayant de rester aussi impassible que possible.

Un méchant sourire se dessina sur les lèvres de Max.

— Disons donc une heure. Mais ne t'en fais pas. Ce sera amplement suffisant. Ah oui, et je prends ça, aussi.

Max arracha ma bague de fiançailles de mon doigt. Il la fit miroiter dans la lumière avec un grand sourire.

— Ça doit bien faire cinq carats, dit-il d'un air admiratif. Ça me rapportera deux millions, facile.

— C'est un rubis, lançai-je d'un ton sec, révulsée de le voir tripoter ma bague.

Max rit.

— Petite dinde, c'est un diamant. Les diamants rouges sont les plus rares au monde, et Bones possédait cette pierre depuis plus d'un siècle. Ça fait des dizaines d'années que

Ian essaie de le convaincre de la lui vendre. Mais tu n'en auras plus besoin.

Max déchira mon chemisier, en faisant remarquer au passage que c'était pour l'agrément de Calibos et non pour le sien. L'élancement dans mes poignets, combiné à la douleur brûlante qui irradiait de mon ventre et de ma jambe, menaçait de me faire perdre connaissance. Je faisais tout pour repousser l'obscurité tentatrice qui me tendait les bras.

Ma mère se précipita sur eux. Calibos l'attrapa et la secoua durement.

— Vous n'êtes que des animaux, siffla-t-elle.

— Les insultes comptent autant que les cris, répondit Max tout en riant devant l'expression incrédule de ma mère. C'est mon jeu, donc c'est moi qui dicte les règles. J'en suis désormais à deux mutilations sur Cat. Jamais deux sans trois, comme on dit !

Je croisai le regard de ma mère par-dessus l'épaule de Max. Elle avait les yeux écarquillés et remplis de larmes. Je secouai la tête presque imperceptiblement. *Non, s'il te plaît. Tu ne peux rien faire pour moi. Enfuis-toi dès que tu en auras l'occasion.*

Bien entendu, elle ne pouvait pas entendre mes supplications silencieuses. Max fit descendre la pointe du couteau jusqu'à mon jean avant de le déchirer sur le côté.

— C'est ici que je vais commencer, déclara-t-il, avant de saisir le gras de ma hanche à pleine main et d'en trancher un morceau d'un coup violent à l'aide de son troisième couteau.

Je me mordis la lèvre jusqu'au sang pour me retenir de crier. Calibos ricana. Max souleva le morceau de chair qu'il venait de découper comme s'il s'agissait d'un trophée.

— Joli tatouage, dit-il en le lançant par terre. Je l'enverrai peut-être à Bones, ça lui fera une pièce de rechange.

Ma hanche semblait en éruption à l'endroit où une blessure sanglante remplaçait le tatouage d'os croisés que je m'étais fait faire en souvenir de celui que Bones portait sur le bras. Cette fois-ci, ma mère ne cria pas, mais elle inspira longuement en tremblant.

—Je t'aime, Catherine, murmura-t-elle.

Je dus détourner les yeux car je ne voulais pas que Max ait la satisfaction de me voir pleurer. Je n'arrivais pas à me remémorer la dernière fois qu'elle me l'avait dit. Elle devait penser que nous n'en réchapperions pas.

—J'en ai assez de la tenir, je vais l'hypnotiser, fit Calibos en tournant ses yeux émeraude vers ma mère.

—Arrête, ordonna Max d'un ton aussi cinglant qu'un coup de fouet. Il faut qu'elle voie ça. Il faut qu'elle sache.

Calibos poussa un soupir d'exaspération, puis traîna ma mère jusqu'aux tentures de la fenêtre. Il en arracha une, la déchira en deux, puis noua une extrémité autour de son cou.

—Max, dis-je d'un ton menaçant.

Il me donna un coup sec sur la tête.

—Chut, je veux voir où il veut en venir.

Calibos lança l'autre extrémité par-dessus la rampe du premier étage. Ma mère se débattait, mais elle n'était pas de taille à lutter contre un vampire. J'essayai de dégager les couteaux qui me clouaient au sol. Max m'en enfonça un autre dans le poignet, presque nonchalamment, puis me donna un coup de poing dans le ventre, là où il m'avait tiré dessus.

Je dus m'évanouir de douleur l'espace d'une minute, car lorsque je rouvris les yeux ma mère était debout sur une chaise, un bout de la tenture autour du cou et l'autre accroché à la rampe à l'étage. Le tissu était quasiment tendu, et la chaise ne tenait plus que sur trois pieds.

—Maintenant elle peut regarder et je peux participer, dit Calibos avec un rictus.

Max lui adressa un sourire approbateur, puis reporta son attention sur moi.

— Tu veux savoir ce que je vais faire, petite fille ? demanda-t-il sur un ton badin. Après t'avoir savamment torturée, je vais te découper en petits morceaux. Je ne peux quand même pas prendre le risque que Bones te fasse revenir à la vie en tant que goule, n'est-ce pas ?

Ce sale vicelard n'était pas idiot. En ma qualité d'hybride, il était tout à fait envisageable que je sois ressuscitée sous la forme d'une goule si Max se contentait de me tuer. Mais si j'étais démembrée, cette option n'était plus possible.

— Les mêmes règles sont valables pour toi. À chaque cri que tu pousseras, je ferai subir une mutilation à Justina. Voyons combien de temps tu vas tenir…

Max commença à me bourrer la tête de coups de poing, comme s'il s'agissait d'un punching-ball. Ma bouche s'emplit de sang et ma lèvre se fendit, mais je me mordis la langue et n'émis pas la moindre plainte. Au bout de quelques minutes, le bourdonnement dans mes oreilles assourdit les bruits de ses coups. Puis il s'arrêta.

— Sale petite tête de mule ! Bon, voyons si tu garderas le silence avec ça…

Il sortit un briquet de sa poche, l'alluma, fit grossir la flamme au maximum, puis l'approcha de mon bras. Mon corps entier se mit à trembler et je m'agitai en vain en laissant échapper des grognements et des cris étouffés. Après quelques minutes d'une telle agonie, je ne pus retenir mes cris plus longtemps.

Max, ravi, se mit à rire. Je me rendis vaguement compte que j'étais en train de vomir.

— Je crois que ça va coûter un doigt à Justina, annonça-t-il. Qu'est-ce que tu vas lui faire perdre d'autre ?

— Même si tu me tues, Bones te retrouvera, haletai-je. (Je dégoulinais de sueur et mon bras me lançait à un point que je n'aurais jamais cru possible.) Et ce jour-là, crois-moi, tu le regretteras.

Calibos et Max se mirent à glousser comme si je venais de leur raconter une bonne blague.

— Ce vampire ne déclenchera pas une guerre pour toi, me répondit Max avec un large sourire. Bon Dieu, si Bones t'a épousée, c'était uniquement pour faire enrager notre maître.

Voilà donc pourquoi Max se sentait suffisamment en sécurité pour prendre le risque de s'attaquer à moi ! Il était persuadé que ses nouveaux « amis » lui fournissaient une protection suffisante et que Bones ne m'avait épousée que pour faire enrager Ian !

— Oh, Bones te retrouvera. Ne t'en fais pas pour ça.

Ils regardèrent autour d'eux, mon ton véhément les ayant mis mal à l'aise.

— Pitoyable, finit par dire Max. Tu essaies de me faire peur pour que je te laisse en vie, mais ça ne marchera pas. Calibos, sors quand même monter la garde. Juste au cas où son play-boy déciderait d'arriver en avance.

— Mais je n'ai pas encore eu le temps de m'amuser avec elle, protesta Calibos en me jetant un regard qui me fit frissonner de dégoût.

— Tu en auras l'occasion, rétorqua Max d'un ton sec. Mais c'est moi qui dirige cette opération, alors je passe en premier.

Calibos me regarda avec un rictus en se dirigeant vers la porte.

— À tout à l'heure, mon cœur.

Max se leva et s'approcha de ma mère d'un pas nonchalant. Elle devait presque se tenir sur la pointe des pieds pour arriver à respirer malgré la corde qui lui enserrait le cou. En dessous d'elle, la chaise tremblait dangereusement sur ses trois pieds. Ses mains étaient attachées avec un autre morceau de tissu, et Max sourit en contemplant ses doigts.

— Lequel vas-tu perdre, Justina ? Voyons, ams, tram, gram, pic et pic et colégram, bour et bour et ratatam...

J'essayai de me préparer mentalement à saisir ma chance. À présent que l'un des deux était dehors, c'était l'occasion ou jamais. Mais j'avais du mal à me concentrer. Cela faisait des années que je me prenais des coups, mais vu l'étendue de mes blessures, j'étais au bord de l'évanouissement.

Ma mère me regarda droit dans les yeux... puis elle donna un coup de pied dans la chaise pour la faire basculer.

— Bon Dieu ! s'écria Max d'un ton brusque en la retenant d'une main. Pourquoi est-ce que tu as fait ça ?

Je profitai de sa seconde de distraction pour tirer de toutes mes forces sur les couteaux plantés dans mes poignets. Je sentis ma peau se déchirer. J'avais libéré l'une de mes mains lorsque Max se retourna.

— Qu'est-ce qui se passe ?

Il lâcha ma mère. Elle se retrouva suspendue par le cou, ses pieds au-dessus du sol, pendant que je libérais mon autre main sans prêter attention à la douleur brûlante que mes mouvements brusques avaient attisée. Je tentai d'attraper l'un des couteaux, mais mes poignets étaient trop endommagés pour me permettre de tenir quoi que ce soit. Je les repoussai donc d'un coup de pied avant de me jeter sur Max et de lui donner un coup de tête, suffisamment fort pour le renverser. *Tout ce dont j'ai besoin, c'est d'un peu de ton sang,* me dis-je en le mordant avec sauvagerie, *et je serai assez remise pour combattre.*

Un bruit assourdissant me fit tourner la tête vers la fenêtre. La dernière chose que je vis fut une explosion de verre... puis je sentis une brûlure sur mon cou et ma vision s'assombrit. J'eus l'impression d'entendre des cris, mais, tout à coup, tout semblait me parvenir de très loin. Je ne sentais plus rien non plus. La disparition de la douleur était un véritable soulagement.

Je repris conscience en sentant un liquide couler dans ma gorge. J'essayai de le recracher, mais en vain. Le flot était continu et je ne pouvais faire autrement que l'avaler. Encore. Et encore.

— … ne la laissez pas mourir ! crus-je entendre hurler ma mère, puis je reconnus la voix de Bones, très proche.

— … allez, ma belle, bois ! Non, il t'en faut encore…

Je m'étouffai et recrachai le liquide, puis les silhouettes qui m'entouraient se firent plus précises. J'avais la bouche collée à un cou ensanglanté ; je m'en écartai tout en toussant après une nouvelle gorgée.

— Arrête, parvins-je à prononcer.

Des mains me stabilisèrent. C'était à la gorge de Bones que j'avais bu. Mais son cou n'était pas la seule chose recouverte de sang. Tout le devant de son corps en était également maculé.

— Dieu tout-puissant, Chaton, dit Bones dans un souffle en me caressant la gorge.

— Catherine ! cria ma mère.

Je tournai la tête et la vis glisser sur quelque chose alors qu'elle s'approchait de moi en titubant. Elle avait toujours la tenture autour du cou, mais l'autre bout n'était plus noué à la rampe. À l'autre extrémité de la pièce, j'entendis Max marmonner une injure, puis une voix féminine à l'accent anglais.

— Ne bouge pas, espèce de petite merde.

— Tu l'as eu ? demanda Bones d'une voix plus que glaçante.

Jamais je n'avais entendu Annette s'exprimer sur un ton aussi féroce.

— Je le tiens, Crispin.

Ma mère arriva jusqu'à moi et me serra dans ses bras, essayant de m'arracher à l'étreinte de Bones tout en passant la main sur mon cou.

— Il t'a guérie ? Tu vas bien, Catherine ?

C'est alors que je remarquai le sang alentour. Bones n'était pas le seul à en être éclaboussé : il y en avait sur moi, autour de moi, et même le mur le plus proche en était aspergé.

— Qu'est-ce qui s'est passé ? demandai-je, partagée entre l'étourdissement, une immense gratitude d'être toujours en vie, et l'effarement à la vue de tout le sang dans lequel nous baignions.

— Max t'a arraché la gorge, répondit Bones. (Dans son regard où brûlait une lumière verte se lisait un mélange étrange de soulagement et de colère.) Et il aura tout le temps de le regretter avant que j'en aie terminé avec lui.

# Chapitre 6

Don arriva chez ma mère, son équipe au grand complet, moins d'un quart d'heure après mon appel. Ils avaient dû enfreindre toutes les règles du code de la route, mais comme ils ne risquaient pas de récolter une amende pour excès de vitesse, ils pouvaient bien se le permettre.

Bones et Annette emprisonnèrent Max dans la capsule. Don en avait la charge… pour l'instant. Bones avait annoncé d'un ton sec qu'il enverrait quelqu'un récupérer Max, et compte tenu du ton de sa voix, je fus soulagée que mon oncle ne le contredise pas. Bien entendu, je ne pensais pas que Don veuille s'embarrasser très longtemps de Max. Le regard que les deux frères avaient échangé pendant que mon père était enfermé dans la capsule était si lourd de sous-entendus que Don détourna les yeux avant même que Max commence à l'insulter.

Je dus recevoir plusieurs litres de sang pour remplacer celui que j'avais perdu. Celui de Bones avait guéri mes multiples blessures, mais mon pouls était toujours dangereusement faible.

— C'est passé près, dis-je à Bones au terme de ma dernière transfusion, un sourire vacillant aux lèvres.

J'étais assise dans sa voiture. À l'aide d'une serviette, il avait essuyé du mieux possible le sang dont j'étais recouverte. Nous étions sur le point de partir. Bones ne voulait pas rester plus longtemps que nécessaire, car nous ne savions pas à qui Max et Calibos avaient pu faire part de leur embuscade.

Bones plongea son regard insondable dans le mien.

— Je t'aurais ramenée à la vie d'une manière ou d'une autre, Chaton. Soit comme vampire, soit comme goule, même si tu avais dû me détester de l'avoir fait.

— Max comptait t'en empêcher, marmonnai-je. Il voulait me couper en morceaux.

Bones laissa échapper un sifflement qui me fit dresser les cheveux sur la nuque. Puis il sembla se reprendre.

— Je ne l'oublierai pas, dit-il en articulant chaque syllabe.

J'étais submergée d'émotions. Soulagement, panique à retardement, colère, excitation, et le désir impérieux d'attraper Bones et de lui dire en bafouillant à quel point j'étais heureuse de seulement le revoir. Mais ce n'était pas le moment de s'effondrer, aussi étouffai-je ces sentiments. *Reprends-toi, Cat. Tu ne peux pas te permettre de te laisser aller, il y a trop de choses à faire.*

Ma mère était sur la banquette arrière. Elle avait refusé de se rendre au QG, même si elle n'y serait pas restée très longtemps. Don faisait déménager tout le monde. Max avait découvert l'adresse de ma mère, et il était donc plus que probable qu'il savait également où était le QG. Don ne voulait courir aucun risque, au cas où Max en aurait indiqué l'emplacement à d'autres vampires. L'organisation de Don en avait tué suffisamment pour que certains d'entre eux décident d'y faire une petite visite.

Ma mère partait donc avec Bones et moi en attendant que Don lui trouve un autre endroit pour vivre. Il s'en occuperait dès qu'il aurait terminé de déplacer tous les membres de notre équipe.

— Je suis désolée, Catherine, marmonna-t-elle en évitant mon regard. Je ne voulais pas t'appeler. Je me suis entendue prononcer ces mots, mais je n'arrivais pas à m'arrêter.

Je soupirai.

— Ce n'est pas ta faute. Max s'est servi du contrôle mental. Tu ne pouvais rien faire pour empêcher les mots de sortir.

— Pouvoir démoniaque, murmura-t-elle.

— Non, dit Bones d'une voix ferme. C'est Max qui vous a affirmé que tous les vampires étaient des démons, n'est-ce pas ? Vous le croyez capable de dire la vérité, après ce qu'il vient de vous faire subir ?

— À l'époque, Max aurait pu te forcer à croire tout ce qu'il te disait, ajoutai-je, comme il t'a obligée à me téléphoner tout à l'heure. Les vampires forment une espèce différente, maman, mais ce ne sont pas des démons. Si c'était le cas, crois-tu que tu serais encore en vie ? Tu as essayé par deux fois de faire tuer Bones, mais aujourd'hui il t'a sauvée au lieu de te laisser pendre au bout de ta corde.

Son visage était ravagé par l'émotion. Devoir admettre que ce à quoi elle avait cru avec ferveur pendant vingt-huit ans était peut-être un tissu de mensonges était difficile à digérer. Ça l'aurait été pour n'importe qui.

— Je t'ai menti à propos de ton père, dit-elle enfin, si bas que je l'entendais à peine. Cette nuit-là, il ne m'a pas… mais je ne voulais pas croire que j'avais *pu* le laisser faire, pas après avoir vu qu'il n'était pas humain…

Je fermai les yeux un moment après son aveu. J'avais soupçonné que ma naissance n'était pas le fruit d'un viol, et j'en avais enfin la confirmation. Je croisai alors son regard.

— Tu avais dix-huit ans. Max t'a dit que tu allais donner naissance à une version moderne du rejeton de Mia Farrow dans *Rosemary's Baby*[1] pour le seul plaisir de te faire croire que tous les vampires étaient des démons. Il n'en reste pas moins une ordure. Et à ce sujet...

Je retirai l'intraveineuse de mon bras, puis enfilai le blouson que Cooper m'avait obligeamment prêté, mon chemisier étant déchiré et imbibé de sang. Une fois décente, je sortis rapidement de la voiture. Je ne ressentais plus le moindre étourdissement. Un peu de sang de vampire et trois poches de plasma avaient suffi à me remettre d'aplomb. Mon corps ne portait plus la moindre trace de mutilation, alors que j'aurais dû repartir de chez ma mère les pieds devant.

— Qu'est-ce que tu fais ? demanda Bones en me soutenant légèrement par le bras.

— Je vais dire au revoir à mon père, répondis-je en me dirigeant vers la capsule, posée dans l'allée.

On aurait dit un œuf argenté géant.

— Ouvre-la, dis-je à Cooper qui en assurait la garde en attendant qu'elle soit chargée dans notre van spécial.

Cooper défit les verrous extérieurs. Il ne détourna pas les yeux lorsque le couvercle de la capsule s'ouvrit et que Max apparut ; c'était la preuve qu'il avait bu un peu de sang de vampire avant de venir, seul remède qui pouvait immuniser un humain contre le contrôle mental des Nosferatus, même si ce n'était pas sans effets secondaires.

Mon père avait des pieux en argent plantés à divers endroits du corps. S'il avait tenté de se dégager, l'extrémité recourbée des pieux lui aurait mis le cœur et d'autres organes en lambeaux. Une fois le couvercle fermé, il ne pouvait même pas remuer, car l'agencement de l'intérieur de la capsule empêchait tout mouvement tandis que les pieux

1. Film fantastique de Roman Polanski, 1967. (*NdT*)

continuaient à le vider de son sang et de sa force. Je savais tout cela, car c'était moi qui l'avais conçue.

Bones posa un regard implacable sur Max.

— Vas-y, mon pote, dis un mot et vois un peu où ça te mène, lui susurra-t-il d'une voix aussi douce que de la soie… et aussi effrayante qu'une tombe.

— Tu vois, mon petit papa adoré, je pourrais te dire « je te l'avais bien dit », mais ça ne m'effleurerait même pas l'esprit, fis-je à Max avec dureté. Je me contenterai donc de te répéter ce que tu m'as dit tout à l'heure : tu aurais dû me tuer quand tu en avais l'occasion. (Je me tournai ensuite vers Bones.) Pourquoi est-ce qu'on se fatigue à l'emmener ? Si cela ne tenait qu'à moi, je le tuerais tout de suite pour ne plus avoir à m'en soucier.

— Tu n'as plus à t'en faire à son sujet, dit Bones sur le même ton glacial et terrifiant. Ni maintenant ni plus tard. Mais il ne va pas s'en sortir si facilement.

Bones tendit la main vers Max et lui toucha le visage. Ce n'était qu'une caresse, mais Max tressaillit comme si Bones lui avait ouvert la joue avec un couteau.

— On se reverra bientôt, mon pote. J'ai hâte d'y être.

Annette s'approcha. Elle regarda Max de ses yeux couleur champagne, son visage légèrement marqué par les années. Annette était âgée de trente-six ans lorsque Bones l'avait transformée en vampire. La vie était plus dure au XVIII$^{e}$ siècle, aussi en paraissait-elle environ quarante-cinq, mais elle le tournait à son avantage. Son allure était loin d'être aussi impeccable que d'habitude. Ses cheveux blond vénitien étaient à moitié sortis de son chignon, et son tailleur marine sur mesure avait beaucoup souffert.

— Eh bien, la journée a été riche en événements.

J'étouffai un grognement. Il n'y avait qu'Annette pour qualifier de la sorte, d'un air détaché, un après-midi de torture.

— Referme la capsule, dis-je à Cooper, car je ne voulais plus voir mon père.

Plus jamais.

Cooper obéit et la porte de la capsule se remit en place, les verrous se refermant les uns après les autres. C'est alors que me vint une pensée effrayante.

— Qu'est-ce qui est arrivé à Calibos ? Il y avait un autre vampire avec Max.

— Sa tête est par là, dit Bones en me désignant le bouquet d'arbres du menton, mais le reste de son corps est plus loin.

Sa réponse me procura une satisfaction dénuée d'émotion.

— Comment as-tu deviné que j'avais besoin de toi ?

— La compagnie aérienne a égaré les bagages d'Annette, dit Bones d'une voix presque amusée. Je t'ai appelée deux fois pour te prévenir que nous serions en retard car nous devions nous arrêter pour lui trouver de nouvelles fringues. Tu n'as pas décroché. Tu réponds toujours d'habitude, alors je suis venu directement. À environ un kilomètre de la maison, je t'ai entendue crier. Je me suis garé et Annette et moi avons parcouru le reste du chemin jusqu'à la maison à pied. On a trouvé le guetteur. Comme on ne savait pas combien il y en avait à l'intérieur, on s'est précipités en même temps à travers la fenêtre.

Je laissai échapper un éclat de rire. Si ma mère et moi étions encore en vie, c'était uniquement parce qu'Annette avait perdu ses bagages ? C'était la meilleure.

— Je parie que tu aurais préféré continuer ta route, ne pus-je m'empêcher de dire à Annette.

L'ombre d'un sourire passa sur ses lèvres.

— Pas vraiment, ma chère. Je viens d'appeler Ian, poursuivit-elle en s'adressant désormais plus à Bones qu'à moi. Il était furieux d'apprendre ce que Max avait fait. Il le bannit officiellement de sa lignée.

C'était le pire des châtiments qu'un vampire pouvait infliger à un subalterne. Cela signifiait que plus aucun vampire ne contesterait ce qui pouvait désormais arriver à Max. L'avenir de mon père s'annonçait très sombre.

— Max a dit que Ian n'était pas au courant, ajoutai-je, même si je ne portais pas Ian dans mon cœur. Il a aussi déclaré qu'il avait de nouveaux amis qui souhaitaient autant que lui me voir morte.

Bones hocha brièvement la tête.

— On rentre, ma belle. On va trouver qui a aidé Max à orchestrer tout ça, et on les tuera jusqu'au dernier.

Notre maison, un grand chalet posé au sommet d'une colline, offrait une vue somptueuse sur la chaîne montagneuse de Blue Ridge, à travers des vitres à l'épreuve des balles. Elle était si isolée que nous n'avions encore jamais rencontré nos voisins. De ce fait, nous n'avions pas eu à justifier la piste d'hélicoptère et le hangar attenants à notre maison.

Annette partit pour le QG en compagnie de Don pour s'occuper de Tate, comme c'était prévu au départ, mais Bones refusa de l'accompagner. Il annonça à mon oncle que ses priorités avaient changé, et Don en devina aisément les raisons. Avec deux morts-vivants à ses côtés, Tate serait très bien entouré. Ma sécurité, en revanche, semblait plus précaire que celle de Tate, à en croire ce qu'avait dit Max.

Lorsque j'entrai chez moi, mon chat se précipita pour s'enrouler autour de mes jambes. Comme nous n'avions pas prévu de revenir avant une semaine, j'avais réglé son distributeur automatique de nourriture et sa litière autonettoyante. Mon chaton allait maintenant avoir droit aux restes de mes repas en complément de ses croquettes. Rien d'étonnant à ce qu'il soit content de me voir.

Ma mère n'était jamais venue chez nous, mais j'étais trop pressée de me débarrasser du sang dont j'étais souillée pour lui faire faire le tour du propriétaire.

— Voici la chambre d'amis, dis-je en la menant jusqu'à la pièce du rez-de-chaussée réservée à cet effet. Il y a des vêtements de rechange dans l'armoire, sers-toi. Je vais prendre une douche.

Bones me suivit à l'étage. J'ôtai le blouson que m'avait donné Cooper, ainsi que mon soutien-gorge et mon pantalon, tous deux couverts de sang. Je ne voulais plus jamais revoir ces vêtements. Bones enleva également sa chemise et son pantalon maculés de rouge, les poussa du pied dans un coin de la pièce et me rejoignit sous la douche.

L'eau était glacée, car il fallait attendre quelques minutes pour qu'elle chauffe à cette période de l'année. Je tremblais au contact des gouttes gelées qui coulaient sur ma peau. Bones m'enveloppa dans ses bras et se déplaça pour faire bouclier entre le jet et moi. Mais même lorsque l'eau se réchauffa et que Bones nous fit pivoter pour me placer sous le jet, je continuai à trembler.

— J'ai cru que j'allais mourir.

J'avais parlé d'une voix grave. Bones resserra ses bras autour de moi.

— Tu n'as plus rien à craindre, Chaton. Plus jamais tu ne te retrouveras dans une situation pareille, je te le promets.

Je ne répondis pas, mais je songeais que c'était là une promesse que Bones ne pourrait peut-être pas tenir. Qui pouvait dire de quoi l'avenir serait fait ? Il ne s'agissait pas seulement de la vengeance que mon père avait voulu exercer sur moi… et sur ma mère. Max avait agi de la sorte car on lui avait promis soutien et récompense. Une question s'imposait : qui se cachait derrière ce « on » ?

Mais je gardai mes réflexions pour moi. Bones avait raison. Je n'avais plus rien à craindre pour l'instant. Il était là. C'était la seule chose à laquelle j'avais envie de penser.

Pour le moment, tout du moins.

Nous n'étions pas arrivés depuis une heure que le défilé de visiteurs commença. Juan et Cooper tout d'abord, que Don avait envoyés pour renforcer ma protection. Ils transportaient chacun assez de couteaux en argent et d'armes chargées de balles du même métal pour s'attaquer à une dizaine de vampires.

Arrivèrent ensuite les renforts choisis par Bones : trois vampires qui m'étaient totalement inconnus. Celui qui s'appelait Rattler me rappelait Samuel Elliott[1] en plus jeune, Zéro avait l'air d'un albinos avec ses longs cheveux blonds et ses yeux d'un bleu glacial, et Tick-Tock avait la peau, les cheveux et le regard noirs comme l'ébène. Je les surnommai intérieurement Cow-Boy, Sel et Poivre.

Ensuite débarqua Spade, ou Charles, comme l'appelait Bones. Spade préférait généralement que l'on s'adresse à lui en employant le nom de l'outil[2] qu'on lui avait mis entre les mains lorsqu'il avait débarqué dans une colonie pénitentiaire australienne. C'était une manière de ne pas oublier les misères qu'il avait subies. Bones avait choisi son surnom lorsqu'il s'était réveillé dans un cimetière aborigène après sa transformation. Les vampires avaient décidément le don de compliquer les choses en ce qui concernait leur nom.

---

1. Acteur américain qui a joué notamment dans plusieurs westerns. (*NdT*)
2. En anglais, *spade* veut dire « pelle ». (*NdT*)

Rodney la goule fut le suivant. Il gagna immédiatement la sympathie de Juan en se mettant aux fourneaux. Je ne mangeai pas et montai directement me coucher, mais, comme je m'y attendais, mon sommeil ne fut pas très reposant, mes songes me montrant ma mère pendant au bout d'une corde attachée à une rampe et mon père me tirant dessus, un affreux rictus aux lèvres.

Don arriva un peu après midi. J'étais assise à la table de la cuisine avec Juan, Cooper, ma mère et Bones. Nous avions soigneusement évité de parler de ma situation lorsque mon oncle entra. Son apparition me surprit. Je pensais qu'il serait trop occupé à organiser le transfert du QG.

— Votre patron sait que vous faites l'école buissonnière ? demandai-je.

Don m'adressa un sourire sans joie.

— Je ne peux pas rester longtemps, mais je voulais régler deux ou trois choses et… prendre de vos nouvelles.

Il aurait pu se contenter de passer un coup de fil pour discuter des questions relatives au travail ; sa présence était donc avant tout liée à la seconde partie de sa réponse.

— Je suis contente que vous soyez venu, dis-je, sincère.

Notre relation était peut-être partie du mauvais pied – bon, d'accord, elle avait même démarré de façon catastrophique – mais, à part ma mère, Don était ma seule famille.

— Déjeunez donc avec nous, lui proposai-je en lui indiquant les nombreux plats couverts près du fourneau. Rodney a cuisiné pour un régiment.

Don jeta un œil méfiant sur les plats, ce qui fit rire Rodney.

— C'est la version goule d'un repas végétarien, assura-t-il à Don. Tous les ingrédients sont disponibles en épicerie.

Don, qui semblait toujours aussi hésitant, se servit une part et s'assit. Je l'observai qui prenait une minuscule bouchée, l'avalait... pour finalement se jeter sur son assiette. Aucun doute, Rodney était un véritable cordon-bleu.

Le portable de Bones sonna. Il s'excusa et répondit à voix basse. Je ne compris que quelques mots, car Juan et Cooper se mirent à parler à Don du nouveau QG dans lequel nous allions emménager. Il n'allait pas être facile de tout rendre opérationnel tout de suite.

Bones revint dans la pièce et referma le clapet de son portable d'un geste vif. La position de ses épaules trahissait une tension nouvelle.

— Qu'est-ce qu'il y a ? demandai-je.

— Je vais devoir m'absenter un moment, ce soir, mais rien d'inquiétant.

— C'était qui au téléphone ? Et qu'est-ce que tu comptes faire tout à l'heure ?

Bones sembla choisir ses mots.

— C'était mon grand-père, Mencheres. Il m'a confirmé sa présence lors de la présentation.

Je soupirai.

— Tu fais exprès de rester dans le vague, Bones. Quelle présentation ? De quoi est-ce que tu parles ?

Les autres vampires firent tous semblant d'être fascinés par le décor de la pièce. Le visage de Bones se ferma et son expression devint totalement indéchiffrable.

— Je rassemble des membres de ma lignée et de celle de Ian, ainsi que d'autres Maîtres vampires d'importance, pour assister à la torture de Max.

Je clignai des yeux.

— Tu organises un rassemblement pour le simple plaisir de mettre une raclée à mon père en public ?

— La ou les personnes qui ont aidé Max et Calibos ne semblaient guère inquiètes de la façon dont je réagirais en voyant qu'on t'avait torturée, mutilée, jusqu'à ce que mort s'ensuive. De toute évidence, certains pensent que cela ne m'aurait rien fait, ou que je me suis amolli. Mais bientôt, tout le monde saura quel est le sort que je réserve à ceux qui veulent te faire du mal.

— C'est un raisonnement qui se tient, dit Don. Rien de tel qu'un exemple pour calmer les ardeurs des autres. Mais le fait de tuer Max ce soir, Bones, même si vous lui faites subir l'enfer avant, ne fera que retarder la prochaine attaque. Vous devrez toujours trouver qui d'autre est impliqué pour éviter que Cat fasse l'objet d'une nouvelle tentative de meurtre.

— C'est tout à fait juste, vieille branche, reconnut Bones. Mais je ne vais pas tuer Max. Je vais le garder en vie pour montrer à tout le monde le sens que je donne au mot « torture ». Je ne le tuerai que lorsqu'il sera complètement brisé mentalement. J'imagine que cela prendra des années de souffrances quotidiennes. Pour ma part, j'espère que ça prendra plutôt des dizaines d'années.

Don semblait sous le choc après avoir entendu des propos aussi dénués de pitié. Rodney, Spade et les trois autres vampires ne manifestèrent pas la moindre surprise.

Ma mère regarda Bones avec insistance. Puis elle sourit.

— Je ne veux pas rater ça.

— Mais tu es complètement…, commençai-je avant de m'interrompre en voyant Bones lever la main.

— Attends, Chaton, c'est entre ta mère et moi. Si vous venez, Justina, vous devez comprendre que vous serez la seule humaine présente. Vous devrez réserver vos insultes au vampire qui sera la vedette de la soirée. Vous vous en sentez capable ?

Ma mère secoua sa chevelure.

— Cela fait très longtemps que j'attends ce moment. Ça ira. Je saurai me tenir.

Bones lui prit la main. C'était la première fois depuis vingt-huit ans qu'elle se laissait toucher par un vampire. Elle parvint même à se retenir de s'essuyer sur ses vêtements ensuite.

— Dans ce cas, nous sommes d'accord. Juan, Cooper, j'aimerais également que l'un de vous deux soit présent. Ainsi, vous pourrez raconter ce que vous aurez vu à vos collègues, que ça leur serve d'avertissement au cas où l'un d'entre eux serait tenté de la trahir. Don, vous ne venez pas. Ce n'est pas la peine que vous voyiez ce qui va arriver à votre frère.

Ma mère se leva au moment même où je me disais : *Aïe aïe aïe.*

— Max est votre frère ? demanda-t-elle à Don d'une voix cinglante.

Il ne recula pas devant sa fureur.

— Oui. C'est à cause de lui que j'ai fondé cette agence. Je voulais tuer mon frère et tous ceux de son espèce. Je me suis même servi de ma nièce pour parvenir à mes fins, sans jamais lui révéler mon identité. C'est Bones qui l'a fait lorsqu'il a tout découvert. Donc si vous devez en vouloir à quelqu'un, c'est à moi, pas à Cat.

C'était courageux de sa part d'avoir tenu ce discours dans une pièce remplie de morts-vivants. Spade lança un regard de dégoût à Don, Rodney se contenta de passer sa langue sur ses lèvres. Il devait certainement songer à la manière dont il assaisonnerait Don.

— Vous saviez que Catherine était votre nièce quand vous l'avez trouvée ? demanda ma mère, incrédule.

Don poussa un soupir.

— J'ai lu la plainte pour agression que vous avez déposée la nuit où vous avez rencontré Max. Vu la description que vous en faisiez, j'ai su que c'était lui, puis vous avez donné naissance à une enfant souffrant d'une anomalie génétique inhabituelle. Oui, je savais depuis le début que Cat était à demi-vampire… et qu'elle était ma nièce.

Ma mère laissa échapper un rire amer.

— En résumé, nous l'avons tous les deux utilisée pour servir nos desseins égoïstes. Son vampire de fiancé l'a mieux traitée que sa propre famille.

Bones leva les sourcils.

— Justina, je crois que c'est la chose la plus gentille que vous m'ayez jamais dite.

J'étais tout aussi déconcertée que lui, mais nous avions dévié du sujet d'origine.

— Je vous accompagne ce soir, dis-je après m'être rendu compte que Bones ne m'avait pas incluse dans sa liste.

Son visage se durcit.

— Non, Chaton. Tu ne viens pas.

Je n'en croyais pas mes oreilles.

— C'est moi qui ai reçu deux balles, qui ai été rouée de coups, poignardée, mutilée et brûlée avec un briquet, tu te rappelles ? Je viens, et plutôt deux fois qu'une.

— Non, répéta Bones d'une voix plus dure. Si tu veux rendre toi-même la monnaie de sa pièce à Max, pas de problème, mais ce sera pour une autre fois. Pas ce soir.

Je compris subitement la raison de son refus. Bones se disait que je ne supporterais pas d'assister aux tortures qu'il comptait infliger à Max. Je vivais dans le sang et la violence depuis que j'avais seize ans, et tout à coup je devais être protégée du côté obscur des morts-vivants ?

— Bones, je ne suis pas une petite fleur délicate. Je suis capable de supporter le spectacle.

— Je t'assure que non, rétorqua Bones. Si tu viens, tu seras véritablement horrifiée, parce que je vais faire tout mon possible pour que cela soit horrible, c'est là le but de l'opération. Non, Chaton. Ta compassion est l'une des qualités que j'aime le plus en toi, mais, dans ce cas précis, elle ne ferait que nous déchirer. Tu ne viens pas, le débat est clos.

Je restai bouche bée. J'étais partagée entre la douleur et la colère. Pour qui Bones se prenait-il pour décider ainsi de ce que je pouvais supporter ou pas ? Il était censé être mon amoureux, pas un dictateur.

— Tu veux savoir l'un des trucs que j'aimais le plus en toi jusqu'ici ? demandai-je en sentant monter en moi le sentiment d'avoir été trahie. C'est que tu n'as jamais utilisé ton âge pour me dominer. Tu as déjà vécu tout ce que je traverse, mais tu m'as toujours traitée en égale. Mais là, tu me traites comme la pitoyable petite fille que Max m'a accusée d'être. Tu veux aller à ton petit carnaval sanglant sans moi ? Très bien. Mais tout ce que j'aurais pu y voir ne nous aurait jamais autant déchirés que ce que tu viens de faire.

— Chaton…, dit Bones en tendant les bras vers moi.

Je passai devant lui sans le regarder et montai à l'étage. Une fois en haut, j'entendis Juan se racler la gorge. Rattler murmura quelques mots, suggérant qu'il fallait me laisser le temps de digérer la nouvelle. Don toussa et marmonna qu'il avait des coups de fil à passer. Bones ne dit rien et n'entreprit pas de me rejoindre.

# Chapitre 7

La colère ne me quitta pas de l'après-midi. Je restai enfermée dans ma chambre car je n'avais envie de parler à personne, et surtout pas à Bones. Lui aussi avait décidé de me laisser seule, il n'était même pas monté une seule fois pour essayer de me voir.

Mais alors que le ciel s'assombrissait, je me dis que je ne pouvais pas rester là à bouder. Je repris une douche et descendis. Rodney avait préparé le dîner. Dieu seul savait où il s'était procuré les steaks ; il devait avoir envoyé quelqu'un faire les courses.

Don, assis à table avec ma mère, m'adressa un sourire glacial.

— Nous discutions de la possibilité d'enrôler Rodney dans l'équipe comme cuistot. Je crois que cela améliorerait la production de trente pour cent.

J'émis un petit rire tout en remarquant que Bones était dehors, sur le porche.

— Peut-être même plus. Et puisqu'on parle de l'équipe, où se trouve le nouveau QG ?

— Dans le Tennessee, dans un ancien abri antiatomique qui était occupé par la CIA. Après quelques petites rénovations, on devrait pouvoir être de nouveau opérationnels dans une semaine ou deux. Grâce à ses renforcements souterrains, cet emplacement est le choix le plus sûr.

— Tout à fait d'accord. Quand est-ce que vous vous y rendez ?

— Dans la nuit. (Don adressa un signe de tête à ma mère.) On vous y aménagera également un logis. Nous avons aussi fait déménager vos amis Denise et Randy, dans le cas peu probable où Max aurait découvert leur adresse en même temps que la vôtre.

— Bon Dieu, je n'y avais même pas pensé ! m'exclamai-je en me fustigeant intérieurement.

Comment avais-je pu ne pas songer à la sécurité de ma meilleure amie et de son mari ?

Don soupira.

— Vous aviez d'autres soucis. Rien de plus normal quand on est torturé par un sadique et qu'on frôle la mort.

Rodney posa une assiette devant moi et une autre devant ma mère. Moi qui m'attendais à la voir la lui lancer au visage, je manquai de m'évanouir en la voyant commencer à manger. Peut-être que l'un des vampires s'était lassé de l'entendre continuellement râler et l'avait mordue pour la mettre de meilleure humeur ?

Elle remarqua mon expression ahurie.

— J'ai surveillé ce qu'il a mis dedans, dit-elle, sur la défensive.

Rodney, loin de se sentir insulté, éclata de rire.

— Tout le plaisir est pour moi, Justina.

Je me forçai à détacher les yeux du spectacle incroyable que m'offrait ma mère, occupée à déguster un plat préparé par une goule.

— Puisque vous partez tout à l'heure pour le nouveau QG, Don, je vais avec vous.

Bones était en train de faire les cent pas sur le porche en parlant au téléphone. En entendant ces mots, il s'arrêta.

Don jeta un regard entendu en direction de la fenêtre avant de reporter son attention sur moi.

— Vous êtes sûre que c'est la bonne décision ?

— À moins que vous me licenciiez, je pars avec vous pour voir comment vont mes hommes, l'interrompis-je. C'est là-bas que je serai la plus utile.

Vu que de toute façon Bones ne voulait pas de moi pour sa soirée spéciale…

Je ne prêtai aucune attention aux injures que Bones marmonna. Don écarta les mains.

— Bien sûr que non, je ne vais pas vous renvoyer. Je suis sûr que les hommes seront ravis de vous voir.

— Zéro, Tick-Tock, Rattler, vous l'accompagnez, dit Bones.

Il ne prit même pas la peine d'élever la voix ou d'entrer. Mes trois gardes du corps avaient l'ouïe si fine que ce n'était pas nécessaire.

— Comment avez-vous fait pour transférer Tate jusqu'au nouveau QG ? demandai-je sans faire de commentaire sur la compagnie qui m'était imposée.

Le transport d'un vampire assoiffé de sang n'avait pas dû être de tout repos.

Don toussa.

— De la seule manière possible. Dans la capsule.

J'en restai bouche bée.

— Ça aurait pu le tuer.

Le visage de Don s'assombrit.

— C'est Tate qui en a eu l'idée. Il était conscient du danger qu'il aurait représenté pour l'équipe sans ça. Il est arrivé indemne, et il est de nouveau enfermé avec Annette et Dave. Annette dit que Tate a déjà fait des progrès et qu'il commence à mieux maîtriser sa faim.

Cela ne faisait pas même vingt-quatre heures que Tate avait été transformé.

— Waouh.

Bones rentra dans la maison. Je ne levai pas les yeux et me concentrai sur mon repas. Après avoir fini de manger, je rinçai mon assiette, la plaçai dans le lave-vaisselle et repris le chemin de ma chambre.

— Un instant, Chaton, dit Bones. (Je m'arrêtai au milieu de l'escalier. Il me tendit un objet qui scintilla à la lumière.) Est-ce que tu veux la récupérer ?

Je baissai les yeux sur ma main gauche et une bouffée de honte m'envahit. J'avais oublié de remettre ma bague de fiançailles. Bon Dieu, il fallait que je me réveille. D'abord j'avais oublié de me soucier de la sécurité de Denise et Randy, et voilà que je ne me rappelais même pas que Max avait volé ma bague. Cette histoire de torture et le fait que j'avais frôlé la mort ne pourraient pas me servir éternellement d'excuses pour toutes les bourdes que je commettais. Pas étonnant que Bones me traite comme une petite dinde… C'était exactement comme ça que je me comportais.

— Merci, dis-je en le regardant dans les yeux. Bien sûr que je veux la récupérer.

Même si j'étais fâchée qu'il refuse que je l'accompagne à sa soirée, ma colère ne durerait pas éternellement. J'étais déterminée à lui faire comprendre l'erreur qu'il commettait en me traitant comme une princesse en détresse, mais je n'allais pas pour autant mettre un terme à notre relation. Ni ce soir-là ni jamais.

Bones sourit à moitié.

— Je suis heureux de l'entendre.

Il monta les marches. Je tendis la main, mais plutôt que d'y déposer l'anneau, il le passa à mon doigt. La fraîcheur de sa peau sur la mienne, le fourmillement familier engendré par sa puissance… tout me donnait envie de me jeter dans ses bras et d'oublier le reste.

Mais il se passait tellement de choses en dehors de nous deux et de nos sentiments. Qui aurait cru que tomber amoureuse d'un vampire serait la partie la plus simple de ma vie ? Je me rappelais le temps où je pensais que son statut de mort-vivant était le plus grand obstacle qui se dressait entre nous. Je savais désormais qu'il y avait d'autres enjeux, bien plus importants.

— Je dois partir, Chaton. Don me dira où te retrouver. Je passerai te prendre plus tard.

Je retirai doucement ma main de la sienne.

— À quelle heure ?

— Un petit peu avant l'aube.

Il n'était même pas 20 heures. Bones avait prévu une fête vraiment très longue pour Max.

— OK, me contentai-je de répondre.

Il inspira lentement. Peut-être essayait-il de lire mes émotions à partir de mon odeur.

— Je t'aime, dit-il enfin, puis il partit sans attendre ma réponse.

Il était déjà en bas des marches lorsque je murmurai :

— Je t'aime aussi.

J'étudiai le nouveau bâtiment.

— Confortable. Pour un abri antiatomique.

— Nos faits et gestes seront beaucoup plus difficiles à surveiller, expliqua Don. L'extérieur ressemble à un aérodrome privé, et les niveaux souterrains sont très vastes. Nous améliorerons l'ensemble un peu chaque jour jusqu'à ce qu'il soit fini.

— Oh, ça me plaît.

Rattler, Zéro et Tick-Tock regardaient également autour d'eux avec curiosité. Don n'avait pas sauté de joie en voyant trois vampires inconnus m'accompagner, mais il avait dû se dire qu'il était inutile de discuter avec Bones. Rodney, Cooper et ma mère étaient partis avec ce dernier pour sa petite soirée morbide. Pas Juan, qui visitait les locaux avec moi.

— Où est l'équipe ? demandai-je.

— Au quatrième sous-sol. Les hommes sont en train d'installer le parcours d'obstacles dans la nouvelle salle d'entraînement.

J'avalai ma salive. Il allait être extrêmement difficile de rendre le QG opérationnel, et c'était entièrement ma faute. Après tout, c'était mon propre père, un vampire aux pulsions meurtrières, qui avait découvert l'emplacement de notre ancien QG.

— Je descends les voir. Vous venez ?

Don secoua la tête en signe de refus.

— Non. Je vais voir où en sont les transferts informatiques pour vérifier que toutes les données sont transmises correctement.

Je le quittai et me dirigeai vers les ascenseurs en suivant les flèches. Juan et mes trois gardiens morts-vivants m'emboîtèrent le pas.

Je passai deux heures à jouer les déménageurs aux côtés de mes hommes, pour essayer de mettre un semblant d'ordre dans la pièce. Mes trois gardes du corps morts-vivants n'auraient pas pu mieux tomber, car ils étaient capables de soulever des voitures s'ils le voulaient. Nous tirâmes le meilleur parti possible de leur présence en leur faisant porter les objets les plus lourds. Ils ne se plaignirent pas, même si je me doutais qu'ils avaient envisagé leur rôle de chiens de garde d'une tout autre manière. J'étais en train de terminer de mettre la plate-forme de rappel en place lorsque Don entra. Il me fit signe d'approcher, une expression étrange sur le visage.

— Que se passe-t-il ? m'enquis-je aussitôt en vérifiant sur mon portable que je n'avais pas manqué d'appel.

— Rien. Venez quelques instants dans mon bureau. Il y a… quelque chose que vous devriez voir.

— Pourquoi est-ce que tout le monde prend un tel plaisir à faire des mystères ? lui demandai-je.

Don ne répondit pas. Il se contenta de tourner les talons, et je lui emboîtai le pas. Mes anges gardiens arrêtèrent ce qu'ils étaient en train de faire et nous suivirent. *Si seulement mes hommes étaient aussi disciplinés…*

J'étais encore en train de râler lorsque nous arrivâmes au bureau de Don. La porte était fermée, et je l'ouvris d'un coup sec… avant de m'arrêter net.

Tate était devant moi, ses yeux indigo teintés de vert braqués sur moi. Je pouvais lire l'émotion contenue dans son regard. Je jetai un coup d'œil à ma montre. Il n'était que minuit passé de quelques minutes, vingt-quatre heures seulement s'étaient écoulées depuis sa transformation.

— Il maîtrise suffisamment sa faim pour avoir droit à une petite sortie, dit Annette. (Elle se tenait à côté de lui, légèrement en retrait.) Remarquable, vraiment.

Des larmes roses coulèrent des yeux de Tate.

— Je ne me le pardonnerai jamais, Cat, dit-il, son regard toujours rivé sur moi. C'est moi qui ai suggéré d'utiliser Belinda comme appât en mission, et ça a failli causer ta mort. Si tu savais comme je m'en veux.

Je touchai son visage et j'essuyai ses larmes.

— Ce n'est pas ta faute, Tate. Personne n'aurait pu le prévoir.

Il me saisit la main.

— On m'a dit que Max t'avait retrouvée. Il fallait que je voie par moi-même que tu allais bien.

Tate me prit dans ses bras et me serra si fort que je ne pus m'empêcher de penser aux bleus que son étreinte allait me valoir. Il ne devait sans doute pas s'en rendre compte, car il n'avait pas eu beaucoup de temps pour s'habituer à sa nouvelle force.

Je le repoussai.

— Tate… tu m'écrases.

Il me relâcha si vite que j'en titubai presque.

— Bon Dieu, je fais tout de travers !

J'avais remarqué que mes trois gardes se tenaient très près de moi. Leurs énergies s'entrelaçaient dans l'air, comme si Sel, Poivre et Cow-Boy, comme je les avais surnommés, s'apprêtaient à frapper.

— Détendez-vous, les gars, leur dis-je.

— Tu ne devrais pas t'approcher si près d'un vampire tout juste transformé, répondit Rattler. Ce n'est pas prudent.

Les yeux de Tate virèrent au vert.

— C'est qui, ceux-là ?

— L'instinct de protection de Bones est quelque peu excessif… Il leur a demandé de me suivre comme mon ombre en son absence.

Annette redressa la tête.

— Crispin est-il en train de s'occuper de Max ?

— Ouais. Et selon lui, je ne suis pas capable de supporter toutes les horreurs qu'il compte lui infliger. Mais il a laissé ma mère et Cooper l'accompagner. Il doit penser qu'ils sont plus résistants que moi.

— Disons plutôt qu'il se moque de l'opinion qu'ils peuvent avoir de lui, répondit Annette.

— Comme par hasard, tu le défends, ironisai-je.

Zéro, le blond au regard de glace, se rapprocha de Tate. En le voyant, je poussai un soupir d'agacement.

— Pour l'amour de Dieu, il ne va pas me mordre, alors recule.

— Ton humeur et ton odeur l'excitent, répondit Zéro d'un ton neutre. Sa transformation est trop récente pour qu'il puisse résister longtemps à de tels stimuli.

Je jetai un regard à Tate. Ses yeux brillaient comme des émeraudes, et si j'avais pu voir son aura, elle aurait certainement été étincelante. Le pâlichon n'avait peut-être pas tort, après tout.

— Je ne lui ferais jamais de mal, grogna Tate.

Don, qui n'avait rien dit depuis le début de la scène, intervint.

— Alors prouvez-le en retournant dans votre cellule.

Tate s'avança vers Don avant de sembler se maîtriser. Il inspira longuement et expira par le nez.

— Vous avez raison. Toutes les personnes présentes qui ont un pouls commencent à sentir dangereusement bon. OK. Je rentre dans ma cage, mieux vaut prévenir que guérir.

Il me frôla en partant et prit une nouvelle inspiration, longue et profonde.

— Tu sens le miel et le lait, Cat. Je vais me forcer à respirer toute la nuit, juste pour profiter de ton odeur sur ma peau.

*Et merde. Pourquoi est-ce qu'il fallait qu'il dise des trucs comme ça ?*

Tick-Tock posa sa main sur le couteau qu'il portait à la ceinture. Zéro se plaça devant moi et manqua de peu de m'écraser les orteils. Rattler se contenta de secouer la tête.

— Tu mourras une seconde fois, mon gars, si tu continues à parler comme ça.

Tate le regarda avec froideur.

— Sans blague ? Je tremble de peur.

Puis il partit en direction des ascenseurs qui le conduiraient au dernier sous-sol où se trouvait sa cellule.

Je me raclai la gorge.

— Bon. Dans le genre embarrassant…

Annette fit une moue.

— Puis-je te dire un mot avant d'aller rejoindre Tate ?

Je haussai les épaules.

— Bien sûr. Qu'est-ce qu'il y a ?

Elle regarda autour de nous.

— En privé.

— D'accord, comme tu veux. Allons dans mon nouveau bureau.

Mes trois croque-mitaines n'essayèrent pas de nous suivre. Visiblement, ils ne considéraient pas Annette comme une menace. Pourtant, c'était avec elle que j'avais le plus de chances d'en venir aux mains.

Je fermai la porte, plus pour me donner l'illusion que notre conversation resterait privée que pour véritablement empêcher les morts-vivants de nous entendre ; je savais pertinemment qu'ils y parviendraient s'ils le voulaient.

— Je t'écoute.

Annette s'assit dans l'un des deux fauteuils de la pièce.

— Crispin a raison de te laisser en dehors de tout cela, Cat. Même si de toute évidence tu lui en veux.

Je fis les gros yeux.

— Pitié, ne commence pas !

Elle riva son regard sur moi.

— À quatorze ans, on m'a mariée de force avec l'homme le plus odieux et le plus répugnant que j'avais jamais rencontré… jusque-là. La troisième nuit, Abbot a demandé à l'une des femmes de chambre de nous rejoindre au lit. J'ai refusé, et il m'a battue. Après cela, chaque fois qu'il amenait une femme dans notre chambre, je n'ai plus rien dit. Quelques années plus tard, une duchesse nommée lady Geneviève nous a invités, Abbot et moi, dans son domaine pendant que son mari était à la cour. Elle a drogué Abbot et, une fois qu'il s'est endormi, elle m'a dit qu'elle avait une surprise pour moi. Quelqu'un a frappé à la porte de sa chambre, puis un jeune homme est entré. Tu devines de qui il s'agissait.

— Est-ce vraiment indispensable ? D'un point de vue objectif, c'est tout à fait fascinant, mais je n'ai pas envie de t'entendre me raconter tes souvenirs de parties de jambes en l'air avec Bones.

Elle fit un geste de la main.

— Attends. Crispin et moi étions tous les deux victimes des circonstances, vois-tu. À cette époque, le divorce n'existait que pour les rois, et la femme n'était rien d'autre qu'une machine à assurer la reproduction. J'ai attendu un enfant, dont j'ignorais qui était le père, car je couchais alors avec Crispin et avec Abbot, mais au moment de l'accouchement, Abbot a refusé d'appeler une sage-femme. Le bébé s'est présenté par le siège, j'ai failli mourir d'une hémorragie, et mon fils nouveau-né s'est étranglé avec son cordon.

Je sentis mon irritation se dissiper aussitôt. Même plus de deux cents ans après, la douleur que je percevais dans la voix d'Annette était encore à vif.

— Je suis désolée, dis-je, sincère.

Elle hocha la tête.

— Le traumatisme de l'accouchement m'a rendue stérile, et j'ai été malade durant des mois. Crispin a pris discrètement soin de moi pendant ma convalescence. Puis, peu de temps après, il s'est fait arrêter pour vol. Lady Geneviève s'est arrangée pour m'obtenir un tête-à-tête avec le magistrat. J'ai réussi à le convaincre de ne pas pendre Crispin, et de commuer sa peine en travaux forcés dans les colonies de Nouvelle-Galles du Sud. C'était le moins que je pouvais faire pour remercier Crispin de ses nombreux égards.

— Merci pour lui.

Je n'avais jamais remercié Annette jusqu'ici, mais, dans la situation présente, il était plus que temps que je le fasse. D'accord, Annette et moi n'étions pas les meilleures amies du monde, mais sans elle – et sans Ian, maintenant que j'y pensais – Bones serait mort au XVIII^e siècle.

— J'ai vécu les dix-neuf années qui ont suivi dans une détresse absolue. Puis une nuit, quelqu'un a frappé à la porte de notre chambre. Abbot l'a ouverte et a été aussitôt projeté en arrière. L'intrus a rejeté sa capuche, et j'ai reconnu Crispin, qui n'avait pas pris une ride depuis la dernière fois que je l'avais vu.

» Crispin m'a dit qu'il ne m'avait pas oubliée, pas plus que les souffrances que j'avais endurées. Il a brisé tous les os d'Abbot, et, après l'avoir tué, il m'a révélé ce qu'il était devenu et m'a laissé le choix. À présent qu'Abbot était mort, j'allais hériter de toute sa fortune et j'aurais pu finir ma vie à la cour. Mais à mes yeux, ce n'était que quitter une cage pour une autre, aussi ai-je choisi l'autre option que me proposait Crispin. Il m'a transformée, et il n'a cessé de me protéger depuis. (Elle s'interrompit pour essuyer une larme.) J'en arrive enfin à ce que je voulais te dire. Tu es forte, Cat, mais tu n'es pas cruelle. Pas plus que Crispin, à moins qu'on le mette en rage ou qu'on ne lui laisse pas d'autre choix ; là, il devient cruel. Tu serais choquée de voir jusqu'où il peut aller, et pourtant crois bien qu'il n'en ferait pas plus que nécessaire. Crispin s'en veut, et il a en partie raison. Les vampires respectent ceux qu'ils craignent. Ils considèrent la pitié comme une marque de faiblesse. Témoigne-lui assez d'amour pour lui accorder cela, même si c'est au prix de ta fierté.

Elle se leva. Malgré la journée qu'elle venait de passer, enfermée dans une pièce avec Tate, elle était aussi pimpante que si elle sortait d'un salon de beauté.

— Je ne comprends pas, dis-je enfin. Pourquoi essaies-tu d'arranger les choses entre Bones et moi ? Il n'y a pas si longtemps, tu as fait tout ton possible pour nous séparer.

Elle s'arrêta à mi-chemin de la porte.

— Parce que je l'aime. Même si je l'ai perdu, je veux tout de même qu'il soit heureux.

Elle sortit, mais j'attendis plusieurs minutes avant de l'imiter. Les choses étaient plus simples lorsque je pouvais détester Annette ; elles l'étaient beaucoup moins à présent qu'elle avait réussi à me convaincre que je ferais bien d'écouter ses conseils.

# Chapitre 8

Bones arriva à 0 h 10. Je sortis et regardai Cooper manœuvrer l'hélicoptère pour le faire atterrir. Bones en émergea le premier, suivi de ma mère, de Rodney et de Cooper. Ce dernier avait une allure franchement fantomatique, mais ma mère semblait presque blasée.

— C'était très instructif, fit-elle en guise de premiers mots. Catherine, tu ne m'avais jamais dit qu'on pouvait couper les membres d'un vampire autant de fois qu'on voulait mais qu'ils repoussaient toujours.

*Charmant.*

— Pas la peine de te demander si tu t'es bien amusée, marmonnai-je. Au moins, maintenant, je sais quoi t'offrir à Noël.

Elle fronça les sourcils.

— Pourquoi est-ce qu'il faut toujours que tu fasses la maligne ? Enfin… Je suis fatiguée, j'ai juste envie d'aller me coucher.

Je tendis le bras.

— Les quartiers privés sont par là.

Elle promena un regard peu enthousiaste autour d'elle.

— Je ne me rappelle que trop bien les casernes où nous devions loger quand tu as commencé à travailler pour Don. Autant dormir dans un cercueil, et comme je ne suis pas un vampire je vais décliner l'invitation.

— Maman, dis-je en serrant les dents. Ce n'est que temporaire. On te trouvera bientôt un nouveau logement. Je te proposerais bien de venir chez nous, mais ça ne résoudrait pas ton problème d'allergie aux vampires.

— Je peux trouver un hôtel, insista-t-elle.

— En donnant le nom sous lequel Max t'a trouvée ? rétorquai-je. Non. Don va te fournir une nouvelle identité et une nouvelle maison, mais en attendant…

— Elle peut habiter chez moi.

La proposition ne venait pas de Cooper. Non, ce dernier avait gardé les yeux rivés au sol pendant cet échange. Bones leva les sourcils, surpris.

Rodney haussa les épaules.

— Je possède une maison à deux heures de voiture d'ici. Comme je voyage beaucoup, je n'y habite pas souvent ; elle y serait en sécurité jusqu'à ce que ton oncle lui trouve autre chose, Cat.

Je soupirai.

— Rodney, merci pour ton offre, mais…

— Vous n'y conservez pas de morceaux de cadavres, j'espère ? m'interrompit ma mère. Je n'ai pas envie de tomber sur une tête coupée en ouvrant le réfrigérateur.

Rodney éclata de rire.

— Non, Justina, ce n'est pas la planque de Jeffrey Dahmer[1].

Elle étudia attentivement l'extérieur du bâtiment, puis reporta ses yeux sur Rodney.

— Si je dois choisir entre une caserne où est enfermé un jeune vampire affamé et la demeure d'une goule, je choisis la seconde option. Catherine, je suis sûre que l'un de tes soldats peut m'y conduire ?

1. Tueur en série américain surnommé le cannibale de Milwaukee. (*NdT*)

Elle partit en direction de la caserne, suivie de Rodney. *Un mort en sursis*, me dis-je, et cela n'avait rien à voir avec sa nature de goule.

Bones les regarda s'éloigner puis se tourna vers moi.

—Cette femme est effrayante.

Je ricanai.

—C'est ce que je me suis dit toute ma vie.

Bones me regarda avec circonspection. Il se demandait certainement si j'allais me remettre à râler à propos de la manière dont il m'avait traitée, mais ce n'était pas mon intention. Bien que je ne sois toujours pas d'accord avec les raisons qu'il avait invoquées, les remontrances d'Annette avaient fait leur effet. Ma relation avec Bones comptait infiniment plus à mes yeux que ma fierté froissée. Je devais régler ce problème avec lui, et ni la fuite ni les pleurnicheries n'étaient des solutions viables.

Pourtant, je me sentais mal à l'aise, indécise quant à ce que je devais faire. Je ne l'avais pas réellement salué. En temps normal, je l'aurais embrassé, mais cela me semblait inapproprié. Je choisis donc de fourrer les mains dans mes poches et de me balancer maladroitement d'un pied sur l'autre.

—Alors…, commençai-je, avant de laisser ma phrase en suspens.

Bones m'adressa un sourire ironique.

—C'est mieux que « fiche le camp », en tout cas.

—Je comprends pourquoi tu as agi comme tu l'as fait, mais il faut qu'on trouve le moyen de régler ce genre de choses, dis-je avec précipitation. Je veux parler de cette manie qu'on a, toi et moi, de vouloir décider pour l'autre de ce qu'il est capable ou pas de supporter. Il y a quelques années, je ne pensais pas que tu t'en sortirais avec Don et ma mère, c'est pourquoi je suis partie, mais j'aurais dû te laisser en décider par toi-même. Tout comme tu aurais dû me laisser décider ce coup-ci.

Bones émit un ricanement incrédule.

— Tu mets sur le même plan mon absence d'une seule nuit et les quatre ans et quelques durant lesquels tu as disparu ?

Je sentis mon visage rougir.

— En fait, non… euh, ce que je veux dire, c'est que le principe est le même, bégayai-je. C'était une erreur stupide, et je peux t'affirmer que je n'ai jamais rien regretté autant que cette décision. Mais ce soir, tu ne m'as pas laissé le choix, Bones.

Je m'arrêtai pour inspirer profondément, en espérant que mes yeux exprimaient mieux que mes mots ce que je ressentais.

— Si tu m'avais seulement *demandé* de ne pas y aller, pour les mêmes raisons qui t'ont poussé à me l'*ordonner*, cela ne m'aurait posé aucun problème. J'aurais quand même considéré que tu étais paranoïaque, mais au moins je n'aurais pas eu l'impression que tu me la jouais « moi, grand méchant vampire ; toi, petite fille naïve ».

Bones me jeta un regard agacé.

— Comment peux-tu penser que je te considère comme une petite fille naïve ?

Il se mit à faire les cent pas. Je l'observai sans dire un mot.

— Je suis las d'être la raison pour laquelle tu dois être forte, dit-il, les pupilles cernées de vert. À cause de moi, tu as accepté il y a des années de servir d'appât pour ferrer une organisation de traite des Blanches. Tu as dû défoncer une maison au volant d'une voiture pour sauver ta mère, alors que tu étais encore couverte du sang de tes grands-parents. Tu as accepté de travailler pour Don, ce qui t'a valu de frôler la mort un nombre incalculable de fois. Et tout cela à cause de moi.

Il cessa ses allées et venues pour s'approcher de moi et il me saisit par les épaules.

— J'en ai plus qu'assez de te voir contrainte de prouver ta force pour moi, et c'est pour cela que je ne voulais pas que tu recommences avec Max. Tu ne peux pas comprendre ça ?

Je posai mes mains sur les siennes.

— Si. Mais tu ne m'as pas forcée à faire toutes ces choses, Bones. Même si je ne t'avais jamais rencontré, je traquerais quand même des vampires, et je devrais *toujours* en assumer les conséquences.

Il garda le silence un long moment, son regard dur et pénétrant plongé dans le mien. Finalement, il hocha brièvement la tête.

— Très bien, ma belle. La prochaine fois, je te laisserai le choix, je ne prendrai pas la décision à ta place.

Je serrai ses mains dans les miennes.

— Moi aussi, je te promets de ne plus rien décider pour toi.

Il afficha un rictus.

— On dirait que je vais être le premier à pouvoir tenir parole. La situation a évolué. Max nous a donné le nom du type qui lui a vendu le missile qu'il comptait utiliser sur ta voiture.

— Tu sais où le trouver ?

— Oui.

L'idée de rencontrer cette personne m'emplit d'une détermination froide.

— Je t'accompagne.

L'expression de Bones m'indiqua que c'était exactement la réponse qu'il attendait.

— Demain.

C'était la troisième fois que je me rendais au Canada. J'y étais déjà allée en mission pour Don, mais j'espérais bien un jour pouvoir visiter les chutes du Niagara en simple touriste, sans avoir à tuer personne.

J'étais assise dans un van avec mes compagnons. Dave était à huit cents mètres de là, en train de négocier la vente de trois cents missiles sol-air, de cinq cents grenades et de trois explosifs haute puissance. Il était en première ligne, car Bones était beaucoup trop reconnaissable. Grâce à sa longue carrière militaire, Dave pouvait parler avec les plus grands vendeurs d'armes du marché noir sur un pied d'égalité. À cet instant précis, ils étaient en train de discuter de la qualité du plastique nécessaire pour faire exploser une voiture.

Le silence régnait dans le van. Nous pouvions tous entendre chaque mot qu'ils prononçaient, ce qui signifiait que si des morts-vivants étaient dans les parages et tendaient l'oreille dans notre direction, ils pouvaient en faire autant avec nous. Cooper et Juan vérifièrent une nouvelle fois leurs mitrailleuses, chargées de balles en argent. Ces munitions modifiées étaient inefficaces contre une goule, mais elles avaient de quoi gâcher la journée d'un vampire. Si nous étions peu nombreux, c'était pour une bonne raison. De cette manière, nous courions moins de risques de nous faire repérer.

Spade était là, occupé à se curer les ongles pour passer le temps. Il ne portait pas d'arme. Les Maîtres vampires comme lui et Bones n'en avaient pas besoin, car ils étaient eux-mêmes des armes. Des armes mortelles.

Le gilet pare-balles modifié que je portais sous mes vêtements m'irritait la peau. C'était le dernier cri, un vêtement fin et flexible qui couvrait tous les organes vitaux et ressemblait à une sorte de justaucorps médiéval. Bien sûr, il ne protégerait pas ma tête des balles, mais le reste de mon corps était paré. Cooper et Juan étaient équipés de la même tenue. Elle offrait une bien plus grande facilité de mouvement que les anciens gilets pare-balles, très encombrants.

— … question que je te donne le moindre centime, ce n'est pas le produit sur lequel on s'était mis d'accord, disait Dave. Qu'est-ce que je suis censé faire, retourner voir mon client et lui expliquer qu'il y a une chance sur deux que le déclencheur marche, et qu'une petite prière à Allah serait la bienvenue ? Vous n'êtes que des amateurs. Il y a tellement de merdes sur le marché ces temps-ci que je ne vois pas pourquoi je perds mon temps avec la camelote que tu veux me refourguer à des prix de tableaux de maître, alors va te faire foutre et bonne journée.

Il devait avoir commencé à s'éloigner, car on entendit des pas précipités derrière lui.

— Attends, on peut peut-être discuter…, commença nerveusement le négociateur avant d'être interrompu par un rire.

Bones se raidit à côté de moi, et Spade se redressa. Ce devait être notre cible.

— Harrison, je prends le relais, dit le nouveau venu d'une voix calme.

Nous ouvrîmes la porte coulissante du van et nous glissâmes à l'extérieur. Spade et Bones passèrent les premiers, leur absence de pouls faisant d'eux des cibles moins facilement repérables. Le reste du groupe suivrait une fois l'attaque déclenchée. Rien ne valait l'effet de surprise pour réussir son coup.

— Vous êtes qui ? demanda Dave d'un ton agacé. Encore un sous-fifre ?

— Je m'appelle Domino, et, pour votre information, je suis le chef, répondit-il d'une voix glaciale. Excusez l'échantillon de matériel. C'était un test. Il nous arrive de croiser des agents infiltrés qui se font passer pour des acheteurs, mais ils ne savent pas faire la différence entre une bombe et un panier en osier. Vous, de toute évidence, vous savez de quoi vous parlez. En revanche, moi, je n'ai jamais entendu parler de vous.

Il avait prononcé cette dernière phrase d'une voix encore plus glaciale, et ouvertement soupçonneuse. Dave grogna.

— Vous avez déjà vu beaucoup d'agents infiltrés dénués de pouls venir fourrer le nez dans vos affaires ? Aux dernières nouvelles, l'école de police n'accepte pas les candidats morts-vivants.

— Oui, mais il y a un début à tout, n'est-ce pas ? Bon, je n'ai pas que ça à faire. Logan, sors les autres caisses. Il est temps d'en finir avec cette af…

Domino s'était interrompu juste avant l'explosion. Il avait dû la sentir arriver avant que les deux bombes qui avaient été jetées dans l'entrepôt se déclenchent. Le staccato des coups de feu qui s'éleva en même temps que les cris m'informa qu'il y avait plus de personnes que prévu à l'intérieur.

Juan, Cooper et moi fonçâmes vers les structures dévorées par les flammes qui illuminaient la nuit. Nous ripostâmes aux coups de feu en gardant la tête baissée. Dans l'obscurité, j'aperçus des défenseurs humains et morts-vivants qui ne comprenaient pas pourquoi tant de cadavres jonchaient le sol. Utilisées dans le noir, nos mitrailleuses offraient deux avantages. Elles focalisaient l'attention des gardes sur nous pendant que Spade et Bones faisaient des ravages, et nous permettaient également de faire plusieurs victimes supplémentaires. Au beau milieu de la mêlée, Dave avait deux missions prioritaires à remplir : empêcher Domino de se faire tuer ou de s'échapper.

Un large sourire carnassier aux lèvres, Juan proféra en espagnol des railleries que je ne compris pas alors que nous percions leur défense. Cooper était plus calme, voire méthodique tandis qu'il abattait ses cibles avec une précision remarquable. Il arborait un petit rictus, signe qu'il était au comble de la jubilation.

Une fois que je fus suffisamment proche, j'abandonnai ma mitrailleuse au profit de mes couteaux, mes armes de prédilection. Les lames jaillirent presque aussi vite que des balles en direction de la vingtaine de combattants encore debout. Les humains étaient faciles à éliminer. Ils portaient les mains à leur poitrine à mesure que les couteaux faisaient mouche.

Quelqu'un m'attaqua par-derrière en sautant sur moi et me fit tomber. Je luttai contre l'inconnu en éloignant ses canines avides de mon cou. Le vampire eut un regard incrédule, puis ses traits commencèrent à se flétrir lorsque je lui enfonçai une dague dans le cœur. Je repoussai son cadavre et me retournai rapidement pour faire face à mon adversaire suivant.

C'était un humain qui s'apprêtait à me tirer dessus à bout portant. J'évitai ses balles en exécutant une roue, et me délectai de son expression interloquée lorsqu'il s'aperçut qu'aucune d'entre elles ne m'avait touchée. Je lui arrachai son arme des mains et la retournai contre lui. Quelques courtes rafales plus tard, il s'écroulait sur le sol, mort.

Les trois vampires suivants étaient moins âgés et moins puissants. Je m'occupai d'eux à l'aide de mes couteaux tandis que Juan et Cooper vidaient leurs chargeurs sur ce qui restait de nos adversaires affolés. Les hommes de Domino tiraient sur tout et n'importe quoi, y compris sur leurs collègues, alors que notre attaque se poursuivait. J'entendis de nouvelles sentences de mort, des jurons étouffés, des efforts inutiles pour fuir. Du coin de l'œil, j'aperçus Dave qui coinçait le corps de Domino sous le sien, une lame en argent près du cœur du vampire.

Le temps d'un instant, son regard vert incrédule croisa le mien, puis la compréhension lui fit écarquiller les yeux et il commença à se débattre plus fort.

Dave lui cogna la tête contre le trottoir avec assez de force pour lui fracturer le crâne. Il n'allait pas en mourir, mais il lui faudrait un certain temps pour s'en remettre.

Peu après, les choses se calmèrent. On fit taire les blessés avant même qu'ils aient crié tout leur saoul. Je regardai aux alentours et ne vis plus qu'une résistance minimale, car les survivants commençaient à se rendre. Fixé à ma jambe, au milieu de mon arsenal, se trouvait un téléphone portable. J'appelai Don pour lui demander de contenir la police qui avait certainement dû être alertée par les explosions. Plusieurs membres de mon équipe attendaient mon appel quinze kilomètres plus loin. Ils retiendraient les autorités canadiennes pendant que nous en terminions ici.

Je sentis un souffle soudain au-dessus de moi. Je m'apprêtais à lancer les couteaux que je tenais encore à la main quand je vis Bones tomber littéralement du ciel. Il me regarda, certainement pour s'assurer que je n'étais pas blessée, puis tourna les yeux vers le vampire que Dave ceinturait.

— Tiens, bonjour, Domino. Tu sais qui je suis ?

Bones fit signe à Dave de laisser Domino se relever. Spade apparut, couvert de taches rouges, et saisit Domino d'une poigne d'acier. Juan et Dave rassemblèrent les rares survivants.

Domino lança un regard furieux à Bones.

— Non. Qu'est-ce que ça veut dire, tout ça ?

C'était un mensonge éhonté. Domino savait. Il ne cessait de me jeter des coups d'œil.

Bones sourit.

— Ah, génial. Il va falloir que je te cogne dessus pour que tu craches la vérité ? C'est ma méthode favorite.

Malgré mon habitude, la soudaineté de son mouvement me surprit. En une fraction de seconde, Bones arracha les jambes de Domino, qui lui restèrent dans les mains. Beurk.

La repousse des nouveaux membres était douloureuse. Enfin, c'était ce qu'on m'avait dit. À entendre les hurlements de Domino, ce devait être vrai.

— Tu ne vois toujours pas qui je suis, mon pote ? Allez, dis-moi encore un mensonge, juste pour voir où ça te mène.

— Arrête ! cria Domino. Je sais qui tu es, mais je ne savais pas à quoi servirait le missile. Par Caïn, je te jure que je ne savais pas !

Bones leva un sourcil.

— Si ce n'est pas Max qui t'a payé, alors c'est qui ?

Domino regarda ses jambes arrachées, sur le sol devant lui, avec un mélange de dégoût et de fascination.

— Promets-moi que tu ne me tueras pas et je te dirai tout.

— Ce ne serait pas dans ton intérêt, fit Bones à voix basse. (Il se pencha jusqu'à ce que son visage ne soit plus qu'à quelques centimètres de celui de Domino.) Si je te laisse en vie, tu le regretteras. Je peux aussi te tuer ici même. Ce serait beaucoup plus simple comme ça. Tu vois, je te crois quand tu dis que tu ne savais pas à quoi servirait le missile. C'est pour cela que je te laisse le choix, mais, quelle que soit ta décision, je t'assure que tu me diras tout ce que tu sais.

J'observai le visage de Domino : j'y lus d'abord la dénégation puis l'espoir, le désespoir, et enfin une résignation amère.

— L'argent a été versé par virement, mais je ne sais pas par qui, finit-il par répondre, la voix blanche. Max avait reçu un numéro de compte où le transférer, mais il ne l'a pas fait lui-même. Je le sais, parce qu'il n'arrêtait pas de m'appeler pour savoir si l'argent était arrivé. Ça a pris quelques jours, il a fini par s'impatienter et a parlé d'une date butoir.

— Revenons au virement bancaire, dit Bones. Tu vas me donner tous les numéros de compte, ainsi que les endroits où tu stockes le reste de ta marchandise. Dépêche-toi. J'ai pas envie de passer la nuit ici.

Domino tenta de se dégager de l'étreinte de Spade, mais ce dernier était trop fort.

— Pourquoi tu les veux tous ? Prends le compte qui a reçu le virement, et laisse les autres !

Bones émit un petit rire qui n'avait rien de plaisant.

— Je les veux parce qu'en plus de ta vie je vais te prendre jusqu'au dernier centime. Ça servira de leçon à ceux qui seraient tentés de me contrarier. Bon, t'as besoin d'une motivation supplémentaire ?

Domino jura tout en commençant à énumérer des numéros, des lieux, des banques, des actions, des investissements, des codes de coffres-forts, et tout ce qui se cachait sous sa fortune colossale. Bones prit des notes, ne l'interrompant que pour l'interroger plus en détail sur certains points. Une fois qu'il eut terminé, Domino regarda dans le vide.

Bones posa les mains de chaque côté de la tête du prisonnier avec une douceur qui était en totale contradiction avec ce qu'il s'apprêtait à faire.

— Écoute-moi, mon pote, si tu as omis quelque chose, ou que tu m'as menti, tu ne seras plus là quand je m'en rendrai compte. Mais tu as un fils. Il est trafiquant de drogue, n'est-ce pas ? Il sera tout à fait à ma portée, et je n'aurai aucun remords à passer ma colère sur lui, histoire de m'assurer que le prochain blaireau dans ton genre à qui je ferai une offre honnête n'essaiera pas de me doubler. Je te pose la question une dernière fois : t'es sûr que t'as rien oublié ?

— J'ai toujours entendu dire que tu étais un enfoiré de première, fit Domino d'une voix terne. Tout mon travail réduit à néant… Il ne restera rien à mon fils.

Bones resserra ses mains pâles autour de la tête de Domino.

— Il lui restera la vie. À moins qu'il soit impliqué dans cette affaire ou qu'il cherche à se venger de moi, je le laisserai en paix. C'est ta dernière chance.

Domino dut prendre la menace au sérieux, car il révéla trois autres numéros de compte, d'un ton monotone et résigné. Le métier de marchand d'armes payait bien. Entre l'argent et la marchandise illégale, Bones venait de gagner des millions. Rien d'étonnant à ce que mon salaire le fasse rire.

— Tu as fait le bon choix, commenta-t-il une fois l'énumération de Domino terminée. Si tu t'es montré sincère, ton fils n'aura rien à craindre de moi ou des miens. Une dernière parole ?

— T'es vraiment un sale con.

Bones haussa les épaules.

— Il paraît, oui.

Deux torsions plus tard, c'était terminé. Je détournai les yeux de la tête qui roula au sol, près du reste du corps de Domino.

# Chapitre 9

L'étude minutieuse des comptes de Domino ne nous apprit rien sur l'identité de la personne qui avait fourni l'argent ; nous étions toujours bredouilles. Notre inconnu, qu'il s'agisse d'un homme ou d'une femme, était malin. Entre les sociétés fantômes, les faux noms et les comptes en banque clôturés, les obstacles auxquels nous nous heurtâmes étaient innombrables.

Deux semaines plus tard, le portable de Bones sonna. Le crescendo aurait dû m'avertir, mais à ce moment-là j'étais concentrée sur les papiers qui se trouvaient devant moi.

— Allô… ah, je n'avais pas reconnu le numéro, Mencheres…

En entendant ce nom, je reportai aussitôt toute mon attention sur la conversation. Que voulait la version vampire du grand-père de Bones ?

Le visage de Bones, d'abord détendu, se raidit au fur et mesure de la discussion, sans que je puisse décrypter son expression.

— D'accord. À tout à l'heure, finit-il par dire avant de raccrocher.

— Alors ? fis-je avec impatience.

— Mencheres me demande de venir chez lui pour discuter d'une proposition qu'il veut me faire.

Je fronçai les sourcils.

— Pourquoi ne t'en a-t-il pas parlé au téléphone ?

— Ça doit être important, mon chou, rétorqua Bones. Mon grand-père n'est pas du genre à faire du cinéma, et j'imagine qu'il ne veut pas juste me demander d'arroser ses plantes pendant qu'il sera en voyage.

J'avais beau être emmitouflée dans un gros pull, je sentis un frisson remonter le long de ma colonne vertébrale. Qu'est-ce qui pouvait être important au point que Bones laisse tout tomber pour aller voir Mencheres en personne ?

Il n'y avait qu'un seul moyen de le savoir.

Mencheres ouvrit lui-même la porte, et je ne pus m'empêcher de frissonner en sentant son aura me submerger. Les ondes d'énergie qui émanaient de lui me faisaient l'effet d'un orage miniature. Les traits de Mencheres indiquaient qu'il était égyptien. En effet, il avait un peu une allure de pharaon, avec son port de tête royal et sa longue chevelure noire. J'estimais qu'il avait largement plus de deux mille ans, même s'il n'en faisait pas plus de vingt-cinq.

— C'est joli, chez vous, remarquai-je en admirant la décoration de l'hôtel particulier dans lequel nous entrâmes. Je comprends pourquoi vous avez besoin de tout cet espace, avec tout ce monde autour de vous.

Si je m'étais attendue à être entourée de la clique habituelle de Mencheres, j'en aurais été pour mes frais. Visiblement il n'y avait que nous trois dans la demeure, et aussi quelques chiens. Des mastiffs. Nobles bêtes. Personnellement, je préférais les chats.

Le regard que me décocha Bones fit sourire Mencheres.

— Ne t'inquiète pas, elle peut dire tout ce qu'elle veut. J'aime son franc-parler. Il ressemble beaucoup au tien, quoique en moins diplomate par moments.

— La remarque de ma femme est juste, même si elle manque de tact, dit Bones. En temps normal, vous avez toujours plusieurs membres de votre lignée à vos côtés, mais aujourd'hui vous êtes seul. Dois-je en conclure que vous désirez que cette conversation reste entre nous ?

— Je pensais que ce serait ce que tu voudrais, répondit-il. Mais avant que nous continuions, puis-je vous offrir quelque chose ? La maison ne manque de rien.

C'était le moins qu'on puisse dire. Le bâtiment était trois fois plus grand que notre chalet, sans parler du terrain. Bones avait dit qu'outre ses serviteurs goules et vampires, Mencheres entretenait plusieurs membres de sa lignée, et veillait à leurs repas. Vu son âge, il avait un entourage important.

Bones se laissa tenter par un vieux whiskey. Je refusai de boire quoi que ce soit, car je voulais que nous en venions au fait. Mencheres nous précéda jusqu'à un charmant salon aux couleurs masculines, avec des canapés en cuir aux textures moelleuses, une cheminée en pierre, un plancher en bois et des tapis tissés à la main. L'un des chiens vint s'asseoir aux pieds de Mencheres lorsque ce dernier s'installa sur le canapé qui était en face de nous. Bones tenait son verre d'une main et serrait la mienne de l'autre.

— Le whiskey est à ton goût ? demanda Mencheres.

— Pour l'amour de Dieu, dites-nous en quoi consiste votre proposition ! éclatai-je.

Mencheres, qui était capable de lire dans les pensées, avait de toute façon déjà dû percevoir l'impatience qui bouillait en moi.

Je sentis les doigts froids de Bones se resserrer autour des miens.

— C'est plus fort que moi, continuai-je, plus à l'intention de Bones qu'à celle de Mencheres. Écoute, je suis douée pour séduire et pour tuer, sans doute plus pour tuer, d'ailleurs. Pas pour tourner autour du pot. Mencheres nous a fait prendre l'avion jusqu'ici pour une raison, et ce n'était pas pour savoir si son whiskey est bon.

Bones soupira.

— Grand-père, si vous pouviez avoir l'obligeance…, dit-il en agitant la main pour inciter Mencheres à parler.

Ce dernier se pencha vers nous et planta ses yeux gris acier dans ceux, brun sombre, de Bones.

— Je te propose une alliance permanente entre ta lignée et la mienne, Bones. Si tu acceptes, je te ferai don du même pouvoir qui m'a autrefois été accordé.

Waouh. Celle-là, je ne l'avais vraiment pas vue venir.

Bones se tapota le menton pendant que je m'agitais sur mon siège. Les procédés politiques des vampires me mettaient toujours mal à l'aise, et la perspective d'une alliance entre Bones et ce vampire aussi puissant qu'effrayant ne me plaisait pas du tout. Il y avait forcément anguille sous roche. Je n'imaginais pas Mencheres faire une telle offre par pure magnanimité.

Bones semblait avoir suivi le même raisonnement.

— Vous voulez faire fusionner nos lignées et m'offrir une partie de votre puissance ? Pourquoi ai-je l'impression que vous ne me dites pas tout, grand-père ?

Le visage de Mencheres était impassible.

— La guerre est proche. Je l'ai vu. Grâce à la force que je te ferai acquérir et à l'alliance de nos lignées, nous aurons une meilleure chance de gagner.

— Vous l'avez vu ? demandai-je. Comment ça, vous l'avez vu ?

En plus d'être capable de lire dans l'esprit de tout ce qui avait un pouls, Mencheres avait également des visions. Il voyait des petits pans de l'avenir, ce genre de choses. Je n'étais pas vraiment sûre d'y croire – à ce compte-là, pourquoi Mencheres ne passait-il pas sa vie à jouer au loto ? – mais Bones pensait que Mencheres disposait de ce pouvoir, et il le connaissait depuis plusieurs siècles.

— C'est inéluctable, répondit Mencheres d'un ton dénué d'émotion.

Bones réfléchit à ce que son grand-père venait de dire ; moi, je gardai le silence. C'était à lui de prendre cette décision. Il connaissait Mencheres depuis le début de sa vie de mort-vivant. Je n'avais aucunement l'intention de lui faire part de ma désapprobation juste parce que Mencheres me fichait les chocottes.

Après un long moment, Bones hocha la tête.

— J'accepte.

*Et merde*, pensai-je, tout en sachant pertinemment que Mencheres m'avait « entendue ». Néanmoins, il ne dit rien. Il se contenta de se lever, impressionnant avec ses longs cheveux noirs et ses yeux gris perçants, puis il serra Bones dans ses bras.

— Nous finaliserons notre nouvelle alliance la semaine prochaine. En attendant, ne parle de cette affaire qu'aux personnes en qui tu as pleinement confiance.

Puis Mencheres lâcha Bones et me décocha un sourire glacial.

— *Maintenant* tu peux partir, Cat.

La maison dans laquelle Mencheres organisa le rassemblement en l'honneur de son alliance avec Bones avait une sorte de valeur sentimentale pour moi. C'était dans cette demeure que Ian m'avait fait venir lorsqu'il avait tenté de me forcer à me joindre à lui. Mais c'était à Bones que j'avais fini par me lier pour la vie. Visiblement, la maison appartenait à Mencheres, et Ian la lui avait empruntée pour l'occasion.

Ce même Ian, le vampire qui avait transformé Bones, s'était d'ailleurs procuré une invitation pour les festivités de la soirée. Bones avait aussi fait venir tous les membres directs de sa lignée, plus de deux cents vampires, sans compter les goules qu'il avait contribué à ramener à la vie, soit une centaine de personnes en plus.

Comme seul un stade de football aurait pu accueillir tous les descendants directs de Mencheres, les invitations s'étaient faites sur la base de la puissance et des préférences. Pour officialiser l'alliance, plusieurs Maîtres vampires d'autres lignées éminentes étaient présents, et tous ne nourrissaient pas des sentiments amicaux à notre égard.

Beaucoup des canapés qui se trouvaient dans les gradins autour de l'arène avaient été enlevés. Il y avait tellement de monde que tout l'espace disponible était requis. Tous les invités étaient debout, à part les rares membres de l'élite qui osaient s'asseoir sur les quelques chaises et divans présents. Dans l'arène qui se tenait au centre de la pièce, il n'y avait rien de tel. Nous resterions tous debout.

Je n'avais jamais vu autant de morts-vivants réunis. Toutes les ondes de puissance qui émanaient de la foule faisaient presque vibrer ma peau. Notre groupe de gardes d'élite était composé de Spade, Tick-Tock, Rattler, Zéro et d'une dizaine d'autres vampires que je connaissais plus ou moins. Leurs noms m'échappaient peut-être, mais pas leur puissance. Même dans une pièce contenant plus de la moitié des lignées de Bones et de Mencheres, notre escorte crépitait d'une tension silencieuse. J'étais contente d'être dans leur camp et de ne pas avoir à les affronter. Je n'aurais jamais fait le poids face à eux.

Lorsque nous pénétrâmes sur la plate-forme surélevée, j'eus l'impression de me trouver sur un ring de boxe. Mencheres et Bones occupaient chacun un coin opposé de l'arène, et personne ne parlait. Même les spectateurs se taisaient. Puis Mencheres s'avança jusqu'au centre et s'adressa à la foule.

Il avait revêtu une tunique égyptienne, toute blanche, et j'aurais mis ma main au feu que la ceinture autour de sa taille était en or massif. Il portait également des anneaux en or autour des bras, et sa peau pâle brillait d'un léger reflet jaune. Il avait dû s'enduire de poudre d'or. Avec ses longs cheveux noirs lâchés, retenus sur son front par une fine couronne de lapis-lazuli, il semblait sortir tout droit d'une fresque décorant la tombe d'un pharaon. D'ailleurs, peut-être y avait-il *vraiment* une fresque le représentant sur la tombe d'un pharaon.

— Vous êtes ici présents pour m'entendre engager ma loyauté dans une alliance que seule la mort brisera. À partir de cette nuit, je promets que chaque personne appartenant à Bones m'appartient également, et que toutes celles m'appartenant lui appartiennent. Comme preuve de ma sincérité, j'offre mon sang pour sceller cette alliance. Si je lui fais défaut de quelque manière que ce soit, que la mort soit mon châtiment. Toi, Crispin, qui t'es rebaptisé Bones, acceptes-tu de joindre ta lignée à la mienne ?

Bones me serra la main avant d'aller se mettre à côté de l'autre vampire.

— J'accepte.

Mencheres attendit un peu avant de reprendre la parole, peut-être pour ménager son effet.

— Et qu'offres-tu pour engager ta parole ?

Bones répondit d'une voix ferme.

— Mon sang sera mon gage. Si je trahis notre alliance, que la mort soit mon châtiment.

En temps normal, chacun se serait entaillé la paume, puis ils se seraient serré la main et c'en aurait été fini. Un peu comme une cérémonie de mariage vampire, en fait.

Mais nos invités ignoraient la profondeur de ce qui se tramait ce soir. Ils savaient tous que Bones et Mencheres étaient réunis pour faire fusionner leurs lignées, mais ils n'étaient pas au courant du bonus dont allait bénéficier Bones. Le transfert de pouvoir. Seuls ceux d'entre nous qui étaient sur la plate-forme ne manifestèrent aucune surprise en voyant Mencheres passer outre à la traditionnelle poignée de main et pencher la tête vers le cou de Bones.

Une vague d'exclamations s'éleva de la foule. Visiblement, les spectateurs venaient de comprendre ce qui se tramait. Dans la troisième rangée, j'entendis Ian pousser un gros juron, et je souris. *Tiens, tiens, on dirait que quelqu'un se sent lésé !*

Ian n'était pas le seul. Plusieurs voix outrées retentirent du côté de la lignée de Mencheres. Des vampires qui, de toute évidence, avaient cru qu'ils seraient un jour les heureux bénéficiaires de ce cadeau. C'était la seconde raison de la présence des gardes. Au cas où l'un ou plusieurs des invités décideraient d'exprimer leur mécontentement autrement qu'avec des mots.

Mencheres n'y prêta pas attention et continua à boire au cou de Bones. Lorsqu'il releva la tête, je vis Bones vaciller légèrement. Chaque fois qu'un vampire était vidé de son sang, il était affaibli ; à voir Bones, Mencheres avait dû bien lécher son assiette.

— Ma parole, scellée par le sang, dit Bones d'une voix rauque. Librement donnée et acceptée.

Mencheres pencha alors la tête pour inviter Bones à boire à son tour, et ce dernier planta ses canines dans le cou de son aîné.

Ce n'était pas comme lorsque Mencheres avait bu. Quelque chose changea dans l'air. Un courant invisible s'amplifia dans la pièce. De l'électricité statique semblait jaillir des deux silhouettes au centre de la plate-forme et je clignai des yeux en me frottant le bras comme si j'avais reçu une petite décharge. C'était donc cela, le transfert de pouvoir. Bones m'avait dit que Mencheres devrait faire un effort de volonté pour transmettre un peu de sa puissance en même temps que son sang. Ce n'était pas une chose que l'on pouvait lui dérober en se contentant de boire à son cou. Alors que je regardais la scène, la peau du vampire égyptien se mit à briller d'une étrange lumière intérieure, comme si des millions d'étoiles essayaient de sortir de sa peau.

Au-dessus de nous, j'entendis des bruits de bousculade. Quelqu'un tentait de déclencher une bagarre ou de s'enfuir. Spade aboya un ordre, et des vampires invisibles jusque-là descendirent du toit comme autant d'araignées à la piqûre mortelle. Ils tombèrent sur la petite mêlée et le bruit s'arrêta aussi vite qu'il avait commencé.

Bones continuait à boire sans prêter la moindre attention à ce qui se passait autour de lui ; il semblait recouvrer peu à peu ses forces. Je savais qu'il ne se contentait pas de se nourrir du sang de Mencheres, mais qu'il ingurgitait de la puissance pure à chaque gorgée. La peau de Bones se mit à scintiller comme celle de Mencheres, aussi naturellement que le sable absorbant l'eau de mer. C'était magnifique à regarder… magnifique et effrayant.

Un bourdonnement commença à se faire entendre, avant de monter en puissance en une fraction de seconde et de se transformer en un vacarme assourdissant. Instinctivement, je me bouchai les oreilles alors que Bones titubait en arrière et s'écroulait. Je bondis pour le rattraper avant de l'étendre sur le sol. Mencheres était un peu plus vaillant. Toutefois, deux de ses hommes le saisirent lorsque sa tête s'affaissa et qu'il vacilla ; il semblait à peine conscient.

Je posai la tête de Bones sur mes genoux. Notre escorte forma un cercle protecteur autour de nous, en avertissant la foule d'un ton menaçant que tous ceux qui approcheraient seraient tués. Il ne s'agissait en rien d'une exagération. Tous portaient des armes en argent. Moi y comprise. Sous ma robe rouge, mes jambes en étaient couvertes.

Mencheres parvint à recouvrer suffisamment de forces pour parler.

— Mon sang, librement donné et accepté en gage de mon serment, marmonna-t-il avant d'enfoncer ses canines dans le cou d'un humain qui avait été amené pour lui servir de remontant.

Je détournai les yeux en caressant le visage de Bones et en attendant qu'il se réveille.

Il fallut plusieurs minutes avant qu'il reprenne conscience. Je sentis qu'il revenait à lui grâce au flux d'énergie qui me fit frissonner avant même que ses paupières commencent à papillonner. Tout d'un coup, ce n'était plus le Bones que je connaissais. La puissance vibrante qui émanait habituellement de lui s'était intensifiée, et elle continuait même à s'amplifier, au point que j'eus l'impression qu'il allait exploser dans mes bras.

La seconde suivante, sa main se referma sur la mienne, et j'eus un mouvement de recul. J'avais l'impression d'avoir enfoncé mes doigts dans une prise électrique.

— Nom d'un chien, ma belle, ça fait une sacrée différence, dit-il en guise de premiers mots.

Avec prudence, je reposai ma main sur lui.

— Ça va ?

Il hocha la tête et ouvrit les yeux.

— Très bien. D'ailleurs, je ne me suis jamais senti aussi bien. Enfin, à part dans nos moments d'intimité.

*Cochon*. Au moins, j'étais sûre que c'était l'homme dont j'étais tombée amoureuse. La puissance de Bones avait changé, mais, pour le reste, il était toujours le même. J'étais presque soulagée de constater qu'il n'avait pas perdu son esprit mal placé.

— Relève-toi, dans ce cas, ton coude est en train de me défoncer le rein…, dis-je avant de m'interrompre en voyant l'expression qu'avait prise son visage. Quoi ? demandai-je.

— Est-ce que tu viens de me traiter de cochon ?

Je me figeai. L'avais-je prononcé à voix haute ?

— Bon Dieu, non, tu n'as rien dit ! répondit-il à ma place en bondissant sur ses pieds avec élégance.

Dieu tout-puissant, lui aussi pouvait lire dans les esprits à présent ? C'était une chose que ni lui ni moi n'avions envisagée.

Bones me releva et m'embrassa. L'énergie qui émanait de lui était si forte que le contact de sa langue fut presque douloureux lorsqu'il la glissa dans ma bouche, mais la sensation suivante fut agréable. Très agréable.

— Chut, me murmura-t-il à l'oreille lorsqu'il écarta lentement sa bouche de la mienne.

Je devinais ce qu'il voulait que je taise. Les personnes présentes n'étaient pas toutes animées de sentiments amicaux à son égard, et si ses ennemis n'étaient pas au courant de ses nouveaux talents de télépathe, il pourrait facilement les utiliser contre eux.

*Je ne dirai rien. Mais toi et moi, il faudra qu'on en parle, parce qu'il n'est pas question que tu t'immisces dans mon esprit chaque fois que ta curiosité te démange.*

— Ah !

Ce cri m'avait échappé tandis qu'il me mordait au cou. Mère de Dieu, mes genoux flanchèrent. Bones me retint lorsque, privées de force, mes jambes cédèrent sous moi la seconde suivante.

Nous étions convenus qu'il me prendrait un peu de sang après l'échange avec Mencheres. Même s'il était à présent gorgé de sang de vampire, cela n'apaisait pas sa faim. Seul le sang humain pouvait le rassasier, et le mien ne faisait qu'à moitié l'affaire. Ce n'était donc pas la surprise de sa morsure qui m'avait fait défaillir. Non, c'étaient les vagues d'érotisme sauvage qui me submergeaient à chacune de ses gorgées. Bon sang, jamais je n'avais ressenti cela auparavant. C'était aussi jouissif qu'un de ses cunnilingus.

Bones écarta sa bouche de ma gorge mais il ne me lâcha pas, ce qui était une bonne chose, car je me serais sans doute écroulée. Heureusement qu'il avait interrompu sa morsure à temps ; il m'avait épargné la honte d'avoir un orgasme devant un millier de personnes. J'étais déjà suffisamment embarrassée qu'elles aient toutes pu sentir combien j'avais aimé lui abandonner mon cou, mais, au moins, mon humiliation s'arrêtait là.

— Ne sois pas gênée, me dit Bones avec douceur. C'est comme cela que je me sens chaque fois que je bois ton sang. On aura bientôt terminé, Chaton, maintenant que les formalités sont réglées.

Son bras toujours autour de mes épaules, il se tourna vers Mencheres. Ce dernier avait lui aussi été revigoré par le sang de son donneur, quoique certainement de manière moins sensuelle. Ils se serrèrent la main avant de faire face à la foule.

— Notre alliance est scellée, dit Mencheres d'un ton formel.

Bones répondit avec plus de légèreté.

— Dans ce cas, que la fête commence, les gars. Allons-y !

# Chapitre 10

Bones, qui craignait toujours que le mystérieux bienfaiteur de Max fasse partie des invités, ne me lâchait pas d'une semelle. Cela ne me dérangeait pas, pour deux raisons. Tout d'abord, il n'avait peut-être pas tort. Les morts-vivants étaient légion ce soir, et qui pouvait dire combien d'entre eux étaient réellement nos alliés ? Quant à la seconde raison, elle était simple. La puissance inédite qui émanait désormais de lui était une véritable caresse sur ma peau.

Mais lorsque des hommes et des femmes nus comme des vers apparurent pour se mêler aux invités, je m'arrêtai net.

Bones pouffa : soit il avait lu dans mes pensées, soit il avait deviné ma question à l'expression de mon visage.

— Ce sont les hors-d'œuvre, Chaton. Tu as vu comme ils scintillent ? C'est une mixture très spéciale, et comestible. Regarde également ceux qui ont des bras en plus. Ce ne sont pas des malformations de naissance, ce sont des mets en forme de bras qu'on leur a collés sur le corps. Il en faut pour toutes les goules… euh, pour tous les goûts !

Incrédule, je regardai l'une de ces friandises vivantes s'asseoir sur les genoux d'un vampire pour lui offrir son cou. Pendant ce temps, une goule mordait calmement dans ce qui semblait être un faux bras fixé sur son torse. Beurk !

Je recouvrai ma voix.

— C'est le cocktail le plus déjanté que j'ai jamais vu. Comment les avez-vous persuadés d'accepter ? En les hypnotisant avec vos yeux verts ?

Il ricana.

— Pas vraiment. Ils sont tous volontaires, mon chou. Certains d'entre eux appartiennent à Mencheres ou à moi, et les autres sont des groupies, si j'ose dire. Des gens qui connaissent l'existence des vampires et des goules, et qui espèrent qu'un mort-vivant sympa les transformera. Cela arrive, bien sûr. Sinon, nous ne les attirerions pas en si grand nombre. Certains offrent plus qu'un petit coup à boire, mais c'est leur choix. Je ne les force pas.

Autrement dit, ils servaient à la fois de repas et de passe-temps. Comme ma vie avait changé… J'étais l'une des vedettes d'une sauterie en l'honneur de l'alliance entre Bones et un Maître vampire ultra-puissant. Qu'allais-je devenir ensuite ? Organisatrice d'orgies géantes ?

Bones me prit la main.

— Éloignons-nous un moment, murmura-t-il en me faisant reculer jusque dans une pièce voisine.

Après que nous eûmes dépassé la bibliothèque, dont les rayonnages s'élevaient jusqu'au plafond, il enclencha un levier, puis nous pénétrâmes dans un passage étroit et sombre sans que j'aie eu le temps de voir où se situait son entrée.

— Un tunnel secret ? dis-je d'un ton moqueur. Dans le genre conspirateur, on ne fait pas mieux.

Il sourit.

— Ah, nous y sommes. Enfin seuls.

Il s'agissait d'une petite pièce, borgne et complètement vide. Elle ne comportait qu'une petite trappe au plafond.

— Ça mène au toit via le grenier, m'expliqua-t-il. C'est une sortie de secours pour les cas d'urgence. Et les murs sont en béton très épais, donc le son passe plus difficilement.

Ce qui signifiait que nous pouvions parler sans être entendus.

— Désormais, tu peux lire dans mon esprit, soufflai-je. Bon Dieu, Bones, ça me fiche les chocottes.

— J'aimerais pouvoir te dire que je n'écouterai pas tes pensées, mais ce serait un mensonge. Tu m'es trop proche pour que j'arrive à les bloquer entièrement, et je ne peux pas te promettre que je le ferais même si je le pouvais. Je veux tout connaître de toi, Chaton. Ce que tu me montres, et ce que tu essaies de me cacher.

Ce n'était pas la peine de discuter. Si on m'avait accordé ce pouvoir, je me serais sentie coupable de m'en servir. Mencheres avait dit que la puissance de Bones augmenterait, mais il n'avait pas précisé que ce dernier gagnerait de nouvelles capacités. Je me demandais quelles autres différences allaient encore apparaître.

— Ma vue et mon ouïe sont plus acérées, répondit Bones comme si j'avais parlé à voix haute. Et bien sûr, je me sens sensiblement plus fort. Quant aux autres changements, nous les découvrirons avec le temps.

— J'ai toujours autant de doutes, grommelai-je.

C'était étrange de le voir répondre à mes questions avant même que j'aie eu le temps de les poser.

Bones étudia mon visage.

— Je suis toujours le même, ma belle. Seules mes capacités ont changé. Est-ce que tu peux t'en convaincre ?

Il avait certainement entendu la réponse avant que je l'exprime à voix haute, mais je la prononçai quand même.

— Oui.

Bones me donna quelques gouttes de son sang afin que je recouvre des forces, puis nous retournâmes nous mêler aux festivités douteuses de la pièce voisine. Mes sens étaient tellement affûtés que j'avais l'impression d'avoir ingurgité un litre de café très serré. *Don va s'évanouir de joie lorsqu'il ajoutera cet échantillon à sa petite collection hebdomadaire*, me moquai-je en pensée.

Tate était de l'autre côté de la pièce. Il attira mon regard et se frotta deux fois le nez. Je me raidis. C'était un ancien signal indiquant des ennuis. Il se retourna immédiatement pour que personne ne se doute que nous venions d'échanger un message.

Les nouvelles antennes télépathiques de Bones allaient pouvoir démontrer toute leur utilité. *Il se passe quelque chose, Tate est inquiet. S'il existe un protocole de sécurisation du bâtiment, je crois que c'est le moment de l'enclencher.*

Bones se fraya un chemin jusqu'à Mencheres en veillant à me garder à ses côtés tandis que nous fendions la foule. Ils n'échangèrent aucun mot. Peut-être Mencheres avait-il également entendu mon avertissement mental, car il hocha une fois la tête avant de faire un geste à l'un de ses gardes.

C'est alors que l'enfer se déchaîna.

Un vampire qui se dirigeait vers nous explosa. Littéralement, en mille morceaux, ses chairs carbonisées disséminées un peu partout. Trois autres se précipitèrent sur nous à une vitesse de kamikaze.

Bones, à la manière d'un quarterback de football américain faisant une passe désespérée, me lança à travers la pièce en direction de Tate, qui bondit en avant. Il était plus que temps. L'explosion des trois vampires m'assourdit momentanément. Tate me rattrapa et se servit de son corps comme d'un bouclier pour me protéger de l'attaque soudaine des bombes humaines et inhumaines qui semblaient nous entourer. Deux autres de nos entremets humains explosèrent à leur tour, aspergeant de leurs entrailles tous les chanceux que leur explosion n'avait pas tués. Je me redressai pour regarder par-dessus l'épaule de Tate et lui donnai des coups tandis qu'il courait pour nous éloigner de la foule.

— Bon Dieu, lâche-moi !

— Tu ne comprends pas, souffla-t-il entre ses dents avant de m'envoyer un coup de coude dans la tête qui me mit brièvement KO.

Ayant recouvré mes esprits, je commençai à me débattre alors qu'il fendait la foule en courant. Toutes les sorties étaient gardées par des vampires des lignées de Bones ou de Mencheres, mais ils nous laissèrent passer après que Bones eut crié un ordre à leur intention. J'éprouvai un intense soulagement en entendant sa voix. Au moins, il était en vie.

Tate plaqua sa main contre ma bouche et l'y laissa, même lorsque je le mordis. C'était la seule blessure que je pouvais lui infliger étant donné la position dans laquelle je me trouvais, jetée sur son épaule comme un vulgaire sac. Ce ne fut qu'une fois dehors, sur la pelouse, qu'il s'arrêta enfin.

— Lâche ma main, il faut que j'y retourne, grogna-t-il en me posant au sol.

Je desserrai les mâchoires et me mis à hurler.

— Mais bordel de merde, Tate ! Tu crois que je vais rester tranquillement assise ici pendant que des gens explosent…

— Il y a une bombe, Cat. La maison va sauter.

Sous le choc de la nouvelle, je restai muette une seconde, puis je repartis en direction de la bâtisse.

Tate me frappa, fort, et me fit vaciller en arrière.

— Je n'ai pas le temps de t'expliquer, dit-il d'un ton furieux. Mais je vais évacuer tout le monde, même ton petit copain. Si tu vois Talisman, attrape-le. Il est impliqué dans cette affaire. Surveille le périmètre, Cat.

Il repartit à l'intérieur en courant, et j'hésitai à le suivre. Tout en moi me poussait à retourner dans la maison et à avertir Bones de la présence de la bombe. Et si Tate n'arrivait pas jusqu'à lui à temps ? Je lui hurlai mentalement des avertissements, mais avec le chaos qui régnait à l'intérieur, je ne savais pas s'il parviendrait à m'entendre.

C'est alors que je vis trois formes avancer furtivement sur le toit. Il ne m'en fallut pas plus pour prendre ma décision. *Tiens, tiens, les rats quittent le navire ?*

Je les interceptai en plein vol lorsqu'ils sautèrent du toit, la puissance de mon bond les propulsant contre le mur. Je n'eus qu'une fraction de seconde pour les identifier avant de leur rentrer dedans, mais cela me suffit pour savoir lesquels je devais embrocher. Les deux sbires reçurent chacun une dague en pleine poitrine tandis que je fendais le crâne de Talisman sur les murs en pierre pour l'étourdir sans le tuer.

Recouvrant ses esprits, il se mit à donner des coups de canines furieux dans tous les sens. Talisman était un Maître vampire, et il n'avait pas l'intention de se laisser faire. Nous roulâmes sur la pelouse en nous mordant mutuellement. Très vite, je fus couverte d'une multitude de marques aux endroits où il m'avait mordue sans toutefois réussir à planter ses crocs dans ma chair. Ce ne fut que lorsque je lui enfonçai mon couteau dans le cœur qu'il s'immobilisa. Avec un sourire malicieux, je fis très légèrement bouger la lame.

— Une seule torsion et tu te retrouves transformé en momie, enfoiré. Je me tiendrais très tranquille si j'étais toi.

Mais il n'était pas moi.

— Pas question que je subisse le sort de ton père, dit-il.

Joignant les actes à la parole, il fit un mouvement brusque au-dessus de moi et son cœur se déchira, signant son arrêt de mort.

— Merde ! m'exclamai-je en repoussant son cadavre.

Je n'eus pas le temps de m'appesantir sur le suicide de Talisman. Les portes de la maison s'ouvrirent et des groupes de vampires et de goules en sortirent sous la houlette des gardes. Ils étaient si nombreux que j'avais l'impression d'assister à l'évacuation d'une fourmilière. Mais aucun de ces visages n'était celui de Bones.

J'aperçus Annette dans la foule et lui saisis le bras au passage.

— Où est Bones ? Pourquoi est-ce qu'il n'est pas sorti ? Il est au courant, n'est-ce pas ?

Je n'avais pas prononcé le mot « bombe », car je ne voulais pas déclencher un mouvement de panique. Annette semblait elle-même éreintée et avait perdu son maintien habituel.

— Il est toujours à l'intérieur. Il refuse de sortir tant que toute sa lignée n'est pas en sécurité et qu'il n'a pas trouvé tous ceux qui sont impliqués.

— Pas question, grognai-je.

Annette m'agrippa le bras et ne le lâcha pas.

— Crispin a dit que tu devais rester dehors, insista-t-elle en me retenant.

Malgré la gravité de la situation, je pris un malin plaisir à faire ce que je fis ensuite. C'était mesquin de ma part, mais l'occasion était trop belle. Je me retournai soudain et la frappai si fort qu'elle tomba sur le sol, le crâne entaillé. Au moins, elle ne pouvait plus me retenir. Je vous avais bien dit que ce n'était pas juste pour le plaisir !

Alors que je fonçais vers la maison, je manquai de peu de percuter Spade de plein fouet.

— Ne songe même pas à m'arrêter, l'avertis-je en prenant plusieurs couteaux dans mes mains pour donner plus de poids à ma menace.

Ce fut à peine s'il les regarda.

— Viens avec moi, il faut qu'on sorte Crispin de là. Tate aussi est toujours à l'intérieur. À vue de nez, on a moins de quatre minutes.

Quatre minutes ! Un vampire pouvait survivre à beaucoup de choses, mais pas à l'explosion de son corps en mille morceaux. La peur me faisait oublier toute prudence et je me précipitai le plus vite possible dans la maison, Spade sur mes talons.

Nous étions dans le hall désert lorsqu'il bondit. J'étais en train de scruter tous les coins à la recherche d'un danger potentiel, loin de me douter qu'il pourrait provenir de l'homme à mes côtés. Il me frappa à la tête sans prévenir. Une minute plus tôt, j'étais occupée à inspecter un couloir, et celle d'après je voyais des étoiles. Puis tout devint noir.

Lorsque je rouvris les yeux, nous étions allongés sur la pelouse à cent mètres de la maison. Spade me maintenait dans une étreinte d'acier. Même ses jambes étaient entortillées autour des miennes.

— Espèce de sale sournois, parvins-je à dire en essayant vainement de me dégager.

Spade m'adressa un sourire sardonique tout en resserrant son étreinte.

— Désolé, mon ange, mais Crispin me tuerait si je laissais quoi que ce soit t'arriver.

Quelque chose bougea sur le toit. Comme Spade était à moitié sur moi, je ne pouvais pas voir de qui – ou de quoi – il s'agissait.

— C'est lui ? demandai-je d'une voix désespérée.

Spade tendit le cou.

— Je ne suis pas…

Sa réponse fut interrompue par une explosion qui illumina subitement le ciel, comme si Dieu avait appuyé sur un bouton. Je criai et me débattis alors que Spade me plaquait face contre terre et plaçait son corps au-dessus du mien. Mon visage se retrouva enfoncé dans l'herbe et j'entendis de lourds bruits d'impacts tout autour de nous. Il s'agissait certainement des débris de la maison qui s'abattaient sur la pelouse, telle la pluie de soufre et de feu qui avait détruit Sodome et Gomorrhe. Je suffoquais à cause de la fumée, même avec le visage enfoui dans la terre.

Spade ne bougea pas pendant plusieurs minutes, malgré mes protestations essoufflées. Ce ne fut que lorsque la pluie de débris s'arrêta complètement qu'il m'autorisa à m'asseoir, mais sans desserrer son étreinte.

Les vampires et les goules qui se trouvaient autour de nous n'avaient pas hurlé en voyant la maison exploser dans la nuit. Ils semblaient un peu secoués, mais pas traumatisés.

— Charles, donne-moi un coup de main avec ça.

Bones apparut au-dessus de nous dans les tourbillons de fumée. J'étais si soulagée de le voir que je faillis pleurer. Il était couvert de suie, une grande partie de ses vêtements avait brûlé, et ses cheveux étaient carbonisés par endroits. Il tenait également trois vampires dans ses bras. Il les jeta au sol lorsqu'il atterrit.

— Tiens ces deux-là. Sales petits merdeux, maugréa-t-il en donnant un coup de pied à l'un d'entre eux.

Le troisième s'assit et secoua la tête, comme pour s'éclaircir les idées.

C'était Tate. Dieu merci, il s'en était sorti lui aussi. Spade me lâcha lorsque Bones s'agenouilla à côté de moi, et je me jetai à son cou.

— Je suis si heureuse que tu n'aies rien… et ne t'avise plus jamais de dire à tes amis de me retenir, nom d'un chien !

Bones eut un petit rire.

— Pourrions-nous en débattre plus tard, Chaton ? On a encore des choses à régler, tu sais.

Il me repoussa légèrement pour me regarder.

— Qu'est-ce qui t'est arrivé ? Tu as le teint tout chiffonné.

Il prit l'un de mes couteaux et s'entailla la paume. Je bus son sang et la douleur qui tourbillonnait dans ma tête s'évanouit progressivement.

— Juan et Cooper vont bien ? demandai-je en tentant de les repérer dans les groupes de survivants.

— Je les entends, répondit Tate. Ils n'ont rien.

Bones regarda Tate avec insistance.

— Comment as-tu su ce qui allait se passer ?

Un éclair vert illumina les yeux de Tate.

— Cette ordure de Talisman est venu me trouver pendant que toi et Cat vous étiez éclipsés je ne sais où. Il m'a dit qu'il avait entendu parler de mes sentiments envers Cat, et qu'il m'offrait l'occasion de l'avoir rien que pour moi. Tout ce que j'avais à faire, c'était m'assurer que tu étais à l'intérieur de la maison quand les corps commenceraient à exploser. Talisman se doutait que tu chercherais autant que possible à éloigner Cat des grenades humaines ; j'étais donc censé la faire sortir et en profiter pour sauver ma peau. J'aurais fait d'une pierre deux coups : toi mort, la Faucheuse aurait eu besoin de quelqu'un pour la consoler. Entre nous, c'était assez tentant.

— Je sais que tu n'aurais jamais fait ça, Tate, dis-je aussitôt. Tu as trop de bonté en toi.

Le rire qui fusa de sa bouche était chargé d'ironie.

— N'en sois pas si sûre. Plus tard, je regretterai certainement d'avoir décliné son offre.

Bones regarda Tate un long moment. Je pris le parti de taire une autre évidence : bien que Bones n'ait lui non plus aucune affection pour Tate, il lui avait sauvé la vie au lieu de le laisser exploser. Si Bones n'avait pas été là pour l'évacuer par la voie des airs, Tate aurait brûlé. Ils avaient le même sens de l'honneur, même si aucun d'eux n'accepterait jamais de l'admettre.

Mais, comme l'avait fait remarquer Bones, il y avait des questions plus urgentes à régler. Comme celle des deux vampires dépités, à cinq mètres de nous. Je plissai les yeux et leur jetai un regard furieux. Alors comme ça, on avait voulu faire exploser l'amour de ma vie ? L'heure de payer la note allait sonner.

# Chapitre 11

Nous étions à l'extrémité de la pelouse, loin de la maison encore fumante. Les pompiers étaient arrivés. Tout comme la police, mais, cette fois, Juan et Tate ne prirent même pas la peine de montrer leur insigne. Il y avait bien assez de vampires pour hypnotiser les équipes de secours et les persuader d'éteindre les flammes tout en repoussant leurs questions à… jamais.

C'était la raison pour laquelle aucun policier ne s'était approché de nous, malgré les hurlements assourdissants des six responsables du feu de joie de la soirée. Quatre d'entre eux avaient été arrêtés après les aveux, sous la menace, des deux premiers. Aucun des invités n'avait été autorisé à quitter les lieux, pour des raisons évidentes, malgré les protestations. Après deux heures d'« interrogatoire », il apparut que la tête pensante de l'attaque était une femme vampire du nom de Patra.

Et comme par hasard, cette Patra était également la mystérieuse bienfaitrice de Max, bien que je n'aie pas la moindre idée de qui elle était, et encore moins de la raison pour laquelle elle voulait me voir morte.

Dès qu'il entendit son nom, Bones releva brusquement la tête et regarda Mencheres. Le vampire égyptien ferma les yeux, et son visage parut se crisper de douleur.

— Laissez-moi deviner, dis-je, alarmée par leur réaction. Il s'agit d'un vampire très vieux et très puissant, c'est ça ?

Bones tourna de nouveau les yeux vers moi.

— Oui. Patra a plus de deux mille ans, et c'est un Maître. Mencheres, vous savez ce que cela signifie.

La tunique blanche de son grand-père avait perdu son aspect immaculé, et la jolie poudre d'or qui recouvrait sa peau avait été remplacée par des cendres. J'étais justement en train de me dire que sa nouvelle mise se mariait très bien avec son expression.

Il ouvrit ses yeux couleur d'acier, et quelles qu'aient pu être ses émotions, elles disparurent derrière un masque impénétrable.

— Oui. La guerre.

— Ceux d'entre vous qui ne sont pas de nos lignées doivent faire un choix sur-le-champ, dit Bones d'une voix claire. Soit vous restez et vous vous alliez à nous, soit vous choisissez Patra et vous partez. Vous êtes libres de vos mouvements, mais uniquement pour cette nuit. Si jamais je vous recroise, vous ou l'un des vôtres, sans invitation, je vous tuerai.

Mencheres se glissa à ses côtés.

— Décidez-vous, dit-il simplement.

La fidélité de certains de ceux qui vinrent vers nous était acquise d'emblée. Spadc avait bougé avant même que Bones ait terminé sa phrase. Rodney s'approcha, lui aussi, ainsi que d'autres membres notables de la communauté des morts-vivants. Des vampires et des goules que je ne connaissais pas choisirent notre camp, soit par loyauté envers Bones ou Mencheres, soit en raison de la peur qu'ils leur inspiraient.

Mais il y eut aussi des réfractaires.

Plusieurs disparurent silencieusement dans la nuit, leur départ en disant long sur leurs sentiments. Il y avait également des indécis, qui attendaient de voir combien restaient et combien partaient avant de choisir leur camp. La personne qui me surprit le plus fut Ian, qui mena sa lignée dans notre direction en adressant un bref hochement de tête à Bones. J'étais persuadée qu'il choisirait de partir, après avoir été éclipsé deux fois par Bones au cours des derniers mois. Je regardai Bones et lui envoyai une pensée : *Je n'ai pas confiance en lui.*

En guise de réponse, il se contenta de hausser légèrement les épaules.

Une fois l'écrémage terminé, à peu près soixante-dix pour cent des Maîtres indépendants s'étaient joints à nous. Cela dit, les forces de l'ennemi ne se limitaient pas forcément aux trente pour cent restants. Qui pouvait affirmer que tous ceux qui venaient de nous offrir leur appui étaient sincères ? Seul le temps nous le dirait.

Une fois les serments prononcés, tout le monde quitta la maison en ruine. J'espérais pour Mencheres qu'il était bien assuré, car il avait perdu un grand nombre d'objets de valeur dans l'explosion. En même temps, je le voyais mal inscrire « vendetta de morts-vivants » sur sa déclaration d'assurance…

Mencheres, Rattler, Tick-Tock et Zéro nous accompagnèrent, Bones et moi, dans notre 4x4 spécial. Il était équipé entre autres de vitres pare-balles, et, avant que nous démarrions, Zéro vérifia qu'il n'était pas piégé. Mieux valait prévenir que guérir. Spade et Rodney étaient chargés de s'occuper de nos quatre rabat-joie. J'étais prête à parier que ces derniers allaient trouver la journée très longue.

Lorsque nous fûmes suffisamment loin et que tout risque d'être entendue par des oreilles indésirables fut écarté, je posai la question que je m'étais retenue de formuler jusque-là.

— Comment cette femme a-t-elle réussi à persuader ces vampires de se faire exploser ? Les humains ont été hypnotisés, cela ne fait aucun doute, mais les vampires ? Ce n'est pas leur style.

Tick-Tock conduisait. Mencheres était à côté de lui, et Bones et moi occupions la banquette arrière. Heureusement que notre monstre sur roues disposait d'une troisième rangée de sièges, sinon nous nous serions retrouvés avec les deux autres vampires sur les genoux.

— Certainement en prenant leurs proches en otages et en les menaçant d'une mort atroce s'ils refusaient de coopérer, répondit Bones. C'est à peu près la seule chose qui pourrait pousser un vampire à se sacrifier de cette manière, mais on en saura plus une fois qu'on aura procédé à un interrogatoire plus poussé des prisonniers.

Je tressaillis.

— Bon Dieu, on ne peut pas vraiment leur en vouloir d'avoir agi comme ils l'ont fait. Il n'est peut-être pas nécessaire de te montrer si dur avec eux…

— Est-ce qu'ils sont venus me parler du complot ? m'interrompit Bones. Non. Si ça avait été le cas, j'aurais essayé de les aider, eux et leurs proches, mais ils ne l'ont pas fait, et ils connaissaient les conséquences de leur choix.

Je ne dis plus rien. Les vampires ne suivaient pas les mêmes règles que les humains, et vu le sort qu'ils avaient voulu réserver à Bones… j'étais tout à fait d'accord, ils méritaient leur châtiment.

— Est-ce qu'elle va vraiment relâcher leurs proches ?

Bones haussa les épaules.

— Ce serait dans son intérêt. Sinon, la menace sera beaucoup moins efficace la prochaine fois.

— Tout ça me dégoûte, maugréai-je. La traîtrise. Les otages. Les attaques suicides. Les familles et les amis qui souffrent pour la simple raison qu'ils aiment quelqu'un de l'autre camp. Et la situation va aller en empirant, n'est-ce pas ?

— Oui.

La plupart du temps, la franchise de Bones était l'une des qualités que j'aimais le plus chez lui. Mais à certains moments, j'aurais préféré qu'il me mente.

Je poussai un profond soupir.

— Nous allons devoir mettre notre mariage entre parenthèses. Je ne vois pas comment on pourrait organiser une fiesta dans le contexte actuel. Ce serait un coup à faire exploser l'église en plein milieu de la cérémonie.

— Je suis désolé, ma belle, dit Bones. Ce ne serait pas prudent, pas pour l'instant.

*À moins de rouler tout droit jusqu'à Las Vegas pour un mariage express*, me dis-je avec tristesse avant de me sermonner intérieurement pour cette pensée puérile. Notre mariage était repoussé ? La belle affaire ! Vu comme la soirée avait failli se terminer, ce contretemps aurait dû être le cadet de mes soucis.

— Bon, et cette Patra, c'est qui, d'abord ? demandai-je. Je ne vois pas pourquoi elle se serait donné autant de mal pour aider mon père à me tuer... si c'était ensuite pour ordonner à son homme de main de proposer à Tate de me faire sortir de la maison avant qu'elle explose.

Je vis Mencheres se crisper sur le siège avant lorsque Bones me répondit.

— Cela n'a aucun sens, n'est-ce pas, grand-père ? Je peux envisager plusieurs raisons pour lesquelles Patra voudrait vous voir mort, et moi aussi maintenant que nous avons fusionné nos lignées, mais je ne vois absolument pas pourquoi elle s'en prendrait à ma femme.

Quelque chose dans la voix de Bones me poussa à le regarder… puis à tourner les yeux vers le vampire silencieux qui était assis devant nous. Ce dernier nous cachait visiblement quelque chose. La tension monta d'un cran dans l'habitacle de la voiture.

— Cat n'a jamais rien eu à voir là-dedans, finit par dire Mencheres.

— Pardon ? (J'étais désormais hors de moi.) Quelqu'un essaie de me tuer, et vous osez dire que je n'ai rien à voir dans l'histoire ? J'ai tout à y voir au contraire.

Mencheres ne se retourna pas et continua à regarder la route devant lui.

— Tu te trompes, ce n'est pas contre toi qu'elle en a. Max et Calibos pensaient que Bones ne tenait pas à toi, ce qui les a poussés à croire que leurs actions n'auraient pas de conséquences. Mais Patra savait que Bones t'aimait. Suffisamment pour que ta mort lui porte un coup fatal qui le rendrait plus facile à tuer plus tard. C'est la seule raison pour laquelle elle a aidé Max. Tu ne présentes pas le moindre intérêt à ses yeux, Cat. Ta mort était simplement un moyen d'atteindre Bones.

Bones marmonna un juron tandis que j'explosai.

— Mais pourquoi ? Qu'est-ce que Bones lui a fait ?

Bones avait le visage fermé. La suie et les cendres dont il était recouvert, ajoutées à son expression, lui donnaient un air terriblement dangereux.

— Je crois qu'il est temps de lui expliquer, grand-père.

— Tout le monde jalouse mes visions, dit Mencheres d'un ton acide. Tu n'imagines pas combien il est pénible de s'entendre demander à longueur de journée « pourquoi tu n'as pas vu venir le séisme, le tsunami, l'éruption, l'accident d'avion ? », ou n'importe quelle autre catastrophe ayant coûté la vie à ceux qui m'entourent. Je ne sais pas pourquoi certaines images m'apparaissent avec la plus grande clarté, alors que d'autres sont floues, ni pourquoi d'autres encore ne me sont jamais révélées. Je ne peux qu'avertir de ce dont je suis sûr… et attendre de voir si l'on m'écoute.

Je clignai des yeux. Je n'avais jamais vu Mencheres aussi déstabilisé. Son masque de glace s'était sérieusement craquelé, et il semblait avoir envie de passer ses nerfs sur le pare-brise. Tick-Tock lui jeta un regard en coin, sans doute pour évaluer s'il devait arrêter la voiture ou pas.

— Personne ne vous accuse d'être responsable de ce qui s'est passé ce soir, dit Bones d'une voix égale. Mais vous n'avez toujours pas répondu à ma question.

En effet, il n'avait pas répondu, mais il avait très habilement noyé le poisson. La vache, c'était à peine si je me rappelais la question après sa tirade. Ah oui, pourquoi cette vieille garce voulait la mort de Bones. *Concentre-toi, Cat!*

— Il y a longtemps, j'ai averti Patra de ce qui lui arriverait si elle s'engageait sur une certaine voie. (La voix de Mencheres était si basse que je dus tendre l'oreille pour l'entendre.) Il y a de cela plusieurs siècles, j'ai eu une vision : un homme épousait une femme qui n'était ni une humaine, ni une vampire, ni une goule, et brandissait le couteau qui tuerait Patra… Or Cat est une hybride, et tu l'as épousée lors de cette soirée organisée par Ian en brandissant un couteau… À partir de là, Patra a compris que ce que je lui avais prédit il y a si longtemps était en train de se produire. Le seul moyen qu'elle a de changer sa destinée est de te tuer.

— Espèce d'enfoiré, dis-je dans un grognement furieux. Vous saviez que Patra tomberait à bras raccourcis sur Bones, mais vous ne l'avez pas averti. Vous n'avez rien fait!

— Chaton, les querelles internes ne résoudront rien, dit Bones, même s'il ne semblait pas ravi lui non plus. Nous devons nous serrer les coudes, sinon nous ferons le jeu de Patra.

La logique se fraya un chemin jusqu'à la zone de mon cerveau chauffée à blanc qui ne rêvait que d'égorger le vampire assis sur le siège du passager.

Mencheres secoua la tête.

— Je fais surveiller Bones par des gardes depuis le soir de votre union. Les seules fois où j'ai relâché la surveillance, c'était lorsque vous étiez tous les deux en mission pour ton oncle. De plus, je… j'avais espéré qu'après avoir découvert que j'avais vu juste, Patra cesserait de comploter contre moi. Mais après ce qui t'est arrivé, j'ai compris qu'elle était déterminée à poursuivre dans cette voie. C'est pour cette raison que, peu de temps après, j'ai offert cette alliance à Bones. Sans elle, crois-tu que vous auriez la moindre chance, l'un comme l'autre ?

Ces mots étaient durs. Bones jeta à Mencheres un regard qui ne l'était pas moins.

— Vous avez tout à fait raison de penser que je vais tuer Patra pour ce qu'elle a fait à ma femme. Même si vous m'implorez de ne pas le faire.

— Pourquoi est-ce qu'il ferait ça ? demandai-je, irritée. Visiblement, elle veut sa mort à lui aussi, sinon elle n'aurait pas fait sauter sa maison en espérant qu'il serait à l'intérieur en même temps que toi. D'ailleurs, ô puissant Maître, pourquoi ne vous êtes-vous pas occupé d'elle vous-même ? Elle est trop forte pour vous ?

Mencheres ferma les yeux. Ce fut Bones qui répondit à ma question.

— Il y a des choses que tu ignores encore sur Patra. Elle a choisi son nom de vampire en l'honneur de sa mère, l'une des plus célèbres Égyptiennes de l'histoire, dont elle a simplement raccourci le patronyme après sa transformation. Patra est la fille de Cléopâtre[1], et si Mencheres se refuse à la tuer… c'est parce qu'elle est sa femme.

1. En anglais, Cléopâtre se dit Cleopatra. (*NdT*)

# Chapitre 12

*Le Marquis* était un bar échangiste à tendance SM où les humains étaient en minorité. Pour nous fondre dans ce paysage où tout était permis, Tate, Dave et moi jouions le rôle d'un trio amoureux. Bones était quelque part à l'intérieur, mais je ne l'avais pas vu. J'avais déjà assez de mal à déguiser ma véritable identité, alors si j'étais arrivée à son bras, cela n'aurait fait que compliquer la situation.

Cela dit, nous n'étions pas là pour participer aux jeux coquins de l'établissement. Même si nous étions en guerre contre les morts-vivants – des morts-vivants très *célèbres*, pour être précise – j'avais toujours un travail à effectuer.

Après le fiasco de l'opération avec Belinda, Don ne m'avait toujours pas trouvé de remplaçante pour jouer le rôle de l'appât, et cette boîte avait été le théâtre de plusieurs disparitions. Même si j'avais de plus en plus de mal à jongler entre mon boulot et les bouleversements de ma vie personnelle, le travail n'attendait pas. Pas même pour une vampire de deux mille ans, toute fille de Cléopâtre soit-elle.

J'avais encore du mal à admettre cette histoire, mais Bones me rappela que les personnes dont on se souvenait des centaines voire des milliers d'années après leur mort avaient forcément dû laisser une impression indélébile sur leurs contemporains. Vu sous cet angle, il n'y avait rien de surprenant à ce que certains notables de l'Histoire – ou leurs rejetons, comme Patra – aient été transformés par un vampire ou une goule. Mais Mencheres ne s'était pas contenté de transformer Patra, il l'avait également épousée quelques années après en avoir fait une vampire. C'est ce qui s'appelait un mariage sur un coup de tête, chez les morts-vivants. Pire encore pour lui, s'il ne pouvait se résoudre à tuer la femme dont il était séparé, cette dernière ne s'encombrait pas des mêmes scrupules à son égard.

Pour me fondre dans la foule du *Marquis*, j'avais choisi une allure radicale. Je m'étais fait des mèches noires, et ma « tenue » évoquait à la fois *Le Dernier Tango à Paris* et *American Chopper*[1].

Au-dessus de la taille, je ne portais que deux cercles en cuir noir autour des seins reliés entre eux par de fines chaînes métalliques. Un string en cuir noir formait la moitié inférieure de mon accoutrement, et les chaînes qui pendaient à ma taille faisaient office de jupe, version psychédélique. Des bas à rebord de cuir, garnis de piquants et montant jusqu'à mi-cuisse complétaient mon déguisement, ainsi que des chaussures à talons en argent massif. Idéales pour abreuver un vampire de coups de pied. Je n'avais pas lésiné sur le noir autour des yeux, ce qui me donnait l'allure d'un raton laveur monté sur deux pattes. Si l'on ajoutait à cela les nombreuses chaînes entortillées autour de mes bras, il n'y avait rien d'étonnant à ce qu'il me tarde que la soirée se termine.

Dave et Tate étaient habillés dans un style tout aussi agressif, mélange de cuir noir, de chaînes et de fouets. Soit l'équipe de Don disposait d'un large choix de costumes pour parer à toutes les situations imaginables, soit l'un des costumiers avait une vie privée franchement inavouable.

---

1. Série documentaire américaine sur le quotidien d'un atelier de fabrication de motos customs. (*NdT*)

On nous fouilla à l'entrée pour vérifier que nous ne portions pas d'armes, à part nos chaînes décoratives. Comme à l'accoutumée, les videurs ne prêtèrent aucune attention à mes chaussures en argent. Une arme ne passe jamais plus facilement inaperçue que lorsqu'elle n'est pas camouflée. On me laissa entrer avec Tate et Dave sans que personne se doute de rien. La fête allait pouvoir commencer !

Nous étudiâmes l'intérieur de la boîte. Malgré mon expérience de ce genre d'endroit, le spectacle qui s'offrit à mes yeux me laissa sans voix.

Des couples se promenaient en se tenant en laisse, comme des chiens. Une personne sur deux avait un fouet. En dépit de ma tenue, je ne me sentais franchement pas à ma place. Devant nous, une dispute conjugale éclata. L'homme gifla sa fiancée si fort que du sang perla sur sa lèvre. J'allais me porter à son secours lorsque je l'entendis gémir de plaisir et quémander un autre coup.

*Beurk. Mais après tout, à quoi est-ce que je m'attendais ?* C'était une boîte SM, pas un thé dansant.

Ce n'est que lorsque je posai les yeux sur la piste de danse que je faillis réellement trahir ma couverture. Outre les coups, qui semblaient faire partie de la norme, certains humains et leurs compagnons morts-vivants donnaient un nouveau sens à l'expression *dirty dancing*.

— Waouh, murmura Tate. Ils baisent en plein milieu de la piste.

— J'ai vu, dis-je d'un ton agacé.

Dave m'adressa un sourire en coin.

— Juan doit avoir les boules d'être coincé dans le van. S'il était avec nous, il aurait poussé la vraisemblance jusqu'au bout et se serait déjà mis à poil.

La remarque de Dave parvint à me détendre et je laissai échapper un rire.

— Tu l'as dit. Bon, c'est le moment de plonger, les gars, mais gardez vos crayons dans leurs trousses. On est ici pour travailler.

Pendant la demi-heure qui suivit, nous nous trémoussâmes tout en surveillant la salle. Jusque-là, il ne se passait rien de bizarre, du moins compte tenu des critères de l'endroit.

Je sentis un bourdonnement de puissance près de moi. Bones m'était désormais si familier que je pouvais le repérer à sa seule aura. Aussi nonchalamment que possible, je regardai par-dessus l'épaule de Dave pour le localiser. J'écarquillai les yeux lorsque je l'aperçus.

Bones était torse nu, et ses muscles virils ressortaient sous sa peau cristalline au rythme de ses mouvements. Nom d'un chien, quand avait-il trouvé le temps de se faire percer les tétons ? Les boucles devaient être en argent ; c'était le seul métal que le corps d'un vampire ne repoussait pas de façon naturelle. Il lui aurait fallu fournir un effort de volonté pour le rejeter, ce que Bones, de toute évidence, ne faisait pas. Ces cercles d'argent brillants attiraient les regards sur sa poitrine sculpturale. Il me fallut une minute pour remarquer son pantalon, et j'en restai bouche bée.

— Danse, Cat, murmura Dave.

Je recommençai à bouger tout en continuant à regarder par-dessus l'épaule de Dave. Le pantalon de Bones était entièrement fait de fines chaînes métalliques reliées les unes aux autres. Sa peau apparaissait entre les fentes lorsqu'il bougeait, et tout le monde pouvait voir qu'il ne portait pas de sous-vêtements. Il croisa mon regard et sourit de toutes ses dents en passant lentement sa langue sur ses lèvres, ce qui me permit de remarquer qu'il ne s'était pas fait percer que les tétons.

Je commençais juste à m'échauffer en pensant à l'effet que me ferait le clou planté dans sa langue lorsqu'une brune se fraya un chemin dans la foule pour venir se planter devant Bones, l'air à la fois surprise et ravie.

— J'y crois pas, c'est bien toi ? Tu te souviens de moi ? Fresno, à la fin des années 1980. Bien sûr, j'étais encore humaine à l'époque. J'ai bien failli ne pas te reconnaître avec tes cheveux noirs, tu étais blond en ce temps-là…

Bones la gratifia d'un regard particulièrement glacial, mais elle continua sans en tenir compte.

— … déjà venu ? Moi j'y passe ma vie, je peux te faire entrer dans la salle privée, si tu veux.

Bones perdit subitement son air agacé et lui sourit d'un air chaleureux.

— Priscilla, c'est bien ça ? Bien sûr que je me souviens de toi, ma beauté. Salle privée, disais-tu ? Montre-moi ça.

Bones la laissa l'entraîner sur le côté. Tate les regardait, une moue de dégoût sur les lèvres.

— Tu n'en as pas marre ? Que la moitié des femmes qu'il rencontre aient couché avec lui ?

J'ignorai sa remarque pour me concentrer sur Bones et Priscilla. Bones lui disait que j'étais au menu de la soirée, si la salle privée était assez discrète pour qu'on y mange.

— Parfaitement discrète, disait Priscilla en caressant le corps de Bones. J'ai très envie qu'on baise maintenant que je suis une vampire. C'était déjà formidable avant, mais maintenant ce sera encore mieux…

Je grinçai des dents. Tate se contenta d'un soupir entendu.

Puis Priscilla saisit la tête de Bones et colla sa bouche sur la sienne. Je savais qu'il valait mieux que je détourne les yeux, mais j'en étais incapable. Je ne pouvais pas davantage m'élancer à travers la piste de danse pour réduire cette bimbo en charpie, même si c'était présentement mon désir le plus cher. Autant décliner mon identité dans un mégaphone. Je regardai donc Bones l'embrasser en serrant les poings si fort que je plantai mes ongles dans mes paumes. *Ce n'est pas pour de vrai, il joue la comédie tout comme toi quand tu joues les appâts en mission,* me rappelai-je.

Mais la douleur qui m'étreignait le cœur était bien réelle. Je me demandai ce que Bones ressentait quand la situation était inversée et que c'était moi qui me faisais tripoter par d'autres hommes. Au moins saisit-il la main de Priscilla quand cette traînée la posa sur son entrejambe.

— Bientôt, mon poussin, quand j'aurai mangé, lui dit Bones dans un ronronnement sensuel. Je n'ai pas envie d'avoir autre chose en tête, tu comprends ?

Bones la dirigea vers notre petit groupe.

— Voici Williams, fit-il en désignant d'un signe de tête Dave, que je tenais toujours dans mes bras. Les noms des autres n'ont aucun intérêt, conclut-il en parlant de Tate et de moi.

Priscilla passa un doigt sur sa poitrine.

— Et toi, comment tu t'appelles ? Tu ne me l'as jamais dit.

Il porta sa main à ses lèvres.

— Je te le dirai après.

Je me crispai de nouveau, mais je me tus.

— Suivez-moi, dit Priscilla. C'est par là.

*Son passé dissolu nous sert enfin à quelque chose,* pensai-je sans enthousiasme alors que nous approchions de l'entrée de la pièce cachée. Nous aurions eu du mal à la trouver par nous-mêmes.

Elle était camouflée sous une partie du bar inutilisée dans le coin le plus éloigné de la salle. Il fallait passer derrière le comptoir puis soulever les rayonnages factices pour révéler l'escalier. Les marches descendaient, le brouhaha des fêtards et de la musique couvrant les sons en provenance du sous-sol. J'entendis des bruits sourds qui émanaient de la pièce au bout de l'étroit passage, tantôt plus forts tantôt plus ténus alors que nous approchions.

— Bienvenue, dit Priscilla dans un sourire en ouvrant la porte, au véritable *Marquis*.

La pièce n'était pas grande, mais elle débordait de toute sorte de matériel surnaturel. Des chaînes pendaient au mur, agrémentées de menottes maculées de sang. Nous passâmes devant des tables dont je préférais ne pas connaître l'emploi, truffées de lanières et de boucles visiblement très usées. Une roue ? Je ne voulais même pas essayer de deviner à quoi elle était destinée.

Les bruits sourds que nous avions entendus étaient en réalité des coups de fouet. Un homme et une femme étaient attachés à l'un des poteaux soudés, tournant le dos à leur bourreau, leurs fronts percutant le poteau à chaque coup. De toute évidence, ils ne prenaient aucun plaisir à cette punition.

Le père Fouettard interrompit son staccato cinglant pour nous regarder. C'était un vampire, d'environ deux cents ans à en juger par son aura.

— Qu'est-ce que tu m'amènes là, Priscilla ?

Un autre vampire était allongé sur un canapé attenant et buvait au cou d'une femme évanouie installée sur ses genoux.

— Des invités, Anré, dit-elle.

Il posa ses yeux couleur cerise sur moi.

— Je la prends. Ce sera un plaisir de marquer sa peau immaculée.

Ensuite, il étudia Bones.

— Ta tête me dit quelque chose… On se connaît ?

Bones lui adressa un sourire froid.

— Pas officiellement, mais on s'est croisés à Londres, vers l'année 1890, alors que je cherchais un type du nom de Renard. Ça te revient ? J'ai pris sa tête, mais je t'ai laissé le reste de son cadavre.

Anré abaissa son fouet. L'expression de son visage indiquait qu'il se souvenait de Bones, et il jeta un regard rempli de hargne à Priscilla.

— Espèce d'idiote, tu sais de qui il s'agit ?

Priscilla regarda Bones d'un air perdu. Ce moment d'inattention me donna l'occasion – et la grande satisfaction – de la faire tomber et de lui planter mon talon en argent en plein cœur.

— Elle m'a gonflée pour la dernière fois, dis-je à la cantonade.

Le vampire sur le canapé observa cet échange avec inquiétude et se figea, ses crocs plantés dans le cou de sa victime. Je bondis sur lui, lui arrachai la fille des mains et la lançai à Dave, puis je lui donnai un violent coup de tête qui l'étourdit un court instant. Il ne m'en fallut pas plus pour enfoncer mon talon dans son cœur et lui perforer le dos.

Anré commença à reculer, même s'il n'avait nulle part où battre en retraite. Tate et Dave étaient derrière lui, Bones et moi nous tenions devant.

— Pitié, ne me tuez pas, je ne vous ai rien fait, pleurnicha-t-il.

— Bon sang, un peu de dignité. Tu fais honte à notre race, le réprimanda Bones.

— Occupe-toi de ces deux malheureux, ordonnai-je à Tate.

Il s'approcha des victimes attachées au poteau, s'entailla la paume de la main et la colla contre leurs bouches. Très vite, les marques de fouet disparurent. Puis il les détacha et les éloigna des cadavres.

Anré tendit la main vers Bones.

— Tu n'as aucune raison de me faire du mal. Tu veux les humains ? Ils sont à toi.

Je secouai la tête. Les brutes épaisses étaient décidément toujours d'incroyables peureux.

— Tu as peur de lui, mais c'est de moi que tu devrais t'inquiéter.

Je ramassai l'un de ses fouets et le fis claquer pour illustrer ce que je venais de dire. Bones avait pensé que je ne supporterais pas d'assister aux mauvais traitements qu'il avait réservés à Max, mais je voulais lui prouver que je n'étais pas du genre à me défiler devant le sale boulot.

— Donne-moi les noms de tes camarades de jeu, Anré. Si tu refuses, eh bien… la pièce ne manque pas de jouets intéressants. Tu les as essayés sur toi récemment ?

Une heure plus tard, j'étais en possession d'un nom : Slash. Il était quelque part dans la boîte, à la recherche d'un dîner potentiel. Étant donné le vacarme que faisait la musique, j'étais à peu près sûre qu'il ne savait pas ce qui était arrivé à Anré.

Je me frayai un passage parmi les danseurs à la recherche d'un homme avec un dragon tatoué le long de la mâchoire. En chemin, je fus percutée, secouée et même giflée par une femme un peu trop zélée dont le partenaire s'était détourné au dernier moment. Au lieu de s'excuser, elle se contenta de me jeter un regard furieux.

— Ce n'était pas pour toi, me dit-elle avec hargne.

— Dans ce cas permets-moi de te le rendre, répondis-je en lui retournant une claque musclée.

*Franchement, ça l'aurait défrisée de dire pardon ?*

Quelqu'un me saisit par-derrière. Des mains froides passèrent sans douceur sur mes seins. Je me raidis mais me retins de flanquer un coup de coude dans les côtes de l'inconnu. Pour l'instant.

— Je suis mieux vue de devant, ronronnai-je, jouant à la perfection les garces adeptes du bondage.

Je sentis ensuite ma tête partir en arrière, si violemment que des mèches de mes cheveux restèrent dans les mains du quidam. Je serrai les dents. Il valait mieux que ce soit Slash, sinon ce crétin allait se faire méchamment secouer les cloches.

L'inconnu lâcha mon sein pour faire glisser sa main froide jusqu'à mon ventre… puis plus bas. *Bon, assez joué les filles dociles.*

Je me retournai précipitamment, perdant quelques mèches supplémentaires au passage, et lançai mon genou vers le haut. Grand, Ténébreux et Dépravé, ne portait aucun tatouage de dragon argenté. Je le repoussai au milieu de la masse virevoltante des fêtards qui nous entourait.

— J'ai dit que j'étais mieux vue de devant.

Les danseurs qui étaient assez près pour assister à la scène éclatèrent de rire. Je jetai à Grand, Ténébreux et Dépravé un dernier regard furieux avant de repartir à la recherche de Slash. Il était forcément là, il fallait que je le trouve. Je n'avais aucune envie de revenir le lendemain. D'ailleurs, je souhaitais même du fond du cœur ne jamais avoir à remettre les pieds dans cette boîte.

Soudain je sentis deux mains froides glisser le long de ma taille et me tirer en arrière. Me retrouvant plaquée contre une poitrine rigide, je serrai les poings, m'apprêtant à envoyer un coup, lorsque je vis une chose du coin de l'œil qui m'arrêta dans mon élan. Étaient-ce bien des écailles tatouées sur le côté du visage de mon nouveau Roméo ?

Je me retournai… et souris.

— Tu es à croquer, mon mignon.

L'homme sourit à son tour, ce qui eut pour effet d'allonger la queue de dragon qui courait de sa mâchoire au coin de sa bouche.

— C'est marrant que tu dises ça. Je pensais exactement la même chose de toi.

Nous commençâmes à danser. Slash était à peu près de ma taille, et il tirait autant que possible profit de l'alignement de nos corps. Je le laissai faire pendant quelques minutes. Jusqu'à ce qu'il baisse la fermeture éclair de son pantalon en cuir et qu'il sorte son oiseau.

— Waouh, dis-je en me tortillant pour m'éloigner de lui alors qu'il cherchait un nid pour accueillir son ami turgescent. Il n'y a pas un coin où on pourrait être… seuls ?

Slash baissa les yeux sur son sexe, comme s'il s'attendait à une protestation de ce dernier, puis il me prit par le bras.

— Suis-moi. Je connais l'endroit idéal.

Je vis avec soulagement que c'était vers le bar factice qu'il m'entraînait. S'il avait emprunté la direction opposée, ça aurait chauffé. Slash ne prit même pas la peine de ranger son outil dans son pantalon. Il restait dressé devant lui, comme pour nous indiquer le chemin.

— Oh, c'est trop marrant, dis-je lorsqu'il souleva le faux comptoir et fit apparaître l'escalier caché.

Slash me prit la main et me colla presque contre lui. L'étroitesse du passage rendit la descente très inconfortable. *Petite note : prendre une douche dès que j'en ai l'occasion.*

— Je crois que tu vas avoir une surprise, dit-il en ouvrant la porte, puis il s'arrêta net. Qu'est-ce que… ?

Je le poussai de toutes mes forces à l'intérieur. Slash s'étala par terre et ne s'arrêta que devant le sordide poteau, auquel le corps pour le moins ensanglanté d'Anré était désormais menotté.

Je fermai la porte derrière moi. Bones se dirigea vers Slash, haussa un sourcil à la vue de son sexe dressé qui commençait déjà à perdre de sa superbe, puis il lui décocha un sourire glacial.

— Non, mon pote, je crois que c'est *toi* qui vas avoir une surprise.

— Si on arrive à quitter discrètement les lieux, je pense que ce ne sera pas la peine d'appeler l'équipe, dit Tate en empilant le cadavre de Slash sur celui d'Anré.

Priscilla et l'autre vampire anonyme étaient entreposés juste à côté.

— Sortir par-derrière, la queue entre les jambes ? ironisa Bones. La peur est une force de dissuasion très puissante. Si on se sauve comme des voleurs, rien n'empêchera d'autres vampires de recommencer le même manège dans cette boîte.

Je réfléchis à cet argument. La plupart de nos missions se déroulaient dans la plus grande discrétion. Nous anéantissions les méchants (ou méchantes !) vampires, nous nous emparions des preuves (en d'autres termes, des cadavres) et nous disparaissions. Peut-être était-il temps de revoir cette stratégie. Bones avait raison lorsqu'il disait que la peur était une excellente force de dissuasion. C'était d'ailleurs la tactique dont Patra se servait contre nous. Peut-être devions-nous insister nous aussi sur le fait que nous étions prêts à nous salir les mains.

Je regardai Dave. Il m'adressa un hochement de tête quasiment imperceptible. Tate, en revanche, était furieux.

— Brillante idée, le Gardien de la Crypte. Tu veux qu'on rapporte leurs têtes comme souvenirs et qu'on tire la langue à tous les monstres qui rôdent là-dehors en disant « c'est bien fait pour eux » ? Tu dérailles !

— Espèce. De. Lâche.

Bones avait pris soin d'articuler chaque mot. Tate grogna, et je lui fis un croche-pied alors qu'il se dirigeait vers Bones.

— Tu dois avoir glissé, parce que je suis sûre que tu n'allais rien faire du tout, n'est-ce pas ?

Tate leva un regard furieux vers moi, puis il dut lire dans mes yeux les conséquences auxquelles il s'exposerait s'il allait jusqu'au bout de son intention, car sa colère disparut.

— C'est toi le chef, Cat. Qu'est-ce que tu décides ?

Bizarrement, ce fut ma mésaventure avec Grand, Ténébreux et Dépravé qui fit pencher la balance. Les gens qui nous entouraient, humains ou autres, s'étaient contentés de rire. Aucun d'entre eux n'avait levé le petit doigt pour m'aider à le remettre à sa place.

— On lance un avertissement et on exhibe les preuves. Ta suggestion était la bonne, Tate : les têtes vont nous servir d'accessoires.

— À toutes les unités, tenez-vous prêtes, dit Tate dans sa radio.

Je notai au passage son ton à la fois exaspéré et résigné.

Nous montâmes les marches à la queue leu leu, Bones en tête, moi ensuite, puis Tate, Dave et notre couple rescapé, qui n'avait pas dit grand-chose au cours de la soirée. Une fois hors du passage secret, Bones me souleva pour m'aider à monter sur le comptoir du faux bar, car j'avais les mains prises, puis il émit un puissant sifflement qui couvrit le vacarme de la musique.

— Arrête ce boucan ! aboya-t-il en jetant un regard menaçant au vampire interloqué qui se trouvait dans ce qui devait être la cabine du DJ.

Les pulsations de la musique techno s'évanouirent. Il y eut des cris de protestation mais qui cessèrent dès que les gens me virent. On pouvait dire que je ne passais pas inaperçue, perchée sur un bar, deux têtes coupées dans chaque main.

— Je serai brève, afin que vous puissiez vite retourner à vos petits jeux. Je suis la Faucheuse rousse, et ces quatre-là (je soulevai les têtes pour que tout le monde les voie bien) sont allés trop loin en tuant des humains. Si cela se reproduit ici, je reviendrai.

Deux cents paires d'yeux étaient braquées sur nous, et la plupart n'appartenaient pas à des humains. Je me crispai intérieurement. Qui savait comment cela allait se terminer ? Les choses pouvaient rapidement très mal tourner.

Bones tendit la main pour m'aider à descendre. Je lâchai mes trophées morbides pour la saisir.

Peut-être quelques personnes l'avaient-elles reconnu, ou elles avaient deviné qui il était. Ou bien ce n'était que de l'apathie. Quoi qu'il en soit, un par un, les humains comme les morts-vivants reculèrent pour nous laisser un passage entre le bar et la porte. Nous nous dirigeâmes tous vers la sortie sans être importunés.

— Complètement dingue, maugréa Tate lorsque nous arrivâmes sur le parking.

— C'est simplement la preuve que tu as encore énormément de choses à apprendre, répondit Bones.

# Chapitre 13

Le lendemain, Bones et moi nous rendîmes chez Denise. Cela faisait longtemps que je n'avais pas vu ma meilleure amie, entre les préparatifs pour la métamorphose de Tate et les chamboulements causés par mon enlèvement. Le simple fait de passer un moment de détente en sa compagnie me faisait donc plaisir. Denise était au courant de tout : de ma vie, de Bones, des vampires, des goules, et même de la guerre que nous menions. Après tout, j'avais été obligée de l'appeler pour lui expliquer la raison pour laquelle elle avait été contrainte de déménager si brusquement. Don avait certainement dû lui demander, ainsi qu'à Randy, son mari, de faire leurs valises sans même leur expliquer pourquoi.

Leur nouvelle maison se trouvait dans la banlieue de Memphis. Heureusement que Randy, qui était consultant en informatique, exerçait à son compte, et qu'il pouvait donc travailler de n'importe où, car j'aurais vraiment culpabilisé s'il avait été obligé de démissionner à cause de moi. Denise avait quitté son emploi peu de temps après leur mariage, donc de ce côté-là non plus, aucun poids ne pesait sur ma conscience. Ils n'en avaient pas parlé, mais j'avais dans l'idée qu'ils essayaient d'avoir un bébé. Cela expliquerait l'intérêt soudain de Denise pour des choses qui la laissaient de marbre auparavant. Autre indice : elle avait tenu à cuisiner elle-même le dîner au lieu de faire appel à un traiteur. C'était totalement nouveau chez elle.

— C'est excellent, la complimentai-je en me servant une nouvelle tranche de rôti. Il faudra qu'on vienne pour les vacances. Moi, comme tu le sais, je suis une calamité aux fourneaux.

Denise sourit.

— Ou bien tu organises une fête et tu demandes à Rodney de faire la cuisine. Tu ne m'as pas dit que c'était un cuistot hors pair ?

— Si, répondis-je la bouche pleine avant de pencher la tête. Bones, est-ce que ce serait très dangereux d'organiser une fête de Noël ?

Il réfléchit à ma question.

— Il faudrait n'inviter que quelques personnes, mais je ne crois pas qu'il y aurait vraiment de quoi s'affoler.

J'enfournai ma fourchette dans ma bouche et je laissai l'idée faire son chemin.

— Je n'ai jamais fait un truc de ce genre. Mes grands-parents n'avaient pas une vie sociale très riche, et je n'avais pas vraiment le cœur à recevoir pendant les années où nous avons été séparés. Le pavillon des invités est terminé, ce n'est pas la place qui manquerait. On est obligés de repousser le mariage, mais on pourrait organiser quelque chose pour les fêtes ? Ce sera notre premier Noël ensemble, à Bones et à moi.

Il me sourit.

— Voilà qui mérite d'être célébré, et je suis sûr que Rodney sera ravi de venir cuisiner pour nous. C'est sa grande passion.

Denise battit des mains.

— Oh, ça va être génial ! Ce sera la première fois que je passerai les fêtes avec des morts !

Randy leva les yeux au ciel, mais Bones rit.

— Oui, j'imagine que c'est généralement plus amusant qu'une messe de minuit.

— Il faudra aussi inviter ma mère, dis-je. D'ailleurs, elle ne se trouve pas très loin d'ici. La maison de Rodney est à… quoi… une heure de route ?

Bones acquiesça.

— Oui. Tu veux qu'on aille la voir ?

Je réfléchis au choix qui se présentait à moi. Si elle apprenait que j'étais passée aussi près de chez elle sans m'arrêter, j'en entendrais parler pendant des siècles. La question était réglée.

— On va y faire un saut. Elle sera forcément là, elle ne sort jamais.

— Quand est-ce que sa nouvelle maison sera prête ? demanda Denise.

— La semaine prochaine. Je crois que Don a fait exprès de faire traîner les choses pour lui faire payer une partie des soucis qu'elle lui a causés par le passé. Sinon, je ne vois pas pourquoi il lui aurait fallu si longtemps pour lui trouver un endroit sûr, mais je n'en parlerai jamais à ma mère.

Denise se leva, fouilla quelques secondes dans son placard, et en sortit une bouteille de gin encore scellée.

— Tiens. Si tu vas chez ta mère, ça te sera utile.

Une heure plus tard, nous dîmes au revoir à Denise et à Randy, et nous partîmes en direction de la résidence temporaire de ma mère. Le trajet à travers la campagne se révéla aussi agréable que relaxant… jusqu'à ce que Bones penche soudain la tête sur le côté, comme s'il se concentrait, avant d'appuyer sur la pédale de l'accélérateur.

— Qu'est-ce qu'il y a ?

Quelques instants plus tôt, il m'avait dit que nous arrivions. Alarmée, je tendis l'oreille, mais mon ouïe était moins fine que la sienne. Je ne captais que les échanges des familles habitant les différentes maisons devant lesquelles nous passions en trombe.

— J'y crois pas, dit Bones en gloussant.

— Quoi ?

Il continua à rouler dans les rues à toute vitesse.

— Oh, tu vas voir. Ne perds pas la bouteille de Denise, tu vas en avoir besoin.

J'en déduisis que ce n'était pas un bain de sang qui l'avait mis en éveil, car son sourire trahissait une bonne humeur féroce. J'espérais que ce n'était pas le sifflement d'une hache décapitant ma mère qui le rendait aussi joyeux. Lorsque nous nous garâmes devant ce qui devait être la maison de Rodney, je n'entendis que du remue-ménage et des jurons marmonnés. Qu'est-ce qui sortait de l'ordinaire là-dedans ?

Bones se précipita hors de la voiture sans même arrêter le moteur et frappa à la porte si fort qu'il fit vibrer les vitres.

— Ouvrez, Justina, ou j'enfonce la porte !

Cette dernière s'ouvrit à toute volée alors que j'approchais seulement. Il fallait bien que quelqu'un coupe le contact, après tout.

Ma mère ordonna à Bones de rester dehors, mais il passa devant elle sans prêter garde à ses injonctions. Il la regarda d'un œil malicieux et ses lèvres se mirent à trembler sans qu'il puisse les maîtriser.

— Eh bien ! Juste ciel, Justina, vos cheveux sont légèrement défaits, mon cœur, vous faisiez le ménage ? Non ? Et votre visage… si je ne vous connaissais pas si bien, je dirais qu'il est tout rouge. À l'époque où j'étais un gigolo dégénéré, pour reprendre votre expression, je voyais des femmes avec cette allure à longueur de journée. Après une partie de jambes en l'air.

J'avais le souffle coupé. Je l'observai de plus près, et m'aperçus qu'elle ne portait qu'une robe de chambre ; ses cheveux bruns partaient effectivement dans tous les sens, son visage était indubitablement rouge, et… mon Dieu, était-ce bien un suçon sur son cou ?

— Espèce de sale animal, sortez d'ici ! ordonna-t-elle à Bones.

Il riait si fort qu'il était plié en deux.

— Entre nous, c'est un peu l'hôpital qui se fout de la charité, non ? Quand je pense que Chaton vivait dans l'angoisse que vous découvriez qu'elle couchait avec un vampire ! Vous n'êtes plus très bien placée pour la critiquer là-dessus, n'est-ce pas ? Descends, mon pote, viens dire bonjour ! Là, je suis scié.

— Bones, dit Rodney depuis l'étage d'un ton irrité, fiche le camp.

Je vacillai.

— Maman ? Toi et *Rodney* ?

Ma mère rougit de plus belle, devenant écarlate.

— Il me préparait mon repas, bafouilla-t-elle.

J'avais beau ne pas en revenir, je recouvrai tout de même ma voix.

— Et aussi le dessert, à ce qu'on dirait ! Je n'en crois pas mes yeux. Toutes ces années, tu m'as crucifiée parce que je couchais avec un vampire, et regarde-toi ! Rodney est une goule, espèce d'hypocrite !

— Il ne tue personne, les gens sont déjà morts quand il les mange ! rétorqua-t-elle d'un ton furieux, cherchant à s'abriter derrière une logique discutable. Sans compter que j'ai quarante-cinq ans et que je n'ai pas à donner d'explications à ma fille !

Je la regardai les yeux écarquillés, comme si c'était la première fois que je la voyais.

— Est-ce que Rodney a apprécié ? demandai-je.

— Apprécié quoi, Catherine ? s'offusqua-t-elle.

— Le fait que t'aies une sacrée paire de couilles !

Bones éclata de nouveau de rire et essuya ses larmes avec sa manche.

— Allons-y, Chaton. Il fallait que je le fasse, je n'ai pas pu résister. Justina, je suis content pour vous. Quant à toi, Rodney, conclut-il dans un nouveau gloussement moqueur, ton courage est admirable.

Bones me propulsa hors de la maison, malgré mes protestations. La porte claqua derrière nous.

Alors que nous repartions à une vitesse plus raisonnable, Bones ne maîtrisait toujours pas son hilarité.

— Je suis ravi que tu ne lui aies pas téléphoné que nous venions, Chaton. Ça valait vraiment le détour.

Je ne répondis pas, me calai sur mon siège et débouchai la bouteille de gin.

Je portais une robe argentée. Elle descendait jusqu'à mes pieds et moulait mes hanches et mes jambes. Deux bandes de tissu verticales couvraient ma poitrine et étaient nouées derrière ma nuque. J'avais le dos nu, et un décolleté en V si profond que je ne pouvais pas porter de soutien-gorge. Même l'un de ces trucs adhésifs n'aurait pas fait l'affaire.

Je fronçai les sourcils en voyant mon reflet dans la glace.

— Si jamais j'ai froid, tout le monde le verra. C'est moi la maîtresse de maison, je ne suis pas censée ressembler à une traînée.

Bones apparut derrière moi dans la glace.

— Tu n'as pas l'air d'une traînée, tu es magnifique.

Comme pour souligner ses paroles, il effleura mon dos du bout des lèvres. Aussitôt mes deux tétons se durcirent. En effet, le résultat était franchement indécent.

— Ravissante, murmura-t-il, sa bouche contre ma peau.

Rien d'étonnant à ce que la robe lui plaise, c'est lui qui l'avait choisie. Les goûts de Bones le portaient systématiquement vers des tenues beaucoup moins couvrantes que je l'aurais souhaité. Au moins, je portais une culotte, même si elle était minuscule. Il y avait certaines choses sur lesquelles je refusais de céder malgré son pouvoir de persuasion illimité.

Bones pencha la tête sur le côté le temps d'un instant.

— Ta mère est là.

Je descendis l'accueillir, car Bones n'était pas encore habillé. Je ne l'avais pas revue depuis cette incroyable soirée chez Rodney, et je n'avais pas la moindre envie de savoir s'ils… euh… sortaient ensemble. Rodney, en parfait gentleman, n'avait pas mentionné cet incident lorsqu'il était arrivé le matin même pour préparer le dîner, mais j'avais entendu Bones le saluer d'un tonitruant « Gloire au tueur de dragon ! ».

J'ouvris la porte… et mon sourire se figea. La femme qui se tenait devant moi ne pouvait pas être ma mère.

Ses cheveux bruns, aux nouveaux reflets plus clairs, ne portaient plus la moindre trace de gris. Le maquillage, ou les bons offices d'un salon de beauté, semblait lui avoir ôté dix ans en moins de trois semaines. Sa robe améthyste, plus moulante que la mienne, découvrait l'une de ses jambes à partir du haut de la cuisse et couvrait l'autre jusqu'à la cheville. L'une de ses épaules était dénudée, à la mode grecque, et ses cheveux étaient à moitié remontés, avec quelques mèches folles. Seuls ses yeux bleus n'avaient pas changé.

— Catherine. (Elle passa devant moi sans me faire la bise. Pas de doute, c'était bien ma mère.) Tu devrais te couvrir davantage, il gèle dehors.

*Bonjour à toi aussi, maman. Ou qui que tu sois, parce que tu n'as rien à voir avec la femme qui m'a élevée.*

— Tu peux parler, parvins-je à prononcer. On voit toute ta jambe jusqu'en haut de la cuisse. Mon Dieu, si grand-mère te voyait, elle sortirait tout droit de sa tombe !

Ma mère ouvrit la bouche, s'arrêta, puis sourit.

— Si tu ne dis rien, je ne dirai rien non plus.

J'envisageai un instant de me rendre dans la cuisine et de m'agenouiller devant Rodney pour lui témoigner toute mon admiration. Je n'aurais jamais cru cela possible, mais il était parvenu à lui inculquer le sens de l'humour. Pour réussir un tel exploit, il avait dû recourir au vaudou, décapiter plusieurs poulets et utiliser tout un tas de gris-gris.

— Je te sers un peu de lait de poule, maman ? dis-je en la conduisant au salon, une fois le choc passé. Je te préviens, il est corsé.

# Chapitre 14

Notre liste d'invités était restreinte, dans le contexte peu festif de la guerre qui s'annonçait. Il y avait Rodney, Spade, Rattler, Tick-Tock, Ian, Zéro, et un autre vampire du nom de Doc qui accompagnait Annette. Mencheres n'était pas là, ce qui m'allait très bien. De mon côté, j'avais convié Denise, Randy, ma mère, Don, Cooper, Dave, Juan et Tate.

Bones avait invité Ian à la dernière minute. Il ne faisait pas partie des personnes avec lesquelles j'avais envie de passer les fêtes, mais vu qu'il s'était engagé à nos côtés, Bones s'était dit qu'il méritait un remerciement. J'avais espéré qu'il ne viendrait pas, mais en vain. En fait, je me demandais même s'il n'avait pas accepté l'invitation simplement pour le plaisir de me contrarier.

Nous étions assis à la salle à manger. Ian était arrivé en retard, et dès qu'il avait franchi le seuil ma mère et Don s'étaient levés de table. Ils traînaient près du porche avec Dave, Juan et Cooper, qui n'avaient eux non plus aucune raison d'apprécier le vampire aux cheveux châtains assis en face de moi.

— Eh bien, Cat, tu sembles sur les nerfs, lança Ian pour me provoquer lorsque mon silence à table se fit trop significatif. Ne me dis pas que tu m'en veux encore d'avoir enlevé ton ex l'été dernier, quand même ?

Je réprimai l'envie de lui balancer mon assiette au visage.

— Bien sûr que non, Ian. C'est juste que d'habitude, à cette heure, Bones et moi baisons comme des bêtes, alors ça me rend un peu nerveuse d'être obligée d'attendre.

Ma réponse ne fit pas rire Ian.

— Tu la laisses m'insulter alors que je suis venu pour vous prouver ma bonne volonté, Crispin ? demanda-t-il.

Bones haussa un sourcil.

— Elle ne t'a pas le moins du monde insulté, et c'était très mal élevé de ta part de faire allusion à la manière dont tu as essayé de forcer Cat à intégrer ta lignée. Il vaudrait mieux que ce soit la première et la dernière fois.

Le ton de sa voix était doux… mais ses yeux ne l'étaient pas. Ils brillaient d'une intense lueur verte.

Ian se cala dans sa chaise.

— Eh bien, mon pote, regarde-toi. Tu sors tout de suite les griffes, et pourtant c'est à peine si j'ai été impoli. Au début, je pensais que tu me l'avais arrachée par pure rancune, mais ce n'est pas cela, n'est-ce pas ? Tu étais vraiment la dernière personne que j'aurais imaginée succomber aux sirènes de l'amour.

Leur amitié était vieille de deux cent vingt ans, et leur histoire chargée de bons et de mauvais moments. L'atmosphère de la pièce se fit plus lourde.

— Tu n'es pas venu dans le simple but de parler de ma femme, n'est-ce pas ?

Ian se pencha en avant.

— C'est la violence de Max à son égard qui t'a poussé à déclarer que tu serais impitoyable avec tous ceux qui l'avaient aidé. Tu comprendras, je pense, que je veuille connaître ton véritable degré d'implication avant de m'engager plus encore que je le suis déjà. Si ta colère ne devait être motivée que par une question de fierté, alors… (Ian laissa la phrase en suspens en agitant nonchalamment la main.) Pourquoi mettre ma vie et celle des miens en danger pour quelques plumes froissées ?

— Te rappelles-tu le jour où je t'ai planté un couteau en argent dans le cœur, Ian ? demandai-je gaiement. Tu n'as pas idée du nombre de fois où j'ai souhaité t'avoir achevé. Tu oses comparer mon enlèvement, les actes de torture que j'ai subis et la tentative d'assassinat dont j'ai été l'objet à quelques plumes froissées ? Va te faire foutre !

— Je ne minimise pas ce qui t'est arrivé, Cat, dit aussitôt Ian. Je ne fais qu'exprimer mon intérêt pour la réaction que cela a suscitée chez Crispin. Max a mérité son sort, mais son châtiment aurait pu être la réaction calculée d'un chef montrant ce qu'il a dans le ventre, et rien de plus. Tu saisis la différence ?

Ian avait ses yeux turquoise rivés sur les miens. Il était froid et calculateur, l'expérience me l'avait appris, mais il devait y avoir autre chose derrière tout cela. Sinon, Bones l'aurait tué depuis des années.

Bones inclina la tête.

— Tu as ta réponse, Ian. Ma réaction dans cette affaire est on ne peut plus personnelle.

— Tu as de la veine que Mencheres ait voulu fusionner vos deux lignées et qu'il t'ait fait don d'une plus grande puissance. Et puisque nous parlons de ta nouvelle alliance, je ne vois vraiment pas pourquoi Mencheres t'a préféré à moi. Après tout, c'est toi qui as sauté sa femme, pas moi.

Je me raidis et Bones poussa un atroce juron. En voyant l'expression de mon visage, Ian se mit à rire.

— Comment ça, Crispin ne t'en a pas parlé ? Il n'y a pourtant pas de quoi en faire un plat, ça s'est produit alors que tes parents n'étaient même pas encore nés.

Je me levai de table. Il n'était pas question que je discute de cela devant Ian. Bones me suivit sur le porche. Une fois que nous fûmes seuls, je lui volai dans les plumes.

— Pourquoi ? Je sais bien que la morale était le cadet de tes soucis avant de me rencontrer, mais Patra était la femme de ton grand-père !

Il contracta sa mâchoire.

— Je ne savais pas qui elle était quand c'est arrivé. Mencheres et Patra étaient déjà en mauvais termes avant que je devienne un vampire. Il y a quelques dizaines d'années, j'ai rencontré une femme, on a passé la nuit ensemble, et ce n'est qu'une semaine plus tard que j'ai découvert qu'elle était l'épouse de Mencheres. Patra, elle, savait qui j'étais. Elle l'a fait pour blesser Mencheres, bon Dieu, et à ton avis, qui le lui a raconté ? À l'époque, je n'ai pas compris pourquoi il ne m'avait pas tué, mais au vu de ce qui s'est passé ces derniers temps, je suppose qu'il savait qu'il aurait un jour besoin de moi.

Dans la loi des vampires, l'époux bafoué est en droit d'assassiner l'amant de sa femme. Bones risquait donc la mort pour avoir couché avec l'épouse d'un autre vampire.

— Il y a autre chose que j'ignore ? Si c'est oui, mieux vaudrait m'en parler tout de suite, car si j'apprends que tu avais décidé de me cacher d'autres trucs…

— Il n'y a rien d'autre. Je te le promets.

J'arrêtai de faire les cent pas pour regarder Bones. Il était magnifique, et plus je passais de temps avec lui, plus je me rendais compte que beaucoup d'autres femmes avaient partagé cette opinion. Je ne doutais pas que bien d'autres aventures de ce genre me seraient contées à l'avenir, mais j'espérais que ces ex-là seraient moins puissantes et moins dangereuses que Patra.

— Bon. Retournons à table. Je suis sûre que nous manquons à Ian.

Bones ignora mon sarcasme et m'attira dans ses bras.

— Tu sais qu'il est presque minuit ? murmura-t-il. Plus que deux jours avant la veillée de Noël.

Il s'était passé tant de choses depuis le dernier Noël. Que nous apporterait la nouvelle année ?

— Des choses meilleures, répondit Bones à voix basse. Je te le promets.

Il m'embrassa, et ses lèvres étaient plus froides que d'habitude, mais il n'avait nul besoin d'avoir une température corporelle de 36,7 °C pour me faire de l'effet. D'ailleurs, je sentais la chaleur m'envahir à mesure que ses mains descendaient dans mon dos.

Un craquement de branche me ramena soudain à la réalité. Bones se redressa et interrompit notre baiser.

— Te voilà, mon pote. Je me demandais combien de temps tu allais nous espionner.

Son ton sardonique confirma ce que mes sens endormis avaient enfin repéré. Bon Dieu, les baisers de Bones me faisaient vraiment tout oublier ! Heureusement qu'il parvenait à rester attentif, même si ce n'était pas très flatteur pour mon ego. Et heureusement aussi que le vampire caché parmi les arbres n'avait pas eu l'intention de nous tuer.

Tate émergea de sa cachette sans se soucier des nouveaux craquements qu'il provoquait sur son passage.

— Salut, Cat. La vache, tu es magnifique !

*Oh oh ! Il n'aurait pas pu se contenter de dire « Joyeux Noël » ?*

L'ambiance était hostile. Par chance, l'apparition de Dave sur le porche créa une diversion bienvenue.

— Hé, mon pote, tu as réussi !

*Ouf, encore un affrontement repoussé.*

— Dave.

Tate sourit en recevant l'accolade virile de son ami. Juan sortit ensuite, suivi par mon oncle. Don, dont le visage était habituellement stoïque, se fendit d'un sourire lorsqu'il s'avança pour prendre Tate dans ses bras. Bones émit un grognement cynique et me ramena à l'intérieur en lançant une dernière phrase à Tate.

— Je suis sûr que tu n'auras aucun mal à trouver le chemin du cottage en bas de la colline. C'est là que tu dors.

Ian, avec son manque de tact habituel, choisit ce moment précis pour se glisser à côté de moi.

— Crispin et toi avez réglé votre différend, j'espère ?

— Oui. Tu vas pouvoir dormir cette nuit.

Ian rit. Ma mère passa près de nous, et Ian lui jeta un coup d'œil très intéressé.

— Dis donc, Cat, je comprends mieux ce qui a mené Max à sa perte.

Je lui décochai un regard noir.

— Ce serait trop te demander de ne pas mentionner Max devant la seule famille qui me reste ?

Ian sourit sans l'ombre d'un remords.

— Pourquoi toi et les tiens m'en voudriez-vous ? Vous devriez plutôt me remercier. Si je n'avais pas transformé Max, tu ne serais jamais venue au monde.

À ces mots, ma mère tourna brusquement la tête. Bien entendu, Ian avait bien pris soin de ne pas baisser la voix. Je mourais d'envie de lui envoyer mon poing dans les dents.

— Bien joué, grognai-je. Elle ne savait pas que tu étais son créateur.

Bones apparut derrière lui.

— Viens une seconde, mon pote.

Il n'attendit pas la réponse de Ian et le propulsa sur le porche. Je partis dans la direction opposée pour intercepter ma mère qui, furieuse, chargeait en ligne droite sur Ian.

— Catherine, fit-elle d'un ton sec en me voyant lui bloquer la route. Pousse-toi de mon chemin. J'ai deux mots à dire à cette chose.

Comme elle avait l'habitude de traiter Bones de « sale animal », j'en conclus qu'elle voulait parler de Ian.

— Maman, je sais que tu es en colère.

Elle continua sa marche en avant.

— Ne t'inquiète pas, je ne ferai pas de scène, dit-elle en finissant par forcer le passage.

Pour elle, c'était le summum de la bienséance.

— Vous. (Elle se dirigea droit sur Ian et appuya son index dressé sur la poitrine du vampire. Ce dernier lui jeta un regard amusé.) C'est vous qui avez créé son père ? Vous ne saviez pas quelle ordure il était ? Ou peut-être vous fichez-vous totalement du devenir des monstres que vous fabriquez ?

Bones poussa un ricanement lugubre.

— Assume tes actes, mon pote. Mais reste poli, même si elle se montre très insultante.

Ian leva les yeux au ciel.

— Non, Justina, je ne me fiche pas du tout du devenir de ceux que j'engendre. Mais si je suis responsable des actions de mes rejetons, il en va de même pour vous. Votre fille a assassiné l'un de mes meilleurs amis le jour de notre rencontre. Que comptez-vous faire pour me dédommager de cette perte ?

La manière dont Ian venait de retourner la situation me surprit presque autant que ma mère.

— Un autre sale vampire ? ronronna ma mère lorsqu'elle reprit ses esprits. Un de ceux qui voulaient boire à son cou ?

— Une goule qui faisait son devoir en me défendant contre une femme qui tentait de me tuer sous mon propre toit, rétorqua Ian. Demandez à Cat, elle vous le dira elle-même.

Je n'avais même pas encore essayé de la mordre qu'elle avait déjà décapité mon ami.

Je me balançais d'un pied sur l'autre, gênée. Comment aurais-je pu savoir que Don avait des raisons plus profondes de m'envoyer chez Ian ? Je pensais que c'était juste une mission de routine, jamais je n'aurais cru devenir la meurtrière involontaire d'un innocent.

— Je suis désolée pour ton ami, mais je pensais que c'était un tueur, et il arrivait en douce derrière moi pour m'assommer, répondis-je. De toute façon, avant cela, tu avais admis avoir tué deux personnes, Ian. Tes employés.

— Qui m'avaient volé, rétorqua Ian. Franchement, Crispin, que ferais-tu à deux types qui pillent ta demeure et qui essaient de refourguer tes affaires sur eBay ?

Bones haussa les épaules.

— La même chose que toi. À partir du moment où tes employés sont capables de te voler, comment croire que leur trahison n'ira pas plus loin ?

— Tout à fait, acquiesça Ian avant de reporter toute son attention sur ma mère. Dans ce cas, en ce qui concerne Max, vous et moi sommes quittes, mon chou. Quelle était l'autre cause de votre crise d'hystérie ?

Elle parut secouée, puis se ressaisit et pointa Bones du doigt.

— Lui. Vous l'avez créé, et c'est à cause de cela que mes parents ont été tués, alors nous sommes loin d'être quittes, vampire.

Une ombre passa sur le visage de Bones. *Ce n'était pas ta faute*, lui dis-je. *Elle se trompe.*

— D'un autre côté, répondit Ian, il a aussi appris à Cat à se battre et il l'a rendue plus forte, plus rapide et plus dangereuse. Sans cela, pensez-vous qu'elle serait encore de ce monde ? De plus, ne vient-il pas récemment de la sauver, et vous aussi ? Êtes-vous en train de me dire que cela vaut moins que la vie de vos parents ?

Ma mère le regarda d'une manière étrange. Comme si elle ne savait pas ce qu'elle devait penser de lui. Ian soutint son regard, sans ciller et sans faiblir. Enfin, après un silence tendu, elle tourna les talons et s'en alla.

—Ravi d'avoir pu discuter avec vous, lui lança-t-il.

Elle ne répondit pas.

Ian tapa dans le dos de Bones.

—Si nous retournions à l'intérieur ? Il gèle à pierre fendre et, visiblement, ta femme a froid. (Il me gratifia d'un regard lubrique et rit.) Il suffit de la regarder.

—Va te faire foutre, lui répondit Bones d'un ton brusque.

Ian s'en alla en sifflotant. Je soupirai.

—Je t'avais bien dit que j'aurais dû mettre un soutien-gorge. (Puis je changeai de sujet, car je ne voulais pas que ce léger incident vienne gâcher notre soirée.) Si tu me le demandes gentiment, je te laisserai ouvrir un de tes cadeaux, même si ce n'est pas l'heure.

Bones esquissa un sourire.

—Qu'est-ce que je dois dire ? S'il te plaît ? Ah, Chaton, je t'implore, je t'en conjure…

—La ferme.

Avec un petit sourire satisfait, je l'attirai dans la bibliothèque et sortis un paquet de sous le canapé. Je jetai un rapide coup d'œil alentour pour m'assurer que nous étions seuls, car je souhaitais un peu d'intimité. J'avais légèrement détourné la vérité en lui disant que c'était un de ses cadeaux. Il s'agissait d'autre chose.

—Tiens.

Bones le déballa, et son sourire se transforma en rictus concupiscent.

— N'est-ce pas mignon ? Ce n'est pas ma taille, mais, si tu veux que je les mette, je serai ravi de te faire plaisir.

— Très drôle. En fait, tu es censé choisir celui que tu as envie que *je* mette.

Son choix ne se fit pas attendre.

— Le rouge.

— Je savais qu'il te plairait, celui-là.

L'éclat soudain dans ses yeux rendait ma voix tremblante, et une douce chaleur m'envahit.

Bones se pencha jusqu'à ce que sa bouche frôle la mienne.

— Bien vu.

# Chapitre 15

La chemise de nuit rouge flottait autour de moi, aussi sombre que du sang sur ma peau. Bones me tenait par les hanches et se cambrait sous moi. De petits gémissements de plaisir sortaient de sa bouche.

—Oui, Chaton. Encore… ne t'arrête pas…

Je fermai les yeux, entraînée par l'extase. Je m'agrippai aux draps et j'accélérai la cadence.

—Oui…

La sensualité de l'instant disparut soudain alors qu'une brume semblait apparaître autour de nous. Les draps commencèrent à prendre vie et s'enroulèrent autour de mes poignets et de mes chevilles, tels des serpents maléfiques. J'essayai de dire à Bones d'arrêter, mais lorsque j'ouvris la bouche, seul du sang en sortit.

—On veut toujours jouer les courageuses, petite fille ? dit une voix pleine de mépris.

Je sentis l'horreur m'envahir. Je connaissais cette voix.

La brume se leva et je poussai un hurlement perçant alors que Bones et le lit s'effaçaient et que je me retrouvais par terre, devant mon père. Les draps-serpents se transformèrent en poignards qui me transpercèrent les poignets. Mon ventre, ma jambe et mes bras irradiaient de douleur.

—Tu sais ce que je vais te faire, petite fille ? continua Max. Je vais t'arracher la gorge de nouveau.

Il s'avança vers moi. Je me tortillai pour lui échapper, mais les lames plantées dans mes poignets me clouaient au sol. Max rit alors qu'il approchait ses canines de mon cou. Ma lutte était aussi désespérée que vaine. Puis je hurlai en sentant ses crocs glisser lentement le long de mon cou.

— Arrête, arrête…

Max appuya quelque chose contre ma bouche. Je toussai, crachai, puis j'avalai, mais après quelques instants Max s'évanouit et quelqu'un d'autre apparut.

— Réveille-toi, Chaton !

Le visage de Bones se fit plus clair devant moi. Les zébrures et les égratignures qui sillonnaient son corps se refermaient sous mes yeux, ne laissant que des traces de sang. Son poignet était appuyé contre ma bouche, les draps étaient complètement déchirés autour de nous, et nous n'étions pas seuls dans la pièce.

Spade, sur le côté du lit, me tenait par les épaules. Il me lâcha et s'assit avec un soupir de soulagement lorsque je le regardai en clignant des yeux. Dave, Rodney et Tate étaient près de la porte, et Denise sautillait pour tenter de voir par-dessus leurs épaules. Puis je ne distinguai plus que la poitrine de Bones lorsqu'il me serra contre lui.

— Bon Dieu, tu es réveillée. (Il relâcha son étreinte et prit mon visage entre ses mains.) Est-ce que tu sais où tu es ?

Dans ma chambre. Nue comme un ver, tout comme Bones. Spade se leva et je détournai les yeux. Nous n'étions pas les seuls en tenue d'Adam.

— Bones, qu'est-ce qu'ils font tous ici ? Spade, couvre-toi. Saleté de vampires, toujours à croire que leur quincaillerie est la huitième merveille du monde !

Bones me tenait toujours contre lui. Au moins, comme ça, mes seins étaient cachés.

— Mais poussez-vous de là, bande d'animaux !

Dieu tout-puissant, ma mère était dans le couloir et elle essayait d'entrer ? Elle s'évanouirait si elle voyait ça.

— Spade, prends une serviette dans la salle de bains, sifflai-je. Préserve un peu de ton mystère.

Il rit, mais son rire ressemblait plutôt à un sifflement fatigué.

— Crispin, elle va bien. Je me retire, ça évitera qu'elle s'épuise à me taquiner.

Spade aussi avait des sillons de sang séché sur le torse. Que s'était-il passé ? Tate avait les yeux rivés sur moi, et sa présence me mit mal à l'aise. Je ne voulais pas qu'il me voie ainsi.

Ian se fraya un passage en écartant les autres invités tout en refermant le clapet de son téléphone portable.

— Je lui ai dit que ça avait marché, Crispin. Il a demandé qu'on le rappelle plus tard…

— Trop, c'est trop ! criai-je, bien que Ian, très sérieux, ne m'ait même pas adressé un clin d'œil ni le moindre regard vicieux. J'ai fait un cauchemar, personne ne nous attaque, alors sortez tous !

Ian me jeta un regard plein de pitié.

— Tu t'inquiètes davantage de ta pudeur que du danger. On se reparle tout à l'heure, Crispin.

— D'accord.

La pièce se vida enfin. Lorsque la porte se referma, je me détendis et m'autorisai à trembler.

— Bon Dieu, c'était le pire cauchemar de ma vie. J'ai presque l'impression d'avoir encore mal au cou…

Ce qui était le cas, d'ailleurs. Comment était-ce possible ?

Bones soutint mon regard.

— Chaton, ce n'était pas un simple rêve. C'était un sort destiné à te piéger dans ton propre cauchemar. Ton cou te fait mal… parce que le sort t'a fait revivre cette journée avec Max, et si tu ne t'étais pas réveillée, le sort aurait terminé le travail et t'aurait tuée.

Mon corps se raidit alors que j'essayais de reprendre mes esprits.

— Comment sais-tu que c'était un sort ?

— Tu t'es mise à hurler dans ton sommeil. Charles s'est précipité dans la chambre – c'est pour ça qu'il était nu, il était au lit – et nous avons essayé de te réveiller. C'est là que tu es devenue violente. Il était évident que c'était plus qu'un cauchemar et, en me concentrant, j'ai pu lire dans ton esprit ce qui était en train de t'arriver. Personne n'avait la moindre idée de ce qu'il fallait faire. Ian a appelé Mencheres pour lui raconter ce qui se passait. C'est lui qui nous a dit comment briser le sort.

— Combien de temps suis-je restée dans cet état ? J'ai l'impression que ça n'a duré que quelques minutes.

— Environ une demi-heure, mais qui m'a paru une éternité.

*Une demi-heure !*

— Tu as dit que Mencheres savait comment l'arrêter. Pourquoi ?

— Parce que c'est Patra qui a lancé le sort, répondit Bones avec une colère froide. La pratique de la sorcellerie est interdite, mais Patra l'a étudiée en secret. Le sort ayant été scellé avec son sang, seul son sang – ou celui du vampire qui l'a transformée – pouvait le briser. Mencheres était trop loin, mais comme il avait partagé son sang et son pouvoir avec moi, il pensait que je pourrais faire l'affaire. Et il avait raison.

Je frissonnai. La prochaine fois que je m'endormirais, je ne me réveillerais peut-être pas. Tuée par mes propres souvenirs. Quelle mort absurde.

— Patra peut lancer des sorts n'importe quand et n'importe où ?

Bones serra les lèvres d'un air lugubre.

— Pas si elle est morte.

Plus tard dans l'après-midi, j'appelai cinq traiteurs différents. Non que les invités humains fassent les difficiles, mais nous avions plusieurs vampires à nourrir, ce qui exigeait une certaine organisation. Les livreurs ne se rendirent même pas compte que c'était eux qui étaient au menu et pas les plats qu'ils transportaient. Ils repartirent avec un bon pourboire et un taux de fer un peu diminué. Rodney prépara son repas à part, qu'il partagea avec Dave.

— On pourrait attraper l'un des membres du clan de Patra avant de planifier une contre-attaque, dit Ian, profitant d'un blanc dans la conversation. Ou bien, si on a de la chance, trouver un traître.

— Vous vous y connaissez mieux que quiconque en matière de traîtres.

Cette remarque malveillante avait été prononcée par Don, ce qui me fit cligner des yeux. Il n'avait quasiment prononcé aucune parole depuis qu'il avait découvert l'identité de Patra.

— Foutaise. (Ian soupira.) Écoutez, Max n'a eu que ce qu'il méritait. Il voulait quitter son travail et cesser d'être un humain, je l'ai donc transformé car il est toujours utile d'avoir dans son clan un type intelligent qui ne recule devant rien. Il n'y a rien à ajouter.

Don regarda Ian avec dégoût.

— Rien à ajouter ? Savez-vous ce que Max a fait lorsque j'ai tenté de l'arrêter après avoir découvert qu'il était devenu un vampire ? Il a tué nos parents et il a laissé leurs cadavres sur le pas de ma porte ! C'est vous qui lui avez permis de commettre un tel crime. C'est vous qui lui en avez donné le pouvoir.

C'était nouveau pour moi. Après avoir appris que Don était mon oncle, je lui avais demandé s'il avait de la famille, et il avait sèchement répondu que non. Désormais, je savais pourquoi il n'aimait pas aborder le sujet.

Ian jeta un regard à Don.

— Max était un tueur avant de me rencontrer. Le seul pouvoir que je lui ai donné, c'est de tuer avec ses canines.

— Vous ne pouvez plus rien pour vos parents, mais votre nièce est toujours en vie, vieille branche, dit Bones. Votre intelligence nous sera utile pour qu'elle le reste. Bon, pour en venir à…

Il s'était interrompu en levant les yeux vers les boiseries du plafond. Perdue, je suivis son regard. Qu'est-ce qui avait attiré son attention ? Des termites ?

— Mencheres est là, déclara-t-il.

Spade leva lui aussi la tête.

— Je ne sens pas encore sa présence.

Bones se leva.

— Moi, si. Et il n'est pas seul.

Je levai les yeux au ciel. Génial. Il allait falloir téléphoner à ce nouveau restaurant italien. Les invités se serviraient au cou du livreur… et Denise et moi pourrions goûter le poulet au parmesan.

— Qui l'accompagne ?

Bones poussa un grognement irrité.

— C'est l'autre bête de scène.

Cela fit rire Ian.

— Vraiment ? La soirée risque d'être plus intéressante que prévu.

Contrairement à Ian, Spade ne semblait pas ravi de cette nouvelle.

— Pourquoi est-ce qu'il l'amène, Crispin ? Il sait que vous ne vous appréciez pas tous les deux.

— Sans parler du fait que je n'ai pas très envie qu'il sache où j'habite, marmonna Bones en faisant les cent pas. Mais le mépris qu'il éprouve pour Patra est encore plus fort que la haine qu'il nourrit contre moi. L'ennemi de mon ennemi est mon ami, à ce qu'il paraît.

— De qui tu parles ? insistai-je. Je le connais ?

Bones ricana.

— Tu sais qui il est.

Le bruit d'un hélicoptère en approche mit un terme à la conversation. Quelques minutes plus tard, le crissement du métal sur le béton annonça l'atterrissage de nos invités surprises.

Mencheres et un autre vampire descendirent de l'hélico. Bones accueillit son grand-père avec une accolade, mais se contenta d'un bref hochement de tête en direction de l'autre homme.

*Bones se trompe, je ne le connais pas*, me dis-je en observant le vampire inconnu. Il mesurait environ un mètre quatre-vingts, avait un visage anguleux encadré par de longs cheveux bruns et une courte barbe. Son front, large et pâle, mettait ses yeux légèrement enfoncés en valeur. Il n'était pas beau dans le sens classique du terme, mais il avait de l'allure. Je me serais souvenue de lui si nous nous étions déjà rencontrés.

Des cicatrices sillonnaient la main qu'il me tendit.

— Vous devez être la Faucheuse rousse.

Son accent était étrange et son entrée en matière loin du traditionnel « bonjour, enchanté », mais j'avais connu pire.

— En revanche, je ne crois pas avoir le plaisir de vous connaître, répondis-je en lui serrant la main.

Des fourmillements remontèrent le long de mon bras. Quelle que soit son identité, c'était un Maître. Sans doute vieux de plusieurs centaines d'années, à en juger par la puissance qui émanait de lui.

—J'en doute, dit-il en me rendant mon regard inquisiteur.

—Arrête de la déshabiller des yeux, dit Bones d'un ton sec. Même si tu n'étais pas au mariage, je suis sûr que tu sais qu'elle est ma femme.

L'étranger rit. Je remarquai qu'il avait des yeux étranges. Ses iris étaient couleur cuivre, et cerclés d'émeraude.

—La poste a dû égarer mon invitation.

Bones ignora sa remarque.

—Mencheres, j'espère qu'il y a une bonne raison pour que vous l'ayez amené ici ?

—Il a des informations, dit Mencheres avant de se tourner vers moi. Ah, Cat. Ravi de te revoir.

Depuis le temps que je le connaissais, on aurait pu croire que j'avais appris à maîtriser mes pensées en sa présence, mais la seule réponse qui me vint à l'esprit fut : *Pas moi.*

Bones me jeta un regard réprobateur. Je grimaçai. *C'est sorti tout seul !* En vérité, je ne savais pas pourquoi Mencheres éveillait toujours en moi une telle aversion. Peut-être avions-nous été ennemis dans une vie antérieure. Désormais, plus rien ne me semblait invraisemblable.

Mencheres s'étant abstenu de commenter ma version mal élevée de « ça faisait un bail », j'articulai une réponse polie à voix haute.

—Mencheres. Salut.

—Finissons-en, grommela Bones en se tournant vers l'autre vampire. Chaton, je te présente Vlad.

Un éclat de rire m'échappa avant que je puisse le retenir. La vache, ce devait être un fantasme courant chez les vampires.

— Pas très original. Vous devez être le dixième Vlad que je rencontre.

L'intéressé retroussa ses lèvres fines.

— Je doute que dans leur cas ce soit leur nom de naissance.

J'attendis la chute, mais elle ne vint pas. Bones avait toujours cette expression à la fois agacée et sérieuse, et je finis par me rendre compte qu'aucun des autres vampires ne riait.

Je recouvrai enfin ma voix.

— Vous êtes le vrai Dracula ? Allez, vous me faites marcher !

Pendant que je me remettais de ma surprise, les autres invités morts-vivants saluèrent les nouveaux arrivants. Tout le monde s'adressa à Vlad avec une courtoisie modérée, sauf Annette. Elle le gratifia d'un baiser sur la bouche et je la regardai en hochant la tête.

*Alors comme ça, tu as aussi eu une aventure avec Dracula, Annette ? Je parie que si Frankenstein et Wolfman existaient vraiment, vous auriez déjà fait une partouze.*

Mencheres laissa échapper un sifflement. J'aurais juré que c'était un rire.

Bones me lança un autre regard qui voulait dire « maîtrise tes pensées, bon sang ! » Laissant de côté les frasques sexuelles d'Annette, je reportai mon attention sur la légende du monde de la nuit qui se tenait devant moi.

— Dracula… À seize ans, quand j'essayais d'apprendre tout ce que je pouvais sur les vampires, j'ai lu beaucoup de choses sur vous. Bram Stoker vous dépeint sous un jour presque sympathique, à l'opposé des archives historiques, qui font de vous un portrait beaucoup plus sombre.

Le visage de Bones se détendit aussitôt et il m'adressa un sourire approbateur. Je levai les yeux au ciel. *Je n'ai pas le droit d'insulter Annette, mais lui, oui, hein ? Hypocrite.*

— Ce nom n'est pas le mien, et vous ne devriez pas croire tout ce que vous lisez. L'Histoire telle qu'elle est écrite est d'une extrême inconstance. Je me demande ce qu'elle retiendra de vous, Catherine.

— Je m'appelle Cat, le corrigeai-je aussitôt. Souvenez-vous de mon nom et je me souviendrai du vôtre.

Une fois les présentations terminées, nous nous installâmes dans la pièce à vivre. La maison possédait un autre salon plus formel, mais je voulais un cadre confortable pour comploter sur la mort d'une figure historique avec une autre figure historique. Vlad prit le fauteuil à côté de moi et s'y cala comme s'il s'agissait d'un trône. En voyant le petit sourire malicieux qu'il adressa à Bones, j'en déduisis qu'il n'avait choisi cette place que pour l'énerver, et il y avait parfaitement réussi. Bones s'assit près de moi sur le canapé et me saisit la main d'une manière significative.

Malgré les circonstances, l'enfant de dix ans qui était en moi mourait d'envie de harceler Vlad de questions.

*Qui est enterré dans la chapelle de votre château ? Avez-vous vraiment cloué les turbans des émissaires turcs sur leurs têtes lorsqu'ils ont refusé de les enlever ? Quand êtes-vous devenu un vampire, avant ou après avoir bu des verres de sang sur le champ de bataille en déjeunant au milieu des hommes que vous aviez empalés ?*

— Un paysan de la même taille que moi. Oui. Après, et c'est du vin rouge que j'ai bu.

*Nom de Dieu*, me dis-je avant de verrouiller mon esprit. *Lui aussi peut lire dans les pensées.*

— Impressionnant. (Vlad détourna les yeux de moi pour regarder Bones.) Je me demande où elle a appris à développer des barrières mentales aussi exceptionnelles. Nous cacherais-tu quelque chose, jeune homme ?

— Ne me prends pas de haut chez moi, vieille chauve-souris miteuse. Tu es mon invité, alors comporte-toi comme tel.

— Vlad…

Il y avait un soupçon de réprimande dans la voix de Mencheres. Plus intéressant encore, Vlad y répondit par un geste de la main qui se voulait conciliant.

— Oui, c'est vrai. J'ai promis de mettre nos différends entre parenthèses pour la bonne cause, c'est pour cela que je suis là. Tu sais que je ne t'aime pas, Bones, et tu ne m'aimes pas non plus. D'ailleurs, si Patra s'était attaquée à toi sans s'en prendre à Mencheres, je serais peut-être à ses côtés en ce moment.

Bones haussa les épaules.

— Et sans Mencheres, toi et moi nous serions expliqués depuis longtemps déjà. Mais il te tient en très haute estime, et il doit avoir une bonne raison pour cela, donc je vais faire confiance à son jugement et tenter de me convaincre que tu n'es pas le connard prétentieux que je te soupçonne d'être.

Je clignai des yeux. *Dans le genre trêve bancale…*

Mencheres se leva. Ses manières courtoises lui donnaient l'air inoffensif, mais je savais qu'il ne fallait pas se fier aux apparences. En situation de combat, j'étais prête à parier qu'il était terrifiant.

— Bones, j'ai été choqué d'apprendre que Patra avait fait appel à la magie contre Cat. L'usage de la magie est interdit aux vampires, comme tu le sais. Mais nous disposons d'un avantage. La mise en œuvre d'un tel sort va affaiblir Patra pendant plusieurs jours, ce qui nous laisse le temps de contre-attaquer, si nous parvenons à la localiser. Vlad sait peut-être où se trouve l'un de ses hommes.

Bones tourna son regard froid vers Vlad, qui lui répondit par un large sourire.

— Tu n'aurais jamais cru avoir besoin de moi, n'est-ce pas ?

— Tu as déjà décidé si tu allais me le dire ou pas, alors crache le morceau ou tire-toi, répondit Bones d'un ton sec.

Vlad fit glisser ses yeux sur moi puis, curieusement, sur Tate.

— Je sens son désir pour Cat. Il n'essaie même pas de le cacher. Ça te met méchamment en rogne qu'un membre de ta lignée désire ouvertement ta femme, non ?

— Hé, une minute ! commençai-je tandis que Bones haussait un sourcil et demandait à Vlad d'un ton énervé où il voulait en venir.

Le Maître vampire sourit de plus belle.

— J'y arrive.

# Chapitre 16

*On dirait que le Père Noël a un peu abusé de la boisson*, me dis-je en passant devant la foule bigarrée qui faisait la queue pour se faire prendre en photo avec Papa Noël. Vu la situation, je n'aurais pas craché sur une gorgée ou deux de gin tonic, moi non plus.

Tate resserra son bras autour de moi. J'avais encore du mal à ne pas le repousser, mais j'y parvins tout de même. Je me blottis contre lui et souris. N'étions-nous pas l'image du parfait petit couple ?

— Tu es si belle, murmura Tate en frottant son visage contre ma joue.

Il fit glisser sa bouche jusqu'à la mienne.

Dans mon boulot, embrasser des morts-vivants était une procédure standard. Quand on jouait le rôle d'une fille chaude essayant de s'isoler avec un homme, c'était le comportement attendu. Mais Tate n'était ni une cible ni un inconnu, et il n'était pas destiné à mourir avant la fin de la soirée.

Sauf, bien sûr, si Bones perdait son calme et le tuait au beau milieu de l'opération.

La bouche de Tate était fraîche, mais le contact de ma peau la réchauffait. Il embrassait plutôt bien, d'ailleurs, ne pus-je m'empêcher de remarquer, même s'il n'abusait pas de la situation et s'abstenait de mettre la langue. J'essayai de ne pas m'appesantir sur le fait que j'étais en train d'embrasser mon ami. Je me répétais que c'était une mission comme les autres, mais en vain.

Je reculai, un peu trop brusquement pour une prétendue fiancée.

— Euh… je voudrais de la barbe à papa, bredouillai-je.

Tate baissa la tête pour me murmurer un mot à l'oreille.

— Trouillarde.

Il avait raison. Sur n'importe quelle autre mission, je n'aurais eu aucun remords à jouer les amoureuses. J'aurais passé ma langue sur ses canines, ou je lui aurais même empoigné les fesses pour donner une touche plus authentique à mes actes. Mais il s'agissait de Tate, et mon objectivité habituelle n'était plus de mise. J'étais impliquée personnellement, sans compter que je m'attendais d'une minute à l'autre à voir Bones bondir hors de sa cachette pour lui arracher la tête.

Sur ce point, Vlad avait vu juste. Personne ne croirait jamais que Bones tolérerait que je me promène dans une fête foraine au bras d'un homme qu'il détestait.

Au-dessus de nous, des enfants criaient de joie alors que le Chapelier fou les faisait tourner de plus en plus vite. Sur notre gauche, d'autres enfants prenaient le même plaisir sur un manège. Si l'on ajoutait à cela les autres attractions, les innombrables conversations de la foule, les chants de Noël crachés par les haut-parleurs et les grincements métalliques des machines, nous naviguions au beau milieu d'un chaos sonore ininterrompu.

Quelque part au milieu de la fête, selon Vlad, se trouvait Anthony, l'un des hommes de main de Patra. Anthony avait un faible pour les fêtes foraines de Noël. Au point qu'il ne pouvait s'empêcher de s'y rendre, même en période de guerre. En même temps, tout le monde pensait que les enlèvements, les traîtrises, les filatures ou les assassinats n'arrivaient qu'aux autres. J'avais moi-même ce travers. Je n'aurais jamais imaginé que Max se trouverait en embuscade chez ma mère. Qui étais-je pour jeter la pierre à Anthony, qui songeait sans doute que personne ne saurait à quelle fête il avait décidé de se rendre ce soir-là ?

D'ailleurs, Anthony ne viendrait peut-être pas, peut-être que tout cela n'était qu'une blague que Vlad avait concoctée à l'intention de Bones. Ce dernier n'était guère enthousiaste à l'idée que je joue la petite amie de Tate, c'était le moins qu'on puisse dire. Il avait marmonné une rafale d'injures qui m'avait surprise moi-même, puis avait lancé à Tate quelque chose du genre « On dirait que c'est déjà Noël pour toi, branleur ! » après avoir finalement admis que la ruse était sans faille.

Bien entendu, les intentions de Vlad étaient peut-être plus sombres. Mencheres ne semblait pas penser que Vlad voulait nous piéger. Bones non plus, d'ailleurs, sinon je n'aurais pas été là, mais j'avais du mal à accorder toute ma confiance à un vampire qui détestait Bones aussi ouvertement.

— Concentre-toi sur ton objectif, marmonnai-je à Tate en évitant de croiser son regard.

Il ricana.

— C'est ce que je fais.

Sa réponse me fit m'arrêter net. Tate et moi n'étions plus jamais seuls ; la mission de ce soir était une exception, le moment idéal pour régler certaines questions.

— Écoute, Tate, il faut que tu surmontes ce… truc que tu éprouves pour moi. Cela affecte notre amitié, et tu risques ta vie chaque fois que tu en parles devant Bones.

Tate se rapprocha de moi et baissa la voix, même si cette précaution ne servait pas à grand-chose dans le vacarme ambiant. Pour entendre notre conversation, un vampire aurait dû se tenir à quelques mètres de nous.

— Tu sais pourquoi je n'ai pas l'intention de taire les sentiments que j'ai pour toi ? Parce que je n'ai rien dit pendant des années. Nous étions amis, mais j'espérais qu'avec le temps notre relation prendrait un tour différent. Je ne compte pas refaire l'erreur d'hésiter alors que je devrais me jeter à l'eau. Je m'en fiche que cela mette le Gardien de la Crypte en rogne ou que cela t'embarrasse. Je ne ferai plus jamais semblant de vouloir n'être que ton ami.

Tate se pencha et ne me laissa pas le choix. Je devais le laisser se serrer contre moi si je ne voulais pas causer une scène en essayant de me dégager.

— Ne me dis pas que cette idée ne t'a jamais traversé l'esprit, souffla-t-il tout bas. Je me souviens de la nuit où nous nous sommes embrassés, avant que Bones revienne dans ta vie. Ce jour-là, tu ne m'as pas traité comme un simple ami.

*Évidemment, il fallait qu'il remette ça sur le tapis*, me dis-je, en proie à un mélange d'énervement et de gêne. L'abus d'alcool et la solitude étaient la cause de ce baiser qui n'aurait jamais dû avoir lieu.

— Tu es attirant, et je suis dotée d'un cœur qui bat. Ouais, ça m'a traversé l'esprit une ou deux fois. Mais c'était avant le retour de Bones. Sincèrement, cela ne s'est pas reproduit depuis.

— Il y a des jours où je déteste Don, cracha Tate.

J'étais perdue.

— Qu'est-ce que mon oncle vient faire là-dedans ?

— Don savait ce que tu étais depuis le jour de ta naissance, et je l'ai connu trois ans avant de te rencontrer. *Trois ans*, Cat. Cette pensée me tourmente. Si seulement Don était venu te chercher six mois plus tôt, c'est moi que tu aurais rencontré en premier, pas Bones. On s'entend bien, je te plais, et comme nous faisons le même métier, j'aurais été l'homme idéal pour toi. Tu serais tombée amoureuse de moi plutôt que de te jeter dans les bras de Bones.

J'étais abasourdie d'apprendre à quel point cette histoire le travaillait. Et le pire, c'était que si j'avais rencontré Tate avant Bones, il était en effet plus que probable que j'aurais fini par sortir avec lui. Je ne saurais dire si je serais tombée amoureuse de lui, mais il avait tous les attributs requis pour faire un petit ami plus que potable.

— Ou bien j'aurais été tuée lors de ma première mission, ce qui est un scénario plus probable, car si je t'avais rencontré le premier, je n'aurais pas suivi l'entraînement de Bones. Et même si tout s'était déroulé comme tu l'as décrit, ça n'aurait de toute façon pas marché entre nous.

— Pourquoi ? demanda Tate d'une voix âpre.

— Bones aurait été engagé pour me tuer. On lui a proposé un contrat sur ma tête pendant les années où nous étions séparés, parce que le monde des morts-vivants n'était pas au courant de notre relation. Donc soit Bones m'aurait tuée, soit il aurait été intrigué par ma nature hybride et il m'aurait capturée, comme il l'a fait lorsque nous nous sommes rencontrés. D'une manière ou d'une autre, c'en aurait été fini de toi et moi. Il arrive que deux personnes ne soient pas faites pour être ensemble.

— Je n'y crois pas, s'entêta-t-il.

Ne jamais abandonner, même lorsque les chances de victoire sont infimes. C'était ce qui faisait de Tate un si bon soldat, mais, dans le cas présent, cela le poussait à s'accrocher à un sentiment qu'il aurait dû enterrer depuis longtemps.

— Ce ne sera pas toujours comme ça, répondis-je enfin. Un jour, tu rencontreras une femme qui te fera comprendre que ce que tu ressens pour moi n'est qu'une illusion. Et lorsque ce jour arrivera, je serai heureuse pour toi.

Tate remua la tête.

— Ou tu te rendras compte que Bones n'est pas l'homme que tu croyais, et tu le quitteras. Admets-le, Cat, tu le connais à peine.

— Je connais à peine Bones ? répétai-je. Tu plaisantes, ou quoi ?

— Il a presque deux cent cinquante ans, et, en tout, cela ne fait même pas un an que tu le fréquentes, rétorqua Tate d'un ton catégorique.

— Je sais ce qui est important, dis-je d'une voix dure, piquée au vif.

— Ou tu es aveuglée par tes sentiments. Bones est un ancien pro, Cat. Cela fait des siècles qu'il pratique l'art de la séduction. Annette m'a raconté des choses sur lui, et j'avoue que parfois je ne sais si je dois lui planter une lame dans le cœur ou lui serrer la main. Quand on a eu le genre de vie qu'il a eu, on ne se réveille pas un beau matin en changeant du tout au tout pour devenir l'homme d'une seule femme.

La voix de Tate se fit plus rauque et plus douce, et il se tourna jusqu'à ce que son visage soit en face du mien.

— Moi, je suis à tes côtés depuis bientôt cinq ans. Tu sais que tu peux me faire confiance. Tu sais que jamais je ne te mentirais ni ne te tromperais, mais lui, tu peux être sûre qu'il le fera. Peut-être pas aujourd'hui, peut-être pas demain, mais ça arrivera. Et ce jour-là, tu le quitteras. Et moi, je serai là, j'attendrai.

Cette conversation n'allait nulle part. Dire que j'avais voulu lui faire entendre raison à propos de notre amitié. Je lui jetai un regard exaspéré tout en plaquant un sourire hypocrite sur mes lèvres avant de reprendre la route vers le comptoir du marchand de barbes à papa. Je n'y trouverais pas de gin, mais je pourrais au moins me rabattre sur le sucre en attendant de voir si Anthony allait se montrer.

Trois barbes à papa et deux tours de grande roue plus tard – la grande roue avait l'avantage d'offrir une vue imprenable –, Anthony n'avait toujours pas donné le moindre signe de vie. Pas plus qu'aucun autre vampire à part Tate. Il était 22 heures passées, et la plupart des jeunes enfants étaient déjà partis. Le Père Noël perdait de son entrain à mesure que le temps passait. Il comptait certainement les minutes qui le séparaient de minuit, heure de fermeture de la fête.

Tate et moi n'avions pas beaucoup parlé depuis notre dispute. Nous continuions notre numéro d'amoureux transis. Tate joua au tir aux pigeons, à la grande désolation du forain qui tenait le stand, car entre son entraînement militaire et ses nouvelles capacités de vampire, il mit dans le mille chaque fois. Résultat : je me retrouvais avec un énorme ours polaire en peluche sur les bras.

Cela ne faisait aucun doute. À nous voir, personne ne penserait que nous étions là pour traquer des vampires.

Je fus donc surprise lorsque Tate me fit soudain tourner sur moi-même pour m'embrasser avec la fougue d'un condamné à mort. Mes protestations étouffées s'arrêtèrent net lorsqu'il murmura : « Il est là ».

Je lâchai l'ours polaire pour passer mes bras autour du cou de Tate et l'embrassai moi aussi avec ferveur tout en scrutant les alentours, tous mes sens en éveil. *Là-bas.* À une cinquantaine de mètres, un crépitement de puissance inhumaine flottait dans l'air. *C'est gentil de ta part de venir enfin jouer avec nous, Anthony.* À moins que cela soit un autre vampire qui avait décidé de s'offrir un petit cadeau de Noël avec un peu d'avance. Ce serait bien notre veine.

Le courant de puissance se rapprocha. L'inconnu avait dû détecter Tate, lui aussi, car il se dirigeait droit sur nous.

Je mis un peu plus de fougue dans mon baiser. Tate grogna et resserra encore ses bras autour de moi. Entre son étreinte et la violence de son baiser, j'étais à bout de souffle lorsqu'il releva enfin la tête.

Le vampire n'était plus qu'à quelques mètres de nous. Tate opta pour une approche directe : il le regarda droit dans les yeux et laissa une infime lueur verte percer derrière son regard bleu marine.

— Qu'est-ce que tu veux ?

Je me retournai… et clignai des yeux. C'était *ça*, le vampire que nous étions censés appréhender ?

Il avait le visage d'un enfant de quatorze ans, de grands yeux noisette, des cheveux noirs et bouclés, un nez relativement proéminent et une carrure chétive qui accentuait encore sa jeunesse apparente.

— C'est la première fois que je te vois, dit le vampire.

Sa voix était plus en accord avec son aura. S'il semblait trop jeune pour voir un film interdit aux moins de seize ans, sa puissance trahissait son âge véritable, qui devait être au moins de deux cents ans.

Tate me laissa reculer légèrement, mais il laissa son bras autour de mes épaules.

— Et pourquoi est-ce que tu m'aurais déjà vu ?

Le vampire sourit, ce qui révéla ses fossettes. Bon Dieu, cela lui donnait l'air encore plus jeune.

— Parce que je connais beaucoup de gens de notre… communauté. Mais pas toi.

Tate adressa un sourire glacial au vampire.

— Je suis nouveau, en quelque sorte. Je m'appelle Tate.

Le vampire inclina la tête.

— À qui appartiens-tu ?

— À un trou du cul, répondit Tate du tac au tac.

Je me retins de le frapper.

Le vampire laissa échapper un rire sec qui ne collait pas du tout avec son apparence juvénile.

— Comme nous tous. Je suis Anthony.

*Dans le mille!* m'écriai-je mentalement. J'espérais qu'Anthony n'était pas lui aussi télépathe, car si c'était le cas nous étions fichus, même si Bones m'avait assuré que peu de vampires étaient dotés de ce pouvoir.

— Tu n'as pas répondu à ma question, dit Anthony sans se départir de son sourire.

Tate leva les yeux au ciel.

— Pourquoi je le ferais? Je ne suis pas là pour chasser, je profite juste des attractions avec ma copine.

— Je vais te donner un conseil, fiston, dit Anthony. (Si quelqu'un avait été assez près pour entendre notre conversation, il aurait trouvé étrange de voir un adolescent appeler Tate « fiston ».) La règle est la suivante: quand tu croises l'un d'entre nous, tu dois te présenter en mentionnant le nom de la personne à qui tu appartiens. Sinon, quelqu'un pourrait s'énerver et décider de t'apprendre les bonnes manières.

— Bones. (Tate attendit quelques secondes avant de répéter dans un murmure:) Trou du cul.

D'accord, cela faisait partie du rôle qu'il jouait, mais je savais pertinemment qu'il le pensait, ce qui me donnait vraiment envie de le frapper.

Anthony regarda autour de nous, si rapidement que je ne m'en serais pas aperçue si je n'avais pas été attentive au moindre de ses mouvements.

— Tu es ce Tate-là, murmura-t-il.

Tate croisa les bras.

— Ce n'est pas ton tour maintenant?

Le sourire d'Anthony se fit provocateur.

— Patra, dit-il en guettant la réaction de Tate.

Ce dernier regarda autour de lui avec plus d'attention. Je m'agitai moi aussi en feignant d'être troublée.

— De quoi est-ce que vous parlez ? demandai-je.

— Ne t'inquiète pas pour ça, bébé, répondit Tate en resserrant son étreinte pour me rassurer. Anthony, euh, travaille pour une concurrente de mon patron, et ils sont en rivalité sur un même contrat. Entre nous, si c'est sa patronne qui gagne, ça ne me fera rien du tout.

Anthony haussa un sourcil.

— Vraiment ? C'est téméraire de parler ainsi de ton… patron devant un étranger.

— Disons simplement que j'ai déjà eu l'occasion d'aider ta patronne, dit Tate, mais que je ne l'ai pas saisie, et maintenant je regrette de ne pas l'avoir fait, vu ce que ça m'a rapporté.

Sa décontraction avait cédé la place à une méfiance manifeste.

Anthony avait dû apprendre le rôle que Tate avait joué chez Mencheres le soir où la maison de ce dernier avait explosé, car il hocha la tête.

— Et si tu pouvais rattraper ton erreur ? Je sais que ma patronne serait très intéressée par les informations qu'un… espion infiltré pourrait lui procurer.

Tate sourit.

— Et qu'est-ce que ta patronne me donnerait en échange ? C'est que j'aurais besoin d'argent et d'une protection adaptée.

Anthony fit un geste de la main.

— Tu n'imagines pas combien mon employeuse se montre généreuse avec ceux qui la servent.

*J'ai mon idée là-dessus*, me dis-je avec cynisme. *À moins, bien sûr, que tu fasses allusion aux gens qui obéissent à Patra parce qu'elle menace de tuer leurs proches s'ils refusent.*

— C'est vraiment le moment de parler affaires ? demandai-je d'une voix volontairement suggestive.

Anthony parut alors seulement me remarquer. Il m'étudia d'un regard appuyé qui n'avait rien à voir avec celui d'un garçon prépubère. Sa première réaction, typique d'un vampire, avait été de m'ignorer parce que j'avais un pouls.

— Comment s'appelle ton amie, Tate ?

— Kathleen, dit-il, utilisant mon second prénom. Elle est magnifique, non ?

— En effet, acquiesça Anthony en s'approchant, les yeux étincelants. Mais cette allure, ces cheveux roux, et ce cœur qui bat, ça me rappelle quelqu'un dont j'ai entendu parler.

Il y avait une note de défi dans sa voix, manifestement à dessein. J'adressai à Anthony un regard aussi innocent que possible.

— J'aime bien les jeux de rôle, répondit Tate d'un ton énervé. J'ai demandé à Kathleen de se teindre les cheveux et de porter des lentilles de contact. Ça te pose un problème ?

D'un mouvement de bras ultra-rapide, Anthony abaissa violemment mon jean pour examiner ma hanche gauche, puis la droite. Il ne vit rien d'autre qu'une peau lisse et vierge.

Tate se crispa et je dissimulai un sourire. *Eh oui, mon pote ! Plus de tatouage. Ça m'a fait un mal de chien quand Max l'a découpé, mais tu n'avais aucun moyen de le savoir, et maintenant sa disparition tombe à pic.*

— Touche-la encore une fois et je mettrai un terme à la discussion, grogna Tate.

Anthony parut se détendre.

— Elle ressemble vraiment à la véritable Faucheuse ?

Tate haussa les épaules.

— Assez pour qu'on s'y laisse prendre.

J'avais fait teindre mes cheveux pour leur redonner leur couleur rousse naturelle, mais aussi pour qu'ils aient l'odeur de la teinture, et je portais des lentilles parsemées de points bleus. Juste assez pour camoufler mon regard gris pur. De plus, j'avais assombri ma peau grâce à une lotion autobronzante qui cachait sa luminescence habituelle. L'idée était de Vlad. Drac ne manquait pas de ressources.

Jusqu'ici, l'illusion fonctionnait. Anthony ne s'était pas enfui à toutes jambes et ne nous avait pas attaqués.

— Il faut vraiment que tu parles de l'autre fille ? dis-je en faisant une moue boudeuse.

Tate m'embrassa sur les cheveux.

— C'est fini, bébé.

— On peut rentrer alors ? demandai-je sans me départir de ma moue.

Tate me regarda ave un sourire indulgent.

— J'ai un petit truc à régler, et ensuite je suis tout à toi.

Anthony se passa la langue sur les lèvres.

— Parfait. Je vais te présenter à mon supérieur, Hykso, qui finalisera notre transaction. Je vais aller garer ma voiture derrière. On se fera moins remarquer.

— Je ne crois pas, mon ami, dit Tate d'un ton badin mais sans appel. Tu pourrais changer d'avis et impliquer d'autres personnes dans nos affaires, et je n'ai pas envie de finir la soirée six pieds sous terre.

Anthony parvint à feindre d'être offensé.

— Une telle idée ne m'a jamais traversé l'esprit.

Tate sourit, intraitable.

— Dans ce cas, on part maintenant, ensemble.

Anthony se mordit la lèvre inférieure sans dévoiler ses canines. Ce geste était si juvénile qu'il aurait pu passer pour l'un des gamins qui faisaient la queue pour se faire photographier avec le Père Noël. Il regarda la foule autour de nous, indécis. Peut-être déplorait-il par anticipation le manque de discrétion qui allait entourer notre départ, ou bien était-il agité par des regrets plus sinistres.

Je voulais avoir l'occasion de coincer le supérieur d'Anthony. Plus notre homme serait haut placé dans la hiérarchie de Patra, meilleurs seraient les résultats de notre soirée.

— Même si on ne part pas avec lui, je veux quand même qu'on s'en aille, murmurai-je en me frottant contre Tate d'une manière qui ne laissait aucun doute sur mes intentions.

— Tu as cinq secondes avant qu'elle me fasse changer d'avis, dit Tate à Anthony puis il m'embrassa avec une fougue si brutale qu'elle ne pouvait être feinte.

— D'accord, allons-y, répondit Anthony.

Tate décolla lentement ses lèvres des miennes. Une lueur verte tourbillonnait dans ses yeux. Ma bouche était un peu enflée après la violence de son baiser, et j'étais légèrement à bout de souffle.

— Allons-y dès ce soir, répéta Anthony avec agacement en se taillant un chemin dans la foule à coups d'épaule, avec le sans-gêne d'un vampire qui a d'autres chats à fouetter.

# Chapitre 17

Nous suivîmes Anthony jusqu'au parking. Sa voiture était une limousine rallongée noire. Dès que nous en approchâmes, je serrai la main de Tate, mais lui aussi l'avait senti.

— Qui d'autre est là ? demanda-t-il en s'arrêtant à quelques mètres de la voiture.

Anthony saisit Tate au moment où les portières s'ouvrirent pour laisser sortir plusieurs vampires. L'un d'entre eux aida Anthony à contenir Tate et un autre me tira violemment par le bras. Ce geste me fit comprendre en une fraction de seconde qu'ils ne savaient pas qui j'étais. Si cela avait été le cas, le type m'aurait accueillie avec une arme à la main.

— Ne nous faites pas de mal, pleurnichai-je.

Ils n'étaient que quatre, sans compter Anthony. Deux d'entre eux étaient des Maîtres, mais pas spécialement puissants. J'en déduisis qu'ils formaient la garde rapprochée d'Anthony lorsqu'il sortait. S'il s'était agi d'un piège, ils auraient été plus nombreux.

Tate tourna son visage vers moi. Ses yeux étaient redevenus clairs.

— Je vais monter dans la voiture, pas la peine de me pousser, aboya-t-il en repoussant les mains qui le retenaient prisonnier.

Anthony ne le lâcha pas, mais il hocha la tête en direction de l'autre homme qui ouvrit la portière en s'inclinant avec un air sarcastique.

— Après toi.

J'envoyai un message mental à Bones pour lui dire de ne rien faire et de laisser ces brutes nous mener jusqu'à Hykso. C'était un coup de dés, car je ne savais pas où il était ni s'il pouvait m'entendre. Après tout, je ne pouvais pas vérifier la qualité de la réception, comme sur un téléphone portable.

Je courbai les épaules et me précipitai derrière Tate en laissant la peur suinter de mes pores, un truc très utile que j'avais travaillé au cours des dernières années. Pour un vampire en position de contrôle, c'était le doux fumet de la victoire.

— Qu'est-ce qui se passe ? demandai-je d'une voix tremblante tout en évaluant la puissance des cinq hommes dans la limousine.

Ils ne m'avaient pas fouillée, ce qui n'était pas très malin de leur part. J'avais deux couteaux collés en haut de mon dos, et les talons de mes chaussures n'étaient pas en bois.

— On est en train de se faire enlever, répondit Tate d'une voix froide alors que la voiture démarrait en trombe. Ne t'en fais pas, c'est contre moi qu'ils en ont.

Anthony sourit de toutes ses dents et donna un coup de coude à son compagnon le plus proche.

— Tu te rends compte de la chance qu'on a d'être tombés sur un membre de la lignée de Bones à la fête ? Patra va être folle de joie !

L'autre vampire ne partageait pas l'entrain d'Anthony. Il m'étudia du regard avec attention. *Ce sera le premier à mourir*, décidai-je sur-le-champ. *Un cérébral, c'est tout ce qui nous manquait.*

— Et sa copine aux yeux gris et aux cheveux roux ? Tu n'en as pas parlé.

Il avait quelque chose dans la main, et je poussai un bêlement de terreur lorsqu'il le pointa dans ma direction, comme l'aurait fait toute personne normale.

Un pistolet. Bon, une balle serait moins douloureuse que des flammes, cela ne faisait aucun doute. Tant qu'il ne visait ni ma tête ni mon cœur, je m'en remettrais.

Anthony gloussa comme si on venait de lui raconter une blague.

— Décidément, Kratas, je ne comprendrai jamais pourquoi Patra t'a affecté à mes côtés. Ce n'est pas la vraie, bien sûr. Tate aime les jeux de rôle. Il a un faible pour la vraie Faucheuse, tout le monde le sait. Je garderai peut-être la rousse quelque temps. Elle n'a aucune importance et Patra n'en aura pas besoin.

Le regard dont Kratas gratifia Anthony était si blasé que les autres vampires se firent soudain plus attentifs.

— Si Patra m'a affecté à vos côtés, c'est parce que c'est votre queue qui vous sert à tous de cervelle. Pour ma part, je ne vois pas en quoi on a de la chance d'être tombés sur ces deux-là.

Cette réponse sembla ramener Anthony sur terre. Il m'observa plus attentivement. Puis il secoua la tête.

— Ses cheveux sentent la teinture, il y a du bleu dans ses yeux, et sa peau… elle ne brille pas du tout, sans compter qu'elle n'a pas de tatouage. De plus, tu aurais dû les voir quand je suis arrivé à la fête foraine. Ils n'arrêtaient pas de se bécoter. Bones ne laisserait pas sa femme batifoler avec le plus jeune membre de sa lignée.

Kratas me lança un nouveau regard dur.

— Ce serait une perte de temps de l'hypnotiser pour l'interroger, marmonna-t-il comme s'il se parlait à lui-même.

Si elle n'est pas la Faucheuse, elle criera son innocence, et si elle *l'est*, elle criera aussi son innocence, vu qu'il paraît que les pouvoirs des vampires n'ont pas d'effet sur elle.

Un vampire brun haussa les épaules.

—Alors tue-la, elle ne vaut pas la peine que nous prenions le risque.

J'émis un petit cri effrayé de circonstance tout en me préparant mentalement au combat. Mais Kratas secouait déjà la tête.

—Et risquer de perdre l'otage le plus précieux que nous avons jamais eu ? Non.

—J'ai une idée, dit un autre vampire. Demande-leur de baiser. S'ils refusent, ce sera la preuve que c'est bien la Faucheuse : lui ne prendra pas le risque de se faire trucider par Bones, et elle voudra rester fidèle à son mec.

Tate émit un gloussement incrédule alors que je serrais sa main dans la mienne.

—Allons, les gars, vous croyez que je serais d'humeur alors que la pauvre fille tremble de peur ? Non merci, le viol, c'est pas mon truc.

À mon grand désarroi, Kratas sembla tenté par cette idée. Il agita son arme.

—Et la mort, c'est ton truc ? Parce que ce pistolet est chargé de balles en argent, et toi et ta copine allez y avoir droit si vous n'obéissez pas. Tiens, on va même vous faire de la place.

Avec une bonne volonté douteuse, les autres vampires libérèrent notre banquette et se serrèrent les uns contre les autres sur celle d'en face. Tate et moi avions toute leur attention. *Génial. Et maintenant ?* Ils étaient à l'affût de nos moindres mouvements. Il fallait tout d'abord qu'on fasse en sorte qu'ils ne soient plus sur leurs gardes.

Tate semblait aussi déconcerté que moi. Il fallait que je fasse quelque chose, vite, avant qu'il commette un impair. Le fond du problème était que nous avions besoin d'eux pour nous mener jusqu'à Hykso. Si nous déclenchions la bagarre tout de suite, nous n'aurions aucune chance d'en prendre quelques-uns vivants, ils étaient trop nombreux. D'accord, Bones viendrait à notre rescousse, mais si jamais Tate ou moi tuions malencontreusement le seul d'entre eux qui savait où se trouvait Hykso ? C'était un risque que nous ne pouvions nous permettre de prendre.

— Je ne veux pas mourir, dis-je d'une voix tremblotante en versant quelques larmes de crocodile. On n'aurait pas dû sortir ce soir, je t'avais dit que je voulais rester à la maison !

Il ne fallut qu'une seconde à Tate pour se reprendre. À travers mes mots, je lui indiquais que nous devions jouer le jeu… pour l'instant. Juste le temps de nous rapprocher encore un peu de Hykso.

Tate me prit dans ses bras.

— Ne t'inquiète pas, bébé. Tout va bien se passer.

Puis il leur jeta un regard noir.

— Vous pouvez oublier le chrono, parce que je vais prendre tout le temps nécessaire pour la mettre en condition.

— Mets-la en condition en l'hypnotisant, rétorqua l'un d'entre eux avec impatience.

Tate poussa un grognement de dégoût.

— C'est peut-être comme ça que vous emballez les filles, mais j'ai découvert qu'un truc appelé « préliminaires » marchait également très bien.

— Bon, fais comme tu veux, dit Anthony. Mais arrange-toi pour que ça ne dépasse pas vingt minutes. C'est le temps qu'il nous faut pour arriver à l'avion de Hykso.

Je souris intérieurement. *C'est sympa de nous dire combien de temps on a, ça nous facilite les choses pour coordonner une attaque.*

Kratas agita son pistolet.

— Allez-y.

Je regardai Tate en regrettant qu'il n'ait pas les talents de télépathe de Bones. *Moins de vingt minutes... Si on fait traîner les baisers et les trucs de ce genre, on y sera presque. Ensuite Bones et les autres seront suffisamment proches pour trouver Hykso, même si on tue ceux qui savent où il est. On se débarrassera de tous les gêneurs et la tournée sera pour moi. Mais tout d'abord...*

Tate m'embrassa et essuya mes fausses larmes.

— Tout va bien, bébé, murmura-t-il. Imagine que nous sommes seuls. Ne les regarde pas. Pense à quel point tu aimes qu'on te touche comme ça.

Le sens de ses paroles était limpide : je devais agir comme si ce n'était pas la première fois que nous le faisions tous les deux. Ma réticence provenait en partie de ma peur. Mais pas seulement.

J'inspirai profondément. Si on m'avait dit le matin même que j'allais être forcée de passer aux choses sérieuses avec Tate, j'aurais bien ri. Pourtant, c'était exactement ce que je m'apprêtais à faire, même s'il y avait certaines limites que j'avais la ferme intention de ne pas dépasser.

Tate me donna un profond baiser, cette fois avec la langue. Je l'entourai de mes bras et passai mes doigts dans ses cheveux courts, tout en essayant de surveiller les vampires à travers mes paupières closes et en faisant semblant de réagir favorablement aux attentions de Tate.

Mais ce n'était pas le cas. Intérieurement, la culpabilité le disputait à une facette froidement analytique de mon cerveau qui me disait que nous devions nous rapprocher de notre cible. Pour l'instant, c'était la culpabilité qui l'emportait. Ce que je ressentais était bien loin d'être du désir.

Tate le savait lui aussi. Il interrompit son baiser et me regarda, ses yeux bleus mêlés de vert. Je savais qu'il comprenait que cela ne me faisait rien, tout comme les autres vampires.

Kratas fit jouer son arme. Bon Dieu ! Il fallait que je joue la comédie mieux que ça.

J'enroulai mes bras autour de Tate et je m'installai sur ses genoux en attirant sa tête vers ma gorge. Le contact de sa langue et de ses canines sur la peau sensible de mon cou me rappela Bones, et j'en eus la chair de poule. Je cambrai le dos et collai à mon tour ma bouche contre son cou. Tate frissonna, ses mains quittant mon dos pour se diriger vers mes seins.

Soudain, je me crispai. Tate se souvenait-il des deux couteaux scotchés entre mes omoplates ? Ou bien les avait-il oubliés, vu la situation extrêmement compromettante dans laquelle nous nous trouvions ?

Je lui saisis les mains et les fis glisser jusqu'à l'avant de mon jean.

— Ce n'est pas la peine que je me déshabille complètement devant eux, si ? demandai-je d'une voix aiguë et vulnérable.

Le regard de Tate croisa le mien. Ses yeux étaient désormais complètement verts.

— Non, bébé. Ça ira.

Il m'aida à ôter mon jean, et cela me rappela bêtement la nuit de ma rencontre avec Bones. La manière dont il avait déjoué ma tentative de séduction alors que je l'avais attiré dans un coin de forêt désert. *« Tu n'allais pas baiser en gardant tous tes vêtements, hein, Chaton ? Tu n'as qu'à enlever ta culotte, ça suffira. Allez, on ne va pas y passer la nuit ! »*

J'avais été gênée d'enlever mon pantalon ce soir-là, et je l'étais également à présent, dans cette limousine, mais pas pour les mêmes raisons. Cette fois mon embarras n'était pas lié à un excès de pudeur ; je me fichais que ces cinq vampires au service de Patra lorgnent mes fesses et mon minuscule string, je voulais qu'ils regardent. Ce qui me gênait, c'était que ce soit Tate qui fasse descendre mon jean le long de mes jambes ; c'était le regard empli de désir qu'il promenait sur mon corps, à tel point que j'étais à deux doigts d'abandonner cette mascarade et d'envoyer Hykso au diable.

C'est alors que quelque chose changea dans le regard de Tate. Il jeta un œil aux vampires qui me lorgnaient d'un air lubrique et sa mâchoire se crispa sous l'effet de la colère. Je faillis pousser un soupir de soulagement, même si le comportement possessif de Tate était synonyme d'ennuis ultérieurs. Mais pour l'instant, en tout cas, il eut l'effet bienvenu de lui faire reprendre ses esprits. Il m'embrassa de nouveau, mais je sentais qu'il y mettait plus de calcul, même s'il paraissait aussi enthousiaste qu'auparavant.

Les quelques regards furtifs que je lançai aux cinq vampires m'informèrent que le spectacle de mon arrière-train presque entièrement dénudé les fascinait de plus en plus. Seul Kratas semblait rester de marbre. Il avait toujours le doigt fermement appuyé sur la détente. Malgré mon irritation, je comprenais pourquoi Patra l'avait adjoint au groupe. La faculté de concentration, quelles que soient les circonstances, était une qualité appréciable. J'aurais seulement préféré ne pas être la cible.

Bien entendu, s'il avait été humain, je ne me serais pas inquiétée du pistolet qu'il pointait sur moi. Les humains tiraient beaucoup moins vite, j'aurais donc pu éviter les balles. Mais face à un vampire, je n'avais aucune chance. J'en avais fait la douloureuse expérience.

Je laissai Tate se positionner à genoux devant moi, car ainsi les vampires ne voyaient plus du tout mon dos. Il me serait bien plus facile d'atteindre mes couteaux.

—Assez de préliminaires.

Kratas tapota son arme pour souligner ses propos. À vue de nez, je pensais que nous étions à peu près à mi-chemin. Merde. Cela allait être juste.

Je criai intérieurement un message à l'intention de Bones, sans savoir s'il était assez près pour m'entendre. *Je vais commencer un compte à rebours, Bones. À zéro, la fête est finie.*

*Cinq...*

Tate arrêta de m'embrasser et commença à déboutonner son pantalon. Ses yeux étincelaient d'une lueur verte.

*Quatre...*

J'agrippai son épaule d'une main tandis que de l'autre, dissimulée à la vue de nos ravisseurs, je m'emparais de mes couteaux.

*Trois...*

Tate défit son pantalon. Il ne portait pas de sous-vêtements. Je réprimai de justesse un mouvement de recul qui nous aurait trahis. Le moins que l'on puisse dire, c'est que la situation allait beaucoup plus loin que je l'avais prévu.

*Deux...*

Il se passa trois choses en même temps : je tendis le bras pour lancer mes lames ; Kratas tira et sa balle me toucha aux côtes et non au cœur car Tate, qui se tenait devant moi, l'empêchait de viser avec précision ; enfin, quelqu'un arracha le toit de la limousine.

J'aperçus Bones le temps d'une seconde, puis il me saisit pour m'évacuer de la voiture. L'instant suivant, Spade et Ian s'abattirent comme des chauves-souris infernales sur la limousine désormais décapotable tandis que Tick-Tock et Dave la percutaient avec leur propre voiture.

Les quelques véhicules présents sur la route pilèrent pour éviter le véhicule hors de contrôle. Suspendue dans les airs à quinze mètres au-dessus du sol, j'observai la scène, agrippée au bras de Bones. Alors que je me demandais où nous allions atterrir avec toute cette circulation, il plongea soudain en direction du sol.

— Dégageons ce tas de tôle de la route ! aboya-t-il.

Bones, Spade et Ian saisirent chacun un coin de la voiture et se propulsèrent dans les airs. La voiture quitta l'asphalte comme s'il lui était poussé des ailes. On entendait encore des bruits de bagarre provenant de l'intérieur de la limousine, mais ils avaient changé de nature. On aurait dit des cris étouffés, puis soudain ce fut le silence.

Quelques kilomètres plus loin, je vis un bimoteur mettre ses hélices en route. C'était certainement Hykso, et puisque nous pouvions le voir, il pouvait nous voir aussi.

Bones grogna et se dirigea droit vers l'avion, son regard émeraude éclairant la nuit.

— Tu crois qu'il réussira à décoller, Crispin ? cria Ian en adoptant une posture plus aérodynamique sans lâcher la limousine.

— Pas l'ombre d'une chance, répondit Bones avec hargne.

— On peut s'en charger. Occupe-toi de Cat, elle a reçu une balle, lui cria Spade sans même tourner la tête.

— N'y songe même pas, dis-je d'un ton brusque. Ma blessure n'a rien de grave, continue.

— C'est ce qu'on fait.

Je n'avais pas besoin d'être télépathe pour savoir que Bones était furax, mais voler comme Superman tout en portant une voiture et en poursuivant un avion n'offrait pas les conditions idéales pour bavarder.

L'appareil avança sur la piste et commença à prendre de la vitesse. Nous l'imitâmes dans une explosion d'énergie surnaturelle qui fit crépiter l'air de courants invisibles. Je fermai les yeux, non par peur, mais parce que le vent m'aveuglait presque. Les rouvrant à peine, je vis que l'avion commençait à décoller. Il nous restait cinquante mètres pour arriver jusqu'à lui.

— Maintenant ! ordonna Bones avant de me lâcher.

Une silhouette floue m'attrapa en plein vol avant que je percute le sol. Avec stupéfaction, je vis des corps être éjectés de la voiture que Bones venait de lancer sur le petit avion. Il y eut une explosion dont l'éclat brillant fut masqué par le vampire qui me posait en sécurité au sol.

— Ne bouge pas, marmonna Ian avant de se précipiter sur l'épave de l'appareil.

Je passai outre à son ordre et le suivis en vacillant, tout en tremblant étrangement. Pourquoi avais-je si froid alors que j'étais si près de l'incendie ?

Des formes enflammées rampèrent hors de la carcasse de l'avion mais furent rapidement appréhendées. Dans les flammes oscillantes, les gens qui m'étaient familiers prenaient une apparence presque démoniaque alors qu'ils évoluaient au milieu des vampires au sol. Tout fut terminé en quelques minutes et je me retrouvai soudain par terre, sans même m'être rendu compte que j'étais tombée. La balle avait dû me causer une blessure plus grave que je l'avais cru.

Bones émergea de la brume orangée. Il était couvert de sang et de suie, et sa chemise était déchirée par endroits. Il s'agenouilla près de moi.

— Ça va faire mal, Chaton, mais c'est plus rapide.

J'écarquillai les yeux tandis qu'il me maintenait au sol. Il sortit un couteau et le plongea entre mes côtes. Je ne pus m'empêcher de hurler alors qu'il enfonçait ses doigts dans la plaie toute fraîche et fouillait pour trouver la balle. Après quelques secondes qui me parurent des siècles, Bones la retira puis s'entailla la paume et apposa sa main sur mon flanc pour guérir la blessure qu'il avait agrandie. Bones s'ouvrit ensuite le poignet et l'appuya contre ma bouche. J'avalai une profonde gorgée de son sang, fermant les yeux alors que l'intensité de la douleur diminuait.

Je sentis un fourmillement là où la blessure se refermait. Je songeai alors que j'avais dû perdre connaissance quand Bones m'avait soignée de la même manière après que Max m'eut tiré dessus. Avoir la gorge arrachée m'avait rendue indifférente à tout le reste ce jour-là.

Bones retira sa chemise.

— Elle est un peu déchirée par endroits, mais au moins ça te couvrira les fesses, dit-il en me la tendant. J'ai bien peur que ton pantalon ait brûlé dans la voiture.

Son regard laissait transparaître beaucoup de choses, dont le reproche. En tâtonnant, je passai et ajustai sa chemise comme si c'était une jupe.

— Bones, je…

— Plus tard, m'interrompit-il. J'ai quelques trucs à régler avant.

— Crispin.

Ian arriva à grands pas en traînant quelqu'un par la peau du cou. Il secoua son prisonnier comme une poupée de chiffon et le jeta à nos pieds.

— Tiens, je me suis dit que tu voudrais celui-ci en vie. Charles et Tick-Tock détiennent Hykso, mais nous ne devrions pas nous attarder dans le coin. Les flics sont en route, je suppose.

— On n'a pas d'inquiétude à se faire à leur sujet. C'est l'un des avantages de son fichu boulot. Elle sort son insigne, passe un coup de fil, et ils en sont réduits à jurer et à trépigner sans pouvoir s'approcher. C'est presque drôle à voir, en fait.

En une fraction de seconde, le ton de Bones se fit cruel.

— Salut, mon pote. Tu te souviens certainement de ma femme. C'est sur elle que tu as tiré.

Le visage de Kratas était à la fois sinistre et résigné.

— J'avais comme un pressentiment, me dit-il. J'aurais dû écouter mon instinct.

— Tu sais ce que je vais faire avec cette balle ?

Le ton désinvolte de Bones ne trompa pas Kratas. Son expression montrait qu'il ne se faisait aucune illusion.

— Je vais la faire fondre et forger une lame avec une partie de l'argent ainsi récupéré. Ensuite, je te l'enfoncerai dans toutes les parties du corps, sauf dans ton cœur.

Bon Dieu, il y avait des moments où Bones m'effrayait.

— Tu vas le stocker avec Max ? demanda Ian sans se soucier le moins du monde du sort douloureux qui attendait Kratas.

— Non. On verra plus tard. Installe-le dans le camion pour qu'on puisse partir.

Les deux semi-remorques qui se garèrent près de nous ressemblaient à n'importe lequel de ceux que l'on voyait sur les routes. Extérieur sale, rayures sur les ailes, même les chauffeurs étaient des caricatures de routiers. De plus, à première vue, les remorques ne contenaient qu'une rangée de caisses. Bien entendu, ces dernières étaient factices. Ces caisses s'ouvraient sur un passage menant à un intérieur qui dépassait les rêves les plus fous de n'importe quelle société de transport.

— Charles, mets-toi dans celui-ci avec Hykso. Avec un peu de chance, il saura où trouver Patra. Chaton, on s'installe dans l'autre jusqu'à ce qu'on arrive à l'aéroport. Ian, tu viens avec nous ou tu rentres tout seul ?

Ian promena sur les camions un regard hautain et secoua la tête en signe de refus.

— Je vais me procurer mon propre moyen de transport.

— Prends Tate avec toi.

Ce n'était pas une requête mais un ordre. Ian haussa les épaules.

— À ta guise.

Spade fit avancer un vampire lourdement enchaîné. Les présentations étaient inutiles, c'était forcément Hykso. Il avait en effet une allure égyptienne, avec ses cheveux raides et noirs, sa peau mate et son nez caractéristique. Il riva ses yeux sur moi lorsqu'il approcha. Puis il sourit.

— Faucheuse, je suis impatient que tu rencontres ma maîtresse.

Je lui rendis son sourire glacial.

— Moi aussi, il me tarde de la rencontrer, Hykso.

# Chapitre 18

Spade fit monter Hykso et Kratas dans la remorque qui contenait des fers et des menottes fixés à une paroi renforcée.

Bones me prit par le bras.

— Allons-y.

Bones sauta à l'arrière du second camion et me souleva. Mais en franchissant les caisses factices, j'écarquillai les yeux. L'intérieur était si différent de celui de l'autre remorque que je restai sans voix.

Deux canapés étaient vissés au sol, ainsi que deux fauteuils et un réfrigérateur. Il y avait même un tapis fixé par terre.

— Mon Dieu, soufflai-je. C'est un vrai camping-car de luxe !

— C'est ici que dormiront mes hommes lorsqu'ils ne seront pas avec Hykso et Kratas, répondit Bones d'un ton vif. Il n'y a pas de raison qu'ils s'entassent tous dans l'autre camion. Nous ne faisons que l'emprunter pour nous rendre à l'aéroport.

Les essieux de la remorque émirent un sifflement alors que le chauffeur enclenchait la première. Il y eut un à-coup, puis des secousses intermittentes lorsque le camion commença à rouler.

Bones croisa les bras et posa son regard sur moi. Je gigotai sur place, très mal à l'aise à cause du silence pesant qui s'installait.

— Tu sais, je n'avais aucune intention de pousser les choses aussi loin avec Tate, commençai-je. Je voulais juste qu'on se rapproche d'Hykso, et aussi distraire nos ravisseurs avant de lancer mes couteaux…

— Ce que tu as fait brillamment, mon chou. Les lames se sont plantées pile dans les yeux de Kratas. Il t'a tiré dessus en aveugle.

Le ton de sa voix me fit grimacer.

— Je suis désolée, dis-je, et il savait que je ne parlais pas des yeux de l'autre vampire.

Bones commença à faire les cent pas dans la petite pièce. Je n'avais pas besoin d'être dotée de sens surnaturels pour deviner la colère qui bouillait en lui, mais je ne savais pas si c'était à cause de moi, de Tate, ou de la guerre qui nous avait menés jusqu'à l'intérieur de la limousine.

— On devrait en parler, dis-je en me préparant aux accusations de toute sorte dont il allait peut-être m'abreuver. Après tout, j'étais seulement censée embrasser Tate au cours de la soirée. Pas me frotter à lui pendant plus de dix minutes, vêtue seulement d'un pull et d'un string. Si ça peut te rassurer, moi aussi je serais verte de rage dans la situation inverse.

Bones se retourna.

— Je doute que le fait d'en discuter soit d'une quelconque utilité. Tu as fait ce que tu jugeais nécessaire. Tes méthodes me déplaisent au plus haut point, mais elles donnent d'indiscutables résultats.

Il avait adopté une allure mesurée, mais sa lenteur n'enlevait rien à ses airs de prédateur. Il s'arrêta à quelques centimètres de moi et fit glisser sa main le long de la manche de mon pull. Je ne pus m'empêcher de tressaillir. Il y avait quelque chose de menaçant dans sa façon de me toucher.

— Où t'a-t-il embrassée ? Touchée ?

Je le regardai dans les yeux.

— Cela ne voulait rien dire, Bones. Cela n'avait rien à voir avec ce que je ressens pour toi.

— Ah.

La voix de Bones était douce, mais ses yeux étaient verts. Était-ce la colère ou autre chose ? Je n'en avais aucune idée.

Il se pencha plus près et frôla mon cou avec sa bouche. Je ne pus m'empêcher de frissonner en me demandant ce qu'il s'apprêtait à faire.

— Il t'a embrassée ici, dit-il dans un grognement sourd. Je soupçonne qu'il t'a touchée ici (il effleura mes seins à travers mon chemisier) et je sens ses mains là (il s'agenouilla et passa la main le long de ma cuisse).

Je ne bougeai pas, me forçant à rester immobile, comme une proie essayant de ne pas attirer l'attention du prédateur.

— J'ai failli le tuer ce soir.

Bones avait soufflé ces mots si près de ma peau que j'en eus la chair de poule. Je ne dis rien car je sentais qu'il était sur le point de perdre le contrôle dont il avait fait preuve pour se retenir de massacrer Tate.

— Je n'avais jamais éprouvé de la jalousie avant de te rencontrer, continua Bones sur le même ton, à la fois doux et menaçant. Ça brûle, ma belle. Comme si de l'argent en fusion coulait dans mes veines. Certains soirs, lorsque je t'observe en mission avec d'autres hommes, j'ai l'impression que je vais devenir fou.

Il continuait à promener ses mains sur mes jambes avec une sensualité aussi légère qu'effrayante qui me donnait envie de reculer… et d'avancer en même temps. Mon corps tout entier semblait retenir son souffle. Malgré son comportement apparemment calme, quelque chose bouillait en Bones, quelque chose qui allait exploser d'une minute à l'autre, je le sentais.

— On faisait semblant, répétai-je.

— Oh, je le sais, répondit Bones du tac au tac. (Il posa ses yeux vert éclatant sur les miens.) Tate ne serait plus en vie si ça n'avait pas été le cas. Je sais que tu ne l'as fait que pour arriver à Hykso, Chaton. (Sa voix se fit plus profonde. Plus dure.) Mais ne laisse plus jamais personne agir de la sorte avec toi, pour quelque raison que ce soit.

Puis, à ma grande surprise, Bones baissa mon string.

— Qu'est-ce que tu fais ? demandai-je, le souffle coupé.

— Qu'est-ce que j'ai l'air de faire ? marmonna-t-il en m'écartant les jambes.

Je m'étais attendue à beaucoup de choses, mais pas à cela.

— Mais tu es… euh… toujours en colère contre moi ?

— Tu l'as dit, répondit-il d'une voix étouffée alors qu'un profond coup de langue me faisait vaciller sur mes jambes.

Je m'apprêtais à dire que c'était là une manière déloyale de combattre lorsque Bones me saisit par la taille et me souleva. Je sentis le rouge me monter aux joues quand je me retrouvai les jambes autour de ses épaules, la tête touchant presque le plafond.

— Bones, parvins-je à articuler, arrête. Laisse-moi descendre.

Sans pitié, il continuait à me taquiner avec sa langue.

— Non. Tu es à moi, et je vais te prendre.

Je ne voulais pas réagir à ses caresses. Cela me paraissait… mal alors qu'il était toujours en colère, mais si c'était un combat d'un genre nouveau, j'étais en train de le perdre. Un petit cri m'échappa lorsque Bones frotta ses canines contre mon clitoris sans le percer, y appliquant simplement une petite pression. C'était une sensation incroyable, qui m'incitait à me plaquer contre lui pour qu'il recommence. Encore et encore. Sans s'arrêter. Je me mis à haleter sous l'extase. Tout à coup, la bonne vieille méthode qui consistait à discuter pour régler les problèmes m'apparaissait très surfaite. Bones savait ce que j'aimais et je ne pouvais pas résister au flot de sensations qui me submergeait.

— Dis-moi que tu me veux, grogna-t-il.

— Bon Dieu, oui, parvins-je à répondre en désirant intensément le sentir en moi.

— Dis-le.

Il avait articulé cette exigence tout en continuant à me tourmenter avec sa langue. J'enfonçai mes doigts dans ses cheveux et tirai sa tête en arrière.

— Je te veux, fis-je d'une voix âpre. Tout de suite. Ne songe même pas à dire non.

Je sentis son rire aigre me chatouiller.

— J'en ai pas l'intention.

Bones me fit descendre, en faisant remonter sa bouche sur le haut de mon corps, jusqu'à ce que mes pieds touchent terre. Dès que je sentis le contact du sol, je le poussai en arrière vers le canapé. Il s'y affala en m'entraînant dans sa chute. Je me mis à genoux, j'arrachai son pantalon, puis j'enroulai ma bouche autour de son sexe.

Sa chair était fraîche, comme du marbre qui aurait pris vie. Je le pris jusqu'à la garde, puis commençai à aspirer profondément et vigoureusement.

Bones gémit et son dos se cambra.

— Plus fort.

J'augmentai la pression. Il plongea ses mains dans mes cheveux, et serra les poings lorsque j'accélérai encore la cadence.

— Bon Dieu, qu'est-ce que c'est bon, dit-il d'une voix étouffée. Je ne peux plus attendre.

Il me souleva sans prêter attention à mes protestations et m'empala sur son sexe. Il s'enfonça si profondément en moi qu'il me fit presque mal. Les cahots du camion accentuaient la vigueur de ses coups de reins affamés et rapides.

Je rejetai la tête en arrière et je bougeai à son rythme, submergée par un flot d'intenses sensations. Bones se redressa et prit un de mes tétons dans sa bouche. Il l'aspira jusqu'à le rendre presque insensible, puis il passa à l'autre pour le gratifier du même traitement à la fois doux et violent.

J'enfonçai mes ongles dans ses flancs. Il fit glisser sa bouche jusqu'à mon cou alors qu'il me serrait plus fort contre lui. Je poussai un cri en sentant ses canines frôler ma peau sans la transpercer.

Je le maintins plus près de ma gorge.

— Mords-moi.

Il se contenta de me lécher.

— Non. Tu as perdu trop de sang ce soir.

Je m'en fichais. Je voulais que mon sang coule en lui. C'était un besoin presque aussi fort que le désespoir que générait en moi chaque nouveau coup de reins.

— Fais-le, gémis-je. Montre-moi que je suis à toi.

Il resserra son étreinte et accéléra encore la cadence.

— Tu es à moi, articula-t-il en plaquant sa bouche sur ma veine palpitante.

J'eus à peine le temps de sourire pour fêter ma victoire. Je sentis ses canines s'enfoncer dans mon cou, et une étouffante bouffée de passion m'envahit et m'étourdit, mais elle n'était pas due à la seule gorgée que Bones avait prise avant de refermer les trous laissés par sa morsure.

Il m'embrassa, et ses lèvres avaient le goût métallique de mon sang. Je m'agrippai à lui tandis qu'une intensité grandissante semblait faire bouillir mon corps tout entier.

— À ton tour, Chaton. (Le désir rendait sa voix rauque.) Montre-moi que je suis à toi.

Je le mordis au cou. Bones enfonça sa main dans mes cheveux et m'attira plus encore contre lui, m'incitant à mordre plus fort, jusqu'à ce que son sang emplisse ma bouche.

J'avalai. Bones tira ma tête en arrière pour m'embrasser de nouveau, nos bouches imprégnées du goût du sexe et du sang de l'autre. Ce que nous étions en train de faire avait quelque chose de primaire, entre sa colère et le besoin impérieux que j'avais de lui prouver que personne d'autre ne comptait.

*N'arrête pas. N'arrête pas.*

Peut-être l'avais-je dit à haute voix. Ou peut-être pas. En tout cas, Bones me fit basculer pour se retrouver au-dessus de moi et se mit à bouger avec une intensité renouvelée.

— Je ne peux pas m'arrêter.

C'était la meilleure dispute de notre vie.

Le phare de la tour de contrôle balaya l'obscurité de ses rayons circulaires. Il venait de neiger. J'étais gelée malgré mes deux pantalons, mes deux pulls et ma veste. Bones ne portait rien d'autre par-dessus ses vêtements que sa veste en cuir noir ; il l'avait certainement revêtue plus par habitude que pour lutter contre le froid.

Le phare s'éteignit. C'était le signal que nous attendions.

Dans le noir, Bones fit le tour de la base tel un véritable tourbillon. Il volait trop vite pour être pris pour cible par une arme de gros calibre, et il n'avait rien à craindre des armes plus petites. Il me tenait serrée dans ses bras, et je fermais les yeux à chaque descente ou virage brusque.

Nous aurions pu nous contenter de venir en voiture, mais Bones avait préféré agir avec la plus extrême prudence. Après tout, l'un des hommes de Patra aurait pu nous prendre en filature depuis la carcasse de l'avion de Hykso et nous attendre à côté du QG armé d'un bazooka, comme l'avait fait Max avant lui.

Les gardes sur le toit parvinrent à contenir leur surprise lorsque Bones surgit de la nuit, atterrit et avança vers eux d'un pas décidé. Il fut suivi de Ian, qui portait Tate. Puis arrivèrent Tick-Tock et Zéro.

Don s'était clairement opposé à ce que Ian soit mis au courant de l'emplacement du QG, mais Bones était passé outre à ses protestations. Il ne pensait pas que Ian trahirait le secret, ce dernier nous avait donc accompagnés. Il lâcha Tate dès qu'il atterrit sur le toit et regarda autour de lui avec une pointe de curiosité. Il y avait quelque chose de franchement ironique à le voir ici, alors qu'un an à peine auparavant Don m'avait envoyée le capturer (et même le tuer s'il se rebellait). Comme les choses avaient changé depuis.

Nous entrâmes tous les six. Personne ne s'était fait tirer dessus et rien n'avait explosé. Jusqu'ici, tout allait bien, à mon humble avis tout du moins, même si, pour être honnête, je ne savais pas pourquoi nous étions là. Après notre… euh… dispute dans la remorque, Bones avait dit qu'il fallait qu'il voie Don. Je lui avais bien entendu demandé pourquoi, mais il avait une méthode très efficace pour détourner la conversation. Puis il y avait eu cette scène fascinante à l'aérodrome, où Bones avait hypnotisé un pilote qui ne se doutait de rien pour le convaincre de nous emmener jusque dans le Tennessee. Nous étions arrivés à bon port à présent, et je ne savais toujours pas de quoi Bones voulait s'entretenir avec mon oncle. Mais j'étais sûre que je n'allais pas tarder à le savoir.

J'avais évité de regarder Tate depuis que nous les avions retrouvés, lui, Ian, Tick-Tock et Zéro à quelques kilomètres du QG. Il y avait désormais une énorme gêne entre nous. De son côté, Bones se comportait comme à son habitude, même s'il était capable de sentir et d'entendre mon inconfort intérieur. Je fus donc prise de court lorsque Bones annonça qu'il me retrouverait plus tard dans le bureau de Don, après avoir dit quelques mots à Juan.

— D'accord, parvins-je à répondre, ne sachant si je devais le suivre pour ne pas me retrouver avec Tate, ou si au contraire je devais rester et ne pas céder à la lâcheté de la première option.

Je choisis de rester. Décidément, j'étais toujours aussi hostile aux solutions de facilité.

Ian jeta un regard lourd de sens à Tate, puis sourit de toutes ses dents.

— Je t'accompagne, Crispin, dit-il.

Je pris la direction du bureau de Don. Sans surprise, Tate me suivit. J'entendis Bones émettre un ricanement sardonique juste avant que les portes de l'ascenseur se referment. Visiblement, il n'était pas surpris par les décisions de Tate, lui non plus.

Tick-Tock et Zéro nous emboîtèrent le pas. Je les regardai, une fois de plus frappée de leurs différences physiques. Difficile pour deux vampires d'être autant à l'opposé l'un de l'autre que ces deux-là, entre Zéro le quasi-albinos et Tick-Tock le vampire d'ébène.

— Où est-ce que vous avez rencontré Bones ? demandai-je pour rompre le silence avant que Tate le fasse.

— En Pologne, répondit Zéro.

— En Australie, dit Tick-Tock.

Ces deux pays m'étaient inconnus. La remarque de Tate, selon laquelle je ne connaissais pas vraiment Bones après avoir passé seulement un an avec lui sur les deux cent cinquante qu'il avait vécu me revint à l'esprit. Mais je la repoussai. *Je connais l'essentiel*, me répétai-je avec détermination.

— Alors, comment ça va entre toi et le Gardien de la Crypte ? demanda Tate d'un ton nonchalant.

— Très bien, répondis-je d'une voix sèche.

Tate cessa de marcher et me saisit le bras.

— Combien de temps est-ce que tu vas faire comme si rien ne s'était passé, Cat ?

— Non ! dis-je à Tick-Tock, qui avait déjà sorti son couteau de sa ceinture. Reculez, les gars. Je maîtrise la situation.

Zéro rentra ses canines, et, après un dernier regard dur, Tick-Tock rengaina son couteau. Je me tournai ensuite vers Tate en le regardant droit dans les yeux.

— C'était une mission, Tate. Les choses sont allées plus loin qu'elles auraient dû, mais nous avons eu nos cibles et c'est tout ce qui compte. Maintenant, avant que tu bousilles définitivement notre amitié, pourrais-tu s'il te plaît cesser de surestimer ce qui s'est passé ?

— Je sais ce que j'ai ressenti, dit Tate avec rudesse. Tu peux prétendre ce que tu veux, Cat, mais, pendant quelques minutes, tu n'as pas fait semblant, et à cet instant-là j'ai été pour toi plus qu'un ami.

Je sentis alors une vague de puissance envahir l'atmosphère, avant d'entendre, une fraction de seconde plus tard, le rire moqueur de Bones.

— Exactement ce que je pensais, ricana-t-il depuis l'autre côté du hall. Je savais que tu ne tiendrais pas plus de deux minutes avant de dire un truc de ce genre, mais tu te fourres le doigt dans l'œil jusqu'au coude si tu crois pouvoir te dresser entre ma femme et moi.

Tate croisa les bras.

— C'est déjà fait.

Bones approcha. L'air se mit à crépiter. Ian s'appuya contre le mur du couloir et sourit, comme s'il profitait du spectacle. Zéro et Tick-Tock s'écartèrent de la route de Bones si bien qu'il ne restait plus que moi entre lui et Tate.

— Qu'est-ce que tu vas faire ? demandai-je à voix basse.

Bones haussa un sourcil.

— Rien, mon chou. Pourquoi ?

*Parce que tu as l'air d'avoir envie de jouer au football avec la tête de Tate*, lui dis-je. *Et il n'est pas question que je te laisse faire, même s'il se comporte comme un imbécile.*

Mon oncle sortit de son bureau, regarda les vampires alignés dans le hall et la posture provocante de Tate, puis il toussa.

— Cat, Bones, heureux de voir que vous êtes arrivés sains et saufs. Voulez-vous entrer dans mon bureau ? J'allais justement ouvrir une bouteille de whisky.

Je ne me rappelais plus la dernière fois où j'avais vu Don boire, mais j'étais heureuse que son apparition ait dissipé la tension. Bones sourit.

— Un petit verre serait le bienvenu, vieille branche.

J'entrelaçai mes doigts avec ceux de Bones alors que nous entrions. C'était aussi bien, car je manquai de trébucher en l'entendant ajouter à l'intention de Tate :

— Toi aussi, mon pote.

Nous pénétrâmes tous les trois dans le bureau de Don. Je m'assis dans le canapé et Bones s'installa à côté de moi. Tate resta debout, raide et têtu.

Don nous regarda les uns après les autres, puis soupira.

— Quelque chose me dit que je viens d'interrompre une scène qui aurait pu mal tourner.

— Aucune importance, ils ont terminé, dis-je à Don en jetant à Tate un regard méchant pour lui faire comprendre qu'il avait intérêt à s'en tenir là. C'étaient juste deux vampires qui jouaient à savoir lequel avait la plus grosse, mais à présent c'est terminé.

— Tu as tout à fait raison, ma belle.

Bones se pencha pour déposer un petit baiser sur ma joue. Puis il lâcha sa bombe.

— Je peux désormais lire dans les pensées humaines, Don. Je connais donc le dilemme qui vous ronge, mais vous avez la solution sous les yeux. Vous ne vous êtes jamais servi de vos atouts pour gagner de l'argent, et c'est tout à votre honneur, mais à situation désespérée, mesures désespérées, vous ne croyez pas ?

— Quoi ? m'étonnai-je.

Non seulement j'étais intriguée par sa dernière phrase, mais je n'en revenais pas qu'il ait parlé de ses nouveaux pouvoirs à Don.

Mon oncle ne broncha pas.

— Je refuse d'exposer le public au Brams. Le sang de vampire de synthèse en est encore au stade expérimental en tant que médicament. Entre de mauvaises mains, il pourrait transformer la population en tueurs surhumains.

— Mais de quoi est-ce que vous parlez ? insistai-je.

— Don est coincé, répondit Bones. Le gouvernement fait de grosses coupes dans le budget, et son agence risque de fermer d'ici à un an ou deux. Il le gardait pour lui pour ne pas plomber le moral des troupes.

Je restai bouche bée. À en juger par l'expression de Don, je compris que Bones avait dit vrai.

— Comment avez-vous pu ne rien nous dire ? fis-je, incrédule.

Bones se tapota le menton et regarda Don d'un air calculateur.

— C'est une bonne chose que vous vous soyez rendu compte du potentiel de destruction du Brams, mais vous n'avez pas besoin de vous en préoccuper. Quelle est la grande terreur des hommes politiques ces dernières années ? Le terrorisme. Ça leur fiche une trouille bleue. Que pouvez-vous offrir que vous êtes le seul à posséder ? Un enquêteur capable d'obtenir à coup sûr toutes les informations, les noms, les lieux, les intentions, sans que le gouvernement ait à sortir l'artillerie lourde pour éliminer la menace.

Bones se tut pour laisser le temps à Don de réfléchir à ses paroles. Moi, je n'arrivais toujours pas à croire que Don nous ait caché à tous une chose aussi importante.

— Vous vous portez volontaire ? demanda Don sans cacher son scepticisme.

Bones rit sans entrain.

— Pas moi. Tate. Envoyez-le s'occuper des prisonniers les plus bornés, demandez-lui de les hypnotiser, et vous n'aurez plus qu'à vendre les informations au plus offrant. Vos finances reviendront à flot en moins de deux mois, sans compter que vous aurez rendu un service inestimable à votre pays. Et, cerise sur le gâteau, vous n'aurez pas à vous soucier de la convention de Genève, puisque ni le prisonnier ni ses gardiens ne se souviendront de ce qui s'est passé.

— Espèce d'enfoiré ! explosa Tate en avançant sur Bones, furieux.

— Asseyez-vous, soldat ! cria Don d'un ton que je ne lui connaissais pas.

Tate s'arrêta net et me regarda.

— S'il fait ça, c'est uniquement pour m'éloigner de Cat. Il n'en a rien à foutre, ni de notre organisation ni de notre pays ! Tout ce qui l'intéresse, c'est elle !

— Ce n'est pas le sujet, il me semble, rétorqua Bones d'un ton glacial. Et *toi*, est-ce que tu ne te fiches pas de ton organisation, de ton pays et de tout ce qui ne la concerne pas ? Je crois t'avoir entendu dire que l'amour que tu lui portes n'interférerait jamais avec ton travail. C'est le moment de le prouver.

Je compris alors que Bones avait manigancé ce plan depuis le moment où il avait arraché le toit de la limousine. Le proverbe selon lequel la vengeance est un plat qui se mange froid prenait tout son sens avec lui.

Don se leva.

— Tate ? Votre réponse ?

Tate lança à Bones un regard chargé de haine.

— Si vous m'en donnez l'ordre, Don, je m'incline.

Don soupira.

— Vous êtes la personne la plus indiquée pour cette mission que je connaisse. Vous me prouvez que j'avais tort de croire qu'un homme transformé en vampire ne pouvait que perdre son intégrité. (Don tourna les yeux vers Bones.) J'aurai besoin de quelqu'un pour le remplacer. Cat est trop souvent absente, et Dave ne suffit pas.

Bones ne broncha pas.

— Laissez-moi Tate encore une semaine, ensuite vous pourrez en disposer et je vous fournirai un remplaçant.

Don se tourna de nouveau vers moi.

— Vous pouvez y aller, Cat. Je m'occuperai de tout.

Même si c'était dans son intérêt, j'étais inquiète pour Tate. Je savais ce que l'on ressentait quand on était forcé d'abandonner la personne que l'on aime. J'espérais que cet éloignement serait bénéfique pour lui et qu'il tomberait amoureux de quelqu'un d'autre. Le fait de ne plus me voir au quotidien lui ouvrirait peut-être les yeux et lui permettrait de se rendre compte que le monde regorgeait de femmes intéressantes. Je ne voulais pas qu'il continue à se morfondre à mes côtés.

— Sois maudit, grogna Tate à l'intention de Bones.

— J'espère..., commençai-je avant de m'interrompre, incapable de trouver les paroles adéquates. (Puis je marmonnai :) Fais attention à toi, Tate.

Je sortis du bureau, suivie de Bones.

# Chapitre 19

Nous ne partîmes pas sur-le-champ, car Bones, contrairement à moi, voulait rester. Je me dirigeai vers mon bureau et Bones alla parler à Juan. Lorsqu'ils revinrent tous les deux un quart d'heure plus tard, Juan semblait pâle et agité.

— Qu'est-ce qu'il y a, Juan ? lui demandai-je.

Il balaya mon bureau du regard.

— Bones, *aquí ? Ahora ?*

Bones lui adressa un regard impassible et ferma la porte.

— *Sí. Listo ?*

Juan croisa mon regard, puis il hocha la tête.

— *Sí.*

J'étais encore en train de traduire lorsque Bones attrapa Juan et planta ses canines dans son cou. *Quoi ?* C'est alors que je compris le sens de leur échange. *« Bones, ici ? Maintenant ? – Oui. Prêt ? – Oui. »* Dieu tout-puissant. Juan devait être le vampire remplaçant que Bones venait de promettre à Don. Il n'avait vraiment pas perdu de temps.

Les jambes de Juan se dérobèrent sous lui et ses paupières se mirent à papillonner. Il se vidait de son sang, et l'hémorragie venait de lui faire perdre connaissance. Bones le retint et se mit à aspirer plus vigoureusement. Le visage de Juan pâlit et celui de Bones se fit plus rose, comme s'il rougissait. Je savais que son corps devait être chaud au toucher, mais cette chaleur disparaîtrait sitôt que Juan aurait bu le sang de Bones pour se remettre sur pied.

Le rythme cardiaque de Juan ralentit. Les battements de son cœur, rapides et nerveux lorsque Bones avait commencé à le vider de son sang, ralentirent progressivement ; ils étaient de plus en plus espacés. Au bout d'une minute, Bones releva la tête.

— Chaton, donne-moi ce coupe-papier.

Il me fallut une seconde pour recouvrer mes esprits – j'étais tout de même en train d'assister à la mort d'un de mes amis – puis je lui tendis l'objet qu'il demandait. Bones le prit et l'enfonça dans son cou. Le sang jaillit avec force de sa jugulaire inhabituellement engorgée. Il approcha la tête de Juan de son cou et s'arrangea pour que son sang de vampire coule dans sa bouche.

Dave entra, une expression étrange sur le visage. De fins sillons rouges coulaient de la bouche relâchée de Juan. L'atmosphère se chargeait d'électricité, comme à l'approche d'un orage. Bones maintenait Juan contre sa gorge, le coupe-papier toujours planté dans sa chair. Les lèvres de Juan bougèrent. Sa bouche commença à se fermer d'elle-même sur le cou de Bones. Le coupe-papier tomba par terre, désormais inutile, car Juan n'était plus inerte. Il agrippa fermement Bones et mordit son cou pâle avec vigueur.

Juan aspirait goulûment le sang de Bones en lui déchirant la chair. Bones le tenait, les lèvres crispées alors que Juan ravalait son propre sang, irrévocablement modifié. Enfin, il saisit Juan et l'éloigna de sa gorge avant de le clouer au sol. Juan lutta en faisant claquer ses mâchoires, ses dents commençaient à se recourber en un semblant de canines de vampire.

— Tu rêves, mon pote, dit Bones.

Dave s'avança vers moi pour cacher à ma vue l'homme momentanément insensible qu'était devenu Juan, qu'une faim indomptable pouvait pousser à tuer n'importe qui.

Juan se débattit encore une minute avant de se mettre à trembler violemment. Puis son corps se relâcha, et son cœur cessa définitivement de battre.

Bones poussa un grognement d'épuisement et roula à côté du corps de Juan. La création d'un vampire l'affaiblissait toujours énormément. Sans parler du fait qu'il venait de se faire vider de son sang.

— Tu as besoin d'un remontant, annonçai-je en m'apprêtant à passer devant Dave pour aller chercher du plasma dans notre réserve de sang maison.

— Attends.

Bones se leva en un éclair.

— Ne... bouge pas d'ici, Chaton.

Je commençais à comprendre. La dernière fois qu'il avait transformé quelqu'un, je m'étais absentée « juste une minute » et j'étais passée à un cheveu de la mort au cours d'une séance de torture.

— J'y vais.

La proposition venait de Dave, qui semblait s'en souvenir lui aussi.

— Pas question, dit Bones. Tu vas rester ici, au cas où notre ami se réveillerait et lui sauterait à la gorge. Ça m'évitera d'avoir à le tuer. Appelle Ian et dis-lui d'apporter le sang.

La vache, il ne prenait aucun risque. Les probabilités que Juan se réveille si tôt et parvienne à terrasser Bones étaient proches de zéro, mais je ne discutai pas. Dave appela Ian. Sa promptitude à exécuter l'ordre de Bones m'indiquait qu'il devait être aussi paranoïaque que lui.

— Pourquoi est-ce qu'on ne l'enferme pas dans l'une des cellules sécurisées du sous-sol ? Après tout, elles sont là pour ça.

— Parce que, Chaton… (Bones posa le corps sans vie de Juan sur le canapé et s'installa à ses côtés.) On s'en va, et on l'emmène avec nous.

Plusieurs heures plus tard, et après une nouvelle séance de vol libre entre le QG et nos voitures, nous franchîmes les derniers virages du chemin qui menait à notre chalet.

— Où est-ce qu'on va installer Juan ?

Enfermé dans la troisième voiture derrière la nôtre, ce dernier hurla à la mort. Quelques secondes plus tard, je l'entendis se jeter avidement sur les poches de plasma que j'avais emportées. Il venait de se réveiller. Cinq vampires l'accompagnaient dans la voiture, dont trois Maîtres. Il ne risquait pas de se sauver.

— À la cave, répondit Bones. Elle est blindée. Tick-Tock, Dave et Rattler se relaieront pour rester à ses côtés. Dans une semaine, il sera redevenu lui-même.

En attendant, Juan représentait un danger pour toutes les personnes dotées d'un pouls.

— On va manquer de place si tout le monde reste.

— On a trois canapés-lits, et les autres dormiront par terre sur des couvertures. Ils ont tous connu pire, tu peux me croire.

— C'est nous qui courons un grave danger, et nous sommes chez nous, c'est donc à nous de dormir par terre, remarquai-je. Ce serait plus correct.

Bones ricana.

— Je suis chez moi, c'est Noël, et tu voudrais me faire dormir à la dure ? Tu rêves.

Il était 2 heures passées, nous étions donc officiellement le jour de Noël. Ce n'était pas la soirée romantique et tranquille que j'avais escomptée, mais bon. Nous étions ensemble.

Je me penchai pour l'embrasser dans le cou en laissant mon souffle lui chatouiller l'oreille.

— Joyeux Noël, murmurai-je.

Bones arrêta la voiture et me retint lorsque je voulus rejoindre ma place. Il passa sa main derrière ma nuque et fit basculer ma tête en arrière avec un baiser langoureux qui me fit vraiment regretter que nous ne soyons pas seuls.

Je revins sur terre lorsque Ian tapa à la vitre de la portière.

— Si j'avais su que nous étions censés attendre dans le froid pendant que vous vous bécotiez dans la voiture, je serais rentré directement chez moi.

Je m'apprêtais à protester lorsque ma mère passa devant nous et marmonna :

— Dieu merci, quelqu'un l'a dit.

La situation était si incongrue que j'éclatai de rire. Ma mère, d'accord avec le vampire qui avait transformé Max ? Dans le genre miracle de Noël, on ne pouvait pas faire mieux.

— Je suis désolé, Ian. Aurais-je oublié de demander ta permission avant d'embrasser ma femme ? rétorqua Bones. Branleur.

— Petit con, l'insulta à son tour Ian avec un léger sourire.

Loin de se sentir offensé, Bones gloussa et me donna un dernier baiser avant de sortir de la voiture et de poser les mains sur les épaules de Ian.

— Je suis heureux que tu sois là, mon pote.

Ian eut un sourire modeste.

— Tu sais pourquoi je suis là ? Parce que, pour la première fois, tu m'as demandé mon aide. On se connaît depuis des siècles, mais tu ne l'avais encore jamais fait. C'est pour cela que je me suis engagé à tes côtés, même si tu n'es qu'un crétin d'usurpateur.

Depuis le jour de ma rencontre avec Ian, je n'avais cessé de me demander pourquoi Bones le supportait ; à les voir ainsi tous les deux, je comprenais beaucoup de choses.

— Tu aurais pu refuser, Ian. Tout comme tu aurais pu me laisser croupir à la colonie pénitentiaire il y a deux cent vingt ans. Je ne t'ai pas remercié alors, et je ne l'ai pas fait depuis, mais il est plus que temps. Merci, Ian, de m'avoir transformé en vampire. Je suis à jamais ton débiteur.

Les yeux de Ian brillèrent d'émotion. Puis, se reprenant, il haussa un sourcil d'un air blasé.

— C'est pas trop tôt. J'imagine qu'il va encore te falloir deux siècles avant que tu t'excuses de m'avoir menacé de me tuer à cause de Cat ?

Bones rit.

— Tu mangeras les pissenlits par la racine avant de recevoir ces excuses-là, mon pote.

— Dans ce cas, mettons au point un plan en béton, dit Ian avec une sévérité amusée, si on ne veut pas que Patra nous fasse *tous* manger les pissenlits par la racine.

Vlad arriva chez nous en disant qu'il était justement dans le coin. J'en doutais, mais je n'avais pas l'intention de le traiter de menteur, surtout depuis qu'il avait prouvé la fiabilité de ses informations. Néanmoins, je ne pouvais pas m'empêcher de me demander s'il n'était pas venu juste pour le plaisir d'agacer Bones. Vlad semblait posséder un sens de l'humour diabolique pour ce genre de choses.

— Qu'est-il arrivé à Anthony ? demanda-t-il en apprenant que Kratas et Hykso étaient retenus comme otages.

Malheureusement, selon Spade, nos prisonniers ne semblaient pas détenir beaucoup d'informations.

— J'enverrai ses pièces détachées à Patra une à une, répondit Bones. Avec des morceaux des autres types. Histoire de donner à réfléchir aux membres de sa lignée.

Mon côté tordu me fit me demander si Bones les envelopperait dans du joli papier de Noël. *Dans le genre cadeau empoisonné...* J'espérais que Patra n'avait pas une surprise du même acabit pour nous. Rien de tel qu'une boîte pleine de morceaux de cadavres pour égayer les fêtes.

— J'ai trouvé ! m'exclamai-je soudain en bondissant de mon siège.

C'était comme si une lumière s'était subitement allumée dans mon esprit.

Bones me regarda en haussant un sourcil, sans comprendre ce qui se passait. Mes pensées avaient dû tourbillonner trop vite pour qu'il les saisisse.

— C'est Noël. La plupart des gens passent la journée avec leurs proches, dis-je. Plutôt que de faire passer des morceaux d'Anthony et de ses sbires de sous-fifre en sous-fifre en espérant que l'un d'entre eux tombe sur quelqu'un d'assez haut placé pour les faire arriver jusqu'à Patra, est-ce que tu ne préférerais pas les livrer en personne ?

Ian, intéressé, se pencha en avant. Bones me regarda plus attentivement en se tapotant le menton.

— Tu connais la réponse. Continue.

— Nous savons que Patra recherche toute personne susceptible de la renseigner sur nous. D'ailleurs, on fait exactement la même chose. Mettons que quelqu'un joigne Patra en utilisant l'un des numéros que Kratas avait en sa possession et lui propose de lui révéler l'emplacement de notre QG, en exigeant une rémunération en liquide, livrée par Patra elle-même, et sans délai.

— Patra penserait que c'est un piège, fit remarquer Mencheres. Elle s'attendrait à vous voir surgir à tout moment, Bones et toi.

Je souris.

— J'y compte bien.

Bones comprit enfin ce que j'avais derrière la tête.

— Non, Chaton, c'est hors de question.

— C'est un risque acceptable, rétorquai-je.

Vlad devait avoir lu dans mes pensées, car il se mit à rire.

— Oh, Bones, tu aurais peut-être mieux fait d'épouser une fille bien docile qui ne se serait pas aventurée trop loin de sa cuisine.

— Va te faire foutre, on t'a sonné, toi ? lança Bones. T'as pas un autre écrivain à joindre, pour qu'il te fasse encore un peu de pub ?

— Qu'est-ce qu'il y a, Anne Rice ne répond pas à tes messages, mon pote ? demanda Vlad d'un ton cinglant. C'est moche la jalousie.

Je ne pus m'empêcher de pouffer avant de me reprendre aussitôt. Ian ne s'embarrassa pas de tels scrupules et partit d'un rire clair et franc.

— Ne la regarde pas si méchamment, Crispin. C'était drôle, et je ne parle même pas de l'expression de ton visage.

Laquelle était loin d'être amusée, mais, après quelques secondes, Bones se détendit et un sourire apparut sur ses lèvres.

— Tu as raison. Bon. Revoyons ce fameux plan, Chaton. Ce sera peut-être notre meilleure chance.

Bones choisit les cinq vampires qui m'accompagneraient. Lorsqu'il demanda à Tate d'en faire partie, je restai bouche bée. Il alla encore plus loin en désignant également Vlad.

— Tu rigoles ? demandai-je lorsque j'eus recouvré l'usage de la parole.

— Ton copain a le don de me mettre hors de moi, mais je sais qu'il te surveillera de près, comme on surveille le lait sur le feu, répondit Bones. Il donnerait sa vie pour toi sans la moindre hésitation. C'est la seule chose à laquelle il peut servir.

Tate jeta un regard mauvais à Bones, mais ne le contredit pas. Vlad les observa avec curiosité.

— Et pourquoi veux-tu que j'aille avec elle ?

— Tu es un connard sans vergogne qui ne laisse jamais sa conscience se mettre en travers de ses objectifs, dit Bones d'un ton sec. Ce n'est pas un trait de caractère que j'ai souvent admiré chez toi, mais, aujourd'hui, il me sera utile.

Je saisis sa veste.

— Ne t'inquiète pas pour moi, fais attention à toi. Je veux que tu sois revenu pour le dîner.

Il y avait deux autres vampires dans la pièce capables d'entendre le reste de mon message, mais je le lui envoyai quand même.

*Lorsque tu rentreras, je m'enduirai de whisky, et uniquement de whisky. Ensuite, je t'aspergerai entièrement de gin. On se boira l'un l'autre de toutes les manières possibles.*

— Elle sait s'y prendre pour te motiver, n'est-ce pas ? dit Vlad en s'éloignant avec un grognement amusé.

Mencheres ne laissa rien paraître. *Quel gentleman.* Quant à Dave, il se contenta de maugréer :

— Elle cuisine comme un pied. Qu'est-ce que ça a de motivant ?

Bones s'approcha de moi jusqu'à coller son corps contre le mien. Son entrejambe était d'une rigidité indubitable lorsqu'il me pencha en arrière, sa bouche fouillant la mienne comme si nous avions l'éternité devant nous.

Lorsqu'il me relâcha, mon cœur battait la chamade. Ses yeux étaient deux tourbillons émeraude et il inspira pour s'enivrer de l'odeur de mon désir.

— Je vais avoir beaucoup de mal à penser à autre chose.

Tout comme moi, pour être honnête.

— Va chercher les bouteilles, Chaton. Tu n'auras même pas le temps de t'apercevoir que je suis parti.

Après un dernier baiser, il s'en alla, suivi de Spade, de Ian et de Rodney. Je le regardai monter dans l'hélicoptère en me protégeant les yeux des nuages de poussière soulevés par les rotors. Dave était à côté de moi lorsque l'appareil décolla avant de disparaître au loin.

Ce fut lui qui rompit le silence.

— Il faut que je retourne auprès de Juan. Rattler surveille ta mère, Denise et Randy, et Tick-Tock vient avec toi. Il est plus fort que moi, c'est mieux comme ça.

— Je préférerais que ce soit toi, répondis-je, les yeux toujours tournés vers le ciel même si je ne pouvais plus voir l'hélicoptère.

Dave se tortilla, visiblement ravi du compliment.

— Dans quelques années, je l'aurai peut-être dépassé. On se voit quand ce sera fini.

Tate approcha, ses cheveux bruns coupés en brosse parfaitement immobiles malgré le vent, et tout à coup une sensation de froid se répandit le long de ma colonne. *C'est irrationnel*, me dis-je. *Tu deviens superstitieuse. Cat, reprends-toi.*

— Qu'est-ce qu'il y a ?

Dave me connaissait bien. Suffisamment pour savoir que ce n'était pas le froid qui me faisait frissonner. Je me frottai vigoureusement les bras en feignant d'avoir retrouvé ma pleine confiance.

— Rien. J'ai oublié mon manteau, c'est tout.

Dave me regarda bizarrement, mais je fis comme si de rien n'était. Tout comme j'essayai d'ignorer la petite voix paranoïaque dans ma tête qui m'incitait à appeler Bones pour lui intimer de faire demi-tour.

*« Tu n'auras même pas le temps de t'apercevoir que je suis parti. »*

Des paroles réconfortantes à première vue, mais pas pour moi. C'étaient les derniers mots que m'avait dits Bones avant que je le quitte, tant d'années auparavant. Cette phrase m'avait tourmentée pendant tout le temps où nous avions été séparés. Le fait de les avoir de nouveau entendus dans sa bouche me faisait craindre le pire.

Tout en tentant de me convaincre que ce n'était rien de plus qu'une coïncidence, je rentrai. J'avais une mission à accomplir et ce n'était pas le moment de céder à des peurs sans fondement. Après tout, j'avais assez de choses à craindre comme ça pour ne pas m'encombrer de frayeurs imaginaires.

# Chapitre 20

Beaucoup d'endroits étaient fermés le jour de Noël. Les restaurants. Les bars. Les boîtes de nuit. Les centres commerciaux. Mais il y avait un bâtiment qui ne désemplissait pas. Le cinéma.

Il s'agissait de la séance de 18 heures, et la comédie romantique à l'écran, portée par deux grands noms d'Hollywood, s'apprêtait à devenir intéressante. Par chance, c'était une salle à l'ancienne, avec balcon. Idéale pour exhiber les capacités aériennes des morts-vivants.

Vlad Tepes se leva de son siège au premier rang comme s'il était actionné par des fils. Son corps dessinait une ombre sur le grand écran derrière lui. Il étendit les bras et laissa les rayons émeraude de ses yeux balayer les visages médusés des spectateurs tournés vers lui.

— Tu n'aurais pas dû venir, Faucheuse.

« *Une bête de scène* », avait dit Bones en parlant de lui. À cet instant, je ne pouvais qu'être d'accord. Même ses longs cheveux noirs flottaient autour de lui, comme sous l'effet d'une brise invisible. Je réprimai mon sourire et me levai, une arbalète armée à la main.

— Ton heure est venue, enflure.

Bon, d'accord, ça sonnait faux, mais il n'y avait pas de raison qu'il soit le seul à pouvoir en faire trop.

— Qu'est-ce que…

Mon voisin avait à peine commencé sa phrase lorsque je tirai rapidement quatre carreaux l'un après l'autre. Vlad bondit dans les airs pour les esquiver. Ils atterrirent sur l'écran, pile au moment où la caméra faisait un gros plan sur le visage de l'actrice.

Quelqu'un hurla. *Enfin*, me dis-je. Bon Dieu, il fallait que je lui tranche la gorge pour créer la panique? Les gens étaient tellement blasés de nos jours…

Vlad se jeta sur moi, la bouche grande ouverte et les canines sorties. En voyant ses dents, l'un des spectateurs poussa un cri.

— Un vampire!

— Évacuez la salle! hurlai-je en renversant plusieurs personnes pour éviter le coup que me portait Vlad.

Il attrapa le bord de ma veste et s'en servit comme d'un levier pour m'envoyer m'écraser contre le mur de l'autre côté de la salle. Ce mouvement spectaculaire me coupa le souffle, et je dus reprendre ma respiration tout en évitant son poing.

— Tu veux la jouer comme ça, hein? Tant mieux. J'aime quand ça secoue.

Je le projetai à mon tour, et il s'écrasa si violemment contre le mur attenant qu'il passa à travers. Des morceaux de laine de verre et de béton se mirent à pleuvoir sur les spectateurs qui n'avaient pas encore réussi à atteindre la sortie. Puis, lorsque Vlad bondit en avant, je lui décochai un coup de tête assez violent pour me fendre le sommet du crâne. Il fut projeté en arrière, ce qui me laissa le temps de lui planter deux lames dans la poitrine. Les lampes de la salle s'allumèrent, nous exposant à la lumière, et la vision de mon sang dégoulinant de mon cuir chevelu provoqua de nouveaux hurlements.

Vlad ignora les couteaux dans son torse et m'attira à lui pour lécher le flot de sang qui coulait sur mon front.

— C'est toujours ça de pris, murmura-t-il.

— Vieux cabot, lui rétorquai-je.

Une détonation résonna et nous nous retournâmes vers le fond de la salle, étonnés. Nous vîmes un type, couvert de pop-corn, pointer un pistolet sur nous en vue de tirer de nouveau. Tate, qui se trouvait lui aussi dans la salle, lui donna un coup si violent sur la tête que j'eus peur que sa victime ne s'en sorte pas indemne. Le tireur s'effondra sur le sol.

— Ces Américains, marmonna Vlad alors que les derniers spectateurs poussaient de nouveaux cris. La moitié de la population se balade avec une arme. Heureusement que ce crétin visait comme un pied.

— Allez, finissons-en. Un final digne d'un feu d'artifice, c'est ce que tu préfères, non ?

— Oh, Cat, grâce à toi, je vais faire un truc que je n'ai encore jamais fait.

Il rit, puis me brisa les deux chevilles d'un coup de pied avant de me jeter sur les sièges en similivelours. Ils s'écroulèrent sous mon poids et je bondis sur mes pieds, grimaçante, mais bien droite. Je sautai dans les airs lorsqu'il me chargea, et il me manqua complètement.

— Ah oui, et quoi donc ? Te comporter avec humilité ?

Vlad fit un tour sur lui-même et retira les couteaux de sa poitrine comme s'ils n'étaient que de simples échardes. Il promena son regard sur les derniers témoins qui se bousculaient pour atteindre la sortie.

— Ça, rien ne peut m'y forcer.

Tout à coup, les sièges vides qui l'entouraient prirent feu. Je clignai des yeux, décontenancée. Tate semblait sous le choc lui aussi. Vlad sourit et fit un geste des deux mains en direction de l'incendie. Les flammes s'éteignirent comme des chandelles qu'il aurait arrosées.

— Tu possèdes le don de pyrokynésie, soufflai-je. Impressionnant.

— Tout comme toi.

La salle était enfin vide, à l'exception des personnes évanouies.

— Jeune homme, la salle de projection, dit Vlad à l'intention de Tate.

Ce dernier bondit sur la petite fenêtre et tira vigoureusement la caméra dans l'ouverture pour bloquer la vue de la salle au cas où un imbécile serait resté là pour nous regarder.

— Au fait, tes chevilles. (Vlad arrêta son cinéma et s'approcha de moi en marchant.) Si tu veux bien me permettre ?

Il tendit la main et regarda mes couteaux. Je savais où il voulait en venir. Un refus aurait été aussi impoli que stupide, car je devais avoir l'air en forme pour faire le plus d'effet possible. Je hochai la tête et fis une entaille dans sa paume avant de la porter à ma bouche et d'aspirer.

Vlad m'observa, toujours avec ce même sourire ténu.

— Tu n'aimes pas le goût du sang, n'est-ce pas ?

— Non. En fait… non.

Il avait dû lire le reste de ma réponse dans mon esprit, car il eut un rire de dérision.

— Tu es devenue accro au sang de Bones, c'est ça ? Ma foi, il s'est montré plus intelligent que je l'aurais cru en se liant à toi. C'est un gros handicap pour ses rivaux.

— Il n'y a aucun rival, répondis-je sur-le-champ en jetant un œil à Tate.

— C'est là que tu te trompes. Je ne parle pas de ton amoureux éconduit. (Vlad fit un signe de tête dédaigneux en direction de Tate, qui se crispa.) C'est de moi qu'il s'agit. Tu as réussi à me rendre jaloux de Bones, un homme pour lequel je n'ai que peu d'estime. Comme c'est humiliant.

La modestie de son ton me fit sourire. Tate était désormais franchement en colère.

— Ça te passera, Vlad. Dans deux semaines, tu regretteras de m'avoir rencontrée.

— Peut-être. Si nous en finissions ?

Je tapai des pieds pour vérifier que mes chevilles avaient recouvré leur état normal, puis je lui désignai la sortie.

— Après toi.

— … devant le cinéma *Palace Twenty* sur Montrose Avenue, où des spectateurs terrifiés ont une histoire incroyable à raconter. Hugh, tu peux cadrer sur la droite pour montrer les pompiers ?… Les témoins parlent de coups de feu, de flammes, voire d'activités occultes pendant cette soirée de Noël qui s'annonçait si calme… Vous, oui, vous, mademoiselle, pouvez-vous nous raconter ce qui s'est passé dans la salle ?

— Il volait ! dit une femme blonde d'une voix tremblotante en arrachant le micro des mains de la journaliste. Je crois qu'il avait des ailes, ou quelque chose comme ça… et ensuite elle lui a tiré dessus, et la salle s'est mise à brûler, mon Dieu, j'ai cru que j'allais mourir !

— Bon, visiblement cette jeune femme ne sait plus ce qu'elle dit, cherchons un autre témoignage.

La journaliste tentait de rester professionnelle, mais une lutte impromptue éclata autour du micro, que la blonde refusait de lâcher.

— Mademoiselle, vous avez certainement très envie de raconter tout cela aux autorités…

— Elle est là ! hurla-t-elle en me montrant du doigt. C'est elle ! C'est elle qui a tiré sur cette chose ! Elle vous dira que je ne suis pas folle !

La journaliste se précipita vers moi et le cadreur pointa son gros objectif noir droit sur moi. Je le regardai bien en face avant de me dépêcher de rentrer dans le van, sous forte protection. C'était une diffusion nationale, en direct.

*Salut, Patra. Tu as vu ? Je suis à des milliers de kilomètres de l'endroit où l'informateur est censé t'attendre, et jamais tu n'iras imaginer que Bones n'est pas à mes côtés pendant les fêtes de Noël, n'est-ce pas ?*

— FBI, cette zone est rigoureusement interdite aux médias, aboya Tate en repoussant la journaliste sur le côté.

Il abaissa également la caméra pour éviter qu'elle filme d'autres images de moi ou de mon entourage. Après tout, nous n'avions besoin que d'une seule petite séquence. M'exposer plus longtemps nous aurait fait courir le risque que Patra remarque l'absence de Bones.

Notre témoin hystérique continua à hurler sans interruption jusqu'à ce que la police locale s'empare de la jeune femme. Nous n'allions pas tarder à savoir si notre ruse avait fonctionné ou pas. Cooper, qui jouait le rôle de l'informateur, était censé rencontrer le contact de Patra dans moins de une heure. Avec un peu de chance, Patra penserait que Bones et moi étions tous les deux ici, à Los Angeles.

Tate apparut dans l'encadrement de la porte du van et la claqua. Vlad était assis à côté de moi, Tick-Tock et Zéro étaient également à l'intérieur. Tate ordonna à Doc, notre chauffeur pour la soirée, de démarrer, puis il s'assit en face de moi.

— OK, Cat. Si quelqu'un vient fourrer son nez là-dedans, il trouvera les huiles et les équipes de nettoyage habituelles. Rien ne peut laisser croire que Bones n'était pas avec toi.

Je ne suis pas fâché qu'on s'en aille, inutile de t'exposer plus que nécessaire.

— Ça s'est plutôt bien passé, commentai-je, secouée par les cahots de la route. (Nous devions changer deux fois de voiture avant de monter dans l'avion qui nous ramènerait au point de rendez-vous. Bones n'avait pas voulu en démordre.) Espérons que tout se déroule comme prévu.

Tate fit la moue et ne dit rien.

— Quand appelleras-tu le Maître ? demanda Zéro.

J'étais toujours troublée lorsqu'il le désignait ainsi. Il était rare que Zéro s'adresse à Bones autrement que par ce terme, même si ce dernier ne cessait de l'encourager à le faire. Ses yeux gris laiteux étaient rivés sur moi, en attente de ma réponse.

— Je ne le ferai pas. C'est lui qui me joindra quand tout sera fini, peut-être dans deux heures, peut-être plus tard.

J'avais l'estomac noué par l'inquiétude. Je devais faire un terrible effort de volonté pour me retenir de bondir sur mon portable et de le supplier d'être prudent, ce qui aurait tout gâché.

— On sera à mi-chemin de chez Mencheres d'ici là. (Vlad étendit les jambes.) Tant mieux, d'ailleurs. J'ai faim.

— Nous sommes tous pressés d'arriver dans sa maison du Colorado, dis-je. Vlad, tu pourras manger ; Tate, tu verras Annette ; et je retrouverai Bones un peu avant minuit. Au moins, on passera quelques minutes du jour de Noël ensemble. Peut-être.

Bon Dieu, comme j'aurais voulu être chez nous, sans personne d'autre que Bones à mes côtés, au lieu d'être coincée dans un van avec cinq vampires, en route pour l'une des nombreuses demeures de Mencheres ! La vie était décidément pleine d'imprévus. On avait beau essayer de planifier son existence dans les moindres détails, on ne pouvait jamais être sûr de ce qui allait arriver.

— Doc, dis-je en donnant un petit coup contre la paroi métallique. Accélère, tu veux ?

Un bruit d'hélicoptère me fit bondir de mon fauteuil. Je jetai aussitôt un œil à la pendule. Il était 23 h 51. La vache, Bones arrivait juste à temps.

Sans même prendre le temps d'enfiler un manteau, je sortis dans mon petit cardigan, toute tremblante alors que l'hélicoptère atterrissait. Les pales tournoyantes balayaient les flocons de neige et le vent me plaquait les cheveux sur le visage. Le rotor ralentit et la porte latérale s'ouvrit, révélant la présence de Spade, Rodney et Ian.

— Allez me chercher des fers *bien* solides, j'en ai marre de devoir rester assis sur cet abruti, cracha Ian.

Ses cheveux châtains volaient presque autant que les miens.

Trois des vampires de Mencheres obéirent au pas de course. Les six autres allèrent aider Spade, Rodney et Ian, occupés à maîtriser une silhouette qui se débattait en jurant.

— Mon ange, va dire à ton mari qu'il vienne nous donner un coup de main, cria Spade. Où il est, ce feignant... ?

Il s'était interrompu en voyant mon expression. Ian s'arrêta aussi et donna un coup brutal au vampire inconnu qu'ils portaient comme un sac.

— Où est l'autre hélico ? Nous avons été retardés, Crispin aurait dû arriver avant nous.

Jamais je n'avais vu Ian aussi nerveux. Comme si le temps s'était arrêté, je levai le portable que je tenais dans la main. Je ne l'avais pas lâché depuis plusieurs heures, attendant son appel. Je composai machinalement les dix chiffres de son numéro, puis j'attendis le grésillement métallique qui tenait lieu de sonnerie.

Mencheres vint se mettre à côté de moi, mais je ne le regardai pas. Je gardais les yeux rivés sur les pales de l'hélicoptère, comme si j'étais hypnotisée. Mon cœur battait si fort que je faillis ne pas entendre les sonneries du téléphone.

Une… deux… trois… quatre…

*Mon Dieu, pitié ! Je ferai tout ce que vous voulez, mais faites qu'il aille bien. Je vous en supplie.*

Cinq… six… sept…

*Il faut qu'il réponde, il le faut !*

Huit… neuf… dix…

Il y eut un « clic », puis un bruit de fond. Sans prendre le temps d'attendre, je hurlai son nom.

— Bones ! Où es-tu ? (Je n'entendais pas sa voix, seulement le bruit de fond.) Tu m'entends ? hurlai-je encore plus fort.

Peut-être la connexion était-elle mauvaise.

— Ouiiii…

C'était un souffle qui me transperça et me glaça le sang. La voix n'était pas celle d'un homme, et elle était dotée d'un accent arabe très prononcé.

— Qui… est… ce ?

Chaque syllabe était un grognement qui semblait provenir de mes entrailles. Je vis Spade m'agripper les bras, mais je ne le sentis pas.

Une femme se mit à rire, d'un rire grave et vicieux. *Sa voix est plus profonde que je l'imaginais*, me surpris-je à penser. *Sur quoi d'autre me suis-je trompée ? Qu'est-ce que je fais assise par terre ?*

Je n'entendis que les quatre mots qu'elle prononça ensuite. J'avais conscience que je criais, je vis Mencheres m'arracher le téléphone des mains et Spade m'entraîner de force vers la maison alors que je me débattais pour rester dehors. Je ne pouvais détacher mes yeux des pales qui tournaient de plus en plus lentement, comme si elles avaient le pouvoir de tout changer. *Elles ne doivent pas s'arrêter*, pensai-je soudain. *Si elles s'arrêtent, Bones ne sortira pas de l'hélico. Il faut que quelqu'un les fasse repartir ! Faites-les repartir !*

Personne ne m'entendit. Les pales s'arrêtèrent après une dernière rotation poussive au moment même où Spade me poussait dans la maison. C'est alors que quelque chose explosa en moi, qui dépassait de loin la simple douleur, tandis que dans ma tête résonnaient ces quatre mots de Patra, à la fois provocateurs, brutaux et satisfaits :

*« C'est sa veuve ? »*

# Chapitre 21

J'étais assise à côté de Spade, rongée par une anxiété aussi féroce qu'un monstre déchaîné prêt à tout pour sortir de sa cage.

Mais je me contentai de lui poser une simple question.

— Que s'est-il passé ?

Des larmes roses coulaient sur son visage.

— Cooper est arrivé à la gare, et une dizaine de minutes plus tard on a vu Anubus lui sauter dessus avec plusieurs Maîtres vampires. Nous voulions Anubus vivant, donc Ian et moi nous sommes chargés de le capturer pendant que Rodney et Crispin étaient aux prises avec les autres. L'un de ces enfoirés est parvenu à s'enfuir, et Crispin a dit à Rodney de battre en retraite avec nous pendant qu'il s'occupait du fuyard. Il était censé nous retrouver ici. Nous pensions qu'il arriverait avant nous, vu qu'il n'avait pas à s'encombrer d'un prisonnier indocile. Je suis désolé, mon ange. Tellement désolé…

Mencheres entra à grands pas dans la pièce, et l'infime partie de mon esprit qui était restée détachée des événements se demanda d'où venait la bouffée d'animosité que je ressentis en le voyant. *Pourquoi es-tu furieuse contre lui ? Tout est* ta *faute.*

— L'endroit n'est plus sûr. Patra a peut-être fait avouer à Bones où nous étions, nous devons partir.

— Est-il possible qu'elle ait menti ?

J'essayais de me raccrocher à la moindre lueur d'espoir, comme un naufragé sur le point de se noyer.

Mencheres me jeta un bref regard plein de compassion.

— Je la connais suffisamment bien pour savoir quand elle ment. Elle a dit la vérité.

Nous déguerpîmes sans attendre. Randy, Denise, Annette et ma mère étaient en route pour nous rejoindre, mais Spade les appela pour leur indiquer un nouveau point de chute. Il ne leur expliqua pas pourquoi, et je lui en fus reconnaissante. C'était à peine si je pouvais penser à ces quatre mots, et je ne me sentais pas la force de les entendre de nouveau.

— … tous les membres de ma lignée sont partis sur-le-champ, nous ne prenons aucun risque, dit Mencheres d'un ton sec alors qu'il parlait dans son portable.

Puis il jeta l'appareil à terre et l'écrasa avec son pied. Un autre vampire se hâta de lui en donner un autre.

— C'est un nouveau numéro, fit le serviteur en s'inclinant devant lui et, plus curieusement, devant moi.

Je ne réagis pas. Il aurait pu se flétrir à mes pieds que je serais restée de marbre. Pour l'instant, je me laissais porter par la foule qui s'agitait autour de moi.

Nous partîmes à bord de l'hélicoptère dans lequel Ian, Spade, Cooper et Rodney étaient arrivés. Les yeux secs, je regardais dans le vide. Tout n'était que vide désormais.

L'hélico décolla dans un soubresaut. Tate appela Don, le mit au courant de la situation, et conclut la conversation en lui disant de faire évacuer le QG. La réponse de mon oncle se fondit dans le vacarme de l'hélicoptère et dans ma propre apathie. Plus rien n'avait d'importance, mon cœur était en lambeaux.

— Cat, soupira Tate après avoir raccroché tout en passant son bras autour de mes épaules, Don a dit…

Il se tut et regarda sa poitrine d'un air ébahi. Le couteau que j'avais tiré de mon manteau était planté à moins de deux centimètres de son cœur. Je souris, sentant mon visage craquer comme une poterie qui aurait séché trop vite.

— C'était un avertissement. Le dernier. Tu pensais pouvoir te glisser à la place de Bones sans que je bronche ? Pose encore une seule fois les mains sur moi et je t'achève, Tate.

Je pensais chacun de mes mots. S'il existait une seule personne au monde plus heureuse que Patra à cette heure-ci, c'était bien Tate. Il avait détesté Bones au premier regard, il lui avait même tiré dessus lors de leur première rencontre. Jamais je ne le laisserais salir la mémoire de Bones en lui permettant de me caresser comme un petit chien. S'il pensait que sa mort lui donnait la moindre chance, il se trompait.

Tate retira le couteau de sa poitrine sans un mot. Il essuya la lame en argent sur son pantalon, puis me la tendit.

— Je suis là si tu as besoin de moi, murmura-t-il avant de se lever pour aller s'installer à l'arrière de l'appareil.

Plus personne ne parla durant les deux heures de vol.

Nous atterrîmes dans une prairie gelée au Canada, à une centaine de mètres d'une maison entourée de gros arbres. Il faisait un froid intense, ou peut-être était-ce moi qui étais glacée. Toute chaleur semblait m'avoir quittée.

— Cat, il faut qu'on parle, déclara Mencheres en me tendant une main pour m'aider à descendre de l'hélicoptère.

Je l'ignorai.

— Quand Denise et ma mère arriveront-elles ?

Il croisa les bras, insensible au vent glacial.

— À l'aube. Elles ont pris des provisions en chemin.

— Je ne sais pas de quoi vous voulez me parler, mais ça ne peut pas attendre ?

Mon système de défense anti-émotion était de nouveau solidement en place, mais cela ne durerait pas. J'avais besoin d'être seule pour pouvoir me laisser aller. Je n'avais pas du tout envie de craquer devant des témoins.

Mencheres hocha la tête.

— Tout à l'heure, bien sûr. En attendant, je vais m'occuper de ton installation.

— Ne vous donnez pas cette peine. Il fera jour dans moins de deux heures, et je n'arriverai pas à dormir. Inutile de vous dire que ça a été le pire jour de ma vie.

Je me dirigeai vers les arbres.

— Où vas-tu ? me cria Mencheres.

— Ce n'est pas simple de trouver la solitude au milieu d'un nid de vampires. Je présume que si vous nous avez fait venir ici, c'est que vous pensez que l'endroit est sûr, donc je vais faire un tour.

Plusieurs voix marmonnèrent des objections derrière moi. Pour toute réponse, je levai le majeur et continuai à avancer.

Les pins étaient drus par endroits. Les traces dans la neige indiquaient que cette région glaciale abritait une faune importante, mais, à cette heure-ci, le silence régnait.

Tout en marchant, je me remémorai la première fois où j'avais vu Bones, assis à la table d'une boîte de nuit, la lumière se reflétant dans ses cheveux. La manière dont il m'avait provoquée lorsque je l'avais attiré au bord d'un lac en faisant semblant de vouloir coucher avec lui. Mon réveil dans une grotte, des chaînes autour des poignets, et l'imitation de Titi dont il m'avait gratifiée d'une voix moqueuse. Son visage lorsqu'il avait vu mes yeux s'illuminer pour la première fois et qu'il avait compris que je lui avais dit la vérité sur ma nature hybride. Son sourire narquois lorsque je l'avais défié de m'affronter dans un combat à mort.

Notre premier baiser. Notre première étreinte. Et son sourire la première fois que je lui avais dit que je l'aimais…

Je parcourus plusieurs kilomètres d'un pas rapide. Lorsque je vis les falaises, je me mis à les escalader sans véritable but. La lune était basse dans le ciel, ce qui indiquait que le jour se lèverait dans une quarantaine de minutes. Denise et ma mère arriveraient peu après. Je ne voulais pas les voir. Je ne voulais voir personne.

Je grimpais depuis vingt minutes lorsque j'arrivai sur un rebord assez large pour que je puisse m'y asseoir. Une rafale de vent me fit frissonner. Tandis que je frottais mes mains l'une contre l'autre pour les réchauffer, je posai les yeux sur le diamant rouge. La bague que Bones m'avait offerte, pour un mariage qui n'aurait jamais lieu.

Je me levai et regardai dans le vide. J'étais comme hypnotisée par les rochers en contrebas, et la distance qui m'en séparait ne me paraissait étrangement ni grande ni effrayante. Au bout d'un moment, je fermai les yeux et je sentis que je faisais un pas en avant. Puis un autre.

— Ça doit être dur pour toi.

Dès la première syllabe, j'avais brusquement rouvert les yeux. Vlad était assis sur un autre rebord, à environ dix mètres en dessous de moi, et il me regardait.

— Ouais, c'est dur d'admettre la mort de l'homme que j'aime. Quel fin psychologue tu fais.

Vlad se leva.

— Oh, ce n'est pas ce que je voulais dire. Ça doit être dur pour toi de décider ce que tu es. Je n'ai jamais connu ce dilemme. Lorsque je suis devenu un vampire, il m'était impossible de recouvrer mon humanité, quoi que je fasse. Mais toi, tu te réveilles chaque matin piégée dans ta condition humaine. C'est dur.

Qu'est-ce que c'était que ce délire ?

— J'ai dit que je voulais être seule, Vlad. Va-t'en.

— Ce n'est pas pour cela que tu es venue, Catherine.

— Ne m'appelle pas comme ça, dis-je par habitude avant de secouer la tête.

Comme si le nom par lequel il m'appelait avait la moindre importance.

Il darda sur moi un regard méprisant.

— Pourquoi pas ? Sur ce rebord, je vois Catherine Crawfield, pas Cat, la Faucheuse rousse. Catherine n'a aucune obligation, aucune responsabilité, et elle a décidé de suivre son mari dans la tombe. Finalement, il semblerait que tu aies choisi ton côté humain. Très intéressant.

— Ce n'est pas ce que je suis en train de faire, rétorquai-je d'un ton sec avant de me figer.

*Vraiment ?* J'étais partie dans le froid polaire, j'avais escaladé une falaise et je me tenais au bord d'un gouffre, les yeux fermés. Une telle chute me vaudrait certainement d'avoir le crâne brisé, et personne ne parviendrait à me ressusciter, ni comme goule ni sous aucune autre forme. Qui croyais-je donc tromper ? J'avais su ce que je faisais dès le moment où j'étais sortie de l'hélicoptère, même si j'avais refusé de l'admettre jusque-là.

*Tu peux le faire.* Cette pensée me titillait. *Don s'occupera de ta mère, ton équipe s'en sortira très bien avec deux vampires et une goule à sa tête, Denise a Randy… Ce n'est pas comme la fois où tu as quitté Bones et que des gens comptaient sur toi. Tu peux aller le rejoindre. Tu es prête.*

— Tu es prête, Catherine ? dit Vlad pour me provoquer, reprenant mot pour mot la phrase que j'avais prononcée dans ma tête.

— Va te faire foutre, Dracula, répondis-je, énervée. Je comprends pourquoi Bones ne t'aimait pas. Moi aussi, tu me sors par les trous de nez.

— Nous ne nous appréciions pas, mais nous nous respections. Est-ce que Bones aurait voulu que tu sautes ? Est-ce ce que *lui* aurait fait, si tu avais été tuée ?

*Non.*

La réponse m'était venue spontanément, sans même que je prenne le temps d'y réfléchir. Je savais ce qu'aurait fait Bones si la situation avait été inversée. Si Max m'avait tuée, Bones aurait été aussi anéanti que je l'étais à présent, mais, en tant que vampire, il n'aurait jamais envisagé le suicide. Non, pas avant d'avoir retrouvé chacun des responsables de ma mort pour la leur faire payer au centuple. Ce n'est qu'une fois sa vengeance assouvie que Bones se serait autorisé à penser à sa propre mort. Telle était la nature des vampires.

Vlad avait raison. J'avais une excuse. J'étais à moitié humaine. Je pouvais me draper dans cette humanité et sauter de la falaise pour rejoindre Bones, de l'autre côté. Mais les vampires ne jouissaient pas d'un tel luxe. Si j'avais été une vampire, je n'aurais eu d'autre choix que de redescendre de la falaise et de me lancer dans une vendetta sanglante, cœur brisé ou pas. Mais si je décidais que j'étais humaine, je pouvais sauter.

Vlad dardait sur moi ses yeux sans pitié alors qu'il écoutait ma lutte interne.

— Alors, que choisis-tu d'être ?

Depuis le jour de mes seize ans, quand ma mère m'avait dit la vérité sur mon père, cette même question n'avait cessé de me tenailler. Les battements de mon cœur semblaient se moquer de moi. Chacune de mes respirations était une provocation. Oui, j'étais humaine par bien des points, et oui, je désirais le repos que cette chute libre m'offrirait en me faisant passer sur l'autre rive, où Bones m'attendait. Bon Dieu, comme je le voulais ! Mais je n'étais pas totalement humaine. Je ne l'avais jamais été, et je ne pouvais pas me permettre de faire semblant de l'être.

— Eh bien ? demanda Vlad avec plus d'insistance.

Je jetai un dernier regard chargé de regrets aux rochers situés au pied de la falaise avant de braquer mes yeux sur Vlad.

— Je suis une vampire, dis-je avant de reculer du rebord.

# Chapitre 22

Mencheres ne fit pas le moindre commentaire lorsqu'il me vit revenir en compagnie de Vlad. S'il avait deviné ce qui avait failli se passer, il le garda pour lui. Ma mère et Denise étaient arrivées. J'avais vu leur avion approcher pendant que je redescendais de la falaise.

Un hurlement me perça les tympans alors que nous approchions de la maison. Mencheres ferma les yeux et secoua la tête. Il était dehors, guettant mon retour.

— On vient de leur apprendre la nouvelle de sa mort, dit-il en guise d'explication.

— Vous vouliez me parler ?

Devant le contrôle dont je faisais preuve, Mencheres cligna des yeux.

— Je me disais que tu préférerais d'abord discuter avec ta mère.

— Non, allons-y.

Vlad s'inclina poliment.

— Je vais vous laisser, dit-il avant de rentrer dans la maison.

Mencheres promena sur moi un regard scrutateur que je lui rendis. Ni lui ni moi ne bougions. Enfin, il brisa le silence.

— Je me suis servi de mes pouvoirs pour essayer de localiser le corps de Bones. Je l'ai vu l'espace d'un court instant, en train de se flétrir, un couteau planté dans la poitrine.

Cette nouvelle me percuta plus violemment qu'un boulet de canon. Je réussis à grand-peine à retenir les cris hystériques qui montaient dans ma gorge – contrairement à Annette qui hurlait à l'intérieur de la maison – et me contentai de serrer les poings de toutes mes forces pour museler mon chagrin.

— Vous savez où il est ?

Si c'était le cas, je pourrais au moins le ramener, à défaut de le ressusciter.

— Non. J'ai perdu l'image tout de suite après. Je pense que Patra utilise un sort de blocage. Elle s'en est déjà servie pour m'empêcher de la localiser. J'essaierai encore, bien entendu.

— Merci.

C'était la première chose aimable et sincère que je disais à Mencheres. Il ne sourit pas, mais son visage se détendit un peu.

— C'est mon désir et mon devoir d'accorder à Bones les adieux qu'il mérite.

Nous nous tûmes ensuite pendant plusieurs minutes. Enfin, Mencheres reprit la parole.

— Bones avait décidé de faire de toi son unique héritière. Tu es désormais la maîtresse de sa lignée, et la comaîtresse de la mienne. J'ai juré sur mon sang d'honorer l'union que j'avais forgée avec lui, et, sur mon sang, je ferai le serment de l'honorer avec toi, pour respecter son souhait.

Je sentis une boule se former dans ma gorge mais je la refoulai, comme toutes les autres émotions auxquelles je ne pouvais me permettre de m'abandonner. Je me contentai de hocher la tête.

— Si c'est ce qu'il voulait, j'accepte.

Mencheres sourit enfin.

— Il serait fier de toi, Cat.

Un mince sourire désespéré apparut sur mes lèvres.

— C'est la seule chose qui me fait tenir encore debout.

Je sentis quelque chose se briser en moi. Je me redressai.

— Il y a autre chose ? Il faut que j'aille voir Annette. Elle semble dans le même triste état que moi.

— Le reste peut attendre. Vas-y. Occupe-toi de sa lignée.

Malgré la jalousie que j'éprouvais en songeant à toutes les années qu'elle avait passées avec Bones, et en dépit de l'immense rancune que je nourrissais à son égard pour avoir essayé de faire avorter notre relation, j'eus envie de consoler Annette dès que je la vis. Si quelqu'un savait exactement ce que je ressentais, c'était bien elle.

— Viens, Annette.

Je la détachai des bras de Ian et de Spade. Ils la tenaient tous les deux, aussi bien pour la réconforter que pour l'empêcher de démolir la maison. Il y avait plusieurs objets cassés autour d'elle. Des torrents de larmes rosies coulaient de ses yeux et lui donnaient un air ravagé.

— Lâche-moi ! hurla-t-elle à Spade. Tu ne comprends pas, la vie sans Crispin n'a pas de sens !

Oh, ce que j'étais d'accord avec elle. Mais Vlad avait raison. Bones méritait d'être vengé, et c'était mon rôle de faire en sorte qu'il en soit ainsi.

Je saisis le visage d'Annette entre mes mains.

— Tu vas vivre, parce que tu dois bien ça à Bones. Patra espère que sa mort nous détournera d'elle, mais nous allons lui montrer qu'elle a commis la plus grosse erreur de sa vie. Allez, Annette. Montre à Bones qu'il a eu raison de te transformer en vampire il y a tant d'années… et fais en sorte de terrifier ses ennemis.

Des larmes rose foncé coulaient toujours le long des joues d'Annette, mais sa bouche se raidit. Alors que je la regardais, ses traits, jusqu'alors défigurés par le chagrin, se remodelèrent et je retrouvai le visage froid et posé de la femme qui avait tout fait pour causer la ruine de mon couple lors de notre première rencontre.

Elle essuya ses joues et se leva.

*On va les faire payer*, pensai-je en la regardant dans les yeux.

*Et pas qu'un peu*, lus-je dans son regard.

Puis, sans que je m'y attende, elle inclina la tête.

—Crispin m'avait dit qu'il te nommerait Maîtresse de sa lignée si jamais il lui arrivait quelque chose ; je te jure donc fidélité.

Je ne m'étais pas préparée à cela. Les autres membres de la lignée de Bones l'imitèrent, et même Tate s'agenouilla.

Spade vint se mettre à côté de moi, mais sans s'agenouiller, car il était Maître de sa propre lignée. Au lieu de cela, il baissa la tête et embrassa ma bague de fiançailles.

—Je m'engage à tes côtés, Cat, en mémoire de mon ami qui n'en aurait pas attendu moins de moi.

J'aurais voulu répondre quelque chose, mais j'avais la gorge nouée. Rodney murmura des mots similaires et embrassa lui aussi ma pierre rouge scintillante. Ian me surprit en faisant de même. Je serrai les poings en essayant de retenir les larmes qui menaçaient de me submerger. *Ne pleure surtout pas*, me dis-je avec fermeté. *Surtout pas.*

Une fois que tous les vampires eurent prêté serment, je me raclai la gorge.

—Merci. Je vous promets que je me montrerai digne de votre confiance. Comme l'a dit Spade, c'est ce que Bones aurait voulu. Mencheres ?

Il inclina la tête.

—Oui ?

— Et maintenant ?

— Nous organiserons bientôt une assemblée pour que les membres de la lignée de Bones te reconnaissent officiellement. Pour le reste, la situation est toujours la même. Nous sommes en guerre.

— Pourquoi bientôt ? La loi des vampires impose-t-elle une période d'attente incompressible ?

Mencheres fronça les sourcils.

— Non, mais après cet événement aussi soudain que tragique, tu as le temps…

— Pas question. Je ne vais pas recouvrer ma joie de vivre, alors autant régler ça rapidement. Les membres de la lignée de Bones seront affolés par sa mort, et plus longtemps ils resteront déboussolés, plus Patra confirmera son avantage. Quand peut-on organiser cette cérémonie ? Le plus tôt sera le mieux.

Mencheres semblait pris de court. Sans y prêter attention, je tapai du pied pour montrer mon impatience.

— Alors ?

— Demain soir. Je vais avertir les chefs concernés.

— Demain soir, donc.

La question était à présent de savoir ce que j'allais bien pouvoir faire pour m'occuper en attendant.

Après m'être entendu dire plusieurs fois que je devrais prendre un peu de repos, je montai dans l'une des chambres pour enfin avoir la paix. Mais dès que je m'allongeai sur le lit et que je sentis ce grand vide à côté de moi, j'abandonnai l'idée de dormir au profit d'un bain. Je restai dans la baignoire pendant deux heures, les yeux dans le vide.

Mencheres se tenait dans l'encadrement de la porte lorsque je sortis de la salle de bains.

— J'ai quelque chose pour toi, dit-il en me tendant un petit coffret carré en bois sculpté, très ancien.

— Qu'est-ce que c'est ?

— Bones me l'a donné il y a plusieurs mois. Il voulait que je te le transmette au cas où il lui arriverait quelque chose.

— Posez-le sur le lit. (Ma voix était rauque. J'avais peur de le prendre car mes mains tremblaient, ce qui ne m'arrivait jamais.) Et sortez.

Il fit ce que je lui demandais, et je me retrouvai seule dans la chambre avec la boîte. Il me fallut plus de vingt minutes avant de trouver le courage de l'ouvrir. Puis je me retins de pousser un cri.

Glissées dans la doublure de la boîte se trouvaient des photos. La première avait été prise l'été précédent, c'était une photo de nous deux. Bones et moi étions assis sur la balancelle de notre porche. Il était de profil et me murmurait quelque chose, et moi je souriais.

Sur la seconde, j'étais nue sur un lit défait. Couchée sur le côté, je serrais un oreiller dans mes bras. J'avais la bouche ouverte et je dormais, le visage figé dans une posture d'abandon et de sensualité mêlés. Un de mes seins était visible, et l'autre émergeait de sous les couvertures, comme la toison rousse entre mes jambes. Quelque peu gênée, malgré les circonstances, je la reposai, puis remarquai les mots inscrits au dos.

« J'ai pris cette photo un matin. Tu étais si adorable que je n'ai pas pu résister. Cela me fait encore sourire de t'imaginer rougir en la regardant. »

Un son étranglé sortit de ma bouche lorsque je reconnus son écriture, familière et élégante. Je ne pouvais pas. La douleur était si forte que je me mis à respirer de façon irrégulière.

Une note pliée était posée sur les autres objets contenus dans la boîte ; dessus il était écrit « À ma femme adorée ».

Ces mots se brouillèrent dès que je les lus, car mes yeux s'emplirent aussitôt de larmes presque brûlantes.

Quelque chose en moi savait que si je lisais ce mot, je perdrais à jamais le peu de contrôle que j'avais sur mes émotions et je sombrerais dans la folie. Je refermai la boîte et la glissai sous le lit. Avec une résolution morbide, j'enfilai les premiers vêtements que je trouvai sans même regarder s'ils s'accordaient et je sortis de la pièce, presque en courant.

Doc leva la tête lorsque je le rejoignis au sous-sol. Il était en train de faire tourner ses deux six-coups. La plupart des vampires préféraient les couteaux, les épées ou d'autres armes archaïques du même genre, mais Doc faisait une fixation sur les revolvers. Les siens ne le quittaient jamais.

— Faucheuse, me dit-il en guise de salut.

— Quel âge as-tu ?

Si ma question soudaine le surprit, il n'en montra rien. Je fréquentais Doc depuis une semaine, mais nous n'avions encore jamais réellement discuté.

— Cent soixante ans, en comptant mes années de vie humaine.

Il avait un accent du Sud très agréable, qui semblait accentuer la politesse de ses propos. Je me demandai s'il avait été sudiste ou nordiste pendant la guerre de Sécession.

Il sortit l'un de ses revolvers.

— Tu veux essayer de la faire tourner ?

Je venais de parcourir une soixantaine de kilomètres au pas de course dans les bois, puis je m'étais entraînée seule aux couteaux pendant deux heures, le tout en remâchant mes sombres pensées plus que je l'aurais voulu. Une séance de tir ne me ferait pas de mal…

— Tes pistolets sont féminins ? demandai-je en prenant celui qu'il me tendait.

Il fallait les armer manuellement. Moi, je n'avais que des armes semi-automatiques ou entièrement automatiques, selon la situation.

— Si j'emploie le féminin, Cat, c'est que la persuasion féminine est toujours la plus mortelle.

De l'humour noir. En d'autres circonstances, j'aurais apprécié. Je fis tourner le revolver autour de mon doigt tout en l'armant aussi vite que possible. Les couteaux étaient mes armes de prédilection, mais cela ne voulait pas dire que je ne savais pas apprécier les armes à feu.

— Très bien, remarqua-t-il. Il n'y a rien de l'autre côté du mur. Tu tires bien ?

Pour toute réponse, je me contentai de vider le chargeur dans la zone qu'il me désignait, six coups successifs qui résonnèrent comme un seul. Doc sourit en voyant le triangle que dessinaient les trous. Je ne lui souris pas en retour, car j'ignorais si j'en étais encore capable.

— Donne-moi d'autres balles et j'écrirai ton nom, lui dis-je sans vraiment m'intéresser à la conversation. Et toi ?

Il prit le revolver et le rechargea. Puis il fit tourner ses deux armes dans ses mains, trop vite pour que je saisisse chaque mouvement, les faisant rebondir par terre pour les rattraper, les entrechoquant dans les airs et les faisant passer derrière son dos et entre ses jambes. Dans le même temps, les coups partaient, les détonations donnant une dimension supplémentaire au spectacle. Il reposa les armes dans mes mains avant que l'écho des coups de feu se soit totalement dissipé.

— Qu'est-ce que tu en penses ?

Je regardai le mur à vingt-cinq mètres de nous, et je compris où il avait voulu en venir. Doc avait transformé mon triangle en A, qu'il avait entouré d'un C et d'un T. Vu qu'il avait réussi cet exploit tout en procédant à son étourdissant numéro de jonglerie, je ne pouvais qu'être impressionnée.

— Tu ferais un tabac auprès de mon équipe, répondis-je enfin. Mes hommes te diraient qu'ils n'ont jamais rien vu d'aussi éblouissant.

— J'ai eu pas mal de démêlés avec la loi, dit-il d'un ton à la fois sec et amusé. Moins je la vois, mieux je me porte.

— Dans quelles circonstances Bones t'a-t-il transformé ?

Le visage de Doc se fit plus sévère.

— En fait, Bones est mon grand-père. C'est Annette qui m'a transformé.

Oh. Je le regardai de nouveau avec une objectivité toute féminine et remarquai sa carrure mince, le charme de son visage fatigué, ses yeux noisette, et ses cheveux bruns plaqués en arrière. Ouais, c'était bien le genre d'Annette.

— Tiens donc.

— Ce n'est pas ce que tu crois. Vers le milieu du XIX^e^ siècle, je suis tombé sur quatre hommes qui avaient coincé une femme derrière un saloon. J'en ai tué deux et les deux autres ont déguerpi. Mais ce que je ne savais pas, c'est que je ne venais pas de sauver cette femme... mais simplement de la priver d'un bon repas. Quoi qu'il en soit, Annette n'a jamais oublié mes intentions chevaleresques. Plusieurs années plus tard, alors que j'allais mourir, elle m'a retrouvé et m'a proposé une solution de rechange. Je l'ai acceptée.

C'était tout à fait le genre de chose que Bones aurait fait. Les larmes aux yeux, je me détournai. *Ne jamais oublier une gentillesse*. Visiblement, c'était également le credo d'Annette.

— Tu ne dépends pas de Bones et tu es un Maître, ce qui fait que tu n'appartiens plus à la lignée d'Annette, raisonnai-je à haute voix. Alors qu'est-ce que tu fais ici ?

Il braqua ses yeux brun pâle sur moi d'un air solennel.

— La même chose que toi. Je paie mes dettes.

# Chapitre 23

Nous étions le vingt-sept décembre et l'assemblée se tenait dans un opéra, rien que ça. J'étais entièrement vêtue de noir, ce qui s'accordait parfaitement à mon humeur. Un sac-poubelle m'aurait très bien convenu, mais les vampires avaient coutume de se mettre sur leur trente et un pour les grandes occasions et j'avais un rôle à tenir. Des bottes en cuir noir complétaient ma tenue. Le seul élément de couleur que je portais était une fine chaîne en argent autour de la taille, à laquelle pendaient plusieurs couteaux du même métal, symboles à la fois d'une menace latente et d'une promesse de protection.

Mencheres et moi étions au centre de la scène. Même si toutes les personnes présentes dans le théâtre savaient pourquoi nous étions réunis, il répéta la nouvelle de la mort de Bones, comme le voulait l'usage. Je refusai de laisser la moindre émotion transparaître sur mon visage en entendant de nouveau prononcer ces mots dévastateurs, qui me déchirèrent avec la même violence que la première fois.

— … et selon ses volontés, la direction de sa lignée est transmise à sa femme, Cat. (Mencheres me tendit la main et je la pris.) À partir de cette nuit, tous ceux qui t'appartiennent sont à moi, et tous les miens sont à toi. Pour finaliser cette alliance, du sang est requis. Catherine, toi qui es aussi connue sous le nom de la Faucheuse rousse, offres-tu ton sang comme preuve de ton engagement ?

Je répétai les mots consacrés, que je n'aurais jamais cru devoir prononcer un jour. Puis je m'entaillai profondément la paume avec mon couteau. Mencheres le prit à son tour et se coupa lui aussi la main avant de la coller contre la mienne.

— Par mon sang je m'engage pareillement. Si je trahis notre alliance, la mort sera mon châtiment.

Nous levâmes nos mains jointes pour que tout le monde les voie. Alors que ma plaie se refermait au contact de son sang, je sentis une sorte de chatouillement, puis nous nous lâchâmes. C'était terminé.

Enfin presque.

— Je refuse de me soumettre à l'hybride, et je la défie pour gagner ma liberté.

— Thomas, sale petit con ! (Spade, qui se trouvait à l'arrière de la scène, s'avança.) Si Crispin était là, il t'arracherait la colonne vertébrale et s'en servirait pour te fouetter. Mais comme j'étais son meilleur ami, je me ferai un plaisir d'agir à sa place.

En vérité, je n'étais pas surprise. Lors d'un rassemblement officiel, un vampire avait le droit de demander son indépendance, ou de la gagner au terme d'un duel. Si le Maître se sentait d'humeur conciliante, ou si l'affaire avait fait l'objet d'une entente préalable, il l'accordait sans combattre. Sinon…

— N'y songe même pas, Spade, dis-je. Bones te remercierait de tes intentions, tout comme je le fais, mais cet homme m'a lancé un défi, et je vais le relever.

— Cat. (Spade me saisit par les épaules et baissa la voix.) Tu n'as pas dormi depuis plusieurs jours, tu ne manges rien, et tu ne fais que t'entraîner. Si tu ne veux pas que j'intervienne, laisse Mencheres s'en charger. Il lui réglera son compte de telle manière que tous ceux qui seraient tentés de l'imiter y réfléchiront à deux fois.

— Tu as raison. (Spade se détendit ; Bones, lui, ne s'y serait pas laissé prendre.) Ce crétin mérite qu'on lui règle son compte, mais c'est moi qui m'en chargerai. Si j'en suis incapable, ma lignée tombera en miettes. Thomas !

Je repoussai Spade et marchai jusqu'au bord de la scène.

— J'accepte ton défi. Si tu veux ta liberté... (Je fis craquer mes doigts et mes cervicales.) Viens la chercher.

Thomas s'avança vers la plate-forme et sauta sur la scène avec élégance. Les autres vampires lui firent un passage tandis que Mencheres interrompait les nouvelles protestations de Spade d'un signe de la main. Je souris presque en observant la scène. Pour moi, c'était ce qui s'approchait le plus d'une thérapie.

— Comment veux-tu mourir ? demandai-je à Thomas en le regardant droit dans les yeux. Parce que c'est ce qui t'attend, tu sais. Je te laisse le choix des armes. Épée, couteau, maillet, à moins que tu préfères un combat à mains nues.

Thomas était aussi grand que moi ; il avait les yeux bleus et les cheveux brun-roux. Je notai ces détails tout en évaluant son aura. Sa puissance résonnait comme celle d'un vampire dangereux. S'il avait l'apparence d'un adolescent, il en allait tout autrement de son aura de vampire.

— Je te tuerai rapidement, par respect pour mon maître, répondit-il avec un accent irlandais.

Je poussai une exclamation amusée. Avec sa petite taille et ses joues rondes, Thomas me rappelait le lutin sur la boîte de céréales que ma mère m'achetait quand j'étais petite. Comme lui, j'avais envie, en regardant Thomas, de m'écrier « Ils en veulent encore à mes Lucky Charms ! » S'il avait été vert, l'illusion aurait été parfaite.

— Si tu avais le moindre respect pour Bones, tu ne demanderais pas ta liberté en plein milieu d'une guerre, sifflai-je. Comme il l'aurait dit lui-même, c'est de très mauvais goût.

— Son malheur a été de tomber dans les filets d'une sorcière comme toi, rétorqua-t-il en choisissant un couteau parmi les armes présentées à la hâte. (Je ne me fatiguai pas à l'imiter car j'en portais plusieurs à la ceinture.) Tu l'as poussé à s'engager dans une guerre en inventant une agression qui n'a jamais eu lieu !

Plusieurs des vampires présents sur la scène poussèrent des jurons. Une colère froide m'envahit. Il aimait les coups bas ? Il allait être servi.

Je poussai un cri et me recroquevillai, comme sous l'effet d'un coup. Thomas fonça dans ma direction, vif comme l'éclair. Lorsqu'il fut sur moi, son couteau à quelques millimètres de mon cœur, je roulai sur le côté et lui enfonçai sa propre lame dans l'estomac. Très vite, je plantai mon couteau en argent dans son cœur. Tout s'était déroulé en moins d'une seconde.

— Pauvre crétin, tu n'as pas dû faire attention le jour où Bones t'a expliqué comment ne pas se faire avoir par un coup de bluff.

Mon couteau toujours planté dans son cœur, Thomas se figea comme s'il avait été transformé en glace. Je me penchai sur lui ; j'étais si près de son visage que je pouvais presque lui murmurer à l'oreille.

— Dis bonjour à Bones de ma part, prononçai-je avant de tordre la lame une dernière fois. Et quand il te mettra la main dessus, ce sera *vraiment* ta fête.

Je donnai un coup de pied dans le corps de Thomas, qui se flétrissait lentement. Il atterrit dans la fosse d'orchestre. Je remis ensuite mon couteau à ma ceinture sans même prendre le soin de l'essuyer.

J'entendis de l'agitation dans le fond. Le bruit d'une porte s'ouvrant à toute volée. Je levai les yeux et vis Mencheres s'avancer vers moi et me saisir la main.

— Cat, je suis vraiment désolé, je n'aurais jamais cru qu'elle ferait cela, annonça-t-il en grinçant des dents. Tu ne peux pas l'attaquer lors d'un rassemblement officiel, c'est contraire à nos lois. En le faisant, tu nous condamnerais tous.

À ces mots, je commençai à comprendre qui étaient les cinq vampires qui venaient d'entrer dans le théâtre. *Des retardataires*, m'étais-je tout d'abord dit. Mais le rire qui retentit avant même que Mencheres ait fini de parler m'ouvrit les yeux. Je connaissais ce rire. Il me brûlait comme un tison.

— Mencheres, mon cher époux, ne viendras-tu pas me saluer ?

Je serrai sa main dans la mienne avec une telle force que je lui brisai les os. Heureusement, les fractures disparurent presque instantanément. C'était à lui que Patra s'était adressée, mais elle n'avait d'yeux que pour moi alors qu'elle descendait l'allée avec une grâce serpentine.

Patra n'avait pas le fameux carré dont les films sur l'Égypte antique affublaient sa mère. Non, ses longs cheveux noirs étaient rehaussés de mèches dorées. Ses sourcils n'étaient pas non plus aussi épais que dans la version cinématographique produite par Hollywood. Leur courbe était même fine, en réalité. Tout comme elle. D'ailleurs, elle était plus athlétique que voluptueuse. Sa peau était pâle, mais plus foncée que la mienne. Presque couleur miel. Son nez était un peu trop long pour satisfaire aux canons actuels, mais Patra n'en était pas moins belle.

— Pourquoi ?

Je crachai cette question à Mencheres sans la quitter des yeux. Mon corps était si tendu qu'il semblait sur le point de rompre. *Tue*, voilà la seule pensée que mon esprit était capable de former.

— Ce sont nos lois. Son statut d'épouse lui donne le droit d'être présente à tous nos rassemblements, mais elle ne peut pas nous attaquer. Nous ne pouvons pas non plus nous en prendre à elle, d'ailleurs. Elle cherche à te provoquer pour que tu cèdes à la violence, mais ne lui fais pas ce plaisir.

Pour ça, oui, elle me poussait à la violence. Je mourais d'envie de la démembrer et de me baigner dans son sang. Je laissai mes yeux s'embraser d'une lueur verte et dardai sur elle un regard de haine.

— Salut, garce.

Elle rit de nouveau ; son rire était une sorte de ronronnement chargé de sous-entendus.

— Alors c'est toi l'hybride. Dis-moi (une lueur apparut dans ses yeux), est-ce que tu dors bien ces derniers temps ?

Une partie de mon esprit s'étonna que je ne me consume pas de colère. L'autre moitié m'entendit éclater d'un rire cristallin et enjoué, en totale contradiction avec ce que je ressentais.

— C'est tout ce dont tu es capable, Patra ? Voyons… C'est d'un plat.

Elle avait dû s'attendre à tout sauf à ça. La vache, je me surprenais moi-même.

Patra n'avait pas apprécié que je me moque d'elle. Son air courroucé m'en apportait la preuve.

— Je suis moins idiote que tu le pensais, continuai-je. Maintenant, tais-toi ou va-t'en, mais ne nous interromps plus. Il doit bien y avoir une loi là-dessus.

— Je pars. (Son sourire était méprisant.) J'ai vu ce que je voulais voir. Tu n'es rien, et, bientôt, tu seras encore moins que cela. Toutefois, avant de partir, je crois que tu as le droit de savoir la raison pour laquelle tu es engagée dans cette guerre. Je parie que mon mari ne t'a rien dit, n'est-ce pas ?

— Dit quoi ?

Elle rit de nouveau, et je me surpris à penser que je n'avais jamais rien détesté autant que ce rire.

— Tu ne t'es jamais demandé pourquoi je m'étais retournée contre Mencheres ? Si je ne l'avais pas fait, il n'y aurait pas eu de guerre, et donc pas de raison de vous tuer, toi et Bones.

Si elle attendait que je l'encourage à continuer, elle en fut pour ses frais. Patra soupira.

— Bon, je vais t'expliquer. Lorsque Mencheres m'a proposé de me transformer en vampire, je lui ai dit que je n'accepterais que s'il transformait également Intef, mon amant. Mais lorsque je m'éveillai de la mort, Mencheres m'annonça que Intef avait été tué avant que ses hommes aient eu le temps de le trouver.

Elle s'arrêta pour jeter à Mencheres un regard plein de haine.

— Puis un jour, Anubus, un ancien ami de Mencheres, rompit son silence. Intef n'avait pas été tué par les Romains. C'était Mencheres le coupable. Tu vois, petite hybride, tu te retrouves entraînée dans cette guerre uniquement parce que je vais enfin me venger de l'assassin de mon amant. Maintenant que tu connais toute la vérité, qui est réellement responsable de la mort de Bones, à ton avis ?

Je me tournai vers Mencheres, qui ferma brièvement les yeux avant de croiser mon regard. Je compris alors que ce que Patra avait dit était vrai. Le temps d'un instant, je fus submergée par l'envie de les poignarder tous les deux, pour la cruauté dont ils faisaient preuve pour arriver à leurs fins.

Puis je fis de nouveau face à Patra.

— Je comprends ta motivation. Mais tu n'aurais dû t'en prendre qu'à Mencheres. Au lieu de cela, tu as choisi de forcer des gens à se transformer en bombes humaines après avoir enlevé leurs proches. Tu as choisi d'assassiner Bones, et pour cette seule raison je te tuerai. Tu es particulièrement bien placée pour comprendre pourquoi.

Patra sourit.

— Je compatis à ta douleur, et je vais donc t'en libérer. (Elle haussa la voix.) J'offre l'amnistie à tous ceux qui la quittent pour me rejoindre ! De plus, à celui ou à celle qui la tuera, j'offre une récompense qui ira au-delà de ses rêves les plus fous. Vous avez la parole d'une déesse.

Le regard que je lui décochai était plus dur que le diamant à mon doigt.

— Espèce de garce arrogante, je te promets que je te tuerai, et c'est la parole d'une hybride.

Patra me gratifia d'un dernier regard méprisant avant de tourner les talons. Flanquée de ses quatre gardes du corps, elle remonta l'allée aussi royalement qu'elle l'avait descendue.

Ce ne fut qu'une fois que les portes se furent refermées derrière elle et ses sbires que j'expirai. J'étais si furieuse que j'en tremblais.

Le silence était complet. Pas le moindre petit mouvement ni le moindre raclement de gorge comme on en entend dans une foule humaine. Je me dirigeai vers le côté de la scène, là où se trouvaient les armes, et tirai une épée presque avec douceur. Autant étouffer dans l'œuf les possibles répercussions de l'offre de Patra plutôt que laisser l'idée que j'étais trop faible pour être un bon chef faire son chemin.

— Bon, à tous ceux qui croient cette garce et qui pensent qu'ils peuvent me battre, je suis prête.

Les défis ne se firent pas attendre. Plusieurs voix s'élevèrent rapidement et bruyamment. Cette fois-ci, je ne proposai pas le choix des armes, et je gardai mon épée. Au fur et à mesure que les vampires arrivaient sur la scène, je tranchais, j'éventrais, je décapitais, mettant dans mes coups toute ma fureur et mon chagrin refoulés jusqu'ici, soulagée de pouvoir ressentir autre chose que de la douleur, ne serait-ce que quelques courts instants.

Après que j'eus enfoncé mon épée dans le cœur du huitième vampire – je l'avais transpercé avec une telle vigueur que la moitié de mon bras avait suivi la lame –, ma tenue, sillonnée de dizaines de déchirures, béait par endroits de manière indécente. Par chance, mes blessures avaient été guéries au contact du sang frais de mes adversaires.

Je me tournai vers le public.

— Y a-t-il d'autres volontaires ?

Personne ne répondit. Je plantai l'épée au centre de la scène, telle Excalibur dans son rocher. Puis j'essuyai le sang sur ma joue avec ma manche en lambeaux et me tournai vers Mencheres.

— On peut y aller, maintenant ?

# Chapitre 24

Lorsque je rentrai chez moi, je fus accueillie par le vide béant du lit. *Regarde,* semblait-il me dire, comme pour me provoquer, *mes draps sont tirés. Mon matelas ne porte plus l'empreinte de ce corps allongé et pâle qui dormait à tes côtés. Bones est parti. Il ne reviendra jamais.*

Dans un accès de colère aussi violent qu'inutile, je renversai le lit qui se fracassa contre le mur. Loin de m'apaiser, ce geste eut pour seul effet, outre celui de me priver d'un lit en parfait état, de faire apparaître la boîte antique qui abritait la lettre que je n'avais pas le courage de lire. Un vrai gâchis, à l'image de ce que me réservait désormais l'avenir.

J'enfilai un pantalon de jogging et un tee-shirt, et je descendis avec la boîte après l'avoir enveloppée dans une couverture que j'avais récupérée dans les décombres de mon lit. Il était tout juste 2 heures à la pendule, et personne ne dormait.

Spade et Rodney se trouvaient dans le salon avec Ian. Mencheres n'était pas là, ce qui ne m'étonnait pas. Revoir Patra l'avait profondément déstabilisé. D'une certaine façon, je ressentais de la compassion pour lui. Lorsqu'il avait épousé Patra, il l'aimait. Ce n'était peut-être pas très malin de sa part, mais, après tout, personne n'était parfait. Même des milliers d'années plus tard, cette erreur le hantait toujours.

— Tu as fait ce qu'il fallait ce soir, Cat, dit Ian. Même si tu fais peine à voir.

En temps normal, je l'aurais gratifié d'une repartie sarcastique, mais je n'en avais pas la force. Je me contentai de m'installer dans le canapé et posai la boîte par terre à côté de moi.

— Si tu le dis.

— Il faut que tu dormes, observa Spade pour la centième fois au moins.

— Si j'arrivais à trouver le sommeil, tu crois que je resterais là à vous écouter me faire la morale ? Est-ce qu'Anubus a avoué quelque chose d'intéressant ?

C'était Ian qui avait passé le plus de temps avec lui. Enfin, Ian accompagné de quelques amis sadiques. À l'heure qu'il était, Anubus devait certainement regretter de ne pas être mort. Mais ses gardiens n'avaient bien entendu aucune intention de le tuer, malgré toutes ses supplications.

— Quasiment rien, en fait, grogna Ian d'un ton exaspéré. Ce crétin répète qu'il ne sait même pas comment Crispin a été capturé, ou qui se trouvait à la gare à part les vampires que nous avons vus. Je ne vois vraiment pas pourquoi il s'obstine à dire qu'il ne sait rien, ça n'a aucun sens.

— Il faut qu'on continue, fit Rodney d'une voix sinistre. Qu'on se montre plus inventifs.

— Tout à fait d'accord, dit Spade.

Je me massais les tempes pour essayer de contenir ma migraine.

— Ian a raison, tu sais, reprit Spade d'un ton sec. Tu es dans un état lamentable, et tu ne vas pas tenir très longtemps si tu ne te reposes pas. Tu veux que je… ?

— Tu ne peux rien faire pour elle. Mais moi, si.

Spade jeta un regard noir à Tate alors que ce dernier entrait dans la pièce. Ian et Rodney l'imitèrent. Tate ne parut pas s'en offusquer, et il s'assit à côté de moi sur le canapé.

— Tate, soupirai-je. Tu ferais peut-être mieux de partir. Ils ont tous envie de t'arracher la tête et de faire une partie de bowling avec.

Il ne prêta aucune attention à mon avertissement et me tendit un flacon de médicament.

— J'ai téléphoné à Don. C'est du sur-mesure, cent pour cent compatible avec ton sang, Cat, et ça te fera dormir. C'est pour ça que je me suis absenté si longtemps ; je me suis rendu à pied à la pharmacie au lieu d'y aller en voiture. Quelqu'un aurait pu me suivre ou repérer le numéro de la plaque.

Les trois autres hommes étaient aussi abasourdis que moi. Je pris le flacon.

— Merci.

Je lui étais doublement reconnaissante en songeant au répit bienvenu que m'apporterait le sommeil. Pendant quelques heures, peut-être, je serais libérée de mon chagrin.

Il me tendit un verre d'eau.

— Je t'en prie.

J'ingurgitai la dose prescrite et m'enfonçai de nouveau dans le canapé. La boîte en bois était toujours à côté de moi, avec à l'intérieur les mots de Bones, le souvenir le plus fort qui me restait de lui. Au bout de quelques minutes, je sentis mon corps se détendre. Le somnifère était puissant et mon métabolisme l'assimilait rapidement.

— Bien joué, mon gars, dit Spade alors que le sommeil commençait à me gagner. Peut-être qu'on réussira à faire quelque chose de toi, en fin de compte.

— Bones et moi voulions tous les deux son bonheur, répondit Tate à voix basse. Nous n'étions simplement pas d'accord sur le moyen d'y parvenir.

*Bones…*

Son nom résonna dans ma tête tandis que je sombrais dans l'inconscience qui me tendait les bras.

*Peut-être rêverai-je de toi…*

Je fus réveillée par un bruit. Un cri résonna dans la maison. Puis j'entendis des bruits de pas précipités. Le somnifère m'avait plongée dans un sommeil agité, mais tous ces sons parvenaient jusqu'à moi…

— Qu'est-ce que… ?

C'était la voix de Spade. Mais pourquoi était-elle montée d'une octave ?

— Nom de Dieu !

Était-ce Ian ? Ils ne pouvaient pas la mettre en sourdine ?

Une voix qui semblait être celle d'Annette poussa un cri si aigu que je plaquai mon oreiller sur ma tête. Ce simple effort m'épuisa. Si j'en avais eu la force, je me serais plainte du vacarme. C'était bien la peine de vouloir me faire dormir, si c'était ensuite pour faire tout ce raffut ! *Bande d'hypocrites.*

Annette braillait toujours, sa voix, reconnaissable entre mille, poussant des hurlements assourdissants et inintelligibles en continu. Non loin de là, quelque chose s'écrasa par terre. Malgré mon cerveau embrumé, je me dis que c'était peut-être Tate. Il se balançait sur les pieds de sa chaise lorsque j'avais perdu connaissance. Peut-être s'était-il assoupi lui aussi et avait-il perdu l'équilibre ? Mais cela n'expliquait pas la phrase qu'il marmonna.

— Mais je rêve ou quoi…

J'entendis alors un chœur de voix déchaînées, plusieurs claquements de portes, et un tel boucan que je finis par ouvrir un œil, non sans difficulté. Entre tous les mots prononcés, l'un en particulier pénétra dans mon esprit, et je tombai comme une masse du canapé.

— Crispin !

— … faut que je voie ma femme.

À peine avais-je entendu ces paroles que je me mis à hurler et à courir en direction de cette voix, trébuchant au passage sur la table basse. J'avais les yeux ouverts, mais ma vision était floue. Je voyais tout en double, et la silhouette qui s'avançait à grands pas vers moi était plus une ombre qu'un homme.

Je sentis des bras m'entourer et me serrer dans une étreinte si violente que nos deux corps tombèrent à la renverse. Mon visage enfoui dans son cou sentit les vibrations de sa gorge tandis qu'il me parlait d'une voix à l'accent très familier.

— … m'as tellement manqué, Chaton, je t'aime.

*C'est un rêve*, me dis-je. *Un rêve, et je serai éternellement reconnaissante à Don de m'avoir offert une dernière chance de serrer Bones dans mes bras. Vive la science moderne et le mélange codéine-sédatifs !*

— Tu es mort, fis-je d'une voix pâteuse. Si seulement tu étais vraiment là…

— Laissez-moi seul avec elle. Vous tous, s'il vous plaît, accordez-nous un moment. Charles.

Il lui murmura quelque chose, d'une voix trop basse pour que je l'entende. Pourtant, la tête de Spade était toute proche, sa chevelure noire me frôlait le menton. Il acquiesça et embrassa le visage pâle que je n'apercevais pour l'instant qu'au travers d'une brume intermittente.

— Tout ce que tu veux, mon ami.

— Pitié, ne me réveillez pas, suppliai-je, terrifiée à l'idée que quelqu'un me fasse sortir de mon rêve. (J'agrippai la silhouette qui semblait si réelle, et serrai les paupières de toutes mes forces.) Laissez-le-moi encore un peu.

— Tu n'es pas en train de rêver, Chaton. (Oh, mon Dieu, je sentis sa bouche se poser sur la mienne, dans un baiser qui me brisa le cœur.) Je suis là.

— Il a vu ton cadavre, t… tout flétri… tu n'es pas réel…

Le rêve et la réalité se mélangeaient, ma confusion sans doute aggravée par le somnifère et le choc que je venais de subir.

Il me porta jusqu'au canapé.

— Pour les discours, on verra plus tard, dit-il en brisant mon verre d'eau avant de s'entailler la paume avec un des éclats.

Je n'avais pas vraiment le choix, car il plaqua aussitôt sa main sur ma bouche.

À chaque goutte que j'avalais, le brouillard se dissipait un peu plus, jusqu'à ce que je voie clairement Bones agenouillé devant moi. Les doigts tremblants, je tendis la main pour le toucher, craignant à moitié que ce ne soit qu'un nouveau rêve maléfique envoyé par Patra. Un rêve qui se terminerait par la cruelle désintégration de son corps sous mes yeux.

Bones me saisit la main et la serra.

Je le dévorai des yeux. À part ses cheveux, qui étaient d'un blanc inattendu, il n'avait pas changé. Sa peau était plus incandescente que jamais, et il me transperçait de ses yeux brun sombre.

— Tu es vraiment là ?

Je n'arrivais pas à me défaire de l'idée terrifiante qu'il n'était qu'un mirage. Et si jamais je me laissais aller à croire qu'il était bel et bien réel, et que je me réveillais pour découvrir que tout cela n'était qu'un rêve ? Je ne le supporterais pas. Je deviendrais folle.

Prise d'un soudain accès de désespoir, je pris l'un des tessons de verre et me l'enfonçai dans la jambe. Bones l'arracha, horrifié.

— Qu'est-ce que tu fais, Chaton ?

Je n'avais jamais rien senti d'aussi délicieux que la douleur qui m'envahit tout à coup, car elle signifiait que je ne rêvais pas. D'une manière ou d'une autre, Bones était *vraiment* là. La carapace que j'avais revêtue ces derniers jours se fissura et je fondis en larmes en me jetant sur lui alors qu'il essayait de me tenir à distance pour soigner ma jambe.

— Tu es vivant, tu es vivant… !

Je répétais ces mots en boucle tout en sanglotant. Je promenais mes mains fiévreuses sur son corps, toute à la joie de retrouver les contours fermes et familiers de son torse sous ses vêtements. N'y tenant plus, j'arrachai sa chemise et sanglotai de plus belle en sentant le bourdonnement de puissance rassurant qui émanait de sa chair nue.

Bones me serrait fort contre lui. Il me murmura quelque chose à l'oreille mais je ne l'entendis pas. Le chagrin et la douleur des jours précédents s'évanouirent pour céder la place à un bonheur si intense que je me mis à trembler. Le contrôle que je me flattais d'exercer sur mes émotions vola en éclats, mais je m'en fichais. Tout ce que je pensais avoir perdu venait soudain de réapparaître. Je m'agrippai à Bones comme si ma vie en dépendait ; c'était d'ailleurs exactement ce que je ressentais.

Il s'était sans doute écoulé plusieurs minutes, mais celles-ci m'avaient fait l'effet de quelques secondes seulement. Bones m'écarta de lui pour pouvoir m'embrasser et je plaquai ma bouche contre la sienne pour me régaler de sa saveur. Il m'attira encore plus près de lui et poussa un grognement lorsque j'enroulai mes jambes autour de sa taille.

Désormais, je caressais son corps pour une autre raison. Ce que je ressentais n'était pas du désir. Non, c'était un besoin qui dépassait la simple passion ou l'envie impérieuse de le sentir en moi.

Bones avait dû le sentir, lui aussi, car il n'attendit pas. Nous déchirâmes nos vêtements, puis une incroyable extase me submergea lorsqu'il me pénétra. Séchant mes dernières larmes, je haletai et le serrai contre moi comme si je voulais l'écraser. Puis je l'embrassai avec fougue jusqu'à ce que le manque d'oxygène me fasse tourner la tête.

Ce fut rapide et explosif. Bones jouit quelques instants après moi et poussa un grognement de plaisir des plus primitifs. Mon cœur tambourinait dans ma poitrine ; compte tenu de tous les produits chimiques qui couraient dans mes veines, c'était peut-être dangereux. Mais même si je devais mourir sur-le-champ, je me considérerais comme la personne la plus chanceuse du monde.

— Si tu savais comme tu m'as manqué, Chaton, murmura Bones.

— Tout le monde est revenu, dis-je dans un souffle, tandis que je me remémorais avec angoisse les événements passés. Sauf toi. Je t'ai appelé sur ton portable. C'est Patra qui a répondu. Elle a dit…

Je me tus. Cela nous menait à la question la plus importante, que le choc et la joie de le retrouver avaient fait passer à l'arrière-plan.

— Bones, que s'est-il passé ?

Pour éviter de devoir répéter son histoire plusieurs fois, Bones fit entrer tout le monde, après être allé nous chercher d'autres vêtements. Je m'installai dans le canapé en buvant du café bien fort pour tenter de faire disparaître les derniers lambeaux de brume qui encombraient encore mon cerveau. Le sang de Bones s'était révélé plus puissant que le somnifère, mais j'étais encore loin de me sentir en pleine forme.

Lorsque Bones eut enfin réuni tout le monde au salon, il se retrouva au centre d'une avalanche d'effusions. Annette fendit la foule sans ménagement pour arriver jusqu'à lui. Elle se jeta à son cou et l'embrassa sur la bouche. Bones se retourna et m'adressa un regard d'excuse.

—Ne lui en veux pas, dis-je, sans ressentir pour une fois la moindre jalousie. Elle était aussi malheureuse que moi ces derniers jours.

Lorsque Annette le lâcha enfin, Mencheres prit Bones dans ses bras et passa ses doigts dans les cheveux blancs de son petit-fils d'un air étonné.

—C'est la première fois que je me trompe dans mes visions, déclara-t-il. J'ai vu ton corps en train de se flétrir.

—Ne vous inquiétez pas, vous n'avez pas failli, répondit Bones. Mais nous y reviendrons. Merci d'avoir honoré notre accord. Je ne l'oublierai pas.

Puis ce fut le tour de Ian. Il serra Bones dans ses bras, manifestement ému à en juger par son petit rire éraillé.

—Espèce de branleur, ta femme devrait te botter les fesses pour lui avoir fait un tel coup fourré !

Bones lui donna une tape dans le dos.

—Tu es encore là, mon pote ? Méfie-toi… tu vas finir par devenir quelqu'un de bien.

Les autres vampires présents lui firent tous part de leur joie de le revoir. J'aurais peut-être dû me sentir gênée, car tout le monde m'avait probablement entendue éclater en sanglots, sans parler du moment le plus intime de nos retrouvailles, mais je m'en moquais. Ma pudeur pouvait aller se faire voir ; je ne regrettais pas une seule seconde d'avoir saisi l'occasion de montrer à Bones combien je l'aimais, à travers mes larmes ou… autre chose. La vie était bien trop courte pour que je m'inquiète de choses aussi futiles.

Bones vint finalement s'asseoir à côté de moi. Je lui pris la main, car j'avais encore besoin de le toucher pour me persuader qu'il était bien réel.

—J'étais parti à la poursuite du dernier vampire, comme vous le savez, commença-t-il. Il s'est précipité sur le toit d'un train qui passait. Je l'ai suivi, et alors que nous sautions de wagon en wagon, j'ai senti la présence des autres. Patra était là, dans un wagon rempli de Maîtres. Cette garce savait qu'on ne pourrait pas la détecter tant que le train ne serait pas arrivé. Ils ont envahi le toit pour me coincer. C'était un piège très ingénieux. Se battre au corps à corps sur le toit d'un train en mouvement tout en évitant des couteaux en argent, ce n'est pas ce qu'il y a de plus simple.

La nonchalance avec laquelle Bones décrivait l'horreur de ce qui lui était arrivé me laissait bouche bée.

— Pourquoi est-ce que tu n'as pas sauté du train pour tenter de t'enfuir ?

— Par arrogance, répondit-il d'un ton acerbe. Patra était si près. Je n'avais qu'à tuer sa garde rapprochée, et cette guerre aurait pris fin. C'est pourquoi je n'ai pas battu en retraite ; mais alors qu'il ne restait que six Maîtres, c'est arrivé. L'un d'entre eux a lancé une lame qui m'a touché en plein cœur. La douleur a été si forte que je suis tombé à genoux. Le type est retourné directement dans le wagon pour annoncer à Patra qu'il m'avait tué. C'était ce que je pensais, moi aussi, mais il avait oublié de tourner le couteau une dernière fois.

L'évocation de cette scène me choqua si profondément que j'enfonçai sans m'en rendre compte mes ongles dans la paume de Bones. Ce n'est que lorsque je sentis une substance liquide couler sur mes doigts que je relâchai mon étreinte.

— Désolée, murmurai-je.

— Je me rappelle avoir pensé que j'étais fichu, et ça me mettait en rogne. J'ai réussi à extraire la lame, mais je n'étais plus en état de me défendre. J'ai ensuite ressenti une sorte de puissance très étrange, ma vision s'est assombrie, et ça a été le silence. La dernière chose dont je me souviens, c'est que le train est passé sur un pont, et que j'ai réussi à rouler du toit pour atterrir dans l'eau. Ensuite, plus rien. Jusqu'au sang.

Bones laissa échapper un grognement de remords.

— Le courant avait dû m'entraîner. Un clochard m'a trouvé, il a certainement voulu regarder si j'avais quelque chose d'intéressant dans mes poches, et, quand je me suis réveillé, je tenais son cadavre dans mes bras. Je l'avais égorgé pour le vider de son sang, le pauvre. Il était accompagné d'un copain, et je l'ai saigné lui aussi avant de recouvrer assez de raison pour m'arrêter. Quand j'ai vu mes mains… j'étais horrifié.

Bones s'interrompit pour étendre la main et l'examiner. Je ne voyais rien d'inhabituel. Il grimaça.

— Je pouvais voir mes os, comme si j'étais en partie devenu un squelette. J'étais incapable de me concentrer sur quoi que ce soit, c'était à peine si j'arrivais à voir, à entendre ou à sentir, et j'étais aussi faible qu'un agneau qui vient de naître. Lorsque le soleil s'est levé, j'ai de nouveau perdu connaissance.

— Qu'est-ce qui a bien pu t'arriver ? demanda Ian. Je n'ai jamais entendu parler d'un truc pareil.

— Moi, si, dit doucement Mencheres. Laisse-le terminer.

— Je me suis réveillé après le coucher du soleil, et mon compagnon inconnu a repris connaissance en même temps que moi. Il a essayé de s'enfuir, mais je me suis accroché à sa cheville. Je pouvais parler, pas très distinctement, mais assez tout de même pour me faire comprendre. Je lui ai demandé de me traîner jusqu'à un téléphone, en lui disant qu'après ça je le laisserais partir. Le type était pétrifié, bien entendu. Un squelette à moitié pourri qui venait de tuer son ami ne voulait pas lui lâcher la jambe ; il y avait de quoi mourir cent fois d'une crise cardiaque. Nous avons attendu jusqu'à minuit, pour ne pas trop nous faire remarquer. Un clochard qui pousse un cadavre à coups de pied jusqu'à une cabine téléphonique, ça fait mauvais genre.

Tandis que je visualisais la scène, je ne pus m'empêcher d'éclater de rire. C'était certainement la chose la plus étrange que j'avais jamais entendue.

— Nous sommes arrivés à un téléphone, mais mon acolyte n'avait pas de monnaie pour appeler. Ma cervelle ne tournait toujours pas rond, je n'avais pas envisagé cette possibilité. Tout ce que je savais, c'est qu'il fallait que je trouve un endroit sûr. Je lui ai fait composer des numéros en PCV, mais il m'a dit que la ligne était déconnectée ou que ça ne répondait pas. Je ne me souvenais que de quelques-uns : le tien, celui de Mencheres, celui de Charles… mais vous étiez tous en mode d'alerte et impossibles à joindre. J'ai essayé un dernier numéro, et ça a marché. J'ai pu parler à Don.

*Mon oncle ?* Surprise, je clignai des yeux.

Bones poussa un grognement dépité.

— Oui, lui aussi a été surpris. Don disait que ce n'était pas ma voix, et il avait raison, d'ailleurs. Je lui ai rappelé le jour de notre rencontre, je lui ai dit que j'avais eu envie de le peler comme une orange – je ne sais pas pourquoi, mais je me souvenais très clairement de ce détail – et que je le ferais s'il continuait à douter de mon identité. Don a demandé au clochard de lui indiquer où nous nous trouvions puis il a dit qu'il arrivait. Pour ne pas rester à découvert en pleine rue, j'ai demandé au type de me jeter dans une benne à ordures.

» Environ deux heures plus tard, Don a ouvert le couvercle. En le voyant, je lui ai dit : “Vous en avez mis du temps, vieille branche”, et il a enfin reconnu que c'était bien moi… sans toutefois manquer de m'informer qu'un vieux morceau de viande déshydratée comme moi ferait mieux de montrer un peu plus de respect. Il m'a tiré jusqu'à un van et m'a donné des poches de sang. Même après les avoir toutes bues, je n'avais toujours pas recouvré mon état normal. Don m'a ramené en hélico jusqu'au QG et a continué à me donner du sang. Il m'a fallu plus de douze heures pour me régénérer entièrement.

— Et il n'aurait pas pu m'appeler ?

La question était sortie sans que je puisse la retenir, malgré l'immense gratitude que j'éprouvais pour mon oncle. Don n'aimait pas Bones, il ne l'avait jamais aimé, mais il lui avait sauvé la vie. Je lui en serais à jamais redevable.

— Pour commencer, il ne savait pas quels numéros appeler, Chaton. Il ne connaissait pas les adresses mail de tout le monde, et tu n'as pas dû consulter ton courriel, parce qu'il a essayé de te joindre par ce biais. De plus, comme ma guérison n'avait rien d'instantané, il n'était pas sûr que je m'en sortirais. Don ne voulait pas te donner de faux espoirs. À peu près une heure après ma régénération, Tate a appelé Don et lui a demandé une ordonnance pour toi. Don m'a donné l'adresse de la pharmacie. Une fois sur place, j'ai suivi la trace de Tate jusqu'ici.

Quelque chose dans la voix de Bones me fit enfin prendre conscience qu'il manquait quelqu'un dans la pièce. Même ma mère était là, près de la porte, feignant de ne pas s'intéresser au récit de Bones.

— Où est Tate ? Et pourquoi Don ne l'a-t-il pas appelé lorsqu'il a su que tu allais mieux ? Mon oncle *savait* qu'il était avec moi.

Bones croisa mon regard. Je lus de la pitié dans ses yeux… et une résolution sans faille.

— Don n'a pas appelé Tate parce que je lui ai demandé de ne pas le faire. Après tout, je ne voulais pas que celui qui avait essayé de me tuer découvre que j'étais toujours en vie.

# Chapitre 25

Les mots de Bones firent lentement leur chemin dans ma tête. À voir la manière dont Spade s'agitait sur sa chaise, je subodorais que la situation devait être encore plus sinistre que je le croyais. Lorsque Bones était réapparu, il avait murmuré quelque chose à Spade que je n'avais pas saisi. Ensuite, j'étais si bouleversée qu'il soit toujours en vie que je n'aurais même pas remarqué un troupeau d'éléphants qui serait passé sous mon nez, et encore moins le bruit d'une lutte…

— Où est Tate ?

J'étais étonnée de voir à quel point je pouvais être submergée par la joie et par la colère en même temps.

— Il n'est pas mort, répondit Bones. Il restera enfermé jusqu'à ce qu'il avoue sa trahison, ensuite seulement je le tuerai.

— Tu crois que le coup de la gare était un piège ?

Cela paraissait logique. Comment, sinon, expliquer qu'un train rempli de Maîtres vampires entourant une reine égyptienne diabolique soit arrivé juste à ce moment-là ? Ce ne pouvait être une coïncidence.

— Seules les personnes présentes dans cette pièce étaient au courant de ce plan, et aussi Dave et Cooper, bien sûr, mais rien ne permet de penser que l'un d'entre eux y soit pour quelque chose. Dave est resté enfermé dans une cellule pour surveiller Juan, et Cooper n'a aucune raison de vouloir ma mort. Tate est le seul qui serait prêt à tout pour se débarrasser de moi tout en veillant à ne te faire courir aucun risque, Chaton. C'est l'amour qu'il te porte qui l'a poussé à trahir, et je veux entendre ses aveux de sa propre bouche. Ensuite, je le tuerai rapidement, par égard pour toi.

*Non. Ce n'est pas lui.*

Bones entendit mes protestations silencieuses et soupira.

— Je suis désolé, ma belle, je sais que tu tiens à lui…

Je dressai aussitôt mes barrières mentales, pas pour protéger mes pensées de Bones, mais des deux autres vampires télépathes qui étaient présents dans la pièce. Je refusais de croire que Tate ait pu faire une chose pareille. Il lui arrivait de provoquer Bones et de se comporter comme un abruti, mais il ne le vendrait jamais à Patra.

Le véritable coupable se trouvait donc dans cette pièce.

— Tate n'a aucun moyen de s'évader, n'est-ce pas ?

J'avais posé cette question d'une voix si calme que Bones me regarda bizarrement.

— Non.

— Dans ce cas, ne réglons pas son cas tout de suite. Si Tate admet sa culpabilité, tu n'auras pas à l'éliminer. Je le ferai moi-même.

J'étais sincère, mais je savais que cela n'arriverait jamais. Si Tate voulait un jour tuer Bones, il le défierait en combat loyal. Il perdrait, bien sûr, mais faire un coup en douce, ce n'était pas son style.

— Mencheres, continuai-je, vous avez dit que vous aviez déjà entendu parler de ce qui est arrivé à Bones. Pourriez-vous nous en apprendre plus sur cette histoire de flétrissement ?

Mencheres posa ses yeux calmes et scrutateurs sur moi, et je compris immédiatement deux choses. Il savait que je faisais semblant de ne pas avoir de chagrin pour Tate, et il ne pensait pas non plus que c'était lui le coupable.

*Pleure.*

Le mot avait jailli dans mon esprit comme si on me l'avait murmuré à l'oreille. Surprise, j'eus un mouvement de recul, mais j'obéis. Ce n'était pas difficile. J'étais encore très émotive après tout ce qui s'était passé.

Je laissai couler quelques larmes le long de mes joues. Feindre la faiblesse était parfois la meilleure attaque.

— Tenoch, mon maître, avait un don similaire, déclara Mencheres. Il pouvait manipuler son corps et faire en sorte qu'il se flétrisse pour laisser croire qu'il était mort. Tu as dû hériter de moi plus de pouvoirs que je le pensais, Bones, lorsque nous avons fusionné nos lignées. Il fallait des jours à Tenoch pour se remettre des effets de cette métamorphose ; si dans quinze jours tu as recouvré tes forces, ce sera déjà formidable.

Mencheres se leva, tout en grâce et en autorité contenue.

— Nous garderons le traître sous bonne garde. Tu as besoin de sang et de sommeil. Nous tairons la nouvelle de ta réapparition jusqu'à ce que tu sois totalement guéri. Je t'en prie, prends ma chambre. Elle est insonorisée, et tu ne seras pas dérangé par les bruits de la maison.

*Bravo !* eus-je envie de crier, mais je cachai mon enthousiasme derrière une véritable muraille protectrice. *Espèce de petit vicelard, tu commences presque à me plaire.*

Je reniflai pour faire bon effet.

— Emmène-moi me coucher, Bones. Je suis très fatiguée.

Il se leva et me redressa dans un même mouvement fluide.

— Mencheres, si vous voulez bien me montrer le chemin ?

Bones me porta hors du salon. Lorsque nous passâmes devant ma mère, qui traînait toujours près de la porte, Bones s'arrêta pour lui décocher un sourire impudent.

— Vous pensiez être débarrassée de moi, hein ?

Elle ouvrit la bouche, s'arrêta, puis la referma. Elle me surprit davantage lorsqu'elle s'écarta d'elle-même de notre chemin. Venant d'elle, c'était l'équivalent d'un accueil à bras ouverts.

— Sale animal, dit-elle alors que nous étions déjà loin.

Bones émit un petit rire amusé sans ralentir le pas.

— Moi aussi, je suis ravi de vous revoir, Justina.

Mencheres nous suivit dans la grande chambre à coucher, en marmonnant qu'il avait des affaires à récupérer.

— Je vais les prendre maintenant et ensuite je vous laisse dormir, dit-il d'une voix normale avant de fermer la porte. Bones, Cat a raison. Ce n'est pas Tate.

J'étais surprise que Mencheres soit du même avis que moi, mais je ne lui posai pas de questions.

— Il ne ferait jamais ça, insistai-je.

— Et pourquoi donc ? grogna Bones d'un ton énervé. C'est sa seule chance de t'avoir. Je sais qu'à sa place, je ferais tout pour éliminer mon rival, même si je devais trahir tous mes proches !

— Et tu le regretterais, dit Mencheres.

L'espace d'une seconde, j'aperçus un éclair de douleur passer sur son visage, et je me demandai s'il pensait au meurtre qu'il avait commis tant d'années auparavant.

— Tuer son rival n'apporte pas nécessairement le bonheur. Il arrive même que l'on gâche ainsi toutes ses chances. Les souvenirs laissés par les morts sont bien plus puissants que les soucis causés par les vivants.

Je regardai Mencheres avec attention. Son visage était redevenu impassible, mais, même s'il ne laissait rien paraître, Bones et moi savions ce qu'il entendait par là.

— Si je ne t'avais pas fait bénéficier de ma puissance, continua Mencheres, tu serais mort sur le toit de ce train.

Tu dois me faire confiance, parce qu'il y a quelqu'un dans cette demeure qui compte sur la jalousie pour t'aveugler.

Bones se mit à faire les cent pas, manifestement nerveux.

— D'après vous, le traître se trouverait donc parmi ceux que je considère comme mes frères. Tate est le choix le plus logique.

— Tu as peut-être raison.

Bones fut tellement surpris par ce que je venais de dire qu'il arrêta de faire les cent pas.

Je m'approchai de lui et lui caressai la joue.

— Si tu as raison, poursuivis-je, alors le traître est enfermé et se trouve hors d'état de nuire. Je serais peinée que mon ami ait fait une chose pareille, mais si sa culpabilité est établie, je le tuerai. En revanche, si tu te trompes... nous nous retrouvons face à une personne qui fera tout pour ne pas se faire attraper. Qui n'en revient pas que tu sois toujours en vie. Qui panique à l'idée de ce que tu lui feras si tu la découvres. Autrement dit, si tu as tort, on est tous dans une merde noire. Alors, est-ce que tu es toujours aussi sûr d'avoir raison ?

Bones posa sur moi un regard pénétrant et mystérieux.

— Tu sais bien que je ne prendrais aucun risque. Bon, très bien. Le coupable va essayer d'avertir Patra au plus vite que je suis encore en vie, et elle essaiera probablement de faire taire Tate avant qu'il ait réussi à me convaincre de son innocence. Nous devrons être plus de trois si nous voulons arrêter tout cela.

Mencheres hocha la tête.

— En attendant, il faut que la taupe pense que nous sommes persuadés de la culpabilité de Tate. Nous allons le garder enfermé. Qui veux-tu mettre dans la confidence ?

*En d'autres termes, entre quelles mains es-tu prêt à mettre nos vies à tous ?*

— Charles, bien entendu. Si c'est lui la taupe, je me plante un pieu dans le cœur. Et aussi Rodney.

— Annette également, fis-je. Lorsqu'elle t'a cru mort, elle a dit qu'elle ne pourrait pas vivre sans toi.

Mencheres recula jusqu'à la porte.

— Il faut que je m'en aille, mon absence prolongée risque d'éveiller les soupçons. Quant à ta convalescence… Tenoch pouvait se régénérer en moins de une heure et recouvrer sa pleine puissance en deux. Tu seras remis dans un jour au plus, mais laisse-les croire que tu es affaibli.

— Grand-père. (Bones l'arrêta à la porte désormais ouverte.) Une fois encore, merci.

Mencheres sourit. Le temps d'un instant, il parut plus jeune que Bones, sur le plan physique. Avec son aura incroyablement puissante, je ne m'en étais jamais aperçue.

— Je t'en prie.

Bones et moi étions l'un en face de l'autre dans la chambre. Tout d'un coup, je ne savais plus quoi dire. Devions-nous énumérer la liste des suspects ? Reprendre le débat sur l'innocence de Tate, Bones ne semblant toujours pas convaincu ? Ou bien tout oublier et essayer de dormir, comme on nous l'avait suggéré ?

— Est-ce que quelqu'un a appelé Don pour lui dire que je t'avais retrouvée ?

L'intervention de Bones venait de mettre un terme à mes interrogations. Sa question n'était même pas sur ma liste, du reste.

— Non, mais ce n'est pas si pressé. Viens te coucher près de moi. Ces derniers jours, je n'ai rien tant désiré que sentir tes bras autour de moi.

Bones m'attira jusqu'au lit et rabattit la couverture sur moi. Je tendis la main pour passer mes doigts dans ses cheveux blancs. Je pouvais sentir la fraîcheur de sa peau tendue et lisse contre ma joue. Je n'arrivais pas à croire qu'elle avait pu être flétrie si peu de temps auparavant.

— Ton corps a vieilli au point de frôler la mort. C'est pour cette raison que tes cheveux sont blancs, n'est-ce pas ?

— Je suppose que oui.

Une pensée me traversa alors l'esprit. Tandis que je regardais son beau visage sans la moindre ride et les cheveux blancs et courts qui l'encadraient, je me dis que nous pourrions tout aussi bien être morts tous les deux. Bones avait failli être tué après avoir reçu un couteau dans le cœur, et si j'avais fait un pas de plus au bord de la falaise il n'aurait trouvé à son retour que mon cadavre, brisé au-delà de tout espoir de résurrection.

Il y avait parfois des moments où les choses étaient claires comme du cristal. Où les réponses étaient si évidentes que je me demandais comment je ne les avais pas vues plus tôt. Lorsque j'avais cru Bones mort, plus rien n'avait de sens pour moi, à part le désir de faire payer les responsables. J'avais balayé du revers de la main le fait que j'aurais dû démissionner de mon boulot pour prendre la tête de sa lignée et venger sa mort. J'avais simplement pris les choses comme elles étaient venues, et j'avais appelé Don pour lui dire que je ne reviendrais pas.

Mais à présent que Bones était de retour, je pouvais reprendre mon poste. Sauf que je ne le voulais pas. Il n'était pas question que je fasse passer Bones au second plan, comme s'il m'importait moins vivant que mort. Que fait-on lorsqu'on obtient une seconde chance… ou, dans mon cas, une troisième ou une quatrième ?

On ne la fiche pas en l'air, voilà ce qu'on fait.

— Les choses vont changer, dis-je.

Peut-être Bones comprit-il à ma voix ce que j'avais en tête, ou bien avait-il détecté les germes d'idées qui se formaient dans mon esprit, car il écarquilla les yeux avant même que je prononce les mots à voix haute.

— Je démissionne.

# Chapitre 26

Spade jeta un regard entendu sur la pendule, puis sur une assiette posée sur la table.

— Ton petit déjeuner est froid.

Je jetai moi aussi un œil à la pendule. Nous aurions dû être descendus depuis une heure, mais bon… Certaines choses passaient avant nos estomacs.

Je m'assis devant ce que je supposais être mon assiette. Le brie fondu dans le croissant avait une allure de cire, les œufs étaient desséchés, et les poivrons coupés en julienne avaient perdu leur lustre originel. Rodney se mit à préparer une autre cafetière, visiblement convaincu que la précédente ne servirait à rien.

Je souris à Spade.

— Ne t'en fais pas, les plats sont à température ambiante. C'est ce que je préfère.

J'engouffrai ma nourriture avec un appétit féroce tandis que Bones et Spade partaient en quête d'un petit déjeuner liquide. Une fois qu'ils furent sortis de mon champ de vision, j'entendis Annette se joindre à eux. Où étaient mes gardes du corps ? Comme Mencheres se trouvait dans la pièce attenante à la cuisine, je n'avais rien à craindre. De plus, j'étais prête à parier que Rodney n'était pas notre traître. Pas plus, bizarrement, que le vampire qui se glissa dans la cuisine.

Vlad s'assit à mes côtés sans prêter attention au regard hostile de Rodney.

— Vu les couleurs qui sont de retour sur ton visage, observa Vlad, on dirait que Bones n'est pas le seul à avoir ressuscité.

Je m'appuyai contre le dossier de ma chaise pour siroter mon café. Il observa ma tasse avec un sourire sardonique.

— Ah, un bon café bien chaud. Tu dois en avoir besoin après cette nouvelle nuit sans sommeil.

Je sentis le rouge me brûler les joues. Vlad gloussa tout en se curant négligemment les ongles.

— Franchement, Cat, il n'y a pas de quoi être aussi gênée. La chambre est peut-être insonorisée, mais les pensées traversent même les murs les plus épais. J'ai eu moi-même du mal à dormir avec tous ces cris qui résonnaient dans ma tête.

Dieu tout-puissant, je n'avais pas songé à cela. Je faisais l'expérience de ce que l'on devait ressentir en voyant quelqu'un tomber sur les vidéos de ses propres ébats.

— Plus jamais je ne t'inviterai chez nous, marmonnai-je entre mes dents en m'absorbant dans la contemplation de ma tasse de café. Dire que j'en étais presque arrivée à te trouver sympathique. Maintenant, c'est du passé.

Le large sourire dont me gratifia Vlad était aussi carnassier que charmant.

— Et moi qui me lamentais en pensant que j'avais laissé passer ma chance d'approfondir notre amitié. Heureusement, je ne suis pas aussi naïf que l'autre. Jamais tu ne quitteras Bones. Le garçon devrait l'admettre et passer à autre chose.

Je me raidis. La phrase de Vlad m'indiquait que lui non plus ne croyait pas à la culpabilité de Tate. Car il savait très bien que si Tate était coupable, ce dernier n'avait plus aucun avenir duquel se soucier.

— Je t'en suis reconnaissante.

L'expression de Vlad se fit soudain sérieuse alors qu'il changeait rapidement de sujet.

— En temps normal, tu pourrais l'être. Mais, dans ce cas précis, je n'ai fait que payer une dette, tu ne m'es donc redevable de rien.

— Arrête, Vlad, tu casses ton mythe. La magnanimité ne te va pas.

Il sourit.

— Très juste. Tu m'as dit un jour avoir lu mon histoire. Dans ce cas, tu sais que j'ai été marié. Lors d'une bataille près de chez moi, j'ai reçu un coup à la tête. Il aurait dû être mortel, mais cela faisait déjà plusieurs semaines que j'étais un vampire. Lorsque l'aube arriva, je m'endormis, comme le font tous les jeunes vampires, le front maculé de sang. Mes hommes ont cru que j'avais été tué. Un soldat courut jusque chez moi pour informer mon épouse de mon sort. Tu sais ce qui s'est passé ensuite.

Oui, je le savais. Elle s'était suicidée en sautant du toit du château, pensant ainsi échapper à la captivité, ou à un sort encore plus sombre aux mains de ses ennemis.

Et près de six cents ans plus tard, Vlad était intervenu pour m'empêcher de commettre la même erreur.

Il fit glisser sa main balafrée sur la table jusqu'à la mienne.

— Ma femme est montée seule sur le toit, alors que j'aurais dû être là. Je ne lui avais pas révélé ce que j'étais. Elle était déjà horrifiée par ce que j'avais dû faire pour assurer la sécurité de mes gens, et je craignais que la perte de mon humanité ne fasse qu'agrandir le fossé qui nous séparait. J'avais prévu de lui dire la vérité plus tard… mais, d'un seul coup, il n'y a plus eu de plus tard. Depuis son départ, j'ai fait plusieurs autres choses qui l'auraient révoltée, mais ce jour-là, avec toi… j'ai senti qu'elle me souriait. Cela ne m'était plus arrivé depuis très longtemps.

Il se leva brusquement.

— Ne gâche pas ce que tu as. Ou tu passeras le reste de tes jours à le regretter. Bones ne devrait pas avoir peur de te révéler tout ce qu'il est, même s'il n'est qu'un manant crâneur qui a reçu largement plus de dons qu'il le méritait.

Il avait prononcé ces derniers mots plus fort, car Bones revenait justement, si j'en croyais les bruits de pas mesurés qui approchaient. Je souris à Vlad avec ironie.

— Ça, c'était un coup bas, tu le sais ?

— Bien sûr que oui. C'est l'une de mes nombreuses et méprisables qualités. Mais tu sais, Catherine… (Il se pencha vers moi pour que personne d'autre ne puisse l'entendre.) Je ne t'aurais jamais laissé sauter.

Vlad sortit dès qu'il eut prononcé ces mots en passant par l'autre porte de la cuisine. Cette fois-ci, j'étais presque certaine que son désir d'éviter Bones tenait moins à leur inimitié qu'au fait qu'il n'avait pas envie d'être de nouveau remercié. Comme s'il ne voulait pas qu'on lui rappelle qu'il avait fait une bonne action.

Bones pénétra dans la cuisine en regardant la silhouette de Vlad qui s'éloignait derrière moi. Puis il leva les yeux au ciel.

— Bon sang, Chaton, ne me dis pas que tu apprécies ce crétin prétentieux !

Je ne pus m'empêcher de sourire.

— Je crois bien que si.

La nuit précédente, Bones m'avait assuré que Tate était enfermé dans des conditions confortables et qu'il n'avait pas été torturé. Lorsque je vis sa minuscule cellule, qui tenait plus de l'oubliette, je laissai éclater ma colère.

— C'est ça que tu appelles confortable ? J'imagine que selon tes critères les damnés du septième cercle de l'enfer sont juste un peu à l'étroit ?

Bones ne broncha pas devant mon ton rageur. Il regarda la forme ensanglantée et attachée au mur qui se tenait devant nous.

— Il n'est pas blessé, juste immobilisé. Le sang date certainement d'hier soir. Je suis d'accord qu'il aurait préféré dormir dans un lit moelleux et mordre dans une gorge bien juteuse au réveil, mais il est loin d'être maltraité vu ce qu'il a fait.

Il avait prononcé ces mots d'une voix claire et mordante, à l'intention de tous ceux qui écoutaient aux portes. Je me retins d'exiger qu'il détache Tate. Après tout, il y avait toujours un vrai traître en liberté, et nous ne connaissions pas son identité.

— Tu es le salopard le plus veinard du monde, marmonna Tate d'une voix chargée de haine, des flammes vertes dans les yeux.

Bones rit.

— Tu sais, mon pote, quand je me suis réveillé ce matin avec Cat endormie dans mes bras, je me suis effectivement senti très chanceux.

Tate jura et se raidit dans ses fers.

Ian gloussa et donna une tape dans le dos de Bones. C'est lui qui avait été de garde toute la nuit.

— Notre ami n'a pas arrêté de te maudire depuis ton retour, Crispin. J'ai passé une nuit très agréable à l'écouter. Ah, Rodney, c'est ton tour ? Tant mieux, je suis vanné.

— Merci, Ian, va te reposer. On se parlera plus tard.

Même si Ian n'entrait pas dans les deux, ni même les trois premières places, Bones le plaçait très haut sur la liste de gens qu'il croyait innocents. Pour ma part, je pensais que

Ian était capable d'avoir voulu sa mort, mais Bones n'était pas de cet avis. Comme Tate représentait un danger pour le véritable coupable, nous devions le faire surveiller par des personnes fiables.

Il ne resta bientôt plus dans la pièce que Rodney, Bones, Tate et moi. Nous étions sous terre, dans une zone parfaitement close qui ne disposait que d'une sortie. Ce serait notre seule et unique chance de pouvoir parler sans éveiller les soupçons ; ensuite, cela ne manquerait pas de paraître suspect. Mais pour l'heure, il était tout à fait logique que je veuille parler au traître qui avait vendu Bones.

— Comment as-tu pu faire ça, Tate ? demandai-je.

Les sons circulaient bien dans le couloir qui menait à cette pièce. Si j'avais murmuré, cela aurait paru louche.

— Je le déteste, mais ce n'est pas moi, répondit Tate.

Je tirai un petit carnet et un stylo de sous mon pull. Tate me regarda faire, méfiant. Je fis un signe de tête à Rodney, qui libéra un de ses bras des fers. Le désentraver entièrement aurait fait trop de bruit, et Bones préférait rester prudent. Il ne voulait pas voir Tate en liberté à côté de moi, car il avait peur qu'il préfère me voir morte plutôt qu'avec lui. Il pensait toujours que Tate était coupable, malgré mes protestations.

Je griffonnai rapidement quelques mots sur le papier et le montrai à Tate.

« Je te crois. »

Des larmes lui montèrent aux yeux. Je dus me retenir de le prendre dans mes bras et de le consoler. Il secoua brusquement la tête et Rodney lui tendit le crayon en tenant le carnet pour qu'il puisse écrire.

— Tu sais, je ne te crois pas, mon pote, dit Bones d'une voix venimeuse.

Si jamais quelqu'un nous écoutait, il penserait que Bones répondait aux dénégations de Tate. Rodney jeta un regard dégoûté aux mots que Tate avait écrits avant de me passer le carnet.

« Je t'aime, Cat. »

— J'en ai rien à foutre de ce que tu crois, sale fouineur de Rosbif ! répondit Tate à Bones.

*Nous qui voulions que ça ait l'air authentique,* me dis-je avec ironie, *au moins, de ce côté-là, on est couverts.*

— Tu veux savoir ce que je pense, tête de nœud ? continua Tate. Je pense que tu as mis ta mort en scène pour la rendre folle de chagrin, avant de réapparaître comme par miracle en mettant tout sur le dos du type que tu détestes le plus. Tu cherches une raison de me tuer depuis le jour où tu es revenu dans sa vie. T'en as eu marre d'attendre, c'est ça ?

Je clignai des yeux. L'explication offerte par Tate était vraiment aux antipodes de la mienne.

Bones renifla avec dédain.

— Tu me crois capable de lui faire du mal juste pour avoir le plaisir de te tuer ? Imbécile.

« Ce n'est pas pour ça qu'on est là ! », écrivis-je avant d'agiter le carnet sous le nez de Bones, oubliant que j'aurais pu utiliser la transmission de pensée.

Bones ne prit même pas le temps de regarder.

— Tu n'es pas assez fort pour elle, mon pote, et c'est rien de le dire. Entre nous, conspirer pour me faire assassiner, c'est la chose la plus impressionnante que tu aies faite. En revanche, en maintenant ta version des faits, tu restes le pauvre minable que tu as toujours été et qu'elle ne remarquera jamais. Alors, tu es quoi, un traître, ou un loser pathétique ?

C'était une question piège, bien entendu. En se déclarant coupable, il signait son arrêt de mort ; en continuant à clamer son innocence, il se condamnait, pour reprendre l'image douloureuse de Bones, à disparaître dans les méandres de l'oubli. Il y avait plusieurs points dont je voulais discuter avec lui, mais j'allais devoir attendre.

Tate jeta à Bones un regard encore plus furieux que le précédent, ce qui n'était pas un mince exploit. Bones attendait, un sourire moqueur aux lèvres. J'étais encore en train de griffonner sur le carnet lorsque Tate prit la parole.

— Je voudrais clarifier une chose. Si tu me tues, ce ne sera pas parce que tu crois à ma culpabilité. Je ne t'ai pas donné à Patra, même si j'applaudis des deux mains celui qui l'a fait. Si tu me tues, ce sera parce que tu as peur de la voir un jour partir avec moi si tu ne le fais pas. Alors je te renvoie la question, le Gardien de la Crypte, comment tu veux la jouer ?

Les yeux marron foncé qui avaient d'ordinaire le pouvoir de me faire fondre étaient pour l'instant d'une froideur glaciale.

— Je t'ai laissé une chance de reconnaître tes torts avec dignité. Tu ne l'as pas saisie. Très bien, on fera comme tu veux. Tu resteras enchaîné ici, sans nourriture, sans compagnie, jusqu'à ce que la faim et la solitude aient raison de ton arrogance. Nous verrons bien ce que tu auras à dire dans un bon mois. Laissons-le seul avec ses mensonges et sa lâcheté. Pendant ce temps, je vais profiter de la compagnie de ma femme.

Bones me prit la main. Je résistai suffisamment longtemps pour faire lire à Tate mon message écrit à la hâte tandis que Rodney l'enchaînait de nouveau.

« Je te promets que je trouverai qui a fait ça, mais si quelqu'un d'autre que Bones ou moi entre dans cette pièce, crie aussi fort que tu le peux. »

— Ne t'en fais pas, Cat, dit Tate avec une pointe d'humour. Je ne bouge pas d'ici.

Lorsque Rodney referma la porte derrière nous, je me tournai aussitôt vers Bones. *Tu penses toujours que c'est lui ?* demandai-je.

Il me regarda, le visage en proie à des émotions contradictoires, aussi déplaisantes les unes que les autres. Finalement, il secoua la tête.

*Non.*

# Chapitre 27

De tous les morts-vivants que comptait notre liste de suspects, il n'en restait plus que quatre dont nous doutions. L'écrémage avait été très douloureux pour Bones, car il les connaissait tous depuis au moins un siècle, et il les tenait pour des amis proches. Après tout César n'avait pas soupçonné Brutus, lui non plus, et regardez où ça l'avait mené. Bones devait donc se montrer impitoyable dans ses choix.

Zéro était sur la liste, malgré ses démonstrations de dévotion sans borne. Tick-Tock, Rattler et Doc complétaient notre quatuor de suspects. Bones gardait Vlad de côté.

Pendant que je prenais mon petit déjeuner, Bones avait enfin appelé Don pour le prévenir de son arrivée. Mon oncle s'enquit de Tate, bien entendu, et s'entendit répondre d'un ton sec qu'il était « pour l'instant » encore en vie. J'imaginais mon oncle en train de s'arracher des poils de sourcils à l'autre bout du fil… Don appréciait Tate, mais il était également réaliste. Il savait ce qui arriverait si Tate était le coupable. Les vampires n'accordaient pas de sursis.

Étant donné la description que Mencheres avait faite de la lente convalescence qui l'attendait, Bones, par souci de crédibilité, se déplaçait avec une apathie marquée qui tranchait avec ses grandes foulées habituelles. Nous passâmes l'après-midi sur le divan tandis que Mencheres l'informait de ce qui s'était passé pendant son absence. Rapidement, mais sans omettre le moindre détail, il décrivit comment Patra s'était incrustée lors de la soirée à l'opéra. Ma mère cessa de faire semblant de ne pas écouter et s'assit près de nous. Lorsque Mencheres se tut, un silence pesant s'abattit sur la pièce. Ma mère finit par prendre la parole:

— Quelle garce, celle-là. Tu devrais la tuer, Catherine.

Bones laissa échapper un ricanement.

— Je compte bien lui faire moi-même cet honneur.

Dans l'intervalle, nous verrions lequel d'entre nous tenterait de joindre Patra pour lui dire que Bones était en vie. Don s'était arrangé pour mettre tous les téléphones sur écoute. Même les messages transmis *via* des réseaux sans fil seraient interceptés: ordinateurs, textos, tout avait été confisqué, à part les pigeons voyageurs. « Question de sécurité », avait froidement annoncé Mencheres, et personne n'avait osé discuter. Lorsque le traître se manifesterait, il serait obligé de le faire par téléphone, ce qui nous permettrait de le démasquer. Nous n'avions plus qu'à attendre.

— Bones, tu es encore pâle, dit Mencheres. Tu devrais manger un peu et retourner te reposer.

— D'accord. (Bones me tira par la main.) Chaton, j'ai quelque chose à te montrer.

Je le suivis jusqu'au sous-sol. Nous traversâmes plusieurs pièces que je n'avais pas cherché à explorer ces derniers jours. Un bon tiers de la maison était sous le niveau du sol, le repaire idéal pour une goule ou un vampire. Cette demeure me faisait penser à la nature même des morts-vivants: sous la surface, elle recélait de nombreuses surprises.

Deux vampires s'inclinèrent devant nous avant de nous ouvrir la porte en bois à double battant.

Plusieurs personnes, toutes humaines, levèrent la tête lorsque nous entrâmes dans ce qui semblait être une salle de jeux. Quelques-unes étaient installées sur le divan devant le grand écran plasma, d'autres s'affrontaient à l'une des quatre tables de billard, et cinq autres semblaient engagées dans une partie de poker.

— Qu'est-ce que c'est que ça ? murmurai-je.

Bones désigna la salle d'un geste de la main.

— C'est la version vampire d'une cuisine, ma belle. Les humains sont nourris et logés en échange de leur sang, beaucoup de communautés de vampires fonctionnent de la sorte. Je voulais que tu le voies.

— Prem's sur la rousse ! s'écria un jeune homme aux taches de rousseur en s'approchant de nous. Je vais te plaire, je suis succulent.

— Tu crois que je suis là pour *boire* ton sang ? dis-je, éberluée, en le voyant pencher la tête et dénuder son cou.

Bones gloussa.

— Exactement. Désolé, Neal, mais elle ne va pas te mordre, et tu es loin d'être succulent, le reprit-il en lui posant la main sur l'épaule. Enfin, tu feras quand même l'affaire. Même si tu devrais manger moins d'oignons.

Je regardai Neal s'approcher de Bones. Collant sa bouche contre le cou du jeune homme, Bones le mordit comme s'il était un petit gâteau ambulant. Il s'arrêta moins d'une minute plus tard, referma les traces de morsure et donna une tape amicale sur le menton de Neal.

— Et aussi moins d'ail, mon pote. J'ai goûté le sang de cuisiniers italiens qui puaient moins que toi.

Neal souriait toujours.

— C'était la meilleure pizza de ma vie, blanc-bec, et elle était pleine d'ail et d'oignons. Désolé.

Bones émit un ricanement amusé.

— La brosse à dents, ça te dit quelque chose, mon gars ? Familiarise-toi avec cet ustensile, sinon tu ne seras jamais transformé. Non, reste assise, dit-il à l'une des filles qui commençait à se lever du canapé. On fait juste un petit tour et on s'en va.

*Ma mère tomberait dans les pommes si elle savait ce qui se trouve sous ses pieds*, me dis-je, abasourdie. *Des casse-croûte sur pattes, à portée de canines.*

— C'est qui, ces gamins ? demandai-je à voix basse.

Aucun d'entre eux ne semblait avoir plus de vingt ans.

Bones me fit traverser plusieurs autres pièces. Il y avait une bibliothèque, une salle informatique, et même un jacuzzi enterré. Tous les quatre ou cinq mètres se trouvaient des chambres. Certaines étaient occupées, d'autres vides, et derrière quelques portes fermées on entendait des bruits, reconnaissables entre mille, de gens faisant l'amour.

— Oh, ils viennent de tous les horizons, répondit-il. Il y a des étudiants, des artistes en herbe, des fugueurs victimes de mauvais traitements, des enfants des rues, ou des apprentis vampires. Comme Neal. Il veut devenir un vampire, et il nous prouve son engagement en offrant son sang et en rendant de petits services. Quand plusieurs vampires vivent en communauté, ça se passe généralement comme ça.

— Est-ce qu'ils sont tous hypnotisés ?

— Bon Dieu, non. Ils savent pour qui et pourquoi ils sont là. Les fugueurs reçoivent une éducation, un toit, et une allocation qu'ils mettent de côté pour le jour où ils décideront de suivre leur propre voie. Mais pour leur sécurité, la plupart d'entre eux ne sont pas au courant de l'endroit où se trouve la maison, ni des noms de leurs employeurs. Lorsqu'ils partent, on efface ce qu'ils savent de leur mémoire. Il en est ainsi depuis des milliers d'années, Chaton. C'est une sorte de système féodal, comme je te l'ai déjà expliqué.

— Système féodal ? (Je m'arrêtai devant l'une des chambres d'où provenaient des halètements appuyés.) Et ça, j'imagine que c'est le droit de cuissage ?

— Ça, dit Bones en indiquant la porte d'un signe de tête, c'est le résultat d'un consentement mutuel. Je ne peux pas parler pour toutes les communautés, mais, en règle générale, il est interdit d'hypnotiser son repas pour s'envoyer en l'air avec lui. Un vampire invité qui agit ainsi dans la maison de son hôte risque la peine de mort. Mais si la personne humaine veut un peu d'action, qui peut trouver à y redire ? C'est son choix.

Qui peut trouver à y redire ? Moi. *Sympa, Mencheres. Il fournit des buffets à volonté, dans tous les sens du terme. « N'oublie pas de te nourrir régulièrement, Bones ! » Enfoiré.*

— Tu sais bien que cela n'arrivera jamais, Chaton, dit Bones d'un ton très sérieux.

Je le croyais, même si je ne pouvais m'empêcher de me sentir menacée par ces occasions faciles.

— C'est pour cette raison que tu m'as montré tout ça ? Pour me prouver que tu ne me cachais rien ?

— En partie, oui. (Il sourit.) Mais la raison principale se trouve derrière toi, en train de reluquer tes fesses, à ses risques et périls.

— *Amigo*, dit une voix cajoleuse. Je ne les ai pas vues depuis des jours...

Je me retournai si vite pour prendre son propriétaire dans mes bras qu'il n'eut pas le temps de finir sa phrase. Juan me rendit mon étreinte, et se mit à fredonner en espagnol.

— *Mi querida*, ton mari est revenu, *que bueno.*

— Oui, je suis contente qu'il soit de retour, moi aussi, dis-je en reniflant. Tout comme je suis contente de te revoir. Comment te sens-tu ?

Juan sourit de toutes ses dents. En voyant son éternel sourire lubrique, je me rappelai que devenir un vampire ne changeait pas la personnalité.

— En pleine forme, et tu es encore plus belle maintenant que je te vois avec mes nouveaux yeux. Regarde-moi cette peau. (Il passa un doigt sur ma joue.) *Magnífico.*

— Bas les pattes, mon pote.

Bones lui donna un petit coup de poing qui le fit reculer d'un pas. Juan ne se départit pas de son sourire.

— J'ai de nombreuses raisons de te remercier, *amigo*, mais celle-ci est la plus belle. Grâce à toi, les femmes sont encore plus attirantes. Ah, leur odeur... leurs battements de cœur... et leur goût... (Il ferma les yeux.) *Delicioso.*

L'air incrédule, je me tournai vers Bones.

— Il est encore plus obsédé qu'avant !

Bones haussa les épaules.

— Il est juste un peu enivré par ses nouveaux sens. Il va s'y faire. Ou bien il se fera castrer s'il s'oublie un peu trop et qu'il effleure seulement la pensée de te tripoter les fesses, comme maintenant... Tu crois que je suis aveugle ? (Il donna une tape sur la main qui s'aventurait près de ma hanche avec une innocence feinte.) Maîtrise-toi, *amigo.*

— *Querida.* (Juan m'embrassa sur la joue, avec respect cette fois-ci.) Je suis capable de contenir ma faim, et je peux de nouveau combattre. Il m'a donné la puissance... et je ne la gâcherai pas.

L'une des filles qui regardaient la télé passa dans le couloir avec un gloussement mutin en faisant les yeux doux aux deux hommes. Juan bomba immédiatement le torse. Il fronça le nez et des lueurs vertes apparurent dans ses yeux.

— En parlant de ne pas gâcher les occasions...

Il me donna un dernier baiser rapide et suivit la fille avec un grand sourire.

— *La rubia, por favor*… attends. J'ai soif, et je suis très sensible à la flatterie… tu pourrais me persuader de faire n'importe quoi…

— Tu parles d'un représentant des forces de l'ordre, observai-je d'un ton sec. Dans une semaine il aura un harem.

Bones regarda Juan disparaître au bout du couloir, ses lèvres sur le cou de la blonde d'une manière qui trahissait plus que la faim.

— C'est un type bien. Il apprendra.

— Il apprendra quoi ?

*Au moins, il ne peut plus ni attraper ni transmettre de maladies*, pensai-je. C'était l'un des grands bénéfices que la gent féminine tirerait de sa transformation.

Bones passa le bras autour de mes épaules alors que nous nous éloignions de ce festival des sens.

— Il apprendra que beaucoup de femmes peuvent satisfaire ses désirs ponctuels, mais que seule celle dont il tombera amoureux saura le rassasier.

Je lui jetai un regard en biais.

— Essaierais-tu de me séduire ?

Il retroussa les lèvres dans un sourire chargé de promesses.

— Tout à fait.

Je glissai mes doigts entre les siens. Nous étions dans une situation tellement insensée. Une personne en qui nous avions confiance voulait le voir mort, et c'était loin d'être notre seul problème. Mais il faut toujours s'employer à ne pas gâcher le temps qui nous est accordé, que l'on soit humain, goule ou vampire. Ou un monstrueux mélange, comme moi.

— Tant mieux.

# Chapitre 28

L'attente me rendait folle. En d'autres circonstances, j'aurais adoré pouvoir passer la plupart de mon temps enfermée avec Bones. Mais observer d'un air suspicieux tous les gens qui nous entouraient dès que nous sortions de la chambre était loin d'être une activité relaxante. C'était encore pire pour Bones, je le savais. Moi, au moins, je n'avais aucun lien personnel avec le traître mystérieux.

Ce matin-là, au petit déjeuner, Bones fit monter la pression. Alors que je mangeais du pain perdu, il lança à Zéro que la température devait être plus agréable à Reno qu'ici, à Whistler, en Colombie-Britannique. Nos autres suspects étant tous dans les parages, ils l'avaient probablement entendu. J'avais l'impression de faire une partie de Cluedo grandeur nature. *Est-ce que ça va être Zéro dans la cuisine avec un portable, ou Doc au salon avec un pistolet ?*

Et à propos de Doc, son comportement était bizarre ces derniers temps. Nous l'avions plusieurs fois surpris en train de traîner près du couloir où Tate était emprisonné, ses pistolets à la ceinture, une cigarette éteinte au bec, surveillant tout ce qui se passait autour de lui avec la concentration d'un chirurgien. Il semblait toujours se matérialiser derrière moi lorsque Bones n'était pas là, silencieux comme une ombre. Chaque fois que Bones arrivait, il s'esquivait poliment mais restait toujours dans les parages.

Son comportement me fichait une trouille bleue.

Bones n'aimait pas ça non plus, mais, vu la situation, il ne pouvait pas en parler à Doc ni montrer que cette attitude le gênait. Il se contentait de sourire et de dire quelque chose du genre « Ah, te voilà, mon pote ! » d'un ton si jovial et si naturel que je devais me retenir de l'applaudir. Dans un ou deux siècles, si je vivais jusque-là, peut-être que je serais capable de jouer la comédie aussi bien que lui.

Tick-Tock et Rattler, les deux autres suspects, ne firent guère attention à la remarque de Bones et continuèrent à vaquer à leurs occupations avec une telle bonne humeur que je les mis mentalement en bas de notre liste. Ils semblaient avoir senti le malaise que j'éprouvais en présence de Doc et ils essayaient de l'éloigner de moi les rares fois où Bones n'était pas collé à mes basques. Je pris l'habitude de porter des couteaux sous mes vêtements, même si cette précaution risquait fort de se révéler inutile. Vu la vitesse avec laquelle Doc maniait ses pistolets, je me retrouverais truffée de plomb avant même d'avoir eu l'occasion d'en lancer un…

Peu de temps après sa remarque sur Reno, Bones partit prendre son petit déjeuner à lui. Je sortis sur le porche, qui faisait tout le tour de la maison. D'ordinaire, les vampires détestaient le froid glacial, car contrairement aux humains leur corps ne produisait pas la moindre chaleur. Ce n'était pas pour rien que Mencheres avait choisi de se cacher dans les montagnes canadiennes en plein mois de décembre. Il savait que c'était une région que les morts-vivants préféraient éviter. À cette époque de l'année, la Floride regorgeait de touristes de l'au-delà. On ne pouvait pas y faire un pas sans tomber sur un mort-vivant.

Ce fut donc avec une certaine nervosité que j'aperçus une silhouette solitaire à travers les arbres, à gauche de l'endroit où je me trouvais sur le porche. J'étais en mesure d'identifier cette silhouette. Grande, élancée, et capable de m'infliger une blessure mortelle. Je vis quelque chose briller – le reflet du soleil sur du métal – et un frisson me parcourut, qui n'avait rien à voir avec le froid ambiant.

Le plus naturellement possible, je me retournai et me dirigeai vers la porte en me concentrant au maximum pour empêcher mon pouls de s'affoler. Pour les sens affûtés d'un vampire, l'accélération des pulsations cardiaques était pareille à un cri de terreur. Tout en marchant, je me demandais si j'arriverais à me déplacer suffisamment vite pour protéger mes organes vitaux des balles. Mais il semblait logique que Doc prenne ma tête pour cible. Pourquoi viserait-il ailleurs ?

La porte s'ouvrit avant que je l'atteigne, et Vlad se retrouva à côté de moi, exactement dans la ligne de tir de Doc. Je n'avais, je crois, jamais été aussi contente de le voir.

*Merci*, pensai-je à son intention.

Je me retins de jeter un dernier regard derrière moi, même si j'en mourais d'envie.

— On gèle ici, dit-il avec un sourire sardonique aux lèvres. Tu vas attraper la mort.

— Ne t'approche plus de Doc, Chaton, dit Bones lorsque nous nous retrouvâmes dans notre chambre et que je lui racontai tout.

— Tu devrais l'attraper et lui faire cracher tout ce qu'il sait, marmonnai-je, énervée contre moi-même d'avoir été une cible aussi facile.

— Sauf que le faire avouer sous la torture prendrait trop de temps. Mieux vaut nous montrer patients et attendre qu'il se trahisse, ça ira plus vite, dit Bones d'un ton aussi menaçant que calculateur. Si on avait le choix, tu te doutes bien de la méthode que je préférerais employer.

Oui, j'en avais une idée assez précise. Et si l'imagination me faisait défaut, je savais qu'il n'hésiterait pas à me faire une petite démonstration pour raviver ma mémoire. Chaque fois que nous quittions notre chambre, il se parait invariablement d'un masque d'insouciance. Mais dès que nous retrouvions notre refuge, il le retirait comme un serpent se débarrasse de sa mue. Il se frotta les tempes avec une pointe d'impatience. C'était dur pour moi, mais c'était certainement encore pire pour lui.

— J'imagine que tu voudrais enfin avoir quelques minutes de vrai repos, observai-je. Je veux dire, tu ne connais jamais le calme, n'est-ce pas ? Soit les gens qui nous entourent font du bruit, soit tu entends toutes les âneries qui me trottent dans la tête.

Son sourire était empreint d'amertume.

— T'en fais pas, ma belle, j'ai eu tout le silence que je désirais il n'y a pas si longtemps. C'est très surfait, si tu veux mon avis.

Il s'assit sur le fauteuil à haut dossier à côté du lit. Velours rouge, acajou, filigrane doré, peut-être un vrai fauteuil Louis XVIII. Il semblait avoir été fait pour Bones, qui était tout aussi beau et bien modelé.

Je m'assis et posai la tête sur ses genoux.

— Ce n'est pas ta faute, dis-je à voix haute mais tout bas, pour qu'il puisse m'entendre des deux manières.

Il soupira.

— Dans ce cas, c'est celle de qui, Chaton ?

Je n'eus même pas le temps de réfléchir à une réponse. En une fraction de seconde, Bones me plaqua contre le tapis et me protégea de son corps. Ce n'était pas un soudain élan de passion qui était à l'origine de son geste, mais les bruits de coups de feu qu'il avait entendus.

Il m'entraîna jusqu'à la salle de bains et me cria de rester là avant de disparaître en un clin d'œil. Décontenancée par sa rapidité, je demeurai immobile une seconde, puis je passai outre à son ordre et je me précipitai à ses trousses. Il n'était pas question que je me cache dans la baignoire en priant que tout se termine bien. Doc n'utilisait que des balles en argent. Ce serait aussi dangereux pour Bones que pour moi.

Dédaignant l'escalier, j'enjambai la balustrade et sautai du deuxième étage pour atterrir directement au rez-de-chaussée, puis je courus en direction des bruits, imitée par d'autres personnes.

Il y eut une autre succession de coups de feu, tirés trop rapidement pour que je les dénombre, puis un cri qui me fit bondir et m'élancer en avant. Le vacarme provenait de l'oubliette, et la voix qui avait crié était celle de Tate.

Je passai en trombe devant les autres vampires qui encombraient l'étroit couloir et je franchis la porte de la cellule en me jetant sur l'homme qui était en train de lever son couteau. La puissance de mon élan nous précipita tous les deux contre le mur de béton qui explosa sous l'impact. Sans prendre le temps de réfléchir, je plantai l'un de mes couteaux en argent dans la silhouette qui tentait de s'enfuir. Je n'eus pas le temps de me demander quelle partie de son corps j'avais touchée, ou pourquoi diable ce n'était pas Doc, car quelqu'un le tira violemment en arrière. Tout aussi rapidement, je sentis que l'on me saisissait par les jambes pour me faire sortir du trou tout neuf qui ornait désormais le mur.

Par-dessus les « Cat, Cat ! » paniqués de Tate, j'entendis la voix calme de Vlad.

— Tu tiens la mauvaise personne, Bones, et Cat vient de te sauver la vie.

— Chaton, ça va ?

La manière dont Bones tenait Doc était si insolite que je mis un temps avant de répondre. Ou peut-être était-ce un effet secondaire du choc que j'avais subi en percutant le mur de béton la tête la première. J'essuyai les gouttes de sang sur mon front et j'acceptai la main que me tendait Spade pour m'aider à me relever. La cellule était pleine à craquer.

— Ça va, parvins-je à dire. Il allait te poignarder.

— Non, Doc allait de nouveau tirer sur Rattler, n'est-ce pas, mon pote ?

Bones avait parlé d'un ton menaçant tout en resserrant son étreinte. Je fis une petite grimace et contractai instinctivement ma colonne vertébrale. Doc ne pouvait guère en faire autant : sa colonne était tordue dans le mauvais sens. Bones l'avait plié en deux comme un sandwich.

— Bones ! (La rudesse de ma voix lui fit lever les yeux.) C'est *Rattler* qui allait te poignarder.

— Elle a raison, dit Tate en tirant sur ses chaînes. Il a poignardé Annette. Elle va bien ?

— Je m'occupe d'elle, dit Mencheres depuis l'extérieur de la cellule. Zéro, va chercher un humain. Il lui faut du sang. Annette, ne bouge pas. Ça va faire mal…

Je pouvais distinguer la voix emplie de douleur d'Annette au milieu du tumulte ambiant. Elle était irrégulière mais audible, et tout le monde se tut lorsque ses paroles se firent compréhensibles.

— … Crispin… c'était Rattler… Bon Dieu, ce que ça fait mal… Doc lui a tiré dessus… quand il m'a poignardée… Est-ce que cette saleté de lame est sortie, Mencheres ? Je n'ose pas regarder…

Bones lâcha Doc. Vlad tenait désormais Rattler très fermement, une main sur le couteau en argent que je lui avais logé dans la poitrine, à quelques centimètres de son cœur. Bones se fraya un chemin parmi la foule qui avait envahi la cellule et sortit dans le couloir, où il s'agenouilla à côté d'Annette, effondrée sur le sol.

— Ne bouge pas, ma douce, dit-il d'une voix rassurante comme pour consoler un enfant. Tiens, tu sens ma main ? Serre-la très fort, c'est bientôt fini…

Avec autant de délicatesse que de précision, Mencheres retira la longue lame en argent de la poitrine d'Annette. Un rayon laser n'aurait pas fait mieux. La raison de sa prudence était évidente : Annette avait été touchée en plein cœur, et le moindre mouvement latéral l'achèverait. Je retins mon souffle jusqu'à ce que les derniers centimètres de la lame soient ressortis de sa poitrine ; au fond, j'admirais Annette. Une fois le couteau retiré, elle s'assit avec un grognement de douleur, et j'expirai enfin. Tout le monde sembla en faire autant, même ceux qui ne respiraient pas.

Zéro revint, tenant sous le bras un adolescent aux yeux écarquillés. Bones se poussa pour permettre à Zéro de poser le jeune homme à côté d'Annette, qui colla immédiatement sa bouche contre son cou. Elle tenait toujours la main de Bones serrée dans la sienne. Ce dernier porta la main d'Annette à ses lèvres avant de la lâcher et de se relever, le regard empreint d'une résolution sinistre.

Doc se leva également, car sa colonne vertébrale s'était remise entre-temps. Il s'approcha d'Annette, qui venait de relâcher l'adolescent et passait une dernière fois sa langue sur ses lèvres. Le garçon s'éloigna en titubant, aidé par Zéro. J'espérais que la maison possédait une bonne réserve de gélules de fer.

Doc s'étira et son dos craqua bruyamment.

— Je crois que mes dernières vertèbres se sont remises en place. Bones, ne t'avise plus jamais de jouer les chiropracteurs avec moi. Après tout, je suis le seul dans cette pièce à avoir exercé la médecine.

— Tu n'étais qu'une cochonnerie de dentiste, et très mauvais, à ce qu'il paraît. Cela dit, tu es sans aucun doute le tireur le plus rapide que j'ai jamais vu, et je te serai redevable jusqu'à la fin de mes jours. (Bones tourna ensuite les yeux vers Vlad.) Sors le couteau du corps de Rattler une fois que ma femme sera hors de sa portée. (Puis, se tournant vers Spade, il dit, laconique :) Relâche Tate.

Le cliquètement des fers résonna dans le silence qui s'était fait dans la cellule alors que Spade détachait Tate. Une fois libre, ce dernier s'étira comme l'avait fait Doc, mais avec beaucoup moins de grâce, étant donné le traitement sévère qu'il avait subi.

— Je t'avais dit que c'était pas moi.

— Je savais que tu me soupçonnais, expliqua Doc. Désolé de t'avoir fait peur ce matin, Cat, mais Rattler s'était glissé sur le côté de la maison pour s'en prendre à toi. Il savait que je l'avais vu, et ça l'a affolé. Je l'ai suivi jusqu'au sous-sol et je suis arrivé juste au moment où il poignardait Annette. Au moins, mes balles l'ont empêché de l'achever.

Bones posa sa main sur l'épaule de Doc.

— Emmène Annette hors d'ici. Encore une fois, je le répète, tu as toute ma gratitude.

Après le départ des deux vampires, Bones se tourna vers Vlad avec un sourire froid.

— Et si nous désignions un nouveau locataire pour cette cellule ?

L'ancien prince lui rendit son sourire et les deux hommes attachèrent Rattler aux menottes qui avaient servi à immobiliser Tate.

— Tu dois avoir faim, dis-je à Tate, qui s'était mis à côté de moi dès qu'il avait été libéré. La maison a de sacrées réserves, tu peux me croire. Demande à quelqu'un de te montrer.

Tate se frotta les bras, comme s'il sentait toujours les menottes qui lui avaient entravé les poignets.

— Ça peut attendre. Tu saignes à la tête.

— Je m'en occupe.

Une fois Rattler immobilisé, Bones s'approcha de moi et posa ses lèvres sur ma blessure.

— Tu aurais pu te fendre le crâne comme un œuf contre ce mur, sans parler des balles que tu aurais pu te prendre. Espèce de tête de mule. Enfin, on dirait bien que ta caboche obstinée est protégée par une bonne couche d'os. Est-ce que je t'ai remerciée de ne pas du tout avoir tenu compte de mon ordre de rester à l'étage ?

— Non, dis-je avec un petit sourire.

Bones me lâcha et sortit un couteau de sa ceinture.

— Dans ce cas, je vais vite me rattraper.

Il s'entailla la paume et la plaça au-dessus de ma tête. La sensation de picotement fut presque instantanée alors que ma peau se refermait. Il effleura ma tête une dernière fois de ses lèvres, puis il me relâcha et se tourna vers le vampire qui était au centre de toutes les attentions.

— Pourquoi ?

Dans sa voix menaçante pointait aussi la douleur d'avoir été trahi. Rattler baissa les yeux.

Spade lui donna un coup de coude si violent que la moitié de son bras s'enfonça dans sa cage thoracique.

— On t'a posé une question, Walter !

Walter, alias Rattler, poussa un gémissement de douleur, et Bones posa une main sur l'épaule de Spade.

— Laisse, mon pote. On va lui donner une chance de tout avouer sans avoir à le démolir. (Il s'adressa ensuite à Rattler sur un ton beaucoup plus dur.) Tu sais comment ça va se terminer. Tu as beau te croire très courageux, tout le monde finit par craquer. Alors, soit tu nous expliques en détail quand, pourquoi et comment tu t'es allié à Patra… soit on t'arrache les membres et la peau, encore et encore, à mesure qu'ils repousseront, jusqu'à ce que tu avoues.

Pour une fois, je ne fus pas le moins du monde choquée par l'atrocité de ses paroles. Je n'avais aucune compassion pour Rattler. D'ailleurs, je me retenais à grand-peine de me jeter sur lui et de le mettre en morceaux juste pour le plaisir.

— C'était pour l'argent ? sifflai-je. Pour l'or et la gloire qu'elle a promis l'autre soir ? C'était juste l'appât du gain ?

— Je me moque de l'argent. (Je ne savais pas si c'était à moi ou à Bones qu'il s'adressait ; Rattler nous regardait tous les deux.) Je l'ai fait par amour.

— Par amour ? répétai-je. Tu aimes Patra ? Alors en plus d'être un salopard de traître, tu es aussi un idiot ?

— Pas Patra. Vivienne.

— Patra a tué Vivienne, pourquoi est-ce que tu…, commença Bones avant de s'arrêter.

Puis il secoua la tête avec un ricanement ironique.

— Je vois. Tu m'as pris pour un imbécile, alors ? Tu m'avais dit que Vivienne avait été tuée il y a plusieurs mois. J'ai partagé ta peine, espèce d'enfoiré, et pendant tout ce temps, tu attendais le bon moment pour me poignarder dans le dos ?

Toutes les pièces du puzzle se mirent alors en place. Je me remémorai les explosions chez Mencheres, causées par des vampires qui s'étaient transformés en bombes humaines parce que Patra avait enlevé leurs proches. Visiblement, elle avait fait la même chose avec Rattler : elle avait kidnappé quelqu'un qu'il aimait pour le forcer à trahir Bones.

Patra était décidément ignoble. Je la détestais encore plus qu'avant, si tant est que cela soit possible.

— Qu'est-ce qui te fait croire que Vivienne est encore en vie ? demanda Bones.

La souffrance de Rattler semblait plus grande encore que lorsque Spade lui avait défoncé le thorax avec son coude.

— Parce que chaque semaine, Patra m'appelle… et me fait entendre ses hurlements.

Bones se mit à faire les cent pas dans l'espace réduit de la cellule.

— Je ne lui ai parlé que du train, continua Rattler. Je n'ai rien à voir avec les attaques contre ta femme. Tout à l'heure, je voulais enlever Cat et menacer de la tuer si tu ne te suicidais pas sous mes yeux, mais Doc m'a vu et je savais qu'il me criblerait de balles avant que j'aie le temps de la toucher. J'ai donc décidé de m'en prendre à la seule personne pour laquelle la Faucheuse risquerait sa sécurité, mais j'ai échoué. Je sais que tu vas me tuer pour faire un exemple, mais je te demande une chose…

— Tu oses me demander quelque chose ? l'interrompit Bones d'un ton rude.

— Je n'implore pas ta clémence. Je sais le sort que tu me réserves, mais avant cela… Bones, mon maître, je te demande de me pardonner.

Bones se figea. Le silence se fit lourd. Puis il vint se placer devant Rattler.

— En 1867, nous sommes devenus amis. Cinq ans plus tard, je t'ai transformé. Tu te souviens de ce que je t'ai dit alors sur la pire chose qu'un vampire pouvait faire ?

Rattler détourna les yeux.

— Trahir son Maître.

— Exactement. Tu as commis le pire crime qu'un vampire puisse commettre aux yeux de notre peuple, et pourtant tu demandes mon pardon. Sais-tu ce que j'ai à répondre à cela, Walter Tannenbaum ?

Bones était parfaitement immobile, ce qui aurait dû m'alerter. Peut-être était-ce le contrecoup de ma collision avec le mur en béton qui me faisait tourner au ralenti, ou peut-être avait-il bougé trop vite, car même Spade et Vlad ne parvinrent pas à le retenir.

— Je te l'accorde.

Le couteau qu'il avait utilisé pour se trancher la paume était toujours dans sa main. Il le planta et le tordit d'un coup sec dans le cœur de Rattler au moment même où il prononçait ces mots.

Le temps d'une fraction de seconde, leurs regards se croisèrent, et alors que je tirais en vain sur le bras de Bones et que les témoins lançaient des cris de protestation, il me sembla voir Rattler sourire. L'impression mourut l'instant suivant, en même temps que Rattler. Son corps s'affaissa, et sa peau commença à se flétrir sous mes yeux.

— Bones, pourquoi ? lui demandai-je d'une voix tremblante.

Il se retourna pour me regarder bien en face.

— Parce que j'aurais fait la même chose à sa place, aussi lui ai-je accordé mon pardon.

Un silence gêné commençait à s'installer.

— Il n'avait pas le mien, dis-je enfin.

Seule la douleur dans sa voix m'empêchait de hurler contre lui. Puis, prenant exemple sur lui, je me calmai.

— J'ai entendu le rire de cette garce lorsqu'elle m'a dit qu'elle t'avait tué. Puis j'ai vu son visage lorsqu'elle m'a déclaré que tout était ma faute. Pourquoi n'aurais-je pas droit à ma vengeance ? Est-ce que la blessure qu'on m'a faite ne vaut pas celle de Rattler ? Tu t'es montré magnanime, mais tu as eu tort, Bones. Quelle que soit la compassion que tu éprouvais pour Rattler, tu n'aurais pas dû le tuer. Je t'ai laissé Max. Tu aurais dû me donner Rattler.

Et sur ces mots, je quittai la petite pièce, les autres vampires se poussant pour me laisser passer.

# Chapitre 29

Comme Bones avait dû faire semblant d'être faible pour pouvoir découvrir l'identité du traître, il n'avait pas passé beaucoup de temps avec le prisonnier qu'il avait aidé à capturer lors de l'embuscade du train : Anubus, le bras droit de Patra. D'ailleurs, Anubus avait presque été délaissé après le chamboulement causé par le retour de Bones, même si j'étais sûre qu'il ne se plaignait pas du manque d'attention dont il faisait l'objet. Il parut même presque surpris de voir quelqu'un lui rendre visite dans sa cellule.

C'était la première fois que je le voyais moi aussi, car je ne comptais pas la fois où Ian, Rodney et Spade étaient revenus avec lui – mais sans Bones – en hélicoptère. Anubus était grand pour un Égyptien, il mesurait largement plus d'un mètre quatre-vingt-dix, et ses longs cheveux raides, tout comme ses traits prononcés, trahissaient ses origines. Son attitude était loin d'être celle d'un prisonnier attendant une condamnation sans appel. Il semblait presque détendu, même s'il était suspendu par des menottes à un mur d'acier.

Il me jaugeait de son regard ténébreux de la même manière que je l'étudiais. Froidement. La première lueur de trouble apparut lorsque je me poussai pour laisser apparaître l'homme qui était derrière moi.

— Tiens, salut, Anubus. La vache, ça doit faire plus de cinquante ans qu'on ne s'est pas vus. Tu te rappelles, je venais de rencontrer cette fille très directe qui m'avait emmené dans son chalet et qui m'avait demandé de la baiser jusqu'à ce que j'en devienne presque impuissant. Je crois qu'elle n'a pas bougé une seule fois du début à la fin, et pourtant ça a duré des heures, non ? Tu sais quoi, si le matelas avait eu un trou de la même taille, j'aurais eu plus de plaisir à y enfiler ma queue…

Un hurlement de rage couvrit le reste de sa phrase. Je réussis à ne rien laisser paraître. Bones m'avait avertie de la tactique qu'il comptait utiliser pour provoquer Anubus – ce dernier considérait Patra comme une déesse – mais j'avais insisté pour être présente. Visiblement, il n'avait pas menti lorsqu'il m'avait dit qu'il n'allait pas hésiter à entrer dans les détails pour énerver l'autre vampire.

— Tais-toi, vermine ! Je n'arrive pas à croire que tu sois encore en vie, mais ça ne durera pas. Tu ne mérites même pas de brûler dans les flammes de l'au-delà !

— Oh oh, ricana Bones. J'en déduis que même après tout ce temps, elle ne t'a toujours pas laissé goûter un échantillon ? Tu n'as rien perdu, mon pote, crois-moi. « Médiocre » est le terme le plus flatteur qui me vienne à l'esprit pour décrire ce qui se trouve entre les jambes de cette bonne femme. J'en arrive à me demander pourquoi Mencheres s'est lié à cet ersatz de femme, mais, après tout, l'amour est parfois aveugle. Et platonique. En tout cas notre union l'aurait été si c'est moi qui l'avais épousée. En revanche, voici une vraie femme, dans tous les sens du terme. (Bones me poussa en avant.) Elle est plus passionnée dans son sommeil que ce tas d'argile égyptienne que tu vénères. Patra sait qu'elle ne fait pas le poids face à elle. N'est-ce pas pour cette raison qu'elle a tout fait pour la tuer ? Parce qu'elle savait que personne ne se laisserait abuser par sa prétendue supériorité une fois que le monde aurait aperçu Cat ?

— Vous mourrez tous, grogna Anubus. Patra est la réincarnation d'Isis et la déesse de ce monde. Elle règne depuis plus de deux mille ans, et ce ne sont pas des insectes plus vils que des sauterelles qui l'arrêteront !

— T'as besoin d'une bonne partie de jambes en l'air, mon pote, observa Bones avec magnanimité. Je parie qu'elle ne t'a même pas laissé t'astiquer un petit coup au cours de toutes ces années, pas vrai ? Elle veut que sa garde reste pure, et autres âneries du même genre, c'est ça ? Tes couilles débordantes t'ont embrouillé l'esprit, je te le dis. Ça fait combien de temps que tu as seulement vu une femme nue, hein ? Ça remonte à avant ou après la conversion de l'empereur Constantin ?

Ces provocations verbales étaient une tactique inhabituelle pour Bones, mais il s'était dit que cela valait le coup de la tenter. Ian, Rodney et Spade avaient déjà essayé d'autres moyens, tous plus déplaisants les uns que les autres, mais soit Anubus ne savait rien, soit il ne s'était pas montré d'humeur coopérative. En écoutant Bones énumérer les détails sordides de sa nuit avec Patra, Anubus devait éprouver les mêmes sentiments que le pape forcé de subir le récit des exploits sexuels de la Vierge Marie. Patra était loin d'être chaste, mais si elle avait eu des aventures, elle était restée discrète (sauf pour son histoire avec Bones, dont tout le monde semblait être au courant). Et il était de notoriété publique qu'elle se considérait comme l'héritière d'une lignée divine. Une grande partie de ses subalternes la vénéraient. Anubus entrait dans cette catégorie.

— Tu visualises la scène ? Mes mains sur Patra, mmmm, combien de fois y as-tu pensé ? Incapable de trouver le sommeil, submergé par l'envie de me tuer, pour découvrir au bout du compte qu'en fait je trouvais l'expérience assez… soporifique ?

En tout cas, nous avions réussi à capter son attention. Anubus était livide, et ses yeux brillaient d'une intense lueur verte.

— Tu n'es même pas digne de lui être sacrifié. Patra ne t'a admis dans sa couche que pour te faire exécuter par son époux, mais même là Mencheres n'a pas été à la hauteur. Elle aurait dû me laisser t'achever cette nuit-là, conformément à mon souhait.

Bones rit de nouveau, mais plus bas.

— Tu crois que Patra était la première fille à coucher avec moi dans l'espoir de causer ma perte ? Eh bien, tu te trompes. On m'avait déjà fait le coup avant, et on me l'a refait très souvent après. Donc désolé de te décevoir, mais ce n'est pas pour cette raison que Patra manquait d'entrain au lit. C'est parce qu'elle vit dans l'imposture, dans la tromperie, et qu'une fois dépouillée de tous ses mensonges – et de ses vêtements – elle n'est rien de plus qu'une petite fille gâtée dont la folie des grandeurs est renforcée par des idiots dans ton genre.

— La Tombe t'appelle ! rugit Anubus, qui avait perdu toute contenance. Elle l'a invoquée, et elle te trouvera et t'engloutira avec un appétit insatiable…

Il s'était brusquement interrompu. Je n'avais pas besoin de regarder Bones pour savoir qu'il souriait. Puis il se redressa, soudain sérieux. Le visage d'Anubus se ferma, mais c'était trop tard. *Tu as merdé, l'ami, et tu le sais.*

— Tiens donc, mon pote, dit Bones en s'approchant d'Anubus et en posant un doigt sur son visage avec une délicatesse trompeuse. Qu'est-ce que tu entends par *là* ?

— On débouche le champagne, ou on attend que les mecs arrivent pour les asperger ? demanda Denise.

Nous étions assises au salon, une pièce formelle aux tons couleur terre et parsemée de vieux meubles dorés. L'énorme table semblait avoir été taillée dans un tronc géant. Elle était recouverte de nourriture présentée dans des plats en cuivre et en argent massif, mais personne ne mangeait vraiment. En entendant la question de Denise, j'arrêtai de pianoter sur la surface polie de la table et levai les yeux vers elle.

— Hmm ? Oh, vas-y, fais sauter le bouchon, ils en ont pour un bout de temps.

Si j'étais là plutôt qu'au sous-sol, c'était pour deux raisons. Premièrement, je ne voulais pas laisser Denise et ma mère seules avec des inconnus pendant cette fête et, deuxièmement, même s'il ne m'avait pas expressément demandé de partir, je devinais que Bones ne souhaitait pas me voir en bas. À présent qu'il savait qu'Anubus nous cachait bien quelque chose, il n'allait plus le ménager. Cela me dérangeait que Bones croie que mes sentiments à son égard risquaient de changer si j'étais témoin de ce qu'il allait faire subir au prisonnier, mais je ne voulais pas qu'il se déconcentre à cause de moi. Pas quand des vies dépendaient peut-être de la rapidité des aveux qu'il tirerait d'Anubus.

Denise versa le champagne.

— Il est excellent, s'enthousiasma-t-elle. La vache, on ne manque vraiment de rien, ici. Tu as vu tout ce brandy ? Si on reste trop longtemps, il va me falloir un nouveau foie !

Sa bonne humeur me fit sourire, mais le cœur n'y était pas vraiment. Non, elle n'avait aucune idée de la manière dont les choses étaient en train de tourner au sous-sol. *Si tu continues à fréquenter des vampires,* songeai-je, *tu apprendras qu'ils ne sont pas seulement adeptes des fêtes et des grands crus.*

Mais je gardai cette pensée pour moi.

— Tiens, remplis mon verre. Il reste deux heures avant minuit, on ferait aussi bien de commencer la fête. La dernière fois que j'ai vu Zéro, il m'a dit qu'ils faisaient des progrès, mais sans me donner de détails.

Pendant que Bones, Mencheres, Spade, Vlad, Rodney et Ian étaient en bas, Tick-Tock et Zéro nous servaient de gardes du corps. Nous n'aurions même pas pu nous cogner un orteil sans que l'un des deux bondisse pour venir à notre secours.

— La neige s'est calmée, annonça ma mère. Au moins, on peut enfin admirer la vue. J'ai vraiment hâte de quitter ce désert… et entre nous, je sens que je n'aurai pas à attendre très longtemps.

*Aïe aïe aïe, c'est parti*, songeai-je. Certains vœux ne s'exauceraient donc jamais, même au Nouvel An.

Je soupirai.

— Si c'est le fait d'être entourée de vampires et de goules qui te déplaît, dis-toi que ce serait encore pire s'il s'agissait des vampires et des goules de Patra.

— Je ne suis plus une enfant, Catherine, rétorqua-t-elle avec sa rudesse habituelle. Ne me parle pas comme si j'avais dix ans.

La tension des derniers jours me rattrapa. Pourtant, j'étais bien placée pour savoir que le plus sage était de me taire.

— Tu n'es pas une enfant ? Première nouvelle ! Tu as passé la majeure partie de ma vie à te conduire comme une gamine.

Denise resta bouche bée en entendant ma riposte. Elle avala précipitamment son champagne et se cala de nouveau dans son fauteuil pour mieux profiter de la scène.

— Cette fois c'est la goutte d'eau, rétorqua ma mère, furieuse. Je m'en vais.

Je n'apprendrais donc jamais à fermer mon clapet ? Résignée, je la suivis alors qu'elle se dirigeait d'un pas résolu vers la porte d'entrée et qu'elle attrapait un manteau.

— Maman, sois raisonnable. Il fait – 15 dehors, tu vas mourir de froid. Et où comptes-tu aller, d'abord ?

— J'en ai assez de tout ça, cracha-t-elle. « Va là-bas, fais ci, ne bouge pas, pauvre petite mortelle, ne te mêle pas des affaires des grands ! » Ras le bol de me faire trimballer dans tous les sens comme si j'étais un jouet !

Pendant sa tirade, elle m'avait écartée de son chemin et avait commencé à traverser la pelouse à grands pas. Je ne l'arrêtai pas, en partie parce que je ne voulais pas user de la force contre elle, mais aussi parce que nos différends seraient plus faciles à résoudre sans personne autour de nous. Le salon n'était pas du tout l'endroit pour ce genre de règlement de comptes familial.

— Tu te trompes, maman, dis-je en essayant d'ignorer la morsure du vent. (Je n'avais pas pris le temps d'enfiler un manteau, et le froid me transperçait à travers mon pull et mon pantalon.) Est-ce qu'il m'arrive de ne plus te supporter ? Oui. Est-ce que j'aimerais que tu ne fasses plus partie de ma vie ? Bien sûr que non. Bon, maintenant, rentrons à l'intérieur, il fait un froid de…

— Je marcherai jusqu'à la maison, la rue ou la ville la plus proche, dit-elle d'un ton sec, pas le moins du monde attendrie.

Nous arrivâmes aux arbres ; la lumière de la lune parait la couche de neige d'un reflet argenté. Mon souffle se changeait en panaches de fumée dans l'air glacial.

— Il n'y a rien à la ronde avant au moins trente kilomètres, lui fis-je remarquer sur un ton calme. Crois-moi sur parole, je le sais. Mencheres n'a pas choisi cet endroit par hasard. Tu ne pourras jamais marcher aussi longtemps, tu tomberas en hypothermie avant d'avoir fait cinq kilomètres. On est au milieu de nulle part, il n'y a rien aux alentours…

Je me tus et me figeai, mais pas à cause de la température. Je saisis ma mère d'une main ferme et l'empêchai de faire un pas de plus. Furieuse, elle se retourna avant de s'arrêter en voyant l'expression de mon visage.

— Quoi ? murmura-t-elle.

— Chut.

Elle pouvait sans doute à peine les entendre, mais ils sonnaient encore beaucoup trop fort à mon goût. Cela dit, notre échange ces cinquante derniers mètres n'avait pas été très discret. Pas plus que ne l'était l'écho de ces pas lourds au loin, qui dérangeait le silence de la nuit.

Je plissai les yeux et concentrai toute mon énergie sur ces bruits. Ni battements de cœur, ni respiration, ni crépitement de puissance. Ils se déplaçaient lentement. Et ils étaient très nombreux. Pourquoi ne ressentais-je rien ? Les vampires ou les goules dégageaient une aura de puissance, mais là, rien. Qu'est-ce que ça pouvait bien être ?

Sans attendre de le découvrir, je pris ma mère par le bras et courus vers la maison. Zéro et Tick-Tock étaient déjà sur le pas de la porte, les sens en alerte en me voyant revenir à toute allure.

— Faites descendre tout le monde au sous-sol, aboyai-je en poussant ma mère dans cette direction comme pour souligner mes paroles. Quelque chose arrive.

— Quoi ? commença Denise en se levant de son fauteuil.

Randy réagit plus rapidement, se dirigea vers elle et l'aida à se lever. Zéro leur indiqua l'escalier, aussi respectueux qu'à son habitude, mais il se fit pressant.

— S'il vous plaît, par ici.

Comme ma mère ne bougeait pas, je lui jetai un regard noir.

— Consciente ou évanouie, tu les accompagnes.

Elle marmonna quelque chose mais les suivit, les épaules raides.

—Tick-Tock, soufflai-je, les sens toujours à l'affût de cette nouvelle menace, va chercher Bones et les autres.

Deux minutes plus tard, Bones arriva, suivi de Spade et de Rodney. Je ne prêtai pas attention aux taches qui maculaient ses vêtements et lui montrai la fenêtre.

—Est-ce que tu les entends ? Je ne sens rien, mais ils sont nombreux. Et ils se dirigent droit par ici.

Bones plissa les yeux et scruta l'obscurité, des éclats émeraude dans le regard. Après plusieurs secondes, il laissa échapper un grognement.

—Je ne sens rien non plus, Chaton, mais ils piétinent le sol comme un troupeau d'éléphants. Quoi qu'ils puissent être, ils ne sont pas humains. Charles ?

—Je n'ai aucune idée de ce que c'est, Crispin. J'en ai des frissons partout, jusque dans les bijoux de famille.

Rodney jeta un regard aussi sinistre que compréhensif à Spade.

—On est deux.

—Bon. (Bones fit craquer ses jointures ; ses yeux étaient à présent complètement verts.) Préparons-nous à les accueillir. Il nous faut des couteaux, des épées, des arbalètes, des fusils… rapidement. On dirait que quelques-uns d'entre eux ont pris de l'avance sur le peloton. On ne va pas tarder à savoir ce qui nous rend visite.

—Pourquoi est-ce qu'on ne s'enfuit pas ? demandai-je tandis que nous nous dirigions vers l'arsenal.

—Parce qu'on n'a pas assez d'hélicos pour évacuer tout le monde, et que si on part en voiture, on tombera peut-être dans une embuscade. On va se défendre, ma belle. Faire face à ce qu'on doit affronter. L'hélico se tiendra quand même prêt, au cas où. Au besoin, tu pourras emmener ta mère, Denise et Randy en sécurité.

—Je ne te laisserai pas, dis-je. Quoi qu'il arrive.

Bones soupira tout en répartissant une charge d'une quinzaine de kilos d'armes en argent sur son corps.

— Allons, Chaton, ils sont humains, et donc plus faciles à tuer. Les morts-vivants peuvent…

— Pas question, rétorquai-je sur le même ton raisonnable que lui. Juan sait piloter et je suis plus forte que lui. Ce serait lui le meilleur choix si leur évacuation se révélait nécessaire. Et si tu envisages de me faire un coup en douce, comme m'assommer et me mettre dans l'hélico de force, je reprendrai mon travail à plein-temps, et je choisirai des missions qui achèveront de blanchir tes cheveux.

Bones me donna un baiser furtif mais intense.

— Satanée bonne femme. T'as aussi appris à lire dans les pensées, on dirait. Très bien, équipe-toi et change-toi. Ton pull est trop épais, il gênera tes mouvements.

Je me contentai de l'ôter et me retrouvai en soutien-gorge, en pantalon de jogging et en baskets. Je n'avais pas le temps de monter dans la chambre pour trouver un haut plus adéquat. Je commençai à attacher des couteaux en argent autour de mes jambes, de ma taille et de mes bras à une vitesse qui trahissait une longue habitude de cet exercice.

— Tu as vraiment l'intention de n'en faire qu'à ta tête, hein ? demanda Bones en me tendant une épée. Prends-en une, on ne sait pas ce qu'on doit tuer, l'argent sera peut-être impuissant. Tu vas geler comme ça, Chaton.

— Est-ce que ce n'est pas le cadet de nos soucis ? dis-je avec un rire plus forcé qu'amusé. Ça me donne une totale liberté de mouvement, c'est le plus important.

— Tu as absolument raison.

Bones ôta son propre pull et le jeta par terre à côté du mien. La plupart des vampires et des goules l'imitèrent. Leurs torses nus brillaient sous la lumière du lustre alors que tout le monde s'équipait d'armes. Pendant ce temps, les pas se rapprochaient de la maison.

Mencheres arriva. Je ne l'avais pas vu depuis longtemps, mais il avait de toute évidence entendu ce qui se passait, car il était lui aussi recouvert d'armes de la tête aux pieds.

— Déployons-nous sur la pelouse, on commencera par surveiller un périmètre extérieur, et on se repliera dans la maison au besoin, dit Bones. Zéro, rassemble les humains et installe-les dans les cellules du sous-sol, c'est l'endroit où le blindage est le plus solide. N'hésite pas à recourir à la force pour faire obéir les plus récalcitrants, surtout sa mère.

J'aurais pu rétorquer une grossièreté, mais ce n'était pas le moment. Nous sortîmes de la maison en file indienne et nous déployâmes autour. Une fois dehors, la communication se fit par signaux, les vampires et les goules se déplaçant à une vitesse qui aurait fait le bonheur de tout chef militaire digne de ce nom. Bien entendu, c'était surtout contre des chefs militaires qu'ils usaient de leurs talents. Après tout, c'était en forgeant qu'on devenait forgeron.

Le vent glacial me fit frissonner. Oui, il faisait extrêmement froid, mais je n'en mourrais pas, et l'hypothermie ne me faisait pas peur. Après tout, j'étais à moitié vampire, et mon sang ne pouvait pas geler. Toutefois, cela ne m'empêchait pas de souhaiter être aussi bien immunisée contre le froid que mes compagnons. Les vampires et les goules n'aimaient pas le froid, mais j'étais la seule à claquer des dents.

— Ça va, ma belle ? me demanda Bones sans détourner les yeux des arbres qui se trouvaient devant lui.

Nous étions au beau milieu du terrain du côté de la façade, et j'espérais que cela ne faisait pas de nous une cible idéale.

Je serrai les dents pour les empêcher de claquer.

— J'arrêterai de jouer des castagnettes quand l'action commencera.

Je sentis un mouvement à côté de moi. Tate se glissa près de moi sans un mot en poussant Spade d'un coup d'épaule.

— Laisse-le, dit Bones alors que Spade s'apprêtait à le repousser. C'est à ça qu'il sert.

Tate allait peut-être répondre, mais il n'eut pas le temps de dire quoi que ce soit. Au moment où il ouvrait la bouche, la première des silhouettes mystérieuses sortit des arbres et l'empêcha de répliquer. Bones se raidit et devint aussi froid et rigide que les stalactites qui pendaient du toit. Spade laissa échapper un sifflement sourd, et quelqu'un marmonna quelque chose qui ressemblait à une prière.

— Dieu tout-puissant, murmurai-je, encore plus glacée qu'auparavant. Qu'est-ce que c'est que ça ?

Ce fut Mencheres qui répondit. Il arrivait derrière nous et haussa la voix pour être entendu malgré le grognement soudain de la chose qui se mit à courir, ses lèvres à moitié pourries s'ouvrant et se refermant de manière obscène.

— C'est la Tombe, répondit-il.

# Chapitre 30

Dans les films des années 1950, les zombies ont une allure presque comique. Les productions modernes s'en sortent mieux, rendant avec justesse la folie des yeux exorbités et la décrépitude de la peau pendant en lambeaux rances sur un squelette déformé. Certains étaient dans un état de décomposition plus avancé que d'autres, et on pouvait apercevoir leurs os alors qu'ils avançaient en titubant. Mais ils avaient tous une chose en commun : ils étaient affamés, et nous étions leur nourriture.

Lorsque le premier d'entre eux apparut, Mencheres sembla aussi pétrifié que nous. Mais après avoir prononcé sa phrase sibylline, il se mit à jurer, et cela lui ressemblait si peu que je détournai mon attention de la horde qui approchait.

— Même dans mes pires cauchemars, jamais je n'aurais été imaginer qu'elle en arriverait à cela, conclut-il. Sa démesure ne restera pas impunie. Ce ne sera peut-être ni moi ni aucune des personnes présentes ici, mais quelqu'un lui fera payer une telle atrocité.

Voilà qui n'était pas très encourageant. En fait, ses mots sonnaient même comme une épitaphe.

Bones secoua brusquement Mencheres par l'épaule.

— On n'a pas le temps de disserter sur les penchants maléfiques de Patra. Ces choses, dit-il en désignant d'un signe de tête les créatures qui ne se trouvaient plus qu'à une vingtaine de mètres de nous, est-ce qu'on peut les tuer ?

— Non.

Il avait prononcé cette réponse lapidaire sans la moindre émotion. Mencheres sembla s'armer de courage tout en serrant la main de Bones, puis il la lâcha.

— Elles ne peuvent pas être tuées, continua-t-il en sortant son épée tranchante de son fourreau. Elles ne ressentent aucune douleur et n'ont même pas besoin d'yeux pour nous voir. C'est la volonté de Patra qui les guide vers nous.

Il marcha vers l'avant en ordonnant à tout le monde de ne pas bouger. Les créatures n'étaient qu'à quelques mètres de lui et arrivaient à présent en courant tant bien que mal. La proximité de Mencheres semblait les exciter, car elles poussaient d'horribles grognements.

— Ces monstres ont été arrachés à la terre, poursuivit Mencheres en faisant un pas de côté pour en éviter un (il s'était déplacé trop vite pour que le zombie ait le temps de réagir), et ils n'y retourneront pas tant que le sort ne sera pas rompu. Nous ne pouvons pas fuir. Toutes les tombes à cent kilomètres à la ronde se videraient et les morts nous pourchasseraient, tuant tout sur leur passage.

Il fit tournoyer son épée si vite que je n'eus pas le temps de la suivre des yeux. Incrédule, je vis la créature bondir sur lui presque à la même vitesse. La vache, pourquoi est-ce que ces monstres n'étaient plus patauds tout d'un coup ?

Mencheres le tailla d'un même mouvement éclair. Des morceaux de cadavres commencèrent à voler dans tous les sens alors que sa lame bougeait plus vite que les zombies, dont la rapidité nouvelle était aussi impressionnante qu'inattendue.

— Il faut les contenir et trouver l'objet qu'elle a utilisé pour créer ce sort, reprit-il sur le même ton calme. C'est certainement quelque chose qui lui appartient, peut-être qu'il se trouve sur l'un des prisonniers, ou qu'il a été caché par Rattler. Si nous arrivons à le trouver et à le détruire, ils mourront. En attendant, quels que soient les dommages qu'ils subiront, ils continueront à attaquer.

Nous en eûmes la preuve atroce alors même qu'il parlait. Bon sang, même les membres qu'il avait coupés rampaient dans notre direction. Un corps décapité tituba vers lui, tandis que le crâne à ses pieds lui mordillait la cheville avec une détermination démoniaque jusqu'à ce que Mencheres shoote dedans. C'était vraiment effrayant. Mais une fois démembrées, les créatures étaient visiblement moins dangereuses. Nous avions peut-être un espoir.

— Envoyez trois personnes chercher cet objet dans la maison, lança Mencheres en tourbillonnant pour contenir d'autres formes qui approchaient. C'est probablement un petit objet, difficile à repérer. Faites tout ce qu'il faudra pour le détruire.

— Tick-Tock, Zéro, Annette, allez-y, ordonna Bones avec un mouvement de tête tandis qu'il sortait sa propre épée.

Les deux premiers foncèrent dans la maison sans hésiter, mais pas Annette. Je la vis s'arrêter et regarder Bones avant de disparaître à l'intérieur. Je le regardai moi aussi, pour la même raison : peut-être était-ce la dernière fois que je le voyais.

— Si j'avais le moindre espoir que tu m'écoutes, c'est toi que j'aurais envoyée à l'intérieur, soupira-t-il. Mais je sais à quoi m'en tenir. Je t'aime, Chaton. Rien sur cette terre, pas même ces créatures d'outre-tombe, ne peut changer ça.

Je n'eus pas le temps de répondre, mais ce n'était pas nécessaire. Je lui criai mon amour avec chaque atome de mon corps alors qu'il levait la voix pour s'adresser à la quarantaine de personnes qui tiraient elles aussi leurs épées.

— Patra a envoyé la mort à nos trousses, les gars. Rendons-lui la pareille, avec nos compliments !

Bones marcha en avant à pas mesurés et menaçants, à la rencontre de la nouvelle vague d'envahisseurs d'outre-tombe. Quarante contre plusieurs centaines ? Je savais quelles étaient nos chances de survie, tout comme tous ceux qui levèrent leurs lames, avant de s'avancer avec moi pour rejoindre Bones.

— Notre situation n'est pas désespérée. (Jamais la voix de Bones n'avait été aussi dominée. Dans d'autres circonstances, j'aurais même dit qu'elle était enjouée.) À de nombreuses reprises, nous avons été impuissants, mais pas ce soir. Nous disposons du pouvoir de choisir notre mort. Même si vous n'avez jamais rien maîtrisé de votre vie, vous êtes maintenant maîtres de ce moment. Personnellement, je suis déterminé à faire de ma vengeance un tel feu d'artifice que certains vont regretter de ne pas être à mes côtés pour le voir !

Bones conclut sa tirade par un rugissement qui fut repris par toute l'assemblée. Il était bientôt minuit ; la rage et la soif de vengeance nous faisaient trembler. Tout d'un coup, je n'avais plus froid. Ni peur. J'avais déjà affronté la mort, je l'avais même déjà provoquée. Mais à ce moment précis, aux côtés de Bones, j'avais l'occasion d'effacer toutes mes mauvaises décisions, tous mes moments de lâcheté, et toutes ces années de regrets. Plus rien d'autre ne comptait que l'instant présent. J'étais devenue la personne que j'avais toujours voulu être. Forte. Courageuse. Loyale. Une personne dont je pouvais être fière.

La première créature bondit sur moi et je fis jaillir mon épée, mes cheveux volant au vent alors que je l'évitais et la frappais. Une lueur verte éclaira son visage déformé et je ris, prise d'une joie sauvage.

— Tu vois ça ? C'est la lumière de mes yeux, et je vais te montrer ce que j'ai d'autre pour toi…

J'avais connu mon premier combat à mort à l'âge de seize ans. Je ne disposais alors que d'une croix en argent terminée par une petite dague, et je n'étais même pas sûre que cela me permettrait de tuer un vampire. J'avais vu juste, de toute évidence, et depuis ce jour je n'avais pas arrêté de tuer. J'avais connu des centaines de batailles depuis ce baptême du feu, mais aucune d'entre elles, je dis bien aucune, n'était comparable à celle-ci.

Dieu merci, il faisait nuit noire. Les yeux vert brillant des vampires permettaient de les distinguer des zombies, qui continuaient à sortir des bois de tous les côtés. Les goules étaient un peu plus difficiles à repérer, mais elles n'étaient qu'une dizaine. On ne se rend vraiment pas compte à quel point il est facile de confondre deux silhouettes lorsqu'on a les yeux continuellement aspergés de sang, de bouts de chair, ou de morceaux de membres pourris. Et des membres, il y en avait partout ; des morceaux dégoûtants qui rampaient sur le sol, des doigts arrachés qui se tortillaient sur nous comme des sangsues, sans parler de ceux qui étaient toujours rattachés aux corps des monstres, dont le nombre ne cessait d'augmenter.

Je me battais avec frénésie et je tranchais tout ce qui s'approchait de moi. J'avais le cerveau comme engourdi, ce qui me permettait d'ignorer mes propres blessures. Mes bras, mes épaules, mes jambes… j'avais été mordue à tous les endroits du corps. Je ne savais même pas si j'avais encore mes vêtements ; enragée comme je l'étais, du sang éclaboussant sans cesse mes yeux, je ne voyais que du rouge. C'était en cela que les rayons émeraude de mes camarades m'étaient utiles. Au moins, en les voyant, je savais que je n'étais pas seule. Mais je me sentais tout de même isolée, au milieu de cette horde de zombies enragés, leurs hurlements se mêlant en une cacophonie inintelligible, mon épée taillant inlassablement dans la masse infinie des morts-vivants.

Vlad avait un avantage. Lorsqu'il en avait le temps, il pouvait attraper un zombie et le faire brûler. Ils couraient dans tous les sens – enfin, ce qui restait d'eux – comme autant de torches macabres. Mais comme il devait les immobiliser une bonne minute pour les rendre à peu près inoffensifs, ce n'était pas la méthode la plus efficace pour les vaincre.

De temps à autre, j'apercevais un éclat orange du coin de l'œil, j'entendais des cris indescriptibles, et je savais que Vlad était encore en vie. Plus important encore, j'entendais régulièrement une voix à l'accent anglais s'élever au-dessus des gémissements d'agonie et de douleur pour motiver ses troupes et provoquer les créatures avec un mépris jubilatoire. Bones était toujours vivant lui aussi. Mais à part ça, je ne savais pas du tout qui m'entourait.

— Repliez-vous, repliez-vous ! cria quelqu'un.

La chose qui se trouvait devant moi se scinda soudain en deux moitiés égales qui s'écartèrent aussitôt l'une de l'autre. Bones apparut dans l'interstice ainsi créé, quasiment méconnaissable, et je stoppai l'élan de mon épée pour ne pas lui trancher la tête.

— Suis-moi, grogna-t-il.

Il me tira par le bras, puis le lâcha en poussant un violent juron.

— Mais bon sang, pourquoi tu n'as pas appelé à l'aide ?

Je ne savais pas ce qu'il voulait dire par là, et il ne me laissa pas l'occasion d'en discuter. Il me plaqua contre sa poitrine à l'aide d'un de ses bras et commença à frapper sur tout ce qui nous entourait de l'autre. Mes pieds touchaient à peine le sol, ils se balançaient au rythme de ses pas et je commençais à avoir la nausée. La brume se dissipa un peu devant mes yeux et lorsque nous entrâmes dans la maison pour nous précipiter au sous-sol, je recommençai à y voir clair.

Chaque meuble à l'intérieur avait été démoli. Je me demandais pourquoi, car le gros de la bataille se déroulait dehors, mais tout à coup je compris. Comme ils ne savaient pas à quoi ressemblait l'objet mystérieux, Annette, Tick-Tock et Zéro avaient détruit tout ce qui leur était tombé sous la main. Tous les meubles étaient littéralement en miettes, et ce qui restait des vampires et des goules évoluait dans les débris tout en empêchant les horribles assaillants d'entrer. La maison avait trois niveaux souterrains auxquels on ne pouvait accéder que par deux entrées. C'était la bonne nouvelle. La mauvaise, c'était que nous y serions coincés.

Bones me déposa dans les bras de Tate, qui émergea de la masse grouillante.

— Emmène-la au dernier niveau du sous-sol, aboya-t-il avant de repartir. Il faut que je couvre notre retraite.

— Bones, non ! protestai-je, mais ni l'un ni l'autre n'y prêtèrent attention, et Tate descendit les escaliers en trombe.

Il poussait les gens hors de son chemin en marmonnant quelque chose du genre « ton bras, ton bras ! » tout en courant.

Nous franchîmes une porte, et plusieurs visages effrayés se tournèrent vers nous. *Les gamins*, me dis-je. *Ils ont peur*. La brochure publicitaire du parfait petit snack pour vampires ne devait pas parler de ce genre d'animation.

— Faites de la place, leur dit-il d'un ton sec.

Ils obéirent immédiatement, effrayés par son apparence ou peut-être par le ton de sa voix. Ils se serrèrent les uns contre les autres alors que Tate me posait par terre et sortait un couteau.

— Lâche-moi, il faut que j'y retourne…, commençai-je avant de me taire.

*Oh!* Je comprenais mieux pourquoi Tate et Bones m'avaient regardée comme ils l'avaient fait.

— Donne-moi un peu de sang, si tes forces te le permettent, dis-je alors en regardant mon bras.

Enfin, ce qu'il en restait. *Toujours le bras gauche*, songeai-je avec un calme étonnant. *D'abord brûlé par Max, et maintenant ça. S'il pouvait parler, il aurait des raisons de râler.*

Il ne tenait plus que par quelques ligaments tenaces, mais la plus grande partie avait été rongée jusqu'à l'os. *Maintenant, j'ai l'air d'un zombie*, me dis-je. Mon bras ressemblait à s'y méprendre à certains de leurs membres rampants.

— Ça va te faire mal, avertit Tate d'une voix grinçante en approchant un couteau de son cou tout en me tenant la tête. Bois profondément. Je referai le plein.

En temps normal, je n'aurais jamais bu son sang, pas même quelques gouttes, mais les circonstances étaient tout sauf normales. Il fallait que je sois de nouveau en état de combattre le plus rapidement possible, car nos adversaires ne nous laissaient aucun répit. Cette idée en tête, je refermai mes mâchoires sur l'entaille que Tate venait de faire dans son cou et j'aspirai profondément en le mordant pour que la blessure ne se referme pas.

Il émit un bruit que je refusai d'analyser ; j'aspirai plus fort et je sentis des pics de douleur exploser dans mon bras. Tate resserra son étreinte et je me retrouvai collée contre lui. Il rejeta la tête en arrière lorsque j'intensifiai encore ma succion. À la quatrième gorgée, la douleur se fit insoutenable, mais à la sixième elle s'était calmée pour n'être bientôt plus qu'un picotement appuyé. À la neuvième, je réussis à le repousser avec mes deux mains, haletante, alors qu'une soif de sang s'éveillait en moi, impérieuse.

Les yeux de Tate étaient verts lorsque je le regardai, ce qui me fit reculer davantage, car son expression indiquait clairement que ce n'était pas la bataille qui l'avait mis dans un tel état.

Je sautai sur mes pieds en regardant avec étonnement la peau qui repoussait sur mon bras. La chair se refermait comme dans un film de science-fiction.

Grâce à ce nouveau sang qui courait dans mes veines, je me sentais plus sauvage, moins humaine. Vu les litres que j'avais certainement perdus, je devais me retrouver avec au moins soixante pour cent de sang de vampire dans le corps.

— Allez, soldat, dis-je. On a des choses à tuer.

Sans regarder en arrière, je remontai les escaliers en courant en direction de la bataille et de ses bruits implacables.

Les vampires étaient regroupés dans le hall devant le palier et formaient une barricade infranchissable. Chacune des créatures impies et hurlantes qui tentait de se frayer un passage à coups de dents était assaillie de tous côtés. Notre défense tenait pour l'instant le coup, mais il fallait avoir le courage de regarder la vérité en face. Nous ne résisterions pas longtemps. Les rangs des créatures ne cessaient de se renouveler.

Je fonçai me joindre à la mêlée et percutai Annette. Affolée, les yeux écarquillés, c'est à peine si elle me vit alors qu'elle jetait avec précipitation une figurine contre le mur. Le verre se brisa, mais il ne se passa rien de plus ; Annette poussa un cri sauvage et désespéré avant de se remettre à la recherche d'autres objets.

— Annette ! (Je dus la secouer pour qu'elle prête attention à moi.) Où sont Tick-Tock et Zéro ?

Elle fit un geste vague.

— Tick-Tock est de l'autre côté de la maison, et Zéro est allé trouver Anubus pour essayer de le faire parler, mais j'ai vu six de ces… choses le suivre, elles ont réussi à passer !

J'ai entendu Zéro hurler, et je suis venue par ici. Oh, Cat, je ne le trouve pas, je ne le trouve pas !

Je savais ce qu'elle entendait par là. La maison, sens dessus dessous, était sur le point de s'écrouler.

— Continue, Annette, on le trouvera, quoi que cela puisse être. On va les contenir…

Elle me poussa.

— Tu ne comprends pas. On en parle aux informations ! Les tombes qui se vident, des choses qui en sortent en rampant… et qui se dirigent toutes dans notre direction. Nous sommes dans une région isolée, mais pas si isolée que ça. Tu ne saisis pas ? Patra n'a pas besoin que ces créatures nous tuent ; très bientôt, elle saura exactement où nous sommes, parce que les zombies lui servent de panneau indicateur !

Merde ! Cela ne s'arrêterait donc jamais ? Notre situation, qui était déjà très mauvaise, était devenue désespérée. Étonnamment, j'étais plus en colère qu'autre chose. Cette garce ne méritait pas de gagner. Nous n'étions certes pas des innocents, mais elle était pire que nous à bien des égards.

J'entendis du bruit derrière moi, en provenance du sous-sol. *Mon Dieu !* Des hurlements, qui se multipliaient. Et des bruits de murs en train de s'effondrer. *Ça y est*, pensai-je, résignée. *C'est la fin.* Je ne pouvais peut-être pas l'empêcher, mais je pouvais choisir quelle serait ma mort.

Avec un regain de détermination je tendis mon épée.

— Continue à chercher, Annette. Moi, je vais poursuivre le massacre. Si cette garce nous veut, elle n'a qu'à venir nous chercher.

— Au sous-sol, les gars, vite ! entendis-je crier.

Parmi les membres de nos troupes encore vivants, une vingtaine commencèrent à se replier. Je me frayai un chemin vers l'avant et je vis Bones et Mencheres qui couvraient la retraite de leurs hommes. Ils virevoltaient et maniaient leurs épées à grands gestes dans une étourdissante démonstration de violence, comme s'ils avaient été transformés en machines. J'avais toujours soupçonné que Mencheres, sous ses dehors distingués, était en fait extrêmement dangereux. Il ressemblait à un cauchemar vivant.

Vlad me saisit et me força à revenir en arrière. Ses mains étaient chaudes, ce qui me surprit compte tenu de la température glaciale alentour.

— Viens, ils nous rejoindront bientôt, aboya-t-il en m'entraînant de force.

— Non, je veux monter ! hurlai-je en tentant de me débattre.

— Il est le Maître associé de sa lignée, il est là où il doit être, répondit-il. Toi, tu viens avec moi.

Il abattit violemment son poing sur ma tête. Des étoiles apparurent devant mes yeux et je plongeai sous son bras pour tenter de m'enfuir, mais il m'attrapa par les cheveux.

Tout d'un coup, les choses semblèrent se dérouler comme au ralenti. Vlad me tira en arrière, je perdis l'équilibre et, dans le bruit ambiant, j'entendis vaguement un rire vindicatif et satisfait.

*« J'ai vu six de ces… choses le suivre, elles ont réussi à passer ! »* avait dit Annette. *« Et je l'ai entendu hurler. »*

C'était de Zéro qu'elle parlait alors. Il se rendait à la cellule d'Anubus. Mais étant donné que personne n'avait revu Zéro depuis, ni eu de ses nouvelles, c'était donc Anubus qui poussait ces ricanements maléfiques. Anubus, indemne, alors qu'il était attaché à un mur et qu'une demi-douzaine de créatures affamées étaient peut-être déjà dans sa cellule… Comment était-ce possible ? Je ne voyais qu'une seule réponse.

— Vlad, as-tu besoin d'être physiquement en contact avec la personne pour lui faire prendre feu ?

La question le surprit tellement qu'il me lâcha.

— Il faut que je l'aie touchée au moins une fois avant, mais ça prend plus longtemps, car il m'est plus difficile de faire brûler une personne que je ne tiens pas.

— Difficile, soufflai-je, mais pas impossible ?

— Non, pas impossible. Pourquoi ?

— C'est Anubus. (J'élevai la voix, en proie à une montée d'adrénaline.) L'objet de Patra n'est en fait pas un objet. Tu ne comprends pas ? C'est le parfait cheval de Troie, et Bones a frôlé la mort pour nous l'amener ! Elle avait l'intention d'achever Bones lors de l'embuscade, et nous dans un second temps, car nous emmenions Anubus avec nous. Patra savait que nous ne le tuerions pas puisqu'il était notre otage le plus précieux.

Vlad esquissa un sourire. Il me lâcha et étendit les mains au-dessus de sa tête. Tout autour de nous, c'était le chaos.

— Il est trop éloigné de moi pour que je réussisse à l'atteindre avant d'être coupé en morceaux, mais voyons si je peux retourner la situation à la dernière seconde.

— Vas-y, répondis-je en tourbillonnant autour de lui pour dégager le périmètre alentour. Impressionne-moi.

Ses mains se mirent à luire, pas d'une lumière rouge, mais bleue. Celle-ci éclairait le hall d'une étrange lueur violet foncé. Des étincelles jaillirent de ses mains et retombèrent en pluie sur mes cheveux tandis que je continuais à massacrer les zombies les plus proches.

Quelqu'un poussa un cri d'agonie. J'adressai un sourire cruel à Vlad lorsque je reconnus la voix.

— Tu as toute son attention, Drac.

— Il est fort, répondit Vlad d'une voix tendue. (Ses mains étaient désormais deux torches vivantes.) Dois-je te rappeler une fois encore comment je m'appelle ?

— Espèce de vieille chauve-souris frimeuse… (Je plantai mon épée dans le ventre d'un zombie aux mâchoires grandes ouvertes, en tournant la lame de toutes mes forces pour le couper en deux.) arrogante… (Ça n'allait pas fonctionner, il prenait la lame à pleines mains… Bon Dieu, ce que ces bestioles étaient fortes !) et surestimée… (Crac ! Ma tête venait de percuter le mur. Si je ne m'étais pas fendu le crâne, c'était un miracle.) Qu'est-ce que tu attends ? C'est pas toi, le roi des croque-mitaines ? La légende qu'on invoque pour effrayer les petits enfants s'ils ne sont pas sages ?

Deux autres zombies échappèrent à Bones et à Mencheres, qui se tenaient désormais presque dos à dos pour essayer de les garder à distance.

— Allez Vlad, fais honneur à ta réputation ! Si tu n'es pas capable de faire cramer un pauvre vampire égyptien enchaîné à un mur, comment espères-tu nous faire croire que tu as réussi à bouter les Turcs hors de Roumanie ?

Il y eut un craquement qui résonna dans tout le sous-sol, comme si un transformateur électrique avait sauté, puis les zombies s'arrêtèrent en plein assaut et s'écroulèrent. De la terre commença à sortir de leurs corps soudain immobiles, jusqu'à les recouvrir entièrement et les transformer en monticules de cette matière.

*De la terre ils ont été appelés à sortir,* pensai-je, *et à la terre ils retournent.*

— Tu as réussi, haletai-je en lâchant mon épée et en courant non pas vers Vlad, mais dans la direction opposée.

— Bien sûr, l'entendis-je répondre alors que Bones me soulevait dans ses bras puissants et me serrait contre sa poitrine maculée de morceaux d'entrailles. Je suis Vlad Tepes, qu'est-ce que tu croyais ?

# Chapitre 31

Pendant une trentaine de secondes, je serrai Bones dans mes bras, enivrée par ses baisers sur mes cheveux et ses caresses dans mon dos. Je ressentais un bonheur absolu. Puis j'entendis un gémissement assourdi, qui me parvint malgré les cris d'exultation des autres vampires. Un gémissement qui semblait jaillir de mes propres entrailles, ce qui était logique, d'une certaine manière.

— Maman.

Je traversai le hall comme une flèche en direction de l'arrière de la maison, comme si j'étais tirée par un élastique. Bones me suivit, mais il fut moins rapide que moi, pour une fois. Je tombai à genoux lorsque je la vis, étendue contre Denise, les mains de mon amie appuyées sur son ventre. À leur côté se trouvait un zombie, qui n'était désormais plus qu'un tas de terre, et ma mère était aussi immobile et pâle que la mort.

— Non ! m'exclamai-je malgré moi.

Puis j'agis sans réfléchir. Je pris l'un de mes couteaux, je me tranchai le poignet et je fis basculer sa tête en arrière pour la forcer à avaler mon sang. La lame était enfoncée jusqu'à l'os et le liquide rouge déborda de ses lèvres.

Elle eut un haut-le-cœur et avala un mince filet de sang ; des bulles sortaient de sa bouche. J'actionnai manuellement sa mâchoire pour la forcer à boire une autre gorgée.

Denise pleurait et priait en même temps. Bones l'écarta pour se pencher au-dessus de ma mère. Il prit le couteau dont je m'étais servie et s'entailla lui aussi le poignet pour le placer sur sa bouche tout en me disant de commencer un massage cardiaque pour faire circuler le sang qu'il lui faisait boire.

Je lui obéis, aveuglée par les larmes, et j'exerçai des pressions sur sa poitrine. Son cœur avait cessé de battre au moment où Bones avait commencé à lui faire boire son sang. Inlassablement, je lui comprimais la poitrine tandis que Bones lui faisait du bouche-à-bouche.

— Cette chose est entrée dans la pièce, sanglota Denise, qui portait également la marque de plusieurs blessures, et elle lui a sauté dessus ! J'ai essayé de la détacher, mais elle était si forte… Allez, Justina, ne lâchez pas !

Denise avait crié si fort qu'il me fallut une seconde pour entendre le petit battement interne que je sentais sous mes mains. Je me rassis, les yeux noyés de larmes, en entendant ma mère tousser.

— Sale… animal… ne me… touchez pas, dit-elle à Bones d'une voix grinçante.

J'éclatai de rire, et Bones ricana en s'asseyant lui aussi. Il prit toutefois le temps de s'entailler la paume et de la plaquer contre la plaie de mon poignet.

— Bonjour, Justina. Décidément on ne se quitte plus.

Denise rit elle aussi, puis elle s'essuya les yeux et regarda autour d'elle.

— Où est Randy ? Il n'est pas avec vous ?

Mon sourire disparut. Je me rendis soudain compte que Randy n'était pas dans la pièce avec nous. Le spectacle de ma mère en train de se vider de son sang m'avait empêchée de le remarquer plus tôt. Je jetai un regard à Bones, qui fronça les sourcils et se leva.

— Qu'est-ce qu'il ferait avec nous ? demanda-t-il à Denise d'une voix sévère. Randy était censé rester *ici.*

Denise se redressa à son tour, le visage très pâle.

— Il voulait vous aider à chercher l'objet qu'utilisait Patra. Il a dit qu'il ne sortirait pas de la maison. Ça fait environ vingt minutes qu'il est parti…

Bones tourna les talons et sortit de la pièce. Je m'approchai de Denise et lui pris les mains. Malgré tout le sang que j'avais perdu, les miennes étaient plus chaudes.

— Ne bouge pas, lui dis-je. On va le trouver.

Denise planta ses yeux noisette dans les miens, et la violence de son regard me fit reculer d'un pas.

— Pas question, dit-elle en m'écartant de son chemin.

Je la laissai passer, un peu assommée à présent que l'excitation de la bataille retombait. Ma mère s'assit et regarda le sang et sa chemise déchirée autour de son abdomen, là où elle avait été blessée.

— Maman, commençai-je.

— Ne t'en fais pas pour moi, m'interrompit-elle. Occupe-toi de Denise.

Je lui adressai un regard plein de gratitude et me frayai un chemin parmi les décombres de la maison d'un pas beaucoup moins leste qu'auparavant. Moins d'une minute plus tard, j'entendis le hurlement de Denise, fort et perçant. Je me mis alors à courir malgré les points qui dansaient devant mes yeux.

Bones était agenouillé sur le sol de la cuisine et tenait Denise dans ses bras. Il y avait un monticule à côté d'eux, rouge et sale…

— Oh mon Dieu, murmurai-je.

— Guéris-le, hurlait Denise en martelant de ses poings le dos de Bones. Guéris-le, guéris-le, GUÉRIS-LE !

Mais c'était impossible. Ma mère était encore en vie lorsque Bones et moi nous étions occupés d'elle, les propriétés régénératrices de notre sang avaient donc pu fonctionner. Le corps de Randy était en morceaux, dont certains étaient recouverts de terre, vestige du ou des zombies qui l'avaient déchiqueté.

— Il est mort, ma belle, dit Bones à Denise en détournant son visage des restes macabres de son mari. Je suis vraiment désolé.

Je doutais que Denise l'ait entendu. Elle continuait à hurler et à sangloter tout en le bourrant de coups de poing. Je m'approchai d'elle, dans une vaine tentative de la consoler, sachant pertinemment que rien de ce que je pourrais faire n'atténuerait jamais sa douleur.

Spade entra dans la cuisine, le visage fermé, et s'agenouilla à côté de nous.

— Crispin, je vais m'occuper de Denise. Il faut que tu mettes Cat et les autres en sécurité. On n'a pas beaucoup de temps.

Sans un mot, Bones hocha la tête. Avec douceur, Spade détacha Denise des bras de Bones et l'emmena hors de la cuisine.

Toutes les personnes encore en état de marcher couraient dans tous les sens et rassemblaient les morts et les vivants pour une retraite précipitée. Nous devions tous partir le plus loin possible avant que Patra arrive pour nous achever.

Bones me prit dans ses bras, et je ne me fatiguai même pas à protester. De toute façon, je n'étais pas sûre d'être capable de marcher. Alors qu'il zigzaguait entre les restes des meubles, je fus surprise de voir que l'une des télévisions fonctionnait encore.

— … trois… deux… un… bonne année ! annonça un présentateur célèbre, tandis que les cris des fêtards et les bruits des pétards résonnaient derrière lui, et que la foule entonnait la chanson d'usage.

J'avais du mal à croire que tant de choses étaient arrivées en deux petites heures.

Ma vision se troubla, peut-être à cause de tout le sang que j'avais perdu, et lorsque j'ouvris de nouveau les yeux, nous étions sur la pelouse. Entre la neige étrangement colorée et les monticules de terre se trouvaient des corps. Ceux qui avaient été des vampires et des goules n'étaient désormais plus que des dépouilles fripées. Je ressentis une grande joie en apercevant Tate non loin de moi, et je priai que Juan et Dave s'en soient également sortis.

Ian s'agenouilla ; ses cheveux noisette le rendaient facilement reconnaissable même de dos. Ses épaules tremblaient.

Bones me posa et se dirigea d'un pas rapide vers lui. Mencheres le prit par les épaules, le visage fermé.

— Combien ? demanda Bones d'une voix rauque.

Mencheres promena son regard sur plusieurs tas de membres flétris.

— On ne sait pas encore.

Bones s'agenouilla à côté de Ian.

— Ian, mon vieux, il faut les prendre et nous en aller. Ils n'auraient pas envie qu'on reste assis là à côté de leurs cadavres et qu'on se fasse massacrer faute d'avoir eu la force de partir. Patra nous a déjà pris trop de choses ce soir. On ne lui laissera plus rien.

À travers un brouillard de plus en plus opaque, je vis les trois vampires commencer à ramasser les restes de leurs amis décédés.

# Chapitre 32

Le visage de Dave fut la première chose que je vis lorsque j'ouvris les yeux.

— Salut, Cat. Tu as faim ? Soif ?

— Soif, dis-je d'une voix râpeuse avant de boire le verre d'eau qu'il me tendait. Où sommes-nous ?

Il reprit le verre.

— Dans le Dakota du Sud, en attendant de regrouper tout le monde.

Je tournai les yeux vers la gauche et vis qu'une lumière vive perçait les lourdes tentures.

— Mon Dieu, quelle heure est-il ?

— Environ 15 heures. Tu as perdu énormément de sang et on a dû te faire deux transfusions. Ensuite, comme Bones ne voulait pas qu'à ton réveil tu t'épuises à vouloir te rendre utile, il t'a donné une dose du somnifère que Don a concocté pour toi. Tu ne te rappelles pas que vous vous êtes disputés à ce sujet et que tu as essayé de recracher les comprimés ?

*Non, pas le moindre souvenir.* Je m'assis et remarquai que je n'étais plus couverte de sang et que je portais un tee-shirt propre.

— Don a connu l'enfer ces dernières heures, continua Dave. Il a tiré toutes les ficelles dont il dispose pour confisquer les vidéos des tombes vides et des nuées de cadavres qui en sortaient, et surtout pour calmer le cirque médiatique que toute cette histoire a engendré. Heureusement, comme le gouvernement canadien n'a pas plus envie que nous que ses concitoyens croient aux zombies, il coopère.

Je grognai. J'imaginais parfaitement Don en train de faire des pieds et des mains pour essayer d'étouffer cette affaire.

— Quelle est sa tactique ?

— Il a inventé une histoire de tremblement de terre et d'avalanche qui auraient vidé certaines tombes, mais les journaux à scandale ne manqueront pas de venir fourrer leur nez là-dedans. Au moins, on se trouvait dans une zone reculée ; si c'était arrivé dans une grande ville, Don n'aurait jamais pu trouver de bobard assez énorme pour étouffer ce cauchemar.

— Un tremblement de terre et une avalanche ? C'est *ça*, son histoire ?

Dave haussa les épaules.

— Il a fait de son mieux vu le peu de temps qu'il a eu, j'imagine. Ça explique plus ou moins les cimetières dévastés. Il raconte également que certains des « zombies » étaient des survivants en état de choc qui portaient des vêtements sales et qui marchaient au hasard, complètement sonnés. Tu sais comment c'est. Les gens n'ont pas envie de croire que ce qu'ils ont vu est vrai. Le citoyen lambda est beaucoup plus heureux de s'entendre dire que les événements surnaturels n'existent pas.

— Où est Denise ?

*Pauvre Randy. Il n'aurait jamais été impliqué dans tout cela sans moi.*

— Elle dort. Spade lui a administré une version adoucie de ton tranquillisant. Pour l'instant, le sommeil est la meilleure chose pour elle.

— Dave… qui d'autre ne s'en est pas sorti ?

Son visage s'assombrit.

— Tu sais déjà pour Randy. Zéro est mort aussi, tout comme Tick-Tock…

Il continua son énumération, et chaque nom supplémentaire était comme un nouveau coup de massue. Certains m'étaient familiers, d'autres pas. Mais chaque perte était irremplaçable. Lorsque Dave eut terminé, il avait énoncé les noms de dix-huit vampires et goules, une véritable hécatombe. Outre Randy, quatre humains avaient été tués. Bones devait être dévasté.

— Où est Bones ? demandai-je en balançant mes jambes hors du lit.

— En bas. Tu devrais commencer par enfiler un pantalon.

Je baissai les yeux et vis ce que je n'avais pas remarqué sous les couvertures.

— Oh. Désolée, je ne m'étais pas rendu compte…

Il eut un petit sourire.

— Tu me rappelles ma sœur, t'es du genre nature. Et comme tu es mon amie, je peux bien te le dire… tu devrais te brosser les dents. Tu as une haleine de dragon.

Suivant le conseil de Dave, je m'étais lavé les dents et le visage, et je m'étais habillée. J'avais les pieds nus, mais je ne pris pas la peine de chercher des chaussures. Dave m'escorta jusqu'aux portes fermées de la salle de réception et m'y laissa.

Bones vint vers moi et je le serrai un long moment dans mes bras. Je ne lui dis pas combien j'étais désolée, car je savais que cela ne servirait à rien.

Ian était là lui aussi. Il ne s'était ni douché ni changé depuis la bataille ; il était torse nu, sa peau couverte de poussière et d'autres choses.

— Dommage que tu n'aies pas résolu l'énigme plus tôt, Faucheuse, dit-il d'un ton aigre. La prochaine fois, arrange-toi pour avoir une bonne idée avant que la moitié de nos troupes aient été éliminées.

Je clignai des yeux, surprise par cette hostilité. Mais Bones n'eut pas un moment d'hésitation et il attrapa Ian à la gorge avant que j'aie eu le temps de formuler une réponse.

— Ne t'avise plus de l'accuser, ou je perdrai le peu de patience qui me reste, grogna-t-il. Sans elle, on serait tous morts à l'heure qu'il est, tu l'as peut-être oublié ?

Le regard turquoise de Ian était constellé de lueurs vertes.

— Ce que je n'ai pas oublié, c'est la raison pour laquelle on a tous été entraînés dans cette guerre. C'est entièrement à cause d'elle ! Elle s'est remise de ses blessures, Crispin, mais tu ne peux rien faire pour nos amis qui reposent dans la pièce voisine, n'est-ce pas ? Combien d'autres vies devront être sacrifiées pour venger l'honneur froissé d'une femme...

— Bones, non !

Mencheres venait de se matérialiser dans la pièce, juste à temps. Il y eut un craquement violent, un mouvement flou, et Bones fut projeté en arrière, le bras arraché. Le hurlement que je poussai couvrit le cri de Spade qui était arrivé lui aussi juste à temps pour assister à la scène.

Ian, stupéfait, regarda la main qui était toujours crispée autour de sa gorge et qui commençait déjà à se flétrir. Je m'approchai de Bones, mais ce dernier m'évita et se dirigea droit sur Mencheres.

— Avez-vous une raison de m'empêcher de lui faire payer cette insulte, grand-père ?

Je sentis mon corps se raidir de la tête aux pieds. Si Mencheres et Bones en venaient aux mains, ce serait la fin de tout.

— Tu allais lui arracher la tête, répondit Mencheres, et tu l'aurais regretté plus tard. De plus, je crois que nous avons donné à Patra assez de raisons de se réjouir pour ne pas encore alourdir nos pertes.

Ian semblait un peu abasourdi par ce qui venait de se passer. Il secoua la tête, comme pour s'éclaircir les idées, puis nous regarda Bones et moi, vaguement incrédule.

— Bon sang, Crispin, je ne sais pas ce qui m'a pris, souffla-t-il. Je n'avais aucune raison de m'en prendre à vous comme ça. Pardonnez-moi, l'un et l'autre.

Bones voulut se passer la main dans les cheveux, mais il s'arrêta lorsqu'il s'aperçut que son bras ne s'était régénéré qu'à moitié et laissa échapper un ricanement.

— Ça faisait deux cent quarante-sept ans que j'avais ce bras. J'aurais jamais cru que je le perdrais en tentant de t'arracher la tête. Bon Dieu, il faut que je me reprenne !

— Plus que jamais, nous devons tous nous reprendre, acquiesça Mencheres.

— Oui, dit Bones en le regardant d'un air qui me fit dresser les cheveux sur la tête. À commencer par vous, grand-père, parce qu'il *faut* en finir.

Vlad entra dans la pièce. Il regarda autour de lui, comprit qu'un duel mental opposait Bones et Mencheres, et s'assit.

— Je sais ce que tu penses, dit Mencheres d'une voix morne. Mais sincèrement, j'en suis incapable.

En un éclair, Bones se retrouva tout près de lui.

— La vérité, c'est que l'un de vous deux sera mort d'ici peu. Quoi qu'ait pu représenter Patra dans votre vie, quels qu'aient pu être les rêves secrets que vous avez caressés, espérant une intervention divine à la dernière minute pour tout arranger… personne n'est mieux placé que vous pour savoir que cela n'arrivera pas. Vous m'avez appris à ne jamais douter de vos visions, et pourtant vous avez toujours entretenu l'espoir que vous vous étiez peut-être trompé, mais ce n'est pas le cas. Vous devez mettre un terme à tout cela, il va de votre responsabilité à l'égard de votre lignée, qui est aussi désormais la mienne.

J'étais perdue. À ma connaissance, Mencheres ne détenait pas Patra sur place, alors comment pouvait-il avoir le pouvoir d'en finir, au sens où l'entendait Bones ?

Vlad se pencha en avant et répondit à ma question silencieuse.

— Tu ne vois pas, Cat ? Lorsque Patra t'a piégée dans ton cauchemar maudit, qui a su comment le briser ? Hier soir, quand les zombies ont attaqué, qui savait que le seul moyen de les détruire était d'éliminer leur balise ? Mencheres. Donc s'il connaît suffisamment ces sorts pour les contrer… c'est qu'il a le pouvoir d'en lancer un lui-même.

À en juger par le teint soudain terreux du visage de Mencheres, Vlad avait dit vrai. J'allai me coller sous son nez à mon tour.

— Il le *faut*. Elle ne s'arrêtera jamais ! Est-ce que vous voulez que tout le monde meure autour de vous ? C'est ce qui arrivera si vous ne faites rien.

— Et tu en aurais la force, toi ? me lança Mencheres. Si nous étions en train de parler de Bones, est-ce que tu serais capable de l'envoyer à la mort ? Pourrais-tu le condamner aussi facilement à la tombe ?

Il se tut. Jamais je ne l'avais vu dévoiler ses sentiments à ce point, et j'en fus profondément troublée. *Il est toujours amoureux d'elle, même après tout ce qu'elle a fait. Pauvre andouille.*

J'avais choisi mes mots avec soin.

— Je ne prétends pas savoir à quel point c'est dur pour vous, Mencheres, et s'il s'agissait de Bones, cela me déchirerait le cœur à moi aussi. Mais… (Je m'interrompis pour regarder l'homme que j'aimais droit dans les yeux.) si tu allais aussi loin que Patra pour tenter de tuer ceux que j'aime, et que tu me faisais clairement comprendre que tu ne t'arrêterais pas tant que tous ceux à qui je tiens ne seraient pas morts, alors oui, je te tuerais.

Bones me rendit mon regard, et un petit sourire se forma sur ses lèvres.

— Je suis fier de toi, ma chérie.

Puis il reporta son attention sur Mencheres.

— Je n'ai aucune consolation à vous offrir, si ce n'est celle-ci : une mort rapide pour Patra. Elle ne la mérite pas, sans compter que j'ai promis à tous ceux qui complotaient contre ma femme de leur faire subir une mort lente et douloureuse. Mais, pour vous, j'oublierai ma promesse. Si vous faites le nécessaire dès maintenant.

Deux éclairs verts jaillirent dans les yeux de Mencheres, et son aura crépita d'une telle puissance que je tressaillis.

— Tu me menaces ?

Bones ne broncha pas.

— En tant que coresponsable de votre lignée, je vous expose mes intentions envers un ennemi qui a massacré nos gens. N'oubliez pas de quel côté vous êtes. Ne voyez-vous donc pas que tout le plan de Patra repose sur sa conviction que vous êtes incapable d'intervenir ?

Mencheres se tut. Tous les regards étaient rivés sur lui. Finalement, il se leva, maîtrisant ses éclairs de puissance et de colère à la manière d'un oiseau repliant ses ailes.

— Qu'il en soit ainsi. La nuit dernière, Patra a libéré la puissance de la Tombe contre nous. Ce soir, nous allons nous venger de cet affront.

# Chapitre 33

Les étoiles scintillaient dans le ciel qui s'assombrissait de minute en minute. Mencheres se tenait au centre de la pelouse. Nous avions déblayé la neige pour que la grande nappe posée par terre ne soit pas mouillée. Mencheres était assis en tailleur devant la nappe, et je ne pus m'empêcher de penser qu'entre sa position centrale, la dizaine de vampires qui se trouvaient derrière lui… et les os alignés sur le tissu blanc, la scène ressemblait à une version maléfique de la Cène.

Personne ne savait ce qui allait se passer. Après avoir fait cette annonce énigmatique, Mencheres s'était contenté de nous dire de nous équiper pour la bataille et d'être prêts au coucher du soleil, puis il était monté dans sa chambre. Une partie de moi s'était demandé s'il n'allait pas tenter de s'enfuir par l'une des fenêtres de l'étage, mais Bones semblait penser que Mencheres tiendrait sa promesse, et il avait raison.

Au cours de l'après-midi, j'avais appelé Don pour lui expliquer ce qui allait se passer dans la soirée. Avec l'avance que je lui donnais, il réussirait peut-être à pondre un scénario un peu plus crédible que cette histoire d'avalanche et de tremblement de terre. Le problème, c'était que je ne pouvais pas lui dire où l'opération aurait lieu. Ni à quelle heure. Ni en quoi elle consisterait. Il m'avait d'ailleurs rétorqué d'un ton acerbe que je ne lui avais fourni aucun détail utile qui lui permettrait de limiter les risques pour la population ou d'empêcher une intervention massive des médias.

Je ne possédais aucun de ces détails, et je ne pouvais donc lui transmettre que ce que je savais. La frustration de Don était compréhensible. Je venais de l'avertir que pour la seconde nuit consécutive, les morts-vivants allaient s'exterminer à coups de magie noire, mais je ne savais pas si des morts allaient sortir de terre… ou tomber du ciel. En effet, Don ne manquait pas de raisons de s'inquiéter. Personnellement, j'avais d'autres soucis que celui de cacher au monde l'existence des vampires. Je devais rester en vie. J'étais donc équipée pour le combat, et par-dessus ma tenue élastique habituelle je portais divers couteaux, une épée, plusieurs pistolets chargés de balles en argent, et même quelques grenades.

— Aucun d'entre vous ne doit parler, nous dit Mencheres sans préambule. (C'étaient les premiers mots qu'il prononçait depuis qu'il s'était installé devant les os.) Pas tant que je n'ai pas fini.

*Et comment est-ce qu'on est censés deviner quand ce sera fini ?* pensai-je. *Quand vous saluerez votre public ? Quand le sol s'ouvrira et que des créatures immondes en sortiront ?* Le souvenir de ces horribles monstres en décomposition me traversa l'esprit et je frissonnai. Beurk, j'espérais bien ne jamais revoir l'une de ces créatures répugnantes.

Quelque chose crépita dans l'air et je focalisai mon attention sur le vampire égyptien. Il avait la tête inclinée et ses longs cheveux lui cachaient le visage, mais à travers ses mèches noires, je vis que ses yeux brillaient d'une lueur verte. À côté de moi, Bones frissonna, et je lui jetai un rapide coup d'œil. Il semblait hypnotisé par Mencheres. Je lui pris la main… et faillis la relâcher à cause du picotement électrique qui parcourut ma peau. Je ne savais pas ce que Mencheres faisait, mais cela affectait également Bones. Apparemment, l'échange de puissance entre ces deux-là avait créé une connexion entre eux, ténue mais bien présente. Cela me dérangeait, même si je ne pouvais dire pourquoi.

Tout à coup, les os des victimes de la veille se dressèrent au-dessus de la nappe. Ils flottèrent dans les airs pour former un cercle autour de Mencheres, puis ils se mirent à tourbillonner autour de lui.

Au début, ils tournaient lentement, et semblaient suspendus à des fils invisibles, mais ils accélérèrent l'allure progressivement. Ils encerclaient Mencheres, tournant de plus en plus vite, jusqu'à ce qu'il devienne presque impossible de les distinguer, mis à part les crânes qui souriaient d'un air morbide, leurs mâchoires pendant dans la tornade. Les cheveux de Mencheres volaient au vent, et j'avais l'impression qu'un million de fourmis couraient sur mon corps. La puissance qui émanait de lui s'était intensifiée au point d'atteindre un niveau incroyable, et je n'aurais pas été surprise de voir la foudre tomber à l'endroit où il était assis.

Avec un craquement, les os tourbillonnants explosèrent autour de lui, le recouvrant d'un nuage de poussière blanche. Je serrai la main de Bones sans me soucier du courant qui remontait douloureusement le long de mon bras, et je regardai, incrédule, les restes devenus poussière de ses amis. *Poussière, tu retourneras à la poussière,* pensai-je, l'air hébété. Mencheres venait de faire exploser tout ce qui restait de ses courageux compagnons. Pourquoi ? Pourquoi avait-il fait cela ?

Sans lever la tête, Mencheres tira un couteau de sa ceinture. Puis il se le planta droit dans le cœur.

Je restai bouche bée, incrédule en le voyant tordre la lame. *C'est certainement de l'acier, pas de l'argent*, me surpris-je à penser. Sinon, il serait bientôt aussi mort que ces hommes dont les restes éparpillés le recouvraient, telle une pellicule grisâtre.

Du sang sombre se mit à couler de la blessure en un flot continu, comme si son cœur battait encore. Le couteau, ses mains et ses vêtements baignaient dans le liquide gluant et écarlate. Mais un autre événement attira bientôt mon attention. De plus en plus perdue, je regardais les particules de la substance poudreuse et gorgée de sang – les restes des os de nos compagnons disparus – commencer à se séparer, à se répandre… et à former des silhouettes.

—*Madre de Dios*, entendis-je Juan marmonner.

Il venait de rompre le silence ordonné par Mencheres.

Ma propre pensée était plus irrévérencieuse : *Bon sang, mais qu'est-ce qui se passe ?*

Devant mes yeux, les fantômes semblaient prendre forme et envelopper Mencheres. Il marmonnait quelque chose dans une langue qui m'était totalement inconnue, et les formes brumeuses continuaient à prendre corps. Elles grossirent jusqu'à ressembler à des ombres auxquelles on aurait insufflé la vie : elles étaient toujours transparentes, mais bel et bien en trois dimensions. Elles ressemblaient à présent à des silhouettes opaques d'hommes nus. L'une d'entre elles se retourna et Bones laissa échapper un petit grognement. *Randy*, pensai-je, sous le choc. *C'est Randy !*

De nouvelles silhouettes se formèrent à partir de la poussière d'os qui recouvrait Mencheres. Le couteau était toujours fiché dans sa poitrine et la blessure continuait à saigner, à tel point que je me demandai s'il lui restait une seule goutte de sang dans le corps. Mais plus il saignait et plus les formes se faisaient nettes, jusqu'à ce que je puisse reconnaître chacun des spectres. Je voyais Tick-Tock, pas très loin de Zéro. *Oh mon Dieu, Randy…*

Ce ne fut que lorsque les vingt-trois personnes qui avaient été tuées la veille se tinrent autour de lui que Mencheres retira le couteau de son cœur et prit la parole.

— Ce ne sont pas nos amis. Ils ne reconnaissent aucun d'entre nous, et ils n'ont aucun souvenir de leur vie passée. Ils sont la colère aveugle qui demeure dans les restes de tout être assassiné, et j'ai extrait cette colère de leurs ossements pour lui donner vie. Ils n'ont qu'une idée en tête : trouver la personne qui est responsable de leur mort pour se venger. Une fois que je les aurai relâchés, il n'y aura plus qu'une seule chose à faire… les suivre. Ils nous mèneront jusqu'à Patra, où qu'elle se cache.

À peine mon cerveau avait-il intégré ce qu'il venait de dire que Mencheres prononça un mot dans une langue inconnue. Les fantômes s'envolèrent dans la nuit comme s'ils avaient été propulsés par des canons invisibles. La vache, ils étaient rapides. Comment étions-nous censés les suivre ?

Mencheres se redressa, leva les bras… et je hurlai. Le sol était à cinq mètres sous mes pieds… dix… vingt… plus…

— Nous devons faire vite, l'entendis-je dire alors que je tournais la tête dans tous les sens et découvrais que toutes les personnes qui se trouvaient sur la pelouse s'étaient également envolées et fonçaient dans le ciel nocturne comme sous l'effet d'un vent invisible. Ils ne tarderont pas à la trouver.

Patra était cachée dans un hôtel abandonné, à cent trente kilomètres de là à vol d'oiseau. Ou plutôt de mort-vivant, dans ce cas précis. Bones me tenait fermement, mais c'était inutile, car Mencheres nous maintenait tous dans les airs avec une puissance proprement inconcevable. Même dans mes rêves les plus fous, je n'aurais jamais imaginé qu'un vampire soit capable de telles choses. Mais les faits étaient là : nous suivions les spectres vengeurs qu'il avait invoqués, sur le tapis volant de sa puissance. Je réfléchirais plus tard à la portée de tout cela. Par exemple, lorsque je rédigerais mon rapport pour Don et que je le regarderais s'évanouir en le lisant.

L'hôtel se trouvait en ville, au milieu d'un quartier pauvre. Si j'en croyais mes oreilles, la zone était peu peuplée. D'ailleurs, elle n'allait certainement pas tarder à être rasée pour faire place à de nouvelles constructions, car j'aperçus des bulldozers et des engins de terrassement garés un peu partout. Mencheres nous fit atterrir à une centaine de mètres de l'hôtel. Comment savait-il où se trouvait Patra? La réponse était simple: les spectres étaient entrés sans hésiter dans le bâtiment, en traversant les murs comme s'ils n'existaient pas. Génial, comme truc. C'était cent fois mieux que de prendre les escaliers.

— Il faut que tu te fraies un chemin parmi ses soldats, dit Mencheres à Bones d'une voix âpre. Je ne peux pas vous accompagner. Si je suis tué, les spectres s'évanouiront, et ils sont les seuls à pouvoir empêcher Patra de se battre contre toi.

Ils n'étaient pas inactifs, je le savais. Quelques secondes après les avoir vus s'engouffrer dans l'hôtel, nous avions entendu des hurlements assourdissants.

— Pourquoi est-ce que vous ne la tuez pas vous-même? dis-je, vaguement étourdie. Puisque vous pouvez invoquer des esprits vengeurs et faire léviter vingt-cinq personnes sur cent trente kilomètres, ça devrait être du gâteau pour vous.

Mencheres sembla s'écrouler sur le trottoir.

— Je ne peux pas, murmura-t-il. Même maintenant, je ne peux pas.

Un bref sentiment de pitié m'envahit mais je l'étouffai aussitôt. Il aimait peut-être encore Patra, mais ce n'était pas réciproque, et nous serions tous des cadavres en sursis tant que cette femme ne reposerait pas six pieds sous terre.

Bones lui jeta un regard rapide et froid.

— Je tiendrai ma promesse. Nous viendrons vous chercher quand ce sera fini. Juan, Dave, restez avec lui. Assurez-vous que personne ne l'approche.

Juan commença à protester, se plaignant qu'on le laissait en arrière, mais un regard d'avertissement le fit rentrer dans le rang. Puis Bones fit craquer les jointures de ses doigts et se tourna vers l'hôtel.

— OK, les gars. Finissons-en.

Patra avait probablement plusieurs gardes qui surveillaient le périmètre de l'hôtel. Elle en avait peut-être posté aux fenêtres, sur le toit, au sous-sol, ou encore devant l'entrée. Mais l'invasion soudaine de vingt-trois spectres en rogne avait visiblement chamboulé leur organisation. Outre les hurlements ininterrompus de Patra – que pouvaient-ils bien lui faire ? – l'hôtel résonnait de bruits de courses précipitées dans les escaliers. Il y eut de nouveaux cris, une série de tirs, et plusieurs bruits secs étranges. Je regardai Bones d'un air interrogateur. Les spectres, nourris par la colère, n'étaient même pas des corps solides. Qu'étaient-ils donc en train de faire pour que l'hôtel soit devenu le théâtre de la troisième guerre mondiale ?

Bones haussa les épaules.

— Il n'y a qu'un seul moyen de le savoir.

Nous arrivâmes à l'entrée du bâtiment. Les gardes, si jamais il y en avait eu, n'étaient plus là. Spade fronça les sourcils et secoua la tête. *Piège*, pensait-il. Je détachai quatre grenades de ma ceinture, les dégoupillai puis les lançai à l'intérieur. Quelques instants plus tard, elles explosèrent, fracassant les vitres et faisant trembler le bâtiment. Si un comité d'accueil nous attendait, j'avais fait place nette.

Nous nous précipitâmes à l'intérieur et les vampires se déployèrent sur les côtés. Les cris et les bruits horribles s'intensifièrent encore au-dessus de nous. Enfin, nous vîmes une dizaine de vampires jaillir d'une entrée qui se trouvait sous ce qui devait être l'escalier principal. Nous fîmes pleuvoir sur eux nos armes en argent avant de leur laisser le temps de battre en retraite.

— Mais où sont-ils tous ? dis-je doucement à Bones.

À part la petite dizaine de vampires dont nous venions de nous débarrasser, le rez-de-chaussée paraissait étonnamment vide.

Bones leva la tête.

— J'en entends d'autres au-dessus. Quelque chose les a complètement affolés. C'est forcément les spectres, mais je ne vois pas du tout comment ils s'y sont pris.

En effet, une véritable panique semblait régner dans les étages. Les gens hurlaient, les bruits de cavalcades se multipliaient, et il y eut de nouveaux bruits secs qui ne ressemblaient à aucun son connu. Quoi qu'il en soit, Patra était toujours vivante. C'était elle qui criait le plus fort.

Bones leva trois doigts pour indiquer que notre groupe devait se diviser. Huit d'entre nous allaient prendre l'escalier, huit autres escaladeraient la façade, et le reste de la troupe passerait par les cages des ascenseurs. Visiblement, c'était au neuvième étage du bâtiment, près du toit, que l'action était la plus intense, et c'était là que nous allions.

Nous étions au deuxième étage lorsqu'un petit groupe de vampires dévala les escaliers. Ils étaient couverts de sang, leurs vêtements étaient déchirés, et c'est à peine s'ils nous virent. Cela ne m'empêcha pas de vider sur eux le chargeur de mon M-16, rempli de munitions en argent. Ils s'écroulèrent, le cœur déchiqueté par les projectiles mortels de mon arme et de celles de mes compagnons. Même si le couteau avait ma préférence, pour tuer à distance, les armes à feu étaient plus efficaces.

Il y eut de nouveaux piétinements à l'étage au-dessus de nous. Quelle pouvait être la cause de cette gigantesque panique ? Ce n'était quand même pas la simple apparition des spectres ? D'accord, ils étaient effrayants, mais ce n'était pas franchement à des enfants de chœur qu'ils s'attaquaient. C'était le repaire d'un Maître vampire qui sévissait déjà du temps de Jésus. On aurait pu croire que les morts-vivants étaient un peu plus durs à déstabiliser.

— C'est presque trop facile, murmura Ian comme en écho à mes propres pensées.

Vlad lui jeta un regard sardonique.

— Patra est très douée pour faire des entrées fracassantes. Mieux vaut ne pas la sous-estimer.

— Restez concentrés, dit Bones. Je ne sais pas ce qui se passe, mais le gros de la fête se déroule là-haut. Allons y participer.

Nous croisâmes deux autres groupes de vampires en montant les escaliers. Il semblait que le diable lui-même était à leurs trousses, et nous les éliminâmes dans un simulacre de combat qui tenait plus du massacre. Plus nous approchions et plus la panique devenait palpable. Nous arrivâmes enfin à l'étage le plus bruyant, et nous nous laissâmes guider par les horribles hurlements jusqu'à la pièce d'où ils provenaient.

La porte était ouverte, et personne ne la gardait. Vlad envoya une boule de feu devant nous, mais elle se révéla inutile. Nous entrâmes dans la pièce sans que personne bondisse sur nous, et une fois à l'intérieur je m'arrêtai pour contempler le spectacle.

Loin de la figure élégante et imposante que j'avais vue la dernière fois, Patra se tordait de douleur sur le sol. Du sang coulait de son nez, de sa bouche, de ses yeux et de diverses parties de son corps. Tout autour d'elle – ou plutôt *à travers* elle – les spectres convergeaient. Ils s'enroulaient autour de son corps comme des serpents gris, la balançaient à droite et à gauche, plongeaient en elle pour ressortir de l'autre côté avant de recommencer. Elle ne cessait d'appeler à l'aide, en différentes langues, me semblait-il.

Alors que nous assistions à son calvaire, un vampire aux yeux exorbités, qui semblait ne pas avoir plus de quinze ans – son ancêtre humain avait dû être transformé à l'adolescence – fut projeté loin d'elle, les deux bras arrachés. Le spectre le plus proche – était-ce Zéro ? – plongea dans sa poitrine et y disparut entièrement. Le vampire hurla, il y eut un bruit sec, et il explosa. Sa tête, ses jambes et son torse partirent dans toutes les directions. Le spectre sortit des décombres de son corps, flotta une seconde, puis reprit la direction de Patra et se mêla aux autres formes grises et floues qui l'entouraient.

Les cadavres de ses gardes jonchaient le sol. Il y en avait des dizaines, et ils semblaient tous avoir explosé de la même manière. Leurs membres, leurs vêtements et leurs armes étaient éparpillés dans tous les sens. Les ombres redoutables qui avaient commis cet incroyable carnage ne nous prêtaient aucune attention et continuaient à tourmenter Patra sans la moindre pitié.

Elle se contorsionnait sous l'effet de la douleur, et des cloques soulevaient sa peau chaque fois que l'un des spectres pénétrait dans sa chair ou en ressortait. Tous ses organes internes devaient être en bouillie. À en juger par le sort qu'ils avaient réservé à ses gardes, il était évident qu'ils auraient déjà pu la tuer s'ils l'avaient voulu. Mais le fait qu'elle soit toujours en vie montrait que leur conception de la vengeance était plus sinistre que la simple mise à mort.

Bones étendit la main.

— Que personne n'avance, dit-il en empoignant son couteau.

Je jetai un coup d'œil affolé aux cadavres mutilés des gardes.

— Si tu t'approches d'elle, les spectres vont te mettre en morceaux !

Il me caressa le visage.

— Pas moi. Tu ne vois pas ? Mencheres savait que cela se terminerait comme ça. Il l'a vu. C'est pour cette raison que c'est à moi qu'il a choisi de faire partager ses pouvoirs. Ce lien nous relie en permanence, ce qui fait que je suis la seule personne qu'ils ne toucheront pas. Je les sens… ils ne peuvent pas faire de mal à Mencheres, donc ils ne peuvent pas m'en faire à moi.

Il baissa la main et s'avança vers Patra. Je ne crois pas qu'elle s'aperçut de sa présence. Elle ne semblait d'ailleurs s'apercevoir de rien, malgré ses yeux ouverts. Son sang continuait à couler et les spectres des hommes que sa magie avait tués la nuit précédente la harcelaient sans relâche, infatigables et sans pitié.

L'une des silhouettes grisâtres se détacha de Patra et flotta vers Bones lorsque ce dernier arriva à quatre mètres d'elle. Je bondis en avant, mais sa voix claqua comme un fouet et m'arrêta net.

— Ne bouge pas !

Je ne fus pas la seule à m'immobiliser. Ce fut aussi le cas de la chose, que je reconnus non sans douleur comme étant Tick-Tock. Ou plutôt comme ayant été Tick-Tock. Il ne restait désormais plus rien de lui à part cette ombre ravagée par la colère. Celle-ci se figea et se mit à flotter sur place, sa silhouette frémissant comme si elle était animée d'une envie d'attaquer.

Bones continua à avancer. Je saisis mes couteaux et les relâchai, énervée ; ils ne me seraient d'aucune utilité contre des fantômes en furie ! Les autres spectres se désintéressèrent bientôt de Patra pour regarder dans la direction de Bones. Il tendit la main vers eux comme il l'avait fait avec nous quelques instants auparavant.

— Reculez. Tous, grogna-t-il.

Je pouvais sentir la puissance émaner de lui à chaque syllabe. Les spectres obéirent et reculèrent à chaque pas qu'il faisait. Ils ne touchaient plus Patra, mais se tenaient sur le sol, ramassés et menaçants, à quelques centimètres derrière elle.

Au bout de quelques secondes, le corps de Patra s'immobilisa, et ses innombrables plaies commencèrent à se refermer. Toute trace de panique disparut de ses grands et magnifiques yeux noirs… qu'elle écarquilla lorsqu'elle vit qui se tenait à présent à côté d'elle.

— Tu es mort, s'exclama Patra, comme si le fait de le dire à haute voix pouvait le faire disparaître.

Elle voulut s'éloigner de lui, mais elle s'arrêta lorsqu'elle vit qu'elle ne faisait que se rapprocher des spectres silencieux et menaçants, puis elle chercha une aide du regard.

— Non, mon cœur, dit Bones avec un calme sinistre. Mais toi, tu vas mourir.

Je lus sur son visage qu'elle commençait à comprendre alors qu'elle regardait tour à tour les corps de ses gardes, les membres de notre groupe qui se tenaient dans l'embrasure de la porte, armés jusqu'aux dents et prêts à bondir, et la barrière impénétrable des spectres derrière elle. Elle était complètement prise au piège, et elle le savait. Patra rejeta la tête en arrière et poussa un cri de colère.

— Sois maudit, Mencheres ! Tu n'as donc aucune pitié ?

J'admirai son aplomb. Après tout ce qu'elle avait fait, s'attendait-elle réellement à voir Mencheres intervenir pour la sauver ? En sachant très bien qu'elle essaierait de le tuer dès qu'il l'aurait fait ?

Bones l'attrapa alors qu'elle tentait de s'enfuir. Elle se libéra d'un coup sec en reculant et essaya de s'emparer du couteau qu'il tenait à la main… Ce fut à cet instant que Mencheres bouscula Spade pour arriver jusqu'à elle.

Pendant une fraction de seconde, Patra se figea. Elle plongea son regard – suppliant, désespéré – dans le sien. Je vis que son visage était inondé de larmes colorées. Mon corps se raidit et je commençais à me demander si nous n'allions pas devoir tous bondir sur lui pour l'empêcher d'intervenir lorsqu'il inclina la tête.

— Pardonne-moi, murmura-t-il.

Bones enfonça son couteau dans la poitrine de Patra en lui imprimant une torsion rapide qui l'immobilisa. Elle avait toujours les yeux braqués sur Mencheres, et sur son visage se lisaient l'incrédulité et la douleur. Puis, inexorablement rattrapés par le temps, ses traits se crispèrent. Sa peau perdit sa chatoyante teinte miel, et lorsque Bones la laissa retomber sur le sol, elle avait déjà commencé à se flétrir.

Derrière son cadavre, un vent invisible se mit à souffler. Les vingt-trois spectres se désintégrèrent lentement dans la brise jusqu'à ce qu'il ne reste plus d'eux qu'une légère poussière grise sur le sol. Bones laissa échapper un long soupir.

— Peut-être pourrez-vous désormais reposer en paix, mes amis. Un de ces jours, nous nous reverrons.

# Épilogue

Nous enterrâmes Randy deux semaines plus tard. Don avait falsifié quelques documents pour faire croire qu'il avait été victime d'un tragique accident de la route. Un accident nécessitant que le cercueil soit fermé. J'avais insisté pour que Denise s'installe avec Bones et moi. Elle s'en voulait de ne pas avoir forcé Randy à rester avec elle au lieu de le laisser quitter la pièce pour nous aider. J'essayais de la consoler, mais, en réalité, je ne lui étais d'aucun secours. Je ne pouvais rien faire d'autre qu'être là pour elle. C'était peu, mais c'était tout de même quelque chose.

Mencheres enterra Patra lui-même. Où, je n'en savais rien. Bones non plus, et il s'en moquait. Elle était morte, c'était tout ce qui comptait pour lui.

C'était également tout ce qui comptait pour les survivants de la lignée de Patra. Certains cherchèrent la protection d'autres Maîtres, d'aucuns gardèrent leur indépendance, et quelques-uns allèrent même jusqu'à joindre Bones pour implorer son pardon. Selon la place qu'ils occupaient dans la hiérarchie de leur ancienne lignée, il le leur accorda. Après tout, Patra avait eu une très longue vie, et tuer tous les membres encore vivants de sa lignée aurait été un véritable génocide.

Quelques-uns d'entre eux étaient des seconds couteaux qui n'avaient eu d'autre choix que de la suivre ; avec ceux-là, Bones négocia des trêves. Ils lui révélèrent les secrets de la fortune de Patra, et il leur concéda le droit de vivre sans être traqués.

Mais avec les plus proches de Patra, Bones ne négocia pas. Il se servit au contraire de l'incroyable fortune de leur ancienne maîtresse pour mettre leurs têtes à prix. Les mercenaires prêts à les traquer pour la récompense se ramassaient à la pelle.

Nous n'avions plus revu Mencheres depuis le soir de la mort de Patra. Il avait pris sa dépouille et était parti. Plus de deux mois s'étaient écoulés depuis. Il avait gardé le contact par téléphone, mais il se terrait quelque part. Bones le laissa en paix, même s'il m'avoua qu'il ne comprenait absolument pas comment il avait pu tomber amoureux de Patra, et encore moins comment il avait pu le rester après tout ce qu'elle avait fait. Je ne comprenais pas moi non plus, mais l'amour a parfois ses raisons... Il était inutile de chercher une explication.

Il n'y avait encore eu aucune répercussion après la séance de magie interdite conduite par Mencheres. Quelques Maîtres vampires d'importance avaient grogné, mais comme Patra avait fait appel à cette magie deux fois, et que nous n'y avions eu recours qu'une seule, peu de gens semblaient réellement prêts à protester. Ou peut-être avaient-ils peur de Mencheres, car il était l'un des rares vampires à être à la fois assez vieux pour connaître ces sorts et assez puissant pour les invoquer. Peut-être craignaient-ils d'être les prochains sur la liste. Personnellement, j'étais heureuse d'être de son côté, après avoir vu ce dont il était capable. L'idée que Bones posséderait peut-être un jour une telle puissance me dérangeait. Certaines choses ne devraient pas être possibles, et le fait qu'elles le soient était effrayant.

Mais pour l'heure, je n'avais pas l'intention de m'en soucier. J'avais l'homme que j'aimais à mes côtés, et ma meilleure amie à épauler dans son chagrin. Je n'avais pas le temps de m'inquiéter de l'avenir.

**EN AVANT-PREMIÈRE**

Découvrez la suite des aventures
de Cat Crawfield :

# CREUSER SA TOMBE

(version non corrigée)

Traduit de l'anglais (États-Unis) par Frédéric Grut

# Chapitre premier

S'il m'attrape, je suis morte.

Je courais aussi vite que possible, slalomant entre les arbres, les racines enchevêtrées et les pierres de la forêt. Le monstre qui me pourchassait grogna, et j'entendis qu'il avait gagné du terrain. Je n'arrivais pas à le semer. Il accélérait sans cesse alors que moi, je m'essoufflais.

Entre les arbres qui commençaient à s'espacer devant moi, j'aperçus un vampire blond sur une colline au loin. Je le reconnus tout de suite. L'espoir m'envahit. Si j'arrivais à le rejoindre, je serais sauvée. Il m'aimait. Il me protégerait. Mais j'étais encore si loin de lui.

Une brume commença à recouvrir les pentes de la colline et à s'amasser autour du vampire, lui donnant une apparence fantomatique. Je hurlai son nom tout en entendant le monstre se rapprocher. Paniquée, je fonçai droit devant moi en évitant de peu les mains osseuses qui voulaient m'attirer dans leurs tombes. Redoublant d'efforts, je sprintai en direction du vampire. Ce dernier m'encourageait, en grognant des menaces à la créature qui refusait d'abandonner la poursuite.

— Laisse-moi tranquille ! hurlai-je lorsque des mains implacables se refermèrent sur moi et me tirèrent en arrière. Non !

— Chaton !

Le cri ne venait pas du vampire devant moi, mais du monstre qui me faisait tomber. Je levai vivement la tête vers le vampire au loin, mais ses traits se firent flous puis s'effacèrent complètement, et le brouillard l'enveloppa. Juste avant qu'il disparaisse complètement, j'entendis sa voix.

— *Ce n'est pas ton mari, Catherine.*

Une secousse brutale fit disparaître les derniers lambeaux de mon rêve, et en me réveillant, je découvris Bones, mon amant vampire, penché au-dessus de moi.

— Qu'est-ce qu'il y a ? Tu t'es fait mal ?

Question incongrue, me direz-vous, vu qu'il ne s'agissait que d'un cauchemar. Mais avec la puissance et la magie adéquates, les cauchemars pouvaient se transformer en armes redoutables. Quelques mois auparavant, j'avais failli mourir ainsi. Mais cette fois-ci, c'était différent. Même s'il m'avait semblé extrêmement réel, ce n'avait été qu'un rêve.

— Ça va aller, si tu arrêtes de me secouer.

Bones me lâcha et poussa un soupir de soulagement.

— Tu ne te réveillais pas et tu gesticulais en tous sens sur le lit. Ça m'a rappelé de mauvais souvenirs.

— Je vais bien. C'était… un rêve bizarre.

Le vampire qui y était apparu avait quelque chose d'agaçant. Comme si j'aurais dû savoir qui il était. Mais c'était absurde, car il était sorti tout droit de mon imagination.

— C'est étrange que je n'ai rien perçu de ton rêve, poursuivit Bones. D'habitude, ils me font l'effet d'une sorte de musique d'ambiance.

Bones était un Maître vampire, plus puissant que la plupart des vampires que j'avais jamais rencontrés. Entre autres dons, il possédait le pouvoir de lire dans les pensées des humains. Même si j'étais à demi-vampire, j'étais suffisamment humaine pour que Bones parvienne à lire dans mon esprit, sauf si je faisais l'effort de le bloquer mentalement. Mais ce qu'il venait de me dire était nouveau pour moi.

— Tu entends mes *rêves* ? La vache, ça doit être un sacré souk dans ta tête ! Je me tirerais une balle si j'étais à ta place.

Ce qui serait d'ailleurs très loin de lui être fatal. Seule une arme en argent plantée dans le cœur ou la décapitation pouvaient avoir raison d'un vampire. Une balle dans la tête résoudrait *mes* problèmes de façon permanente, mais ne causerait à Bones qu'une vilaine migraine.

Il se cala de nouveau sur les oreillers.

— T'en fais pas, ma belle. J'ai parlé de musique d'ambiance, donc c'est plutôt apaisant. Pour ce qui est du silence, sur ce bateau, je n'avais jamais connu un tel calme, à part la fois où je me suis retrouvé à moitié flétri.

Je m'allongeai de nouveau, frissonnant à l'évocation de la mort qu'il avait frôlée. Le coup était passé si près que ses cheveux avaient entièrement blanchi, mais ils étaient aujourd'hui revenus à leur belle teinte brune habituelle.

— C'est pour cette raison qu'on dérive sur un bateau en plein milieu de l'Atlantique ? Pour que tu puisses trouver le calme et le silence ?

— Je voulais qu'on passe du temps seuls tous les deux, Chaton. Ça a été si rare ces derniers temps.

Ce n'était rien de le dire. Même si j'avais démissionné de mon poste de responsable d'une branche secrète de la Sécurité intérieure chargée de pourchasser les vampires et les goules hors-la-loi, je n'avais pas eu le temps de m'ennuyer. Tout d'abord, nous avions dû nous remettre des pertes causées par la guerre que nous avions menée contre un autre Maître vampire l'année précédente. Plusieurs amis de Bones – ainsi que Randy, le mari de ma meilleure amie, Denise – avaient été tués. Ensuite, nous avions passé plusieurs mois à traquer les derniers protagonistes de cette guerre pour les empêcher de comploter de nouveau contre nous. Puis j'avais dû former ma remplaçante, pour que mon oncle Don dispose d'un appât lorsque ses agents s'attaquaient aux membres les plus turbulents du monde des morts-vivants. La plupart des vampires et des goules se nourrissaient sans tuer leurs victimes, mais certains donnaient la mort juste pour le plaisir. Ou par stupidité. Mon oncle était là pour faire en sorte que ceux-là paient leurs méfaits… et que les citoyens lambda ne se rendent pas compte de leur existence.

Donc lorsque Bones m'avait annoncé que nous partions faire une croisière, je m'étais dit que c'était pour nous lancer dans une nouvelle traque. Voyager dans le seul but de nous détendre était une chose totalement inédite dans notre relation.

—On s'évade le temps d'un week-end? demandai-je d'un air incrédule.

Il me caressa la lèvre inférieure du doigt.

—Ce sont nos vacances, Chaton.

J'étais complètement éberluée.

—Et mon chat?

Je lui avais laissé de quoi manger pendant quelques jours, mais pas pour le temps d'un long voyage.

—Ne t'inquiète pas. J'ai envoyé quelqu'un chez nous pour s'occuper de lui. On peut aller à l'autre bout du monde en prenant tout notre temps. Alors dis-moi, où veux-tu qu'on aille?

—À Paris.

Je me surpris moi-même en le disant. Je n'avais jamais vraiment éprouvé le désir de m'y rendre jusqu'ici, mais pour je ne sais quelle raison, j'en avais subitement très envie. Peut-être était-ce parce que Paris est censée être la ville des amoureux, même si le simple fait de regarder Bones suffisait généralement à me mettre d'humeur romantique.

Il avait dû entendre ma pensée, car il sourit, ce qui rendit son visage encore plus époustouflant, à mes yeux en tout cas. Sur le fond bleu marine des draps, sa peau trop parfaite pour être humaine, pâle et soyeuse comme l'albâtre, semblait rayonner. Les draps étaient entortillés sous son ventre, ce qui m'offrait une vue imprenable sur son abdomen sculptural et sur sa poitrine ferme et musclée. Des éclats émeraude commencèrent à apparaître dans ses yeux marron foncé, et des canines percèrent sous la courbe de ses lèvres, m'indiquant que je n'étais pas la seule à sentir tout à coup ma température monter.

— Va pour Paris, dans ce cas, murmura-t-il avant de rejeter les draps.

— … nous arriverons bientôt. Oui, elle va très bien, Mencheres. Bon Dieu, vous m'avez appelé presque tous les jours… d'accord, on se retrouve au port.

Bones raccrocha et secoua la tête.

— Soit mon grand-père nous cache quelque chose, soit il a développé une obsession malsaine pour tes moindres faits et gestes.

Je m'étirai dans le hamac fixé sur le pont.

— La prochaine fois, passe-le-moi. Je lui dirai que ma vie n'a jamais été aussi belle.

En effet, les trois semaines qui venaient de s'écouler avaient été merveilleuses. J'avais eu besoin de vacances, et Bones encore plus. En tant que Maître d'une grande lignée et Maître associée d'une seconde encore plus importante, Bones était constamment surveillé, jugé, défié, ou occupé à protéger ses subordonnés. Toutes ces responsabilités finissaient par lui peser. Cela ne faisait que quelques jours qu'il avait réussi à se détendre suffisamment pour dormir plus que ses quelques heures habituelles.

Un seul nuage venait entacher cette croisière idyllique, mais je l'avais gardé pour moi. Pourquoi gâcher nos vacances en disant à Bones que j'avais eu plusieurs autres de ces ridicules rêves sans queue ni tête ?

Les fois suivantes, il ne s'en aperçut pas. Ce qui signifiait sûrement que je ne donnais plus de coups de pied dans mon sommeil. Je ne m'en souvenais quasiment plus au réveil, tout ce que je savais, c'était que le vampire blond sans visage qui m'était apparu lors du premier rêve y jouait toujours un rôle. Celui qui m'appelait par mon vrai nom, Catherine, et qui disparaissait toujours avec la même phrase énigmatique : *ce n'est pas ton mari.*

Selon les lois humaines, Bones n'était effectivement pas mon mari. Mais nous étions unis par le sang et mariés à la mode vampire, et le divorce n'existait pas chez les morts-vivants. Ils prenaient vraiment l'expression « jusqu'à ce que la mort nous sépare » au pied de la lettre. Mes rêves traduisaient peut-être un désir subconscient de mariage traditionnel. La dernière fois que nous avions essayé, nous avions dû y renoncer à cause de la guerre que nous avait déclarée une vampire férue de magie noire.

Mencheres nous attendait sur le quai. Mencheres paraissait aussi jeune que Bones, même si ce dernier l'appelait Grand-Père, car il avait créé le vampire qui l'avait à son tour transformé. Ils devaient certainement avoir le même âge en années humaines lorsqu'ils avaient été changés en vampires. En outre, Mencheres avait une beauté exotique, avec un port royal, des traits égyptiens et de longs cheveux noirs qui volaient au vent.

Mais ce qui retint véritablement mon attention, ce fut de voir les huit Maîtres vampires qui l'accompagnaient. Avant même de descendre du bateau, je sentis leur puissance combinée faire crépiter l'air comme de l'électricité statique. D'accord, Mencheres se déplaçait rarement sans sa cour, mais ces huit vampires faisaient plus penser à des gardes du corps qu'à des groupies d'outre-tombe.

Bones s'avança vers Mencheres et lui donna une brève accolade.

— Bonjour, grand-père. Comme ils ne sont certainement pas là pour faire joli, dit-il avec un coup de menton en direction des vampires qui attendaient, j'imagine qu'il se passe quelque chose.

Mencheres hocha la tête.

— Il faut qu'on parte. Ce bateau trahit plus que suffisamment ta présence.

*Faucheuse* était peint en lettres écarlates sur la coque du bateau. C'était un hommage à mon surnom, la Faucheuse rousse, en référence à la couleur de mes cheveux et au nombre élevé de cadavres de morts-vivants que j'avais semé sur mon passage.

Mencheres se contenta de m'adresser un bonjour rapide et poli alors que nous traversions l'appontement jusqu'à un van noir. Six des gardes s'engouffrèrent dans un second van identique. Lorsque nous démarrâmes, ils nous suivirent à courte distance.

— Parle-moi de tes rêves, Cat, dit Mencheres dès que nous commençâmes à rouler.

Je le regardai, bouche bée.

— Comment êtes-vous au courant ?

Bones semblait abasourdi, lui aussi.

— Je ne lui en ai pas parlé, Chaton.

Mencheres ne prêta aucune attention à notre échange.

— De quoi parlaient tes rêves ? Décris-les-moi le plus précisément possible.

— Ils sont étranges, commençai-je et Bones haussa les sourcils en entendant l'usage du pluriel. C'est toujours le même vampire qui y apparaît. Pendant les rêves, je sais qui il est. Je peux même m'entendre prononcer son nom, mais au réveil, je ne m'en souviens plus.

Mencheres me parut presque alarmé par mes paroles. Bien entendu, je ne le connaissais pas assez bien pour le dire avec certitude. Mencheres avait plus de quatre mille ans et était passé maître dans l'art de camoufler ses émotions, mais il me sembla que sa bouche s'était crispée le temps d'un instant. Ou peut-être la luminosité me jouait-elle des tours.

— Combien de fois as-tu fait ce rêve ? demanda Bones.

Il n'était pas content. La manière dont ses lèvres se serrèrent n'était de toute évidence pas due à la luminosité.

— Quatre, et ne commence pas. Tu nous aurais fait foncer jusqu'au bunker le plus proche si je t'en avais parlé, et tu ne m'aurais plus lâché d'une semelle de jour comme de nuit. Nos vacances étaient tellement agréables que je n'en ai pas parlé. Rien de grave.

Il ricana.

— Rien de grave, dit-elle. Maintenant, ma belle, on va vraiment voir à quel point c'est *grave*. Avec un peu de chance, ça ne te coûtera pas ta jolie tête de mule.

Il se tourna ensuite vers Mencheres.

— Vous saviez que quelque chose n'allait pas. Pourquoi ne m'en avez-vous pas parlé sans attendre ?

Mencheres se pencha en avant.

— La vie de Cat n'est pas en danger. Néanmoins, il y a un… petit souci. J'avais espéré que cette conversation ne serait pas nécessaire.

— Pour une fois, est-ce que vous pourriez cracher le morceau sans nous faire mariner ?

Mencheres avait pour habitude de tourner longtemps autour du pot. Depuis le temps qu'il était sur cette Terre, il avait dû emmagasiner une quantité de patience inconcevable.

— Avez-vous déjà entendu parler d'un vampire du nom de Gregor ?

Une douleur me traversa fugacement la tête, puis disparut si vite que je regardai autour de moi pour voir si j'avais été la seule à en souffrir. Mencheres me regardait fixement comme s'il essayait de pénétrer jusqu'aux tréfonds de mon esprit. À côté de moi, Bones poussa un juron.

— Je connais quelques Gregor, mais un seul que l'on surnomme le Marchand de sable. (Il abattit son poing sur l'accoudoir et le démolit.) Vous estimez que *cela* ne représente pas de danger pour ma femme ?

— Je ne suis pas ta femme.

Bones me lança un regard stupéfié alors que je portais une main à ma bouche. Qu'est-ce qui avait bien pu me pousser à dire *ça* ?

— Qu'est-ce que tu viens de dire ? demanda Bones d'un ton incrédule.

Abasourdie, je me mis à bafouiller.

— Je-je veux dire… la seule chose dont je me souvienne dans mes rêves, c'est de ce vampire en train de me dire « ce n'est pas ton mari ». Et je sais qu'il parle de toi, Bones. C'est ça que je voulais dire.

Bones donnait l'impression que je venais de le poignarder, alors que l'expression du visage de Mencheres était à la fois calme et illisible. Il ne laissait rien transparaître.

— Vous savez, on dirait que chaque fois que les choses vont vraiment bien entre nous, vous débarquez pour tout foutre en l'air ! explosai-je à l'intention de Mencheres.

— Tu as choisi de venir à Paris, comme par hasard, répondit ce dernier.

— Et alors ? Vous avez quelque chose contre les Français ?

Je sentis monter une colère irrationnelle contre lui. Un cri se mit à enfler en moi. *Vous ne pouvez pas nous foutre la paix ?*

Puis je me repris. Qu'est-ce qui était en train de m'arriver? Une crise de syndrome prémenstruel excessivement violente, ou un truc de ce genre?

Mencheres se massa les tempes. Ses traits finement modelés m'apparurent de profil lorsqu'il détourna la tête.

— Paris est une belle ville. Amusez-vous bien. Visitez tout ce qu'il y a à voir. Mais ne sortez jamais seuls, et si jamais tu rêves de nouveau de Gregor, Cat, ne le laisse pas te toucher. Si tu le vois en rêve, enfuis-toi.

— Ouais, si vous comptiez vous en sortir avec ce genre de baratin vague, c'est loupé, dis-je. Qui est Gregor, pourquoi est-ce que je rêve de lui, et pourquoi est-ce qu'on l'appelle le Marchand de sable?

— Et surtout, pourquoi refait-il surface aujourd'hui pour s'en prendre à *elle*? ajouta Bones d'une voix aussi froide que de la glace. Personne n'avait vu ou entendu parler de Gregor depuis plus de dix ans. Je pensais qu'il était mort.

— Il n'est pas mort, répondit Mencheres d'une voix légèrement sinistre. Gregor, tout comme moi, a des visions du futur. Il a essayé d'altérer l'avenir en se fondant sur l'une de ces visions. Lorsque je l'ai appris, je l'ai emprisonné pour le punir.

— Et qu'est-ce qu'il veut à *ma femme*?

Bones accentua ces mots tout en me regardant, le sourcil dressé, comme pour me mettre au défi de contester ce titre. Je ne dis rien.

— Il a vu Cat dans l'une de ses visions, et il a décidé qu'il la désirait, répondit calmement Mencheres. Ensuite, il a découvert que tu te lierais à elle par le sang. Aux alentours du seizième anniversaire de Cat, Gregor a tenté de la localiser et de l'enlever. Son plan était très simple: si elle ne te rencontrait pas, elle serait à lui, pas à toi.

— Espèce de petit salopard sournois, articula Bones alors que je restais bouche bée. Je le féliciterai pour son ingéniosité… pendant que je lui arracherai le cœur avec une lame en argent.

— Ne sous-estime pas Gregor, dit Mencheres. Il a réussi à s'évader de ma prison le mois dernier, et je ne sais toujours pas comment. Gregor semble plus obnubilé par Cat en elle-même que par l'envie de se venger de ce que je lui ai fait. À ma connaissance, elle est la seule personne qu'il a contactée en rêve depuis son évasion.

*Pourquoi est-ce que tous ces malades de vampire me prennent pour un objet de collection ?* Le fait d'être l'une des seules hybrides connues m'avait valu une quantité d'ennuis inimaginable. Gregor n'était pas le premier à me considérer comme une sorte de jouet exotique, mais je devais reconnaître que le plan qu'il avait concocté pour s'emparer de moi était de loin le plus original.

— Et vous avez emprisonné Gregor pendant une dizaine d'années juste pour l'empêcher de modifier mon avenir avec Bones ? lui demandai-je, ouvertement sceptique. Pourquoi ? Vous n'avez pas fait grand-chose pour arrêter Ian, le créateur de Bones, lorsqu'il a voulu faire la même chose.

Les yeux couleur acier de Mencheres quittèrent mon visage pour se fixer sur celui de Bones.

— Plus de choses étaient en jeu, finit-il par répondre. Si tu n'avais jamais rencontré Bones, il serait peut-être resté plus longtemps sous la coupe de Ian et n'aurait pas revendiqué sa liberté pour fonder sa propre lignée, ce qui aurait fait qu'il n'aurait pas pu devenir Maître associé de la mienne lorsque j'aurais eu besoin de lui. Je ne pouvais pas prendre ce risque.

Il n'avait donc pas agi par bonté d'âme pour sauver notre amour. Cela aurait été trop beau. Les vampires faisaient très rarement preuve d'altruisme dans leurs décisions.

— Que se passera-t-il si Gregor me touche dans un rêve ? demandai-je pour ne pas m'appesantir là-dessus. Qu'est-ce que ça fait ?

Ce fut Bones qui me répondit, et l'intensité brûlante de son regard aurait eu de quoi me brûler le visage.

— Si Gregor s'empare de toi en rêve, à ton réveil tu seras avec lui, là où il se trouve. C'est pour ça qu'on l'appelle le Marchand de sable. Il peut enlever les gens dans leurs songes.

CPI
AUBIN IMPRIMEUR

Achevé d'imprimer en février 2012
N° d'impression : 1112.0482
Dépôt légal : mars 2012
Imprimé en France
81120395-2